# 太平記

日本の古典をよむ 16

長谷川端［校訂・訳］

小学館

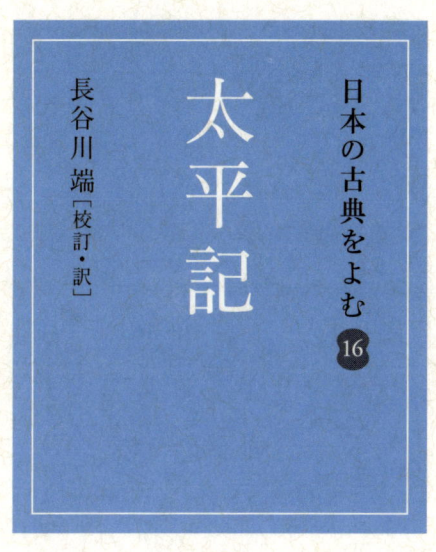

## 写本をよむ

# 吉川《きっかわ》本 太平記

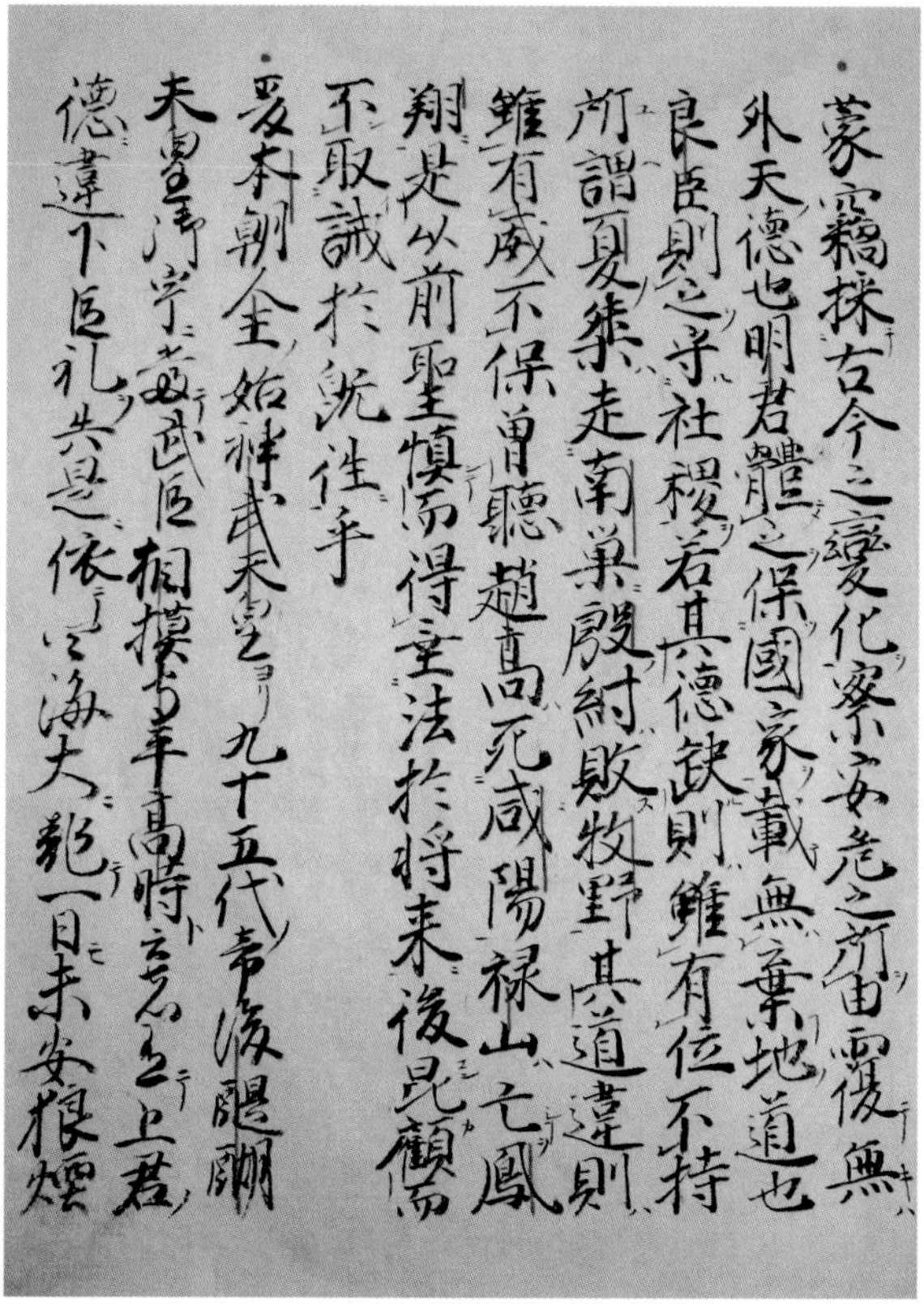

戦国時代の武将吉川元春《きっかわもとはる》が、永禄《えいろく》六年（一五六三）～八年に書写したもの。武家の間でも愛読された。吉川史料館蔵

上は冒頭部。一～二行目の訓読を示す。送り仮名、句読点を加え、通行字体に改めた。

蒙窃《もうひそ》かに古今の変化を採《と》つて、安危《あんき》の由《よ》る所を察《み》るに、覆《おほ》つて外《ほか》無きは、天の徳なり。明君之《これ》に体《てい》して国家を保つ。載《の》せて棄《す》つること無きは、地の道なり。

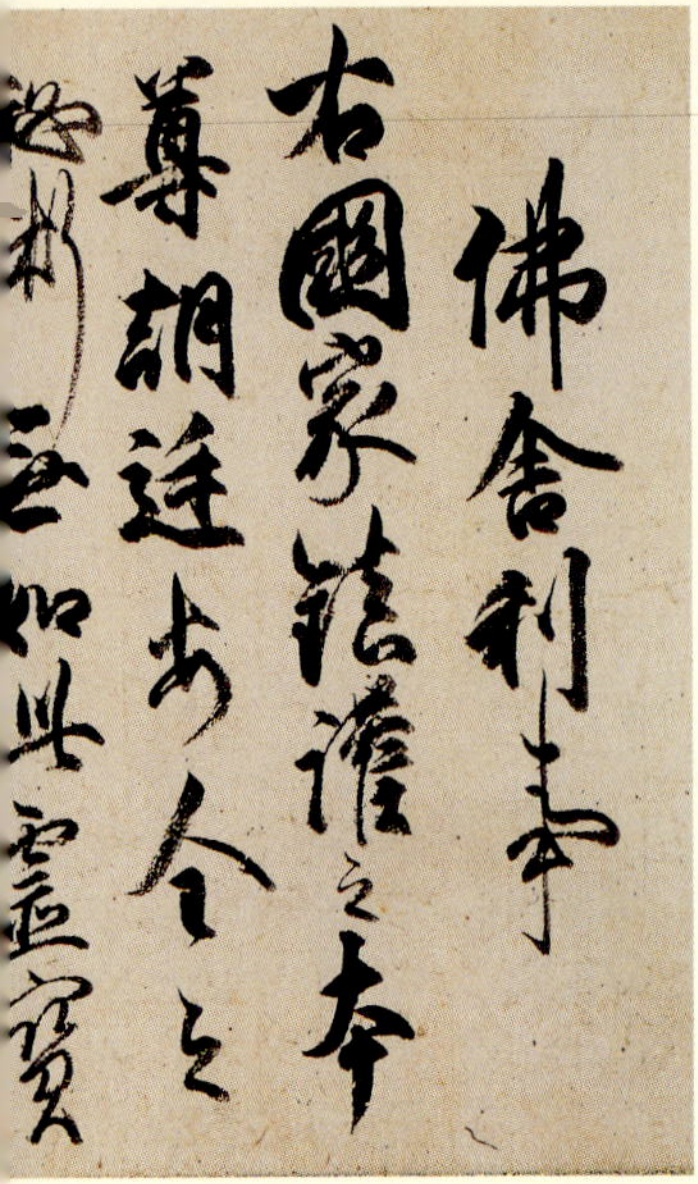

# 天皇、武将に破れる

石川《いしかわ》九楊《きゅうよう》

日本は永年にわたっての天皇制国家であるにもかかわらず、政治の実権は摂政、関白、太政官《だじょうかん》、法皇、征夷大将軍等に委ねられ、天皇が自ら直接に政治を執り行うことはあまりなかった。そのような歴史の中で、後醍醐《ごだいご》天皇と明治天皇は、天皇親政を目指した例外的な二人である。今回はこの後醍醐天皇と足《あし》利尊氏《かがたかうじ》の書を通して『太平記』の時代を覗《のぞ》いてみる。

後醍醐が書き残した消息《しょうそく》（1）の基調は、筆毫《ひつごう》が紙に斜めに対し（側筆《そくひつ》）、筆画が太くなり細くなり（浮沈）、うねうねくねくねと曲線的な展開（蛇行）を見せる、三蹟《さんせき》風の和様で書かれている。ちなみに三蹟とは、平安中期に誕生した女手《おんなで》（平仮名）の書法が漢字を書く際にも流入したもので、平安初期の空海、嵯《さ》峨《が》天皇、橘 逸勢《たちばなのはやなり》による中国風の書を指す三筆に対し、小野道風、藤原佐理、藤原行成の書を指す。

「免」「禁」「願」「過」の字は三蹟の書から抜け出したような優美な姿態を見せ、また八行目以下の「……可之制禁有」の「禁」字で痩《や》せ「有」字で再び肥えていく姿は、小野道風の「玉泉《ぎょくせん》帖《ちょう》」や藤原行成の「白氏詩巻《はくししかん》」を思わせるほどに技巧的である。四行目の扁平《へんぺい》な「秘」字に長体の「術」字を繫《つな》げていくところは、相当の手練《てだれ》の技巧と言えよう。和様・三蹟風の表現に全体が貫かれつつも、同じ行の「無・霊」字には三筆に通じる構成法も垣《かい》

1
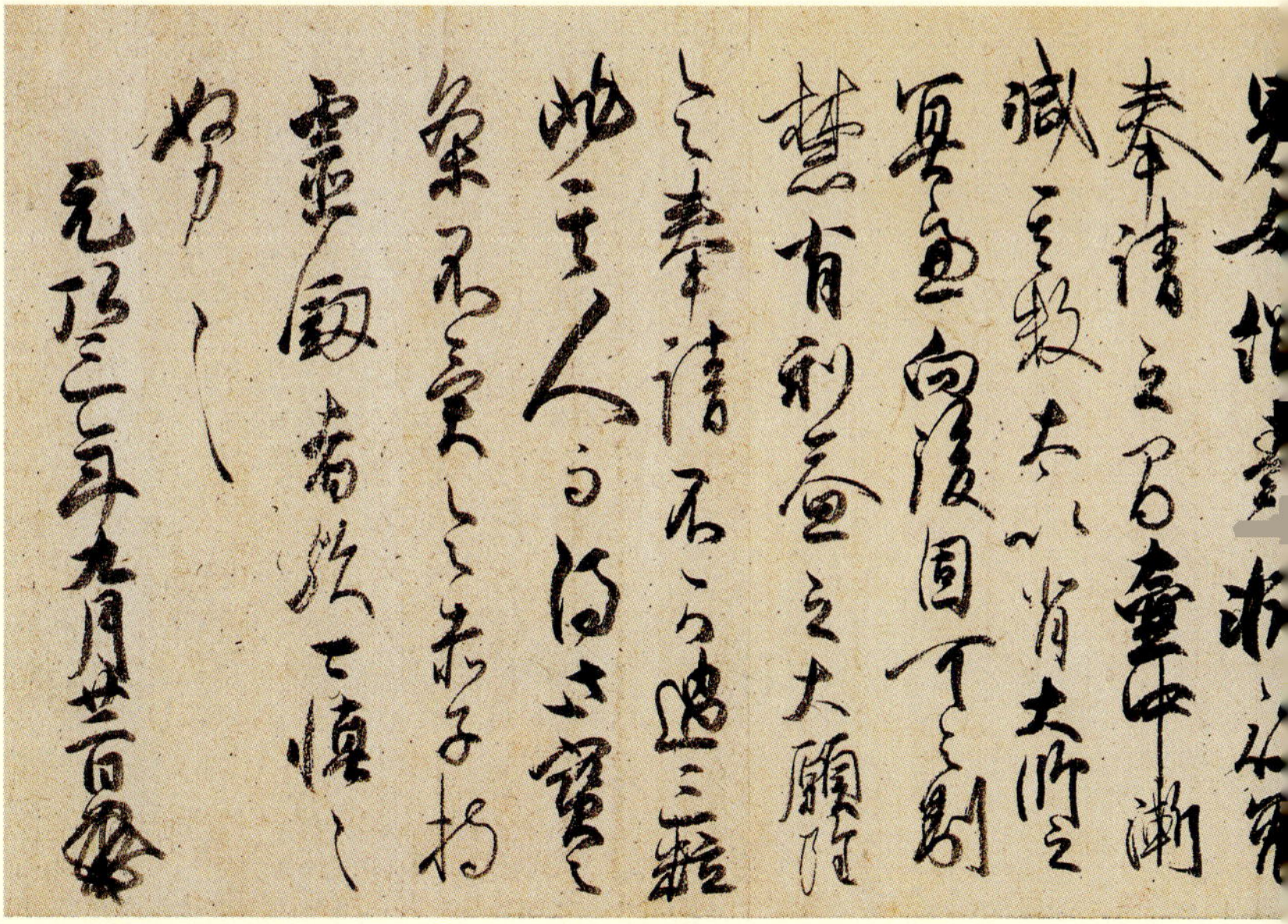

1 ――後醍醐天皇の書

「紙本墨書後醍醐院宸翰消息」元弘 3 年（1333）9 月 22 日・重文・国立歴史民俗博物館蔵
東寺には空海がもたらしたという仏舎利が秘蔵され、鎌倉末には高級贈答品となっていた。隠岐から帰還した後醍醐天皇は、尊崇する東寺に仏舎利の贈答を禁止するこの書状を送った。

2
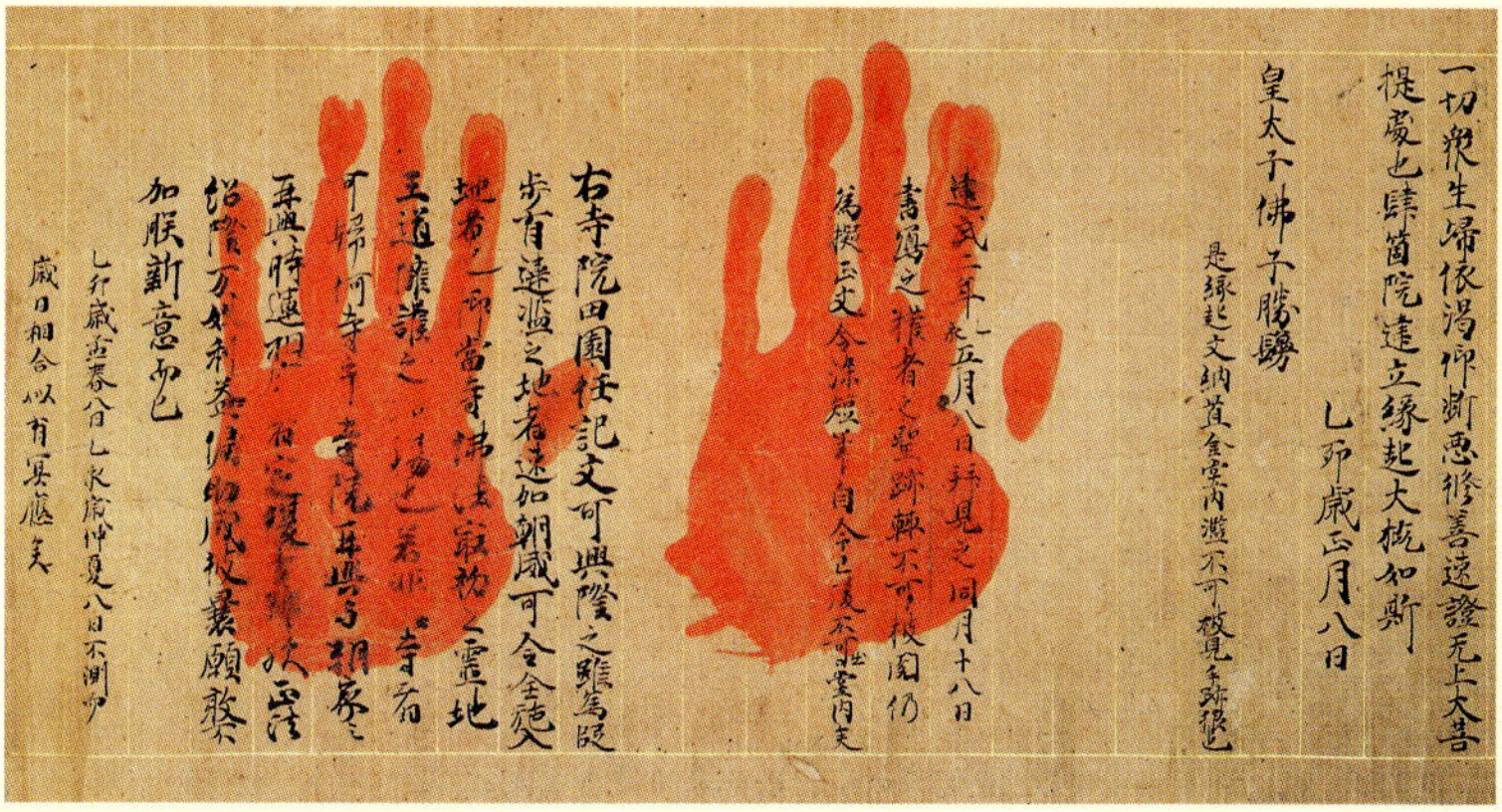

2 ――後醍醐天皇の手形印

「四天王寺縁起　後醍醐天皇宸翰本」部分・建武 2 年（1335）・国宝・四天王寺蔵
聖徳太子創建以来の歴史を記した四天王寺縁起を後醍醐天皇は丁寧に写し、奥書には左手形の朱印を 2 つ押している。自らの新政への加護を願ってのことであったか。

間見《まみ》え、少しく古代思慕の風も見うけられる。

だが、後醍醐天皇の書の見所は力みの筆蝕《ひつしょく》（書きぶり）にある。文字では、二～三行目の「右國・鎮・本尊・朝廷」、四行目の「無如」、五行目の「男女・輒」、六行目の「壺中」、九行目の「有」、一一行目の「其人」「得此宝」、一三行目の「可慎」。筆画では、冒頭「佛」の第一画、「利」の第二画、「右」の第二画、「國」の第一画、草書体の「輒」の車偏の縦画――斜めに傾いて紙に接した筆毫が、「ベタッ」と限界まで開ききって、太いというよりも幅広い筆画で書かれている。そこには、和様・三蹟の書法を極限まで強めた姿がある。多くの先考が、その書について口をそろえて「筆致雄渾《ゆうこん》」「気魄《きはく》に富む」などと印象をもらすが、その雄渾や烈しさ、気魄の中味は、おそらくこの筆画の書きぶりに象徴されている。そこには垂直に切り込みあるいは深く差し込むような力ではなく、ベタッと開いた筆毫を引きずることによって、書き手には手応《てごた》えが十分だが、対象を切り裂き、その姿を変える力には乏しい力がはたらいている。

この筆蝕から連想されるのが、後醍醐天皇が書き写した「四天王寺縁起《してんのうじえんぎ》」の末尾に「ベタッ」と押された手形の印、証判である（2）。この手形印は、後醍醐同様、隠岐《おき》に配流された後鳥羽法皇の「手印置文」に先例がある。それにつけても、手に印肉をつけて押すとは、国家の最高権力者としては、なんと素朴な直截《ちょくせつ》性であろうか。この手印を横に、あるいは縦に動かせば、既述の幅広い筆画の姿が誕生する。朱《あか》い印泥《いんでい》は血の象徴でもあろうか。手印を残した二人の天皇が、死後に怨霊《おんりょう》となって徘徊《はいかい》したという説話が生れることも納得がいく。肉体的、肉感的直截《ちょくせつ》性と言えば、後醍醐の書もまた政治行動の特徴も捉《とら》えたと言えるのかもしれない。

対照的に、足利尊氏の書（3）は、要件のみ伝えればよいとばかりに、文字の骨格を書きつけただけのそっけない書きぶり。和様が基盤だが、冒頭の「この世は夢」に見られるような、筆尖《ひっせん》を突き立て（直筆）たまま、起筆にも終筆にもこだわることなく、大した抑揚もなく書き進めている実用本位の書である。天皇家や公家風に側筆でうねうねとくねらせていく間も惜しむ、簡潔性と切迫性がそこにはある。「幕府」とはもともと戦場の幕張の執務所。「将軍」とは征夷大将軍の略称。軍事用の仮の、臨時の世界を生きた武家の書として得心がいく。（書家）

3

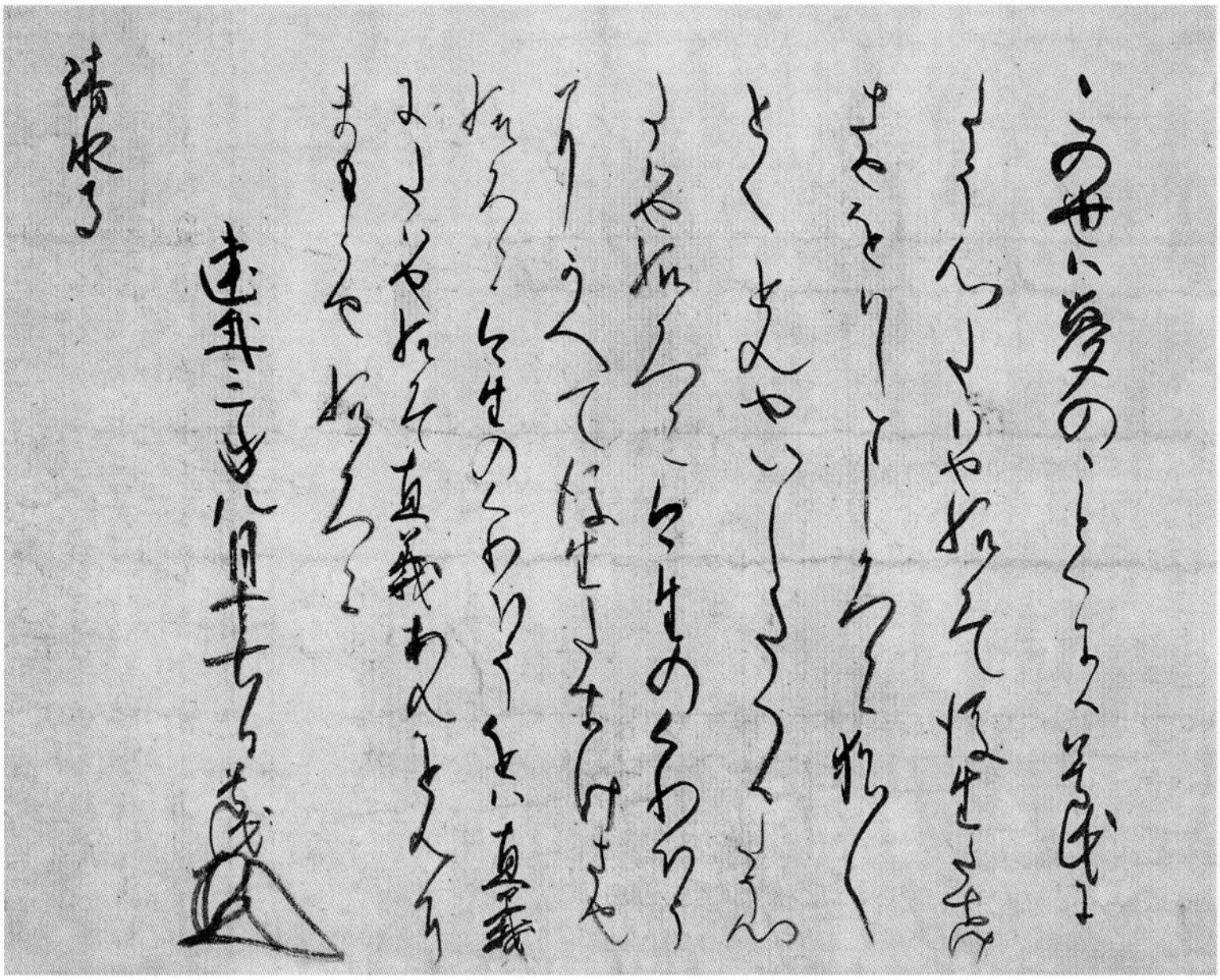

この世は夢のことくに候尊氏に
たう心たはせ給候て後生たすけ
させをはしまし候へく候猶〳〵
とくとんせいしたく候たう心
たはせ給候へく候今生のくわほう
にかへて後生たすけさせ
給候へく候今生のくわほうをは直義
にたはせ給候て直義あんをんに
まもらせ給候へく候
建武三年八月十七日尊氏（花押）
清水寺

### 3 ——足利尊氏の書

「足利尊氏自筆願文」建武3年（1336）8月17日
常盤山文庫蔵

32歳の尊氏が、政務を託した弟直義の無事を祈って清水寺に納めた願文。尊氏はこの年6月に入京、11月に室町幕府を開く。政争のさなかでの尊氏の書である。

美をよむ

# バサラと唐物《からもの》

島尾《しまお》 新《あらた》

『太平記』は、まずは「歴史もの」である。公武が入り乱れ、何とも分かりづらい南北朝という時代の大河ドラマ。しかし、ただ争乱と権謀術数が織り上げられているわけではない。流れゆく時代のなかに「文化の変わり目」を語るエピソードも散りばめられている。美術史家の目を惹《ひ》くものを一つ挙げるとすれば、佐々木道誉《どうよ》の都落ちの場面だろう。

　道誉はいわゆるバサラ大名の代表格である。天皇や比叡山《ひえいざん》の権威をものともしない無頼《ぶらい》の姿勢。政治の場では、裏切りと帰順を自在に操って泳ぎまわる。そして贅《ぜい》を尽くしての風流過差。金襴《きんらん》で仕立てた派手な衣装を身に纏《まと》っての茶寄合《ちゃよりあい》に、異国・本朝の重宝を集めて惜しげもなく人々にばらまく。さらにその裏には、和歌や連歌をよくする教養人の一面が貼り付いていた。価値観が転換する時代にありがちな、何とも派手な生き方。バサラとは、その表象全体に与えられた名付けだった。

　康安《こうあん》元年（一三六一）、細川清氏に攻められて京を逃れようとするとき、道誉は自邸をまさしくバサラ流に飾り立てる（一六七頁参照）。会所《かいしょ》の畳には虎皮を敷いて、張僧繇《ちょうそうよう》が描いた観音の絵を掛け、卓の上には古銅の三具足《みつぐそく》（香炉《こうろ》・花瓶《かびん》・燭台《しょくだい》）、堆紅《ついこう》（赤漆）の盆に建盞《けんざん》を置く。書院には、兪法師《ゆほうし》の阿弥陀《あみだ》像、門無関《もんむかん》の布袋《ほてい》、王羲之《おうぎし》の草書、張即之《ちょうそくし》の「金剛経《こんごうきょう》」など。絵に盆に茶碗、どれもが唐物《からもの》と呼ばれた中国製の高級舶来品である。王羲之や張僧繇は、いわずと知れた書画の世界の伝説的な存在。兪法師や門無関のように中国の歴史に名を残さない人もいるが、当時の日本ではルノアール並みのイメージをもっていた。そんな座敷飾《ざしきかざり》に加えて、最高の酒と料理、もてなし役の遁世《とんせい》者まで置いて道誉は去ってゆく。

1

1 ── 座敷飾

曼殊院・小書院　　写真 至文堂

床には絵が掛けられてその前に花瓶、左の違棚にも様々なものが飾られている。道誉の時代にはまだ床の間はなかったが、こんな雰囲気を想像していただければよいだろう。

2

2 ── 伝張即之筆「栴檀林《せんだんりん》」

禅院額字並牌字・中国南宋時代・東福寺蔵　TNM Image Archives

道誉の座敷飾のなかに出てくる南宋の文人・張即之筆と伝えられるもの。彼の書は、同時代の禅僧たちに大きな影響を与えた。

「会所」は文字通り何らかの会が催されるところ。人々が賑《にぎ》やかに集うイヴェントの場である。それが人影のないままに遺される。猛《たけ》り狂って攻め込んでくる敵が目の当たりにするであろう、動かぬモノたちが支配する空間の静寂。映画であれば、カメラが無人の会所の唐物たちをなめ回すだろう。『太平記』の見事なレトリックである。ここに攻め入った楠正儀《くすのきまさのり》は、「焼き払え」という清氏を押しとどめて、飾には指一本触れず、反撃にあって自らが落ちる時には、逆に鎧《よろい》と白太刀《しろたち》を置いてゆく。これについて『太平記』諸本の作者は、風流を解す者としての好意的な評価と、タヌキの道誉に騙《だま》されたとの両論があったが、後者の方が数が多かったという。

3 ——伝門無関画「達磨図」
中国南宋時代・重文
妙心寺蔵
このような中国では名の知られない禅僧画家の絵も日本では珍重された。

それから四七年後の応永《おうえい》十五年(一四〇八)、将軍足利義満《よしみつ》は後小松《ごこまつ》天皇を北山山荘——いまの金閣の地——に迎える。いわゆる北山殿行幸《ぎょうこう》である。天皇が将軍邸の会所で見たのは、道誉に数十倍する唐物飾。二十日に及ぶイヴェントの後で、その多くは天皇らに進上された。もう誰もこれをバサラと呼びはしない。「一座そろわぬえせ連歌」と揶揄《やゆ》された連歌も、貴族たちの顰蹙《ひんしゅく》を買っていた猿楽《さるがく》も堂々と行われている。義満はそれらをまとめて取り込んで、時代の「文化」に仕立て上げた。

振り返って見るとき、道誉の都落ちは、バサラのハイカルチャー化への刹那《せつな》を表す一節と読めるのである。

（美術史家）

# 太平記

装丁　川上成夫
装画　松尾たいこ
本文デザイン　川上成夫・千葉いずみ
解説執筆・協力　小秋元　段（法政大学）
コラム執筆　安田清人
編集　土肥元子・師岡昭廣
編集協力　三猿社・松本堯・兼古和昌・原八千代
校正　中島万紀・小学館クォリティーセンター
写真提供　鎌倉市観光課・坂井市商工観光課
千早赤阪村産業振興課・原田寛
福田健志・米原市教育委員会・蓮華寺

# はじめに――時代を映しえた文学遺産

『太平記』は南北朝の争乱期のうち、約四十年の歴史を描いた壮大な軍記物語です。鎌倉時代末期、後醍醐《ごだいご》天皇の即位から筆を起こし、鎌倉幕府の滅亡、建武新政《けんむのしんせい》、室町幕府の成立と書き進め、物語は三代将軍足利義満《よしみつ》の時代の初期まで及びます。長い混乱の時代を描き通した『太平記』には、「南北朝・室町時代の最大の文学遺産」*といった声もあります。首肯《しゅこう》すべき評価といえるでしょう。

『太平記』が文学的に評価される要因の一つに、楠《くすのき》（楠木《くすのき》とも）正成《まさしげ》という新たな英雄像を造形した点があげられます。後醍醐天皇の倒幕活動に参画した正成が、河内国《かわちのくに》（大阪府東部）の赤坂《あかさか》・千早《ちはや》に籠城《ろうじょう》し、機略を尽くして幕府軍を悩ませた話は有名です。そもそもこの正成、『太平記』では後醍醐天皇が夢告によってその存在を知ったと描かれます。やがて天皇のもとに招かれた正成は、「正成一人《ひとり》いまだ生きてありと聞《き》こし食《め》し候はば、聖運《せいうん》はつひに開くべしと思《おぼ》し召し候へ」（五七頁参照）との言葉を残して河内へ帰ります。その後の歴史は正成が述べたとおりに展開したわけですから、彼はここで未来を予言する役割を演じたわけです。

正成の出自をめぐっては、近年、鎌倉幕府の御家人《ごけにん》だったのではないかとする説も唱えられていますが、河内国を中心に商業・流通業を手がけて実力を蓄えた土豪《どごう》的武士と考えるのが一般的なようです。鎌倉時代の末にはこうした階級が勃興《ぼっこう》し、ときに幕府や公家《くげ》・寺社ら、旧来の支配階級との軋轢《あつれき》を生み、「悪党《あくとう》」と称されることもありました。しかし、彼らは一面では権力とも癒着しており、後醍醐天皇はこうした勢力をうまく利用して、倒幕を実現させたのです。『太平記』の正成像には、この時代の悪党的存在の昇華された姿が映し出されているといえるでしょう。同じ時代を描いた『神皇正統記《じんのうしょうとうき》』や『増鏡《ますかがみ》』などがここまで正成を理想化していないことを考えると、『太平記』作者の現実を見る目はより確かであったと評することができます。

一方で『太平記』に対しては、構成意識の希薄さ、一貫しない思想、冗長な表現、中国古典や『平家物語』などへの過度の依存など、様々な否定的要素が指摘されています。しかし、それなのに『太平記』が「南北朝・室町時代の最大の文学遺産」といわれるのは、なぜなのでしょうか。

それは『太平記』が四十年に及ぶ争乱史を描き得たからにほかなりません。『太平記』は応安《おうあん》（一三六八—七五年）の末年から永和《えいわ》（一三七五—七九年）の初年には成立していたようですが、最終成立にいたる以前に何度か書き継ぎが行われたと推測されます。つまり、『太平記』は実際の歴史に雁行《がんこう》するようにして綴《つづ》られていったわけです。そこには歴史展開にかかわる情報を吟味し、構想を熟成させる十分な余裕はなかったのかもしれません。

しかし、作者が倦《う》むことなく作品を描きつづけることができたのは、強い批評精神があったからだと思われます。「序」（一二頁参照）では中国古典の知識にもとづき、君主と臣下の理想像を謳《うた》いあげます。こうした政道批評はことあるごとに登場し、作品後半部になるとやや質を変え、レトリカルなかたちで顔を覗《のぞ》かせます（二九〇頁、二九八頁ほか）。それぞれ表出の方法は異なりますが、現実に対する批判こそが、この作品に一貫するものとして存在したのです。したたかに時代と向き合う強靱《きょうじん》な精神が、『太平記』を全四十巻にわたる大作に仕上げさせました。こうした精神を、私たちは偉大な文化遺産として受けとめるべきでしょう。

（小秋元　段）

＊陳舜臣『山河太平記』所収、兵藤裕己「解説　『太平記』と東アジア世界」（ちくま文庫、二〇〇七年）。

目次

第二部



第三部



第四部



太平記の風景――

# 凡例

◎本書は、新編日本古典文学全集第五四～五七巻『太平記』一～四（小学館刊）の中から、古来著名な場面や名文の誉れ高い箇所を選び出し、全体の流れを追いながら読み進められるよう編集したものである。

◎全体を便宜上、四つの部に分け、それぞれに簡略なあらすじを掲載した。

◎採り上げた各場面には、編集部で便宜的な見出しを付した。また、見出し下に、照応する新編日本古典文学全集『太平記』（全四〇巻）の巻数と章段名を記した。

◎本文は現代語訳を先に、原文を後に掲出した。

◎現代語訳でわかりにくい部分には、（ ）内に注を入れて簡略に解説した。

◎掲載した箇所の中で、一部を中略した場合は、原文の省略箇所に（略）と記した。

◎本文中に文学紀行コラム「太平記の風景」を設けた。また、巻末に系図を掲載した。

◎巻頭の「はじめに――時代を映しえた文学遺産」、各部の「あらすじ」、巻末の「解説」は、小秋元 段（法政大学）の書き下ろしによる。

# 太平記

# 第一部

# 第一部　鎌倉幕府の滅亡

## あらすじ

鎌倉時代末期、鎌倉では得宗《とくそう》（北条一門の家長）北条高時《ほうじょうたかとき》が威を振るっていた頃《ころ》、京都では後醍醐《ごだいご》天皇が即位した。後醍醐は積極的に政務に取り組む一方、長年の皇室の悲願であった鎌倉幕府打倒を計画する。近臣日野資朝《すけとも》・俊基《としもと》らに倒幕勢力の糾合《きゅうごう》を命じたが、正中《しょうちゅう》元年（一三二四）九月、計画は露顕。関係者は誅殺《ちゅうさつ》・捕縛されてしまう（正中の変）。

その七年後。後醍醐は再び倒幕計画を進めるが、またしても幕府の知るところとなる。日野資朝は佐渡で、俊基は鎌倉でそれぞれ処刑され、追及の手は宮中に及んだため、元弘《げんこう》元年（一三三一）八月、後醍醐は笠置山《かさぎやま》（京都府相楽郡笠置町）に立てこもった（元弘の変）。そこで後醍醐は夢想により楠正成《くすのきまさしげ》の存在を知る。笠置に招かれた正成は、天皇の最終的な勝利を予告して立ち去った。やがて笠置は幕府軍の攻撃によって陥落。後醍醐は捕縛され、同年十月、光厳《こうごん》天皇が幕府の支持を得て践祚《せんそ》する。後醍醐方として挙兵した正成は、河内国赤坂《かわちのくにあかさか》（大阪府南河内郡千早赤阪村）に籠城《ろうじょう》して幕府の大軍を翻弄《ほんろう》していたが、兵粮《ひょうろう》に窮し、自ら城に火を放って姿をくらました。元弘二年三月、後醍醐は隠岐《おき》に流される。

光厳天皇が即位し、新しい世の中が訪れたかに見えたが、京・鎌倉では様々な怪異が報告され、人々を不安に陥れた。鎌倉では北条高時の宴席に天狗《てんぐ》が出現するという事件が起こる。一方、後醍醐天皇の皇子大塔宮護良親王《おおとうのみやもりよし》は紀州熊野《くまの》（和歌山県田辺市本宮町周辺）から吉野《よしの》（奈良県吉野郡吉野町）にかけて遍歴し、倒幕活動を展開した。楠正成も再起を図り、天王寺《てんのうじ》（大阪市天王寺区）で幕府軍を退け、四天王寺に珍蔵される「聖徳太子未来記《しょうとくたいしみらいき》」を披見して勝利を確信する。こうした動きを受け、幕府は畿内《きない》へ軍勢を送り込む。幕府軍は赤坂城・吉野城を攻め落とすが、正成の籠《こも》る千早《ちはや》城（大阪府南河内郡千早赤阪村）では数々の奇策に悩まされ、いたずらに時を過ごすばかりであった。

その頃、播磨《はりま》（兵庫県南部）の赤松円心《あかまつえんしん》をはじめ、各地の勢力が倒幕をめざして蜂起する。後醍醐も隠岐より伯耆《ほうき》（鳥取県西部）に逃れ、名和長年《なわながとし》に迎えられる。やがて円心・長年らは京都を攻略。幕府は足利高氏《たかうじ》・名越高家《なごえたかいえ》を派遣するが、元弘三年（一三三三）四月、高氏は丹波国篠村《たんばのくにしのむら》（京都府亀岡市）で反旗を翻す。高氏ら後醍醐方は六波羅探題《ろくはらたんだい》館を攻撃し、敗れた北条仲時《なかとき》は近江国番場《おうみのくにばんば》（滋賀県米原市）まで逃れ、自害する。

また、関東では上野国《こうずけのくに》（群馬県）の新《にっ》田《た》義貞《よしさだ》が幕府を離反。義貞軍はたちまち大軍となって鎌倉を攻略し、五月二十五日、高時以下北条一門を自害に追い込む。六月、後醍醐は都に還幸。各地の幕府方の武士たちも投降・自滅した。

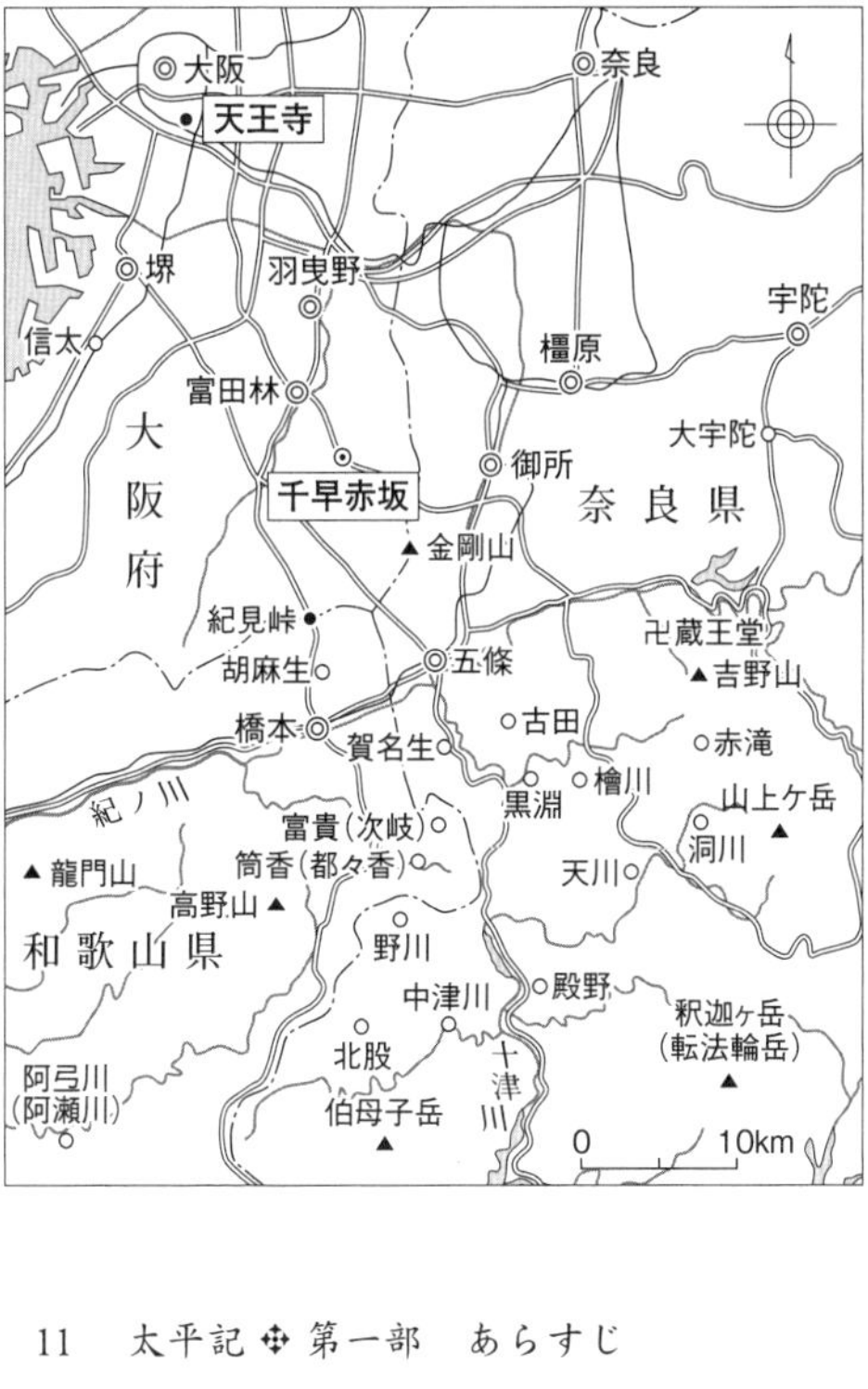

# 一　序

古《いにしえ》から今にいたる世の移り変りの中に、平和と乱世との由来を、私なりによくよく考えてみると、万物をあまねく覆《おお》うものこそが天の徳だと分る。明君はこの徳を身に備えて国を治めるのである。一方、国家の運営を任せて、疎んずることのないのが地の道である。だから良臣は、この道理に従って、重要な国家祭祀《さいし》を守ってゆくのである。

もしも君子に天の徳が欠ける場合には、かりに帝位にあっても、その位を維持することはできない。世にいうように、古代中国の夏《か》の桀《けつ》は南巣《なんそう》の地に逃げ去り、殷《いん》の紂《ちゆう》（ともに暴君として有名）は牧野《ぼくや》での戦いに敗れているのである。また臣下が地の道を誤った政治を行うならば、権勢があっても、その地位を長く維持することはできない。歴史に見られるように、秦《しん》の趙高《ちようこう》（始皇帝の寵臣《ちようしん》）は咸陽《かんよう》の地で刑死し、唐の安禄山《あんろくさん》（玄宗皇帝の寵臣）は鳳翔《ほうしよう》の地で滅んでいるのである。

右のような理由で、前代の聖人は、身をつつしんで、人の守るべき道を後世に教え諭《さと》しているのであり、後世の我々は歴史を顧みて、過去に教訓を学ぶべきであろう。

蒙窈《もうひそ》かに古今の変化を採《と》って、安危《あんき》の所由《しよいう》を察《み》るに、覆《おほ》って外《ほか》無きは、天の徳なり。明君これに体《てい》して国家を保《たも》つ。載《の》せて棄《す》つること無きは、地の道なり。良臣《りやうしん》これに則《のっと》って、社稷《しやしよく》を守る。

もしその徳欠くる則《とき》は、位有《ゐ》りといへども、持《たも》たず。いはゆる夏《か》の桀《けつ》は南巣《なんさう》に走り、殷《いん》の紂《ちう》は牧野《ぼくや》に敗す。その道違《たが》ふ則《とき》は、威有《ゐ》りといへども、保たず。かつて聴く、趙高《てうかう》は咸陽《かんやう》に死し、禄山《ろくさん》は鳳翔《ほうしやう》に亡ず。

ここを以《もっ》て、前聖《ぜんせい》慎んで、法《ほふ》を将来に垂るることを得たり。後昆《こうこん》顧《かへり》みて、誡《いまし》めを既往《きわう》に取らざらんや。

---

# 二 後醍醐《ごだいご》天皇の登場

巻第一「相模守高時権柄を執る事」
「京都に両六波羅を居ゑ鎮西に探題を下す事」

さて、我が国の人皇《にんのう》の始めである神武天皇から九十五代目の天皇、後醍醐《ごだいご》天皇の御代《みよ》に、武臣《ぶしん》相模守《さがみのかみ》平高時《たかとき》（北条氏は平氏を称した）という者がいた。天皇は君主の徳にはずれ、執権高時は臣下の礼を失っていた。そのために天下は大いに乱れ、両者登場以来、一日として安穏《あんのん》な日はなかった。戦いを知らせる狼煙《のろし》は天を覆《おお》い、鬨《とき》の声は地を揺るがして鳴り響いた。戦乱の続くこと、現在まで三十数年であり、民は一人として寿命を全うできず、多くの人々がびくびくした生活を余儀なくされていた。

世の乱れの原因をよくよく尋ねてみると、その禍《わざわい》は短期間に始まったことではない。元暦《げんりゃく》年間に、鎌倉の右大将源頼朝《よりとも》卿が平家を追討して〈元暦二年〈一一八五〉三月、壇浦《だんのうら》で平家滅亡〉、その功績があったときに、後白河《ごしらかわ》法皇はたいそう感激なさって、頼朝卿を全国六十六か国の総追捕使《そうついぶし》に任ぜられた。このことによって、鎌倉幕府は諸国に守護《しゅご》を設置し、貴族や寺社の荘園《しょうえん》には地頭《じとう》を置いたのである。その頼朝卿の長男左衛門《さえもんの》督頼家《かみよりいえ》、次男右大臣実朝《さねとも》公も、続いて征夷大将軍《せいいたいしょうぐん》の地位についた。以上三人を合わせて、三代将軍と呼ぶ。ところが、頼家は実朝公のために討たれ、討った実朝は頼家の子悪禅《あくぜん》師公暁《じくぎょう》に討たれて、源氏の代は、わずかに四十二年で尽きてしまった。その後、頼朝の舅遠江守《しゅうととおとうみのかみ》平時政《ときまさ》、次にその子息前陸奥守義時《さきのむつのかみよしとき》朝臣が自然に天下の実権を握って、その権勢はしだいに日本全国を覆うばかりとなった。

当時の上皇後鳥羽院《ごとばいん》は、幕府の権勢が全国に及べば朝廷の権威が廃れることをお嘆きになって、義時を滅ぼそうとなさった。こうして承久《じょうきゅう》の乱〈承久三年〈一二二一〉〉が起って、天下は一時《いっとき》の間も平穏にならなかった。ついに軍旗が太陽の光をさえぎるほど多く集まり、上皇方と幕府方とは、宇治（京都府宇治市）・勢多《せた》（大津市瀬田）で合戦となった。その合戦がまだ一日も終らないうちに、官軍はたちまち敗北したために、後鳥羽院は隠《お》岐国《きのくに》（島根県の隠岐島）へ配流《はいる》の身となられ、義時はついに天下を掌中におさめた。

その後は、武蔵守泰時《むさしのかみやすとき》・修理亮時氏《すりのすけときうじ》・相模守時頼《ときより》・左馬権頭時宗《さまのごんのかみときむね》・相模守貞時《さだとき》と続いて、時政から七代、政治は幕府が行い、その善政は困窮する人々を助けた。幕府の権威は天下万民を支配したけれども、代々の執権の位は四位どまりであった。彼らは謙虚で、民に仁政を施し、自らを反省して礼儀正しい生活を行った。そのために、高い位にあっても安泰で、権勢があってもその力におぼれるということはなかった。

承久《じょうきゅう》元年（一二一九）以降、親王や五摂家《せっけ》（摂関に任ぜられる五つの名家）の中で、世を治め民《たみ》を安んずる器量を持つ人を一人選んで鎌倉へ下っていただき、将軍と仰いで、幕府の面々は臣下の礼をとることとなった。同三年には、京都へ北条一族の者二名をはじめて派遣して六波羅《ろくはら》（六波羅探題《たんだい》）と呼び、畿内《きない》と中国の行政を担当させ、さらに永《えい》仁《にん》元年（一二九三）からは九州に一人の探題を派遣して、九州の処置を任せ、外敵（蒙古軍）襲来の備えを固めた。

そういうわけで、日本国中、北条氏の命令に従わない所はなく、国外までも国内同様、その権勢に従わない者はなかった。朝日には星の光を犯すつもりはないが、暁《あかつき》に残る星はおのずからその光を奪われる習いであるから、幕府の権力者たちは朝廷を必ずしも軽んじ申しあげたわけではなかったのだが、荘園《しょうえん》では地頭が強く旧来の領主は弱く、国々では守護の地位が重くなって、朝廷任命の国司の力は軽視されるようになった。そのため朝廷はしだいに衰えて、幕府は日ごとに盛んになっていった。

以上のような次第で、代々の天皇は、遠くは承久の乱で隠岐国《おきのくに》へ流され、彼《か》の地でお亡《な》くなりになった後鳥羽上皇のお心をお慰めするため、近くは朝廷での儀式が廃れていることをお嘆きになって、幕府を滅ぼしたいものだと常々お考えになっていたけれども、あるときは朝廷の力が弱くてかなわず、またあるときは倒幕計画を時期尚早として見過してこられたのである。そうした中、時政九代の子孫、前相模守《さきのさがみのかみ》平高時《たかとき》入道崇鑑《そうかん》（北条高時の法名）の時代となって、彼の行状はたいそう軽率で、人が嘲笑《ちょうしょう》するのを意に介さず、その政治は正しいものではなかった。また彼は民衆の困窮を何とも思わず、朝から晩までただ遊ぶことをもっぱらとし、先祖の功績を汚《けが》し、明け暮れいっぷう変ったものに遊び興じて、一門の衰滅を存命中に迎えようとしていた。まるで、中国の衛《えい》の懿《い》公《こう》が鶴《つる》を車に乗せて愛玩《あいがん》したその楽しみが北狄《ほくてき》に攻め滅ぼされて尽き、また秦《しん》の李斯《りし》が処刑されるときに犬を連れて兎狩《うさぎが》りをしたいものだと悲しんだのと同じ後悔が、高時の身の上に今にも訪れようとしていると、彼の行動を見る人は不快に思い、噂《うわさ》を聞く人は驚きあきれた。

このときの帝《みかど》で後醍醐《ごだいご》天皇と申しあげた方は、後宇多《ごうだ》上皇の第二皇子で、談天門院《だってんもんいん》(藤原忠子)のお子様でいらしたが、相模守北条高時の計らいで、御年三十一のときに天皇の御位につけ申しあげた。ご在位の間、天皇は三綱五常《さんこうごじょう》(君臣・父子・夫婦の道と、仁・義・礼・智・信)の筋道を守ったご生活をなさって聖君・聖人の道をお守りになり、公的にはあらゆるご政務に精励なさった。延喜《えんぎ》・天暦《てんりゃく》の聖代(醍醐・村上天皇の代)を手本になさったので、国中が天皇の政治を歓迎し、国民すべてがその徳を喜び迎えた。天皇は、荒廃していた諸芸・諸道を復興し、小さな善事に対しても褒賞なさったので、古くからの寺社も新しい禅宗や律宗も時を得て繁盛し、顕密二教(顕教と密教。仏教の教学の総称)や儒教の大学者も皆望みを達した。まことに天の意を受けた聖主、地上の万物が仰ぎみる明君だと、天皇の徳を称え、その教化を誇りに思わない者はいなかった。

——ここに、本朝人王《ほんてうにんわう》の始め、神武天皇《じんむてんわう》より九十五代の帝《みかど》、後醍醐《ごだいご》天皇の御《ぎよ》宇《う》に、武《ぶ》臣相模守平高時《しんさがみのかみたひらのたかとき》といふ者ありて、上《かみ》君の徳に違《たが》ひ、下《しも》臣の礼を失ふ。これにより、四《し》海《かい》大いに乱れて、一日もいまだ安からず。狼煙《らうえん》天を翳《かく》し、鯨波《げいは》地を動かす。今に至つて三十余年、一人春秋《いちじんしゅんじう》に富むことを得ず、万民手足《しゅそく》を措《お》くに所なし。

　つらつらその濫觴《らんしやう》を尋ぬれば、禍《わざはひ》一朝一夕《いつてういつせき》の故《ゆゑ》にあらず。元暦《げんりやく》年中に、鎌倉の右大将頼朝卿《よりとものきやう》、平家追討《ついたう》してその功ありし時、後白河院叡感《ごしらかはのゐんえいかん》のあまりに、六十六箇国の追捕使《ついぶし》に補《ふ》せらる。これより武家《ぶけ》始めて立つて諸国に守護《しゅご》を置き、庄園《しやうゑん》に地頭《ぢとう》を補す。かの頼朝の長男左衛門督頼家《さゑもんのかみよりいへ》、次子右《じしう》大臣実朝公《だいじんさねともこう》、相続《あひつ》いで皆征夷将軍《せいいしやうぐん》の武将に備はる。これを三代将軍と号《かう》す。しかあれども、頼家は実朝公のために討たれ、実朝は頼家の子悪禅師公暁《あくぜんじくげう》のために打たれて、源氏の代、わづかに四十二年にして尽きぬ。その後、頼朝卿の舅《しうと》、遠江守《とほたふみのかみ》平時政《ときまさ》が子息前陸奥守義時朝臣《さきのむつのかみよしときあそん》、自然に天下の権柄《けんぺい》を執《と》つて、勢《いきほひ》やうやく四海に覆《おほ》はんとす。

　この時の太上皇後鳥羽院《だじやうかうごとばのゐん》、武威下《しも》に振るはば、朝憲上《てうけんかみ》に廃《すた》れん事を嘆き思《おぼ》し食《め》して、義時を亡《ほろ》ぼさんとし給ひしに、承久《しようきう》の乱出《い》で来て、天下しばらくも静かならず。つひに旌旗《せいき》日を掠《かす》めて、宇治《うぢ》・勢多《せた》にして相戦ふ。その闘ひいまだ一日も終へざるに、官軍たちまちに敗北せしかば、後鳥羽院は隠岐国《おきのくに》へ遷《うつ》されさせ給ひて、義時いよいよ八荒《はつくわう》を掌《たなごころ》の中に握り、それより後、武蔵守泰時《むさしのかみやすとき》・修理亮時氏《すりのすけときうぢ》・相模守時頼《ときより》・左馬権頭時宗《さまのごんのかみときむね》・相模守貞時《さだとき》、相続いて七代、政《まつりごと》武家より出でて、徳窮民《きゆうみん》を慰《ゐ》するに足れり。威《ゐ》万人の上に被《かうふ》らしむといへども、位四品《しほん》の間を超えず。謙に居《きよ》して仁恩を施《ほどこ》して、己《おのれ》を小《せ》めて礼義をただしふし、ここを以《もつ》て、高しといへども危ふからず、満《み》てりといへども溢《あふ》れず。

承久《しようきう》元年より已来《このかた》、諸王《しよわう》・摂家《せつけ》の間に、理世安国《りせいあんこく》の器《き》に相当《あひあた》り給へるを一人、鎌倉へ申し下《くだ》し奉り、将軍と号《かう》して、武臣《ぶしん》皆拝趨《はいすう》の礼を刷《かいつくろ》ふ。同じき三年に、始めて洛中《らくちゆう》に両人の一族を居《す》ゑて、六波羅と号し、西国の沙汰《さた》を執り行はせ、永仁《えいにん》元年より、鎮西《ちんぜい》に一人の探題を下して、九州の成《せい》敗《ばい》を司《つかさど》らしめ、異国襲来《しふらい》の備へを堅うす。

されば、一天の下《した》、普《あまね》くかの下知《げぢ》に順《したが》はずといふ所なく、四海の外《ほか》も等しくその権勢に服《ふく》せずといふ者はなかりけり。朝陽《てうやう》犯さざれども、残星《ざんせい》光を奪はるる習ひなれば、必ずしも武家の輩《ともがら》公家《くげ》を褊《さみ》し奉らんとしもなかりしかども、所には地頭強くして領家《りやうけ》は弱く、国には守護《しゆご》重くして国司《こくし》は軽《かろ》し。この故《ゆゑ》に、朝廷は年々に衰へて、武家は日々に盛んなり。

これによつて、代々の聖主《せいしゆ》、遠くは承久の宸襟《しんきん》を休めんがため、近くは朝儀《てうぎ》の廃《すた》れぬるを嘆き思《おぼ》し食《め》して、東夷《とうい》を亡《ほろ》ぼさばやと、常に叡慮《えいりよ》を回《めぐ》らされしかども、あるいは勢微《いきほひび》にして叶《かな》はず、あるいは時いまだ到《いた》らずして、黙《もだ》し給ひけるところに、時政《ときまさ》九代の後胤《こういん》、前相模守《さきのさがみのかみ》平高時《たかとき》入道崇鑒《そうかん》が時に至つて、行迹《かうせき》甚《はなは》だ軽《かろ》くして、人の嘲《あざけ》りをも顧《かへり》みず、政道直《ただ》しからず。民の弊《つひえ》を思はず、ただ日夜に逸遊《いついう》を事として、前烈《ぜんれつ》を地下に恥《はづかし》めて、朝暮《てうぼ》に奇物《きもつ》を翫《もてあそ》んで、傾廃《けいはい》を生前《しやうぜん》に致さんと欲す。衛の懿公《ゐいこう》、鶴を乗せし楽しみ早く尽きて、秦《しん》の李斯《りし》が犬を牽《ひ》く恨み今来《き》たりなんと、見る人眉《まゆ》を嚬《ひそ》め、聞く人舌《した》を翻《ひるがへ》す。

この時の御門《みかど》後醍醐《ごだいご》天皇と申ししは、後宇多院《ごうだのゐん》第二の皇子《わうじ》、談天門院《だつてんもんゐん》の御腹にてましまししを、相模守が計らひとして、御年三十一の御時、始めて御位に即《つ》け奉る。御在位の間、内《うち》には三綱五常《さんかうごじやう》の義を正して、周公孔子《しうこうこうし》の道に順《したが》ひ、外《ほか》には万機《ばんき》百司《はくし》の政《まつりごと》に懈《おこた》らせ給はず。延喜《えんぎ》天暦《てんりやく》の跡を追はれしかば、四海風《ふう》を臨んで悦《よろこ》び、万民徳《とく》に帰《き》して楽しむ。すべて諸道の廃れたるを興《おこ》し、一事の善をも賞せられしかば、寺社禅律《ぜんりつ》の繁昌《はんじやう》、ここに時を得たり。顕密儒道《けんみつじゆだう》の碩才《せきさい》も皆望みを達せり。誠に天に承《う》けたる聖主、地に奉《ほう》ぜる明君なりと、その徳を頌《しよう》じ、その化《くわ》に誇らぬ者はなかりけり。

巻第一「俊基款状を読み誤りの事」

## 三 討幕の密議

帝位についた後醍醐《ごだいご》天皇は、鎌倉幕府打倒を志す。円観《えんかん》・文観《もんかん》ら側近の僧侶《そうりよ》に関東調伏《ちようぶく》の修法を行わせ、日野資朝《すけとも》・俊基《としもと》ら近臣には武力の糾合を命じた。

後醍醐天皇は幕府を倒すという重大事を思い立たれたけれども、もしこのことが広く知られるならば幕府方に漏れ聞えることもあるに違いないとお思いになられたので、思慮深く知恵のある老臣やそば近く仕える人たちにもご相談なさることはなかった。ただ日野中納言資朝・蔵人右少弁《くろうどうしようべん》日野俊基・四条中納言隆資《たかすけ》・尹大納言《いんのだいなごん》花山院師賢《かざんいんもろかた》卿・平宰《へいさい》相成輔《しようなりすけ》たちだけに内密にご相談なさって、行動を起したときに頼りになりそうな武士たちをお召しになったところ、錦織判官《にしごりのほうがん》・足助《あすけ》次郎重範《しげのり》、さらには比叡山延暦寺《ひえいざんえんりやくじ》の僧兵たち少々がお言葉に応じてきた。

この俊基は、家代々の儒学の道を継いで、才知学識が秀でていたので、抜擢《ばつてき》されて要職に登用され、官は弁官に至り、職は蔵人を務めた。そういう次第で宮中の勤務が多忙で、幕府追討の策謀をめぐらすゆとりがなかったので、何とかしてしばらく家に籠《こも》り、幕府転覆のための挙兵の計画をめぐらそうと思っていたところ、比叡山横川《よかわ》（比叡山延暦寺を構成する三塔の一つ）の衆徒《しゆと》たちが嘆願書を捧《ささ》げて、朝廷に訴え出るという事件が起った。俊基は蔵人として、その奏状をひろげて、帝の前で読み上げたのであるが、読み違えたふりをして、楞厳院《りようごんいん》（横川の中堂《ちゆうどう》）をわざと懮厳院《まんごんいん》と読んだ。すると、席に居並ぶ公卿《くぎよう》たちはこれを聞いて、「（なるほど、楞《りよう》の字は旁《つくり》に万があるからマンと読むのなら）相《そう》の字は偏から見ても旁から見ても、モク（木・目の音読み）と読むべきだなあ」と、お互いに目で合図をして大笑いをした。俊基はこの事件に大いに恥をかいた様子で、顔を赤らめて退出した。

そのときから、「恥をかいたので家にとじ籠《こも》って謹慎します」と披露して、半年ほど宮中への出勤をやめ、山伏の姿に変装して、大和《やまと》・河内《かわち》に出かけて行き、築城するにふさわしい場所を見定め、また東国や西国に下って、国々の風俗や各地の土豪の財力を偵察されたのである。

ところで、このときに、美濃国の住人で、土岐伯耆十郎・多治見四郎次郎という武士がいた。二人はともに清和源氏の子孫で、武勇の誉れが高かったので、資朝卿はさまざまな縁故を探り、近づき親しんでいた。友としての交わりはすでに深くなってはいたが、幕府追討というこれほどの重大事をたやすく明かすのはどうかと思われたので、なおよくよく彼らの本心を探ってみようとして、無礼講ということを始められた。参加した人々は、尹大納言師賢・四条中納言隆資・洞院左衛門督実世・蔵人右少弁俊基・伊達三位遊雅・聖護院庁法眼源基・足助次郎重範・土岐伯耆十郎頼員・同じく左近蔵人頼直・多治見四郎次郎などであった。

無礼講というその集会の宴席の様子は、見聞する人々を驚かせた。すなわち、献盃の順序は身分の上下にかかわりなく、男は烏帽子を脱いで髻の糸を切ってざんばら髪となり、僧侶は法衣をつけず肌着姿であった。十七、八歳から二十くらいの女性で、容姿が整い、肌が特に美しい者たち二十数人に、軽くて薄い単衣だけを着せ、酌をさせた。だから、彼女たちの雪のように白い肌は、単衣の上から透き通って見え、あたかも楊貴妃が愛した太液《たいえき》の池の蓮華《れんげ》が、今水中よりほころび始めたかのような美しさだった。山海の珍味を取りそろえ、美酒を泉のように準備し、一同遊び戯れ、舞い歌うのだった。その間には、ただただ幕府を滅ぼそうとする企てだけが練られていたのである。

---

これ程の重事《ちようじ》を思《おぼ》し食《め》し立ちけれども、事多聞《たぶん》に及びなば、漏れ聞ゆる事もこそあれと思し食されける間、深慮智化《ちくわ》の老臣・近侍《きんじ》の人々にも仰せ合はせらるる事もなし。ただ日野中納言資朝《ひののちゆうなごんすけとも》・蔵人右少弁俊基《くらうどうせうべんとしもと》・四条中納言隆資《たかすけ》・尹大納言師賢《ゐんのだいなごんもろかた》卿《のきやう》・平宰相成輔《へいさいしやうなりすけ》ばかりに、ひそかに仰せ合はせられて、さりぬべき兵《つはもの》どもを召されけるに、錦織判官《にしごりのはんぐわん》・足助《あすけの》次郎重範《しげのり》、北嶺《ほくれい》の衆徒《しゆと》等少々、勅定《ちよくぢやう》に応じけり。

かの俊基は、累葉《るいえふ》の儒業を継ぎ、才学優長《さいがくいうちやう》なりしかば、顕職《けんしよく》に召し仕はれて、官蘭台《らんだい》に至り、職職事《しきじ》を司《つかさど》れり。しかる間、出仕事繁《しゆつしことしげ》うして、籌策《ちうさく》隙《ひま》なかりければ、いかんともして、しばらく籠居《ろうきよ》して謀叛《むほん》の計略を回《めぐ》らさんと思ひけるところに、山門横川《よかは》の衆徒《しゆと》、款状《くわんじやう》を禁庭に捧《ささ》げて、訴ふる事あり。俊基奏状を披《ひら》いて読《よ》み進しけるが、誤りたる体《てい》にて、楞厳院《りようごんゐん》を槾厳《まんごん》院《ゐん》とぞ読みたりける。座中の諸卿これを聞いて、「相《さう》の字をば、篇《へん》についても作りについても、もくとぞ読むべかりける」と、各《おのおの》目を合はせてぞ笑はれける。俊基大いに恥ぢたる気色にて、面《おもて》を赤めて退出す。

それより、「恥辱に合ひて籠居す」と披露して、半年ばかり出仕を止め、山伏の形に身を易《か》へ、大和《やまと》・河内《かはち》に行きて、城になりぬべき所々を見置き、東国・西国に下つて、国の風俗、人の分限《ぶんげん》をぞ伺ひ見られける。

ここに、美濃国《みののくに》の住人に土岐《とき》伯耆十郎《はうきのじふらう》・多治見《たぢみ》四郎次郎といふ者あり。ともに清和源氏の後胤《こういん》として武勇の聞えありければ、資朝卿様々の縁を尋ねて、昵《むつ》び近付かれけり。朋友《ほういう》の交はりすでに浅からざりけれども、これ程の一大事を、左右《さう》なく知らせん事はいかがあるべかるらんと思はれければ、なほもよくよくその心を伺ひ見んがために、無礼講《ぶれいこう》といふ事をぞ始められける。その人数には、尹大納言師賢・四条中納言隆資・洞院左衛門督《とうゐんさゑもんのかみ》実世《さねよ》・蔵人《くらうど》右少弁俊基《としもと》・伊達三位《だてのさんみ》遊雅《いうが》・聖護院庁法眼源基《しやうごゐんちやうのほふげんげんき》・足助《あすけ》次郎重範《しげのり》・土岐《とき》伯耆十郎頼員《はうきのじふらうよりかず》・同左近蔵人頼直《くらんどよりなほ》・多治見次郎等なり。

その交会遊飲の体《てい》、見聞耳目《じぼく》を驚かす。献盃《けんぱい》の次第、上下をいはず、男は烏帽子《ゑぼし》を脱いで髻《もとどり》を放ち、法師は衣を着ずして白衣《びやくえ》なり。年十七八、二十《はたち》ばかりなる女の、見目形《みめかたち》厳《いつく》しく、膚《はだへ》ことに清らかなるを二十余人、褊《さいみ》の単《ひとへ》ばかりを着せて、酌《しやく》を取らせたれば、雪の肌《はだへ》透き通りて、太液《たいえき》の芙蓉《ふよう》新たに水を出《い》でたるに異ならず。山海の珍を竭《つ》くし、美酒を泉の如《ごと》く湛《たた》へて、遊び戯《たはぶ》れ、舞ひ歌ふ。その間には、ただ東夷《とうい》を亡《ほろ》ぼすべき企ての外《ほか》は他事なし。

## 四 俊基《としもと》の東下り

巻第二「俊基朝臣再び関東下向の事」

元亨《げんこう》四年（正中《しょうちゅう》元年〈一三二四〉）、倒幕計画は、土岐頼直《ときよりなお》が妻に漏らしたことから露顕し（正中の変）、日野資朝《すけとも》は佐渡に流された。が、幕府は朝廷に対して強硬策をとらず、後醍醐《ごだいご》天皇の地位は守られた。天皇はなお倒幕の実現に逸《はや》るが、元徳《げんとく》三年（元弘《げんこう》元年〈一三三一〉）、再び計画は露顕する（元弘の変）。これによって日野俊基は捕縛され、関東に送られる。

桜吹雪に道踏み迷う交野《かたの》（大阪府交野市）の春の花見や、散る紅葉が錦《にしき》の上着となる嵐山（京都市西京区）の秋の夕暮など、たとえ一夜でもよそで寝るのは物憂きもの、ましてや年久しく住みなれた花の都を後にして、愛して止《や》まぬ妻子を残し、先の知れない旅に出る、そのお心の哀れさよ。逢坂《おうさか》の関（京都府と滋賀県の境、逢坂山にあった関）の此方《こなた》の都が朝霧でかすむ中を出発し、行く人帰る人すべての旅人に出会う逢坂を越えて、打出《うちで》の浜《はま》（大津市）から沖合はるかに見渡すと、塩を焼くこともない近江《おうみ》の湖《うみ》（琵《び》琶《わ》湖）をあこがれて出て行く舟が見える。その浮舟の浮き沈みに我が身を重ね、水の上の泡のような粟津野《あわづの》（大津市）を行くはかない我が身の行く末を思いつづけ、瀬田《せた》の橋（琵琶湖《びわこ》口の瀬田の唐橋《からはし》）を駒《こま》の足音を立てて渡ってゆく。野路《のじ》の玉川（滋賀県草津市）では波が高く、時雨《しぐれ》も激しい守山《もりやま》（滋賀県守山市）を通り、笹《ささ》に露置く篠原《しのはら》（滋賀県野洲市）では、踏み分けがたい道を問い、鏡の山（野洲市と蒲生郡竜王町の境にある山）に立ち寄ってみよう。その鏡をつくづくと眺め、我が身も年をとってしまったのだろうかと口ずさみ、物を思うと一夜のうちに老いるという老蘇《おいそ》の森（蒲生郡安土町）の木陰を駆け行くと、涙をとどめる袖《そで》もない。それにしても自分と同じ流され人の境遇なのか、古人《いにしえびと》が詠《よ》み置いた、その言の葉に出会う近江路であるよ。世を憂しと宇禰野《うねの》（滋賀県近江八幡市）に鳴く鶴《たず》も私同様、雲居の遥《はる》かな都を懐かしんでいるのであろう。

番場《ばんば》、醒井《さめがい》、柏原《かしわばら》を過ぎ、はらはら流す涙こそが、不破《ふわ》の関屋（岐阜県不破郡関ケ原町にあった関）の月の晩でさえ袖《そで》を濡らす雨となるのであった。旅衣を野上《のがみ》（関ケ原町）の草に置く露の上に敷き、日が暮れれば泊まる旅程を重ねるうちに、いつしか我が身は終りに近付いた。その尾張《おわり》の熱田の社《やしろ》を伏し拝み、おりしも潮引く鳴海潟《なるみがた》（名古屋市緑区辺りの海岸）、傾く月に宿を問えば、なお行く先は遠いとのこと。遠江《とおとうみ》の浜名の橋の夕波に、引く人もない捨て小舟のように沈みきった我が身なので、哀れと言いかける人もない。こうして入相《いりあい》の鐘（夕暮につく鐘）の鳴るころに、やっと池田の宿（静岡県磐田市）にお着きになる。

思い起せば元暦《げんりやく》元年（一一八四）ごろのことであったか、中将平重衡《しげひら》が、鎌倉武士に捕われて鎌倉へ護送の途中、この池田の宿にお着きなさったときに、宿の長者の娘が、

東路《あづまぢ》のはにふの小やのいぶせきに故郷《ふるさと》いかで恋《こひし》かるらん

——鎌倉へ下向なさる中将様は、海道の粗末な家をご覧になり、胸ふさがる思いをなさって、故郷の都をどんなにか恋しく思われなさることでしょう

と詠んだことがあったが（『平家物語』巻十「海道下」）、そうした昔の哀れな出来事ま

でも思い出し、涙のために旅宿の灯火もおぼろにかすむのであった。鶏《とり》が鳴いて暁を告げると、一頭の馬が朝風の中にいななき、警護の一行は天竜川を渡り、小夜《さよ》の中山《なかやま》（静岡県掛川市）を越えて行くと、その昔、教清法師《のりきよ》（西行《さいぎよう》。俗名、佐藤義清《のりきよ》）が、「年たけてまた越ゆべしと思ひきや命なりけりさやの中山」と詠じながら、再びこの峠を越えたことすらも、二度と都へは戻れない俊基にはうらやましく思われるのであった。

---

落花《らくくわ》の雪に道迷ふ、交野《かたの》の春の桜狩《さくらが》り、紅葉《もみぢ》の錦《にしき》を着て帰る、嵐の山の秋の暮、一夜《いちや》を明す程だにも、旅寝《たびね》となれば物うきに、年比栖《としごろす》み馴《な》れし九重《ここのへ》の、花の都をば、これを限りとかへりみて、恩愛の道浅からぬ、古郷《ふるさと》の妻子をば、行末《ゆくへ》も知らず思ひ置き、思はぬ旅に出《い》で玉ふ、心の中こそ哀れなれ。関《せき》の此方《こなた》の朝霧に、都の空を立ち別れ、行くも帰るも旅人に、逢《あふ》坂《さかこ》超えて、打出《うちで》の浜より奥《おき》を見渡せば、塩焼かぬ海にこがれ行く、身は浮舟《うきふね》の浮き沈み、水の上なる粟津野《あはづの》の、哀れはかなき身の行末《ゆくすゑ》を、思ひぞ渡る瀬多《せた》の橋、駒《こま》も轟《とどろ》に打ち過ぎて、野路《のぢ》の玉川浪《なみ》越ゆる、時雨《しぐれ》もいたく

守山《もりやま》の、篠《しの》に露散る篠原《しのはら》や、小竹《ささ》分けわぶる道問ひて、いざ立ち寄らん鏡《かが》山《みやま》、老やしぬると打《う》ち詠《なが》め、物を思へば夜の間にも、老蘇《おいそ》の森のかげ行けば、泪《なみだ》を留《と》むる袖《そで》ぞなき。さても我身の類《たぐひ》かや、古人《いにしへびと》の云《い》ひおきし、その詞葉《ことのは》に近江路《あふみぢ》や、世を宇《う》禰野《ねのの》に鳴く鶴《たづ》も、さこそ雲井《くもゐ》を恋《した》ふらめ。番馬《ばんば》、醒井《さめがゐ》、柏原《かしはばら》、はらはらと落つる泪《なみだ》こそ、不破《ふは》の関屋《せきや》の月にだに、袖泄《も》る雨となりにけれ。旅衣《たびごろも》、野上《のがみ》の露の置き分けて、暮るれば泊まる旅の道、いつか我身の尾張《をはり》なる、熱田《あつた》八剣《やつるぎ》伏し拝み、塩干《しほひ》に今や鳴海潟《なるみがた》、傾《かたぶ》く月に宿《やど》問へば、なほ行末《ゆくすゑ》は遠江《とほたふみ》、浜名の橋の夕塩《ゆふしほ》に、引く人もなき捨て小舟《をぶね》、沈みはてぬる身にしあれば、誰《たれ》か哀れと夕暮の、入逢《いりあひ》なれば今はとて、池田《いけだ》の宿にぞ着き給ふ。

元暦《げんりやく》の比《ころ》かとよ、重衡中将《しげひらのちゆうじやう》の、東夷《あづまえびす》のために囚《とら》はれて、この宿に着き給ひしに、

東路《あづまぢ》のはにふの小やのいぶせきに故郷《ふるさと》いかで恋《こひ》しかるらん

と、長者の妃《ひめ》が詠みたりし、その古《いにしへ》の哀れまで、思《おも》ひ出だす泪《なみだ》にて旅館の

灯《ともしび》幽《かすか》なり。

鶏鳴《けいめい》暁を促せば、匹馬《ひつば》風に嘶《いば》へて、天竜川を打ち渡り、佐夜《さよ》の中山《なかやま》を越え行けば、昔 教清法師《そのかみのりきよほふし》が、「命なりけり」と詠じつつ、再び越えし跡までも、うらやましくぞ思はれける。

---

## 五 阿新《くまわか》の敵討《かたきう》ち

巻第二「資朝誅戮并びに阿新翔まひの事」

かねて佐渡に流されていた日野資朝《ひのすけとも》が処刑されることになった。その風聞に接した息子の阿新ははるばる佐渡に渡り、父との対面を願い出る。しかし、鎌倉幕府の耳に入ることを恐れた守護本間山城入道《ほんまやましろにゅうどう》は、同情しながらもこれを許さず、父と子は、四、五町（五〇〇メートル内外）離れたところに留め置かれた。

父資朝卿《すけとも》は阿新《くまわか》が佐渡へやって来たことをお聞きになり、遥《はる》かかなたの都でどのようにつらい思いをして暮していることかと遠くから思いやるよりも、いま身近にやって来た子のことをいっそう悲しくお思いになる。阿新殿もまた、あの空の下にと嘆いては、波路はるかに隔てた鄙《ひな》での父の住まいをかつて都から想像し、つらく思っていたのは、ここまでやって来ながら対面できない悲しさに比べれば物の数ではないと、袂《たもと》の乾く暇《いとま》もないほど涙にくれるのであった。これが父中納言殿のいらっしゃる牢《ろう》だと、人が教えてくれた方をご覧になると、一群の竹が茂った所に堀を掘ってその場を囲み、さらに塀を作って、行き来する人も稀《まれ》である。阿新殿はこの有様を見て涙をおさえ、「人情を知らない本間だ。父は牢に押し込められ、一方、自分はまだ幼い。たとえ同所に留め置いたとしてもいったいどれほどのことがあるだろう。それなのに父子の対面すら許さずに、まだ同じ今生《こんじょう》にありながらこの世とあの世を隔てるほど引き離されては、都から訪ね下った甲斐《かい》のないことだ」ともだえ焦がれなさったので、まことに道理であることよと思われ、聞く人々も涙を流すのであった。

そうこうしているうちに、鎌倉から検使《けんし》が駆けつけ、「急いで資朝を斬《き》り申せ」と処刑を急がせた。本間入道はこれ以上は延引できないと思い、五月二十九日の夕刻、資朝を牢からお出しして、「長らくお湯も召されませぬので、行水《ぎょうずい》なさってください」と申したところ、資朝は、もはや斬られるべきときが来たのだとご承知になって、「何とも残念な本間の考えだ。私の最期を見届けようとして、はるばると都からやって来た子に、とうとう一目も会わせぬうちに死んで行くことだ」とだけおっしゃって、その後は何事があっても口をおききにならない。ただただお涙をぬぐっておられるだけだった。およそ人間の世俗的な栄華は空に浮ぶ雲のごときもの、心ある者は誰《だれ》でも煩悩《ぼんのう》をふり払わねばならぬと、資朝は常々口ずさみなさり、悟りに達する努力をのみなさるのだった。

元来、この資朝は、朝廷に仕えて御前に参上し、家業である儒学を伝えて学業に励まれたときから、禅の心に適ったふるまいをし、修行に専念することを目指されていた。従って、このような暇《いとま》のある囚《とら》われ人《びと》の身となりの後は、ひたすらすべてのものに対する執着《しゅうちゃく》を捨て、修行以外のことにはまったく心を傾けることはなかった。佐渡国《さどのくに》に配流なされたことも昨日今日の出来事のようであったが、早くも八年にわたる春秋を過し、その年数を考えてみても、中国の少林寺で達磨《だるま》大師が壁に向って行った九年間の修行にも近いので、資朝卿の修行はたいへんなものだったのである。だから、雑念のない悟りの境地に到達するための努力の成果は必ず現れるだろうと思われ、見る人々は涙を催した。資朝はお涙をおしぬぐって、都からやって来た少年阿新《くまわか》にこれを取らせよと、次のように書かれた。

「天地には定まった主人というものはなく、日月はたちまちに過ぎ去ってしまう。この世には天と地と人があり、また君臣・父子・夫婦の道が存する。これらはすべて夢・幻・泡・影のようにはかないものである。だから私は中国の屈原《くつげん》（讒言《ざんげん》により追放されて国を憂えて死んだ、戦国時代の楚《そ》の詩人）のいだいた悲しい心をともにし、八年ここに過して今日に至った。厳しい刑罰の中でも私は忠貞の心を失わずにいることを伝えたい。私の生き方を見て目を開くように。私はさっぱりした心持ちでいるのだ。

元徳三年（一三三一）五月二十九日　　　和翁」

と書いて、名前の下に花押《かおう》があった。まことに残念なことだ。かつては帝《みかど》（後醍醐《ごだいご》天皇）の寵臣《ちょうしん》として春の花見や秋の紅葉狩り、そのほか折につけて帝からお褒《ほ》めの言葉をいただき、公家《くげ》たちが皆憎むほどだった。しかし、今は都から遠く離れた地の囚《とら》われ人《びと》となり、月日の移り変りすら知らずにいるので、生のあるうちからあの世に生れ変ったお気持になって、このようなことをお書きになったのだなあと、見物の人々も涙を流すのだった。

夜になったので、輿《こし》を小屋にさし向けてお乗せし、この館《やかた》から十数町離れた河原へお連れして、敷皮の上に輿を据えると、資朝は少しも臆《おく》した様子もなく、静かに居ずまいを正して、硯《すずり》をもらって、次のような辞世の頌《じゅ》（韻文体の詩句）をお書きになった。

五蘊《ごうん》仮に成り得たり　四大今《いま》空に帰す
首《かうべ》を将《もつ》て白刃《はくじん》に当つ　截断《せつだん》す一陣の風

――色《しき》（身体）・受（感覚）・想（知覚）・行《ぎよう》（意志）・識（意識）の五蘊《ごうん》がかりに形となって私を作っているが、今、地・水・火・風の四元素が分れて空にもどるのだ。首をさしのべて白刃に当てれば、一陣の風が我が肉体を切り分ける

五月二十九日和翁、と書いて筆を置かれると、首切り役が後ろへまわると見えたその瞬間、資朝の体は、前に落ちてきた自分の首を抱いてうつぶせになった。まるで夢の中の出来事であるかのようだった。

この日ごろ、資朝のもとに常々参上し、仏教の教理を語ったりして慰めてさしあげていた僧が河原に来て、葬式そのほかをとり行い、丁重に遺骸《いがい》を葬って、今は空しくなった骨を拾い、資朝が書き残した法語と辞世の頌とを阿新殿にさしあげた。阿新殿はこれを一目ご覧になり、手にする力もなく倒れて、「都からはるばると父を訪ねて下って来た甲斐《かい》もなく、この世での対面はついにかなわず、今こうして遺骨を目にするとは。これはそもそも夢であろうか、それとも現実なのか。もしも夢ならば早く覚めてほしいも

のだ」と、幼い声をあげて叫びなさったので、この話を聞く人々も、親子でなくては誰がいったいこうしたときにこれほど嘆こうか、恩愛の道に身分の違いはないのだなあ、と涙を流すのだった。

阿新殿はまだ幼くはあったが、その心根はしっかりしていたので、父の遺骨をただ一人供《とも》をして来た従者に持たせて都へ帰した。「遺骨を母上にお見せしてから高野山に登り、奥の院と呼ばれている所に納めなさい」と言って、母あての手紙をこまごまとしたためて都へ帰し、自分は病気と称して本間の宿所にとどまられた。これは、本間が人情薄く、父との対面を許さなかったことを心底から憎み、許せないとお思いになったので、本間入道親子のうちどちらか一人を斬《き》って自分も腹を切ろうと決心して、逗留《とうりゆう》なさったのである。

父の卿《きやう》はこれを聞き給《たま》ひて、行末《ゆくへ》も知らぬ都にいかが住《す》み侘《わ》ぶらんと、思《おも》ひ遣《や》りしよりもなほ悲しく思《おぼ》し食《め》しければ、阿新殿《くまわかどの》はまた其方《そなた》の空と詠じつつ、浪路《なみぢ》遥《はる》かに隔てし鄙《ひな》の棲《すまひ》を思ひ遣りて、「心苦しかりしは数ならざりけり」と、袂《たもと》の乾く間《ひま》もなし。これこそ中納言殿《ちゆうなごんどの》の御座《おは》す籠《ろう》の中よとて、人の教へけるを見遣り給へば、竹の一村《ひとむら》茂りたる所に塀ほりかこみて屏《へい》を塗り、行き通ふ人も希《まれ》なり。阿新殿これを見て、泪《なみだ》を押へて、情けなの本間が心かな、父は禁籠《きんろう》せられて、我はいまだ幼し、たとひ一所に置きたりとも、いか程の事かあるべきに、父子の対面をだに許さで、まだ同じ世の中ながら、生《しやう》を隔てたる如《ごと》くして、尋ね下りたる甲斐《かひ》もなき事よと、もだえ焦《こが》れ給ひしかば、げに理《ことわり》かなと覚えて、聞く人も袖《そで》をぞぬらしける。

　かかるところに、関東より検使《けんし》馳《は》せ来《き》たりて、「資朝《すけとも》を失ひ奉れ」とぞ呵《いら》でける。本間入道、この上はとて、五月二十九日の暮れ程に、資朝を籠《ろう》より出《い》だし奉り、「遥かに御湯も召され候はねば、御行水《ぎやうずい》候へ」と申しければ、早《はや》切らるべき時になりにけりと思し食《め》し、「うたての本間が心かな。我が最後の有様を見んとて、遥々《はるばる》と都より下りたる小《をさな》き生《もの》を、つひに一目も見せずして、空《むな》しくなりなんずる事よ」とばかり仰せられて、その後はかつて諸事につけて一言をも出だし給はず。ただ御涙をぞ推《お》し拭《ぬぐ》はせ給ひける。凡《およ》そ人間の浮栄《ふえい》は浮べる雲の如し、心ある者誰《たれ》か頭燃《づねん》を払はざるべきと、常には口ずさみ給ひ、綿密の工夫の外《ほか》はまた態《わざ》も御座《おは》さざりける。

すべてこの資朝は、朝廷に仕へ拝趨《はいすう》を致し、家業を伝へて学業を嗜《たしな》み給ひし時より、身を禅心《ぜんしん》に遊ばしめ、心を工夫に懸《か》けられしかば、今かかる暇《いとま》ある身となり給ひて後は、ひとへに万事を放下《はうげ》して、心地《ここち》修行の外《ほか》また他事なく、当国に遷《うつ》され給ひし事も、昨日今日の如くなりしかども、早《はや》八年の春秋を送り迎へ、その年序《ねんじよ》を思へば、少林《せうりん》九年の面壁《めんぺき》にも隔てなかりぬれば、その間の修行若干《そこばく》の薫修《くんしう》なり。されば、娘生悟道《らうしやうごだう》のその功空《こうむな》しからじと覚えて、そぞろに袖《そで》をぞぬらしける。資朝《すけとも》御泪《なみだ》を推《お》し拭《のご》ひ、都よりの少《をさな》き生阿新《ものくまわか》にこれを取らせよとて、筆を染めてぞ書かれける。

「天地《てんち》は定まれる主《あるじ》なく、日月《じつげつ》に定まれる時なし。挙ぐるに三才あり、強ひて三綱《さんがう》あり、之《これ》を以《もつ》て之を謂《い》ふ、如夢幻泡影《によむげんはうえい》と。爰《ここ》に和翁屈平《わをうくつへい》の楚《そ》思《し》を懐《いだ》く。八回優遊《いういう》して以て今日に到《いた》る。汝《なんぢ》が為《ため》に言《げん》を為《な》す。秋霜《しうさう》三尺曾《かつ》て貞松《ていしよう》を埋《うづ》めず。士之を見て眼睛《がんせい》を豁開《くわつかい》し、洒々落々《しやしやらくらく》として乾坤《けんこん》の間に独立す。咄《とつ》。

和翁」

元徳三年五月二十九日

と書いて、その下に判あり。いとほしきかな、その昔は元愷《げんかい》の寵臣《ちようしん》として、花見・紅葉狩《もみぢがり》、折々の賞翫《しやうがん》、人皆《みな》目をそばむる程なりしに、今は江湖《がうこ》の囚《とら》はれとなり給ひ、月日の移り替るをも知らざるに、命の中よりあらぬ世に生れかはれる心地して、かやうの事ども書き玉へる事よとて、見物《けんぶつ》も袖をぞしぼりける。

夜になりしかば、輿《こし》さし寄せて乗せ奉つて、これより十余町ある河原へ出だし奉り、敷皮の上に輿舁《こしか》き据《す》ゑたりければ、少しも臆《おく》したる気《け》色《しき》なく、閑々《しづしづ》と居直《ゐなほ》つて、硯《すずり》を乞《こ》ひて筆を染め、辞世の頌《じゆ》をぞ書かれける。

五蘊《ごうん》仮に成り得たり　四大今《いま》空に帰す
首《かうべ》を将《もつ》て白刃《はくじん》に当つ　截断《せつだん》す一陣の風

五月二十九日和翁《わをう》、と書いて筆を抛《な》げ給へば、切手《きりて》後へ廻《まは》るとこそ見しに、前に落ちける我が頭《かうべ》を自ら抱きて臥《ふ》し給《たま》ふ。夢現《ゆめうつつ》と覚えたり。

この間常々参じ、談義なんどして慰め奉りける僧来て、葬礼なんど取り営み、懇《ねんご》ろに訪《とぶら》ひ奉り、空《むな》しき骨を拾ふて、かの書き置きたりし法語《ほふご》并《なら》びに辞世の頌とを阿新殿に奉る。阿新殿これを一目《ひとめ》見給ひて、取る手もたゆく倒れ臥し、「都より遥々《はるばる》と尋ね下りし甲斐《かひ》もなく、今生《こんじやう》の対面つひに叶《かな》はで、今かかる遺骨《ゆいこつ》を見奉ることよ。こはそも夢かや現《うつつ》かや。夢ならばとく覚《さ》めよ」と、まだ幼き声をあげ、をめき叫び給ひしかば、親子ならではげにこのきはに誰《たれ》かはかやうに思ふべき。恩愛の道は高き卑《いや》しきに替らざりけりとて、聞く人も泪《なみだ》をぞ催しける。

阿新殿はいまだ幼き身なれども、心はさかしかりしかば、父の遺骨をば、ただ一人付きて下りたる雑色《ざふしき》に持たせ、都へのぼせ、「母上に見せ奉り、高野山《かうやさん》へ登りて、奥の院とかやに収めよ」とて、文細々《こまごま》に書き添へて、都へのぼせ、我が身は労《いたは》る事ありとて、本間《ほんま》が宿所にぞ留《とど》まり給ひける。これは本間が情けなく父の対面を許さざりし事、恨み骨髄《こつずい》に入りて忍びがたく思ひ給へば、入道父子が間に、一人打つて腹切らんと、思ひ定めてぞ逗《とう》留《りう》せられける。

こうして四、五日の間、阿新《くまわか》は昼間は病気をよそおって一日中床《とこ》に臥《ふ》し、夜になると部屋を抜け出して、本間《ほんま》入道の寝所などの様子をひそかに探ってみるのだった。

ある晩、風雨が激しく、番をする家来たちも、皆、母屋《おもや》から離れた詰所で前後不覚に寝ていたので、今こそ待ちに待ったよい機会だと思い、本間入道の寝所をひそかにうかがった。だが、本間の運が強かったのか、今宵《こよい》はいつもの寝所を変えていて、どこにいるとも分らなかった。寝所の脇の間《ま》に灯火が見えたので、近寄ってご覧になると、中納言殿（資朝《すけとも》）を斬《き》った本間入道の嫡子《ちゃくし》である本間三郎という男が、たった一人で寝ていた。この男も今の場合、親の敵《かたき》だから、父本間入道に劣るまいと思って、阿新は走りかかろうとしたが、自分はもともと太刀も刀（腰帯にさす短い刀）も持っていない。ただ相手の武器を自分のものにしようと考えていたのだが、灯火も明るいので、もしや目を覚ますのではないかと危ぶまれ、決心がつかないでいた。すると、夏の宵のこととて、蛾《が》がたくさん障子にたかっていたのを見て、まさに好都合だと思い、障子を少し引き開け、この虫をたくさん部屋に飛び込ませ、灯火をすぐに消してしまった。

阿新はそのまま中へ入り、本間三郎の太刀を取りあげ、まず刀を腰にさし、太刀を抜いて三郎の胸元に突きつけた。寝込んでいる者を殺すのは死人を殺すのと同じだと考えて、枕《まくら》のあたりを強く蹴《け》りなさり、三郎が目を覚ましたところを一の太刀で胸元を畳へ通るまで突き刺し、返す刀で喉笛《のどぶえ》をかき切って、落ち着いて裏の笹原《ささはら》の中に隠れた。本間三郎が胸を貫かれて「あっ」と叫んだ声で、宿直の武士たちが目を覚まし、灯火をつけて部屋を見ると、血のついた小さな足跡があった。「これはきっと阿新殿の仕業《しわざ》だな。堀の水は深いから、門から外へはよもや出るまい。捜し出して打ち殺せ」と言って、松《たい》明《まつ》をてんでに持って、木の陰、草の根を分けて残る所なく捜し回った。

阿新は竹の間に隠れながら、取るに足らぬ者の手にかかって死ぬよりは腹を切ろうとお考えになったが、しばらく待て、憎い父の敵《かたき》を討ったのだ。今は何としても命を全うして、帝のお役にも立ち、倒幕という父の年来の志をもかなえることこそ、忠臣孝子の道でもあろう。もしや助かることもあるかと、ここはひとまず逃げてみようと思い返して、堀を飛び越えようとなさると、幅二丈（約六メートル）ほどの堀なので、簡単に越えられる方法はなかった。それならばこれを橋にして渡ろうと考え、岸の上に枝先をなびかせていた大きな呉竹《くれたけ》の上へさっさと登ってみると、竹の先が向こう岸へしなって、たやすく堀を越えたのだった。

まだ夜が深かったので、阿新は船着き場の方へ行って便乗できる船を探そうと、不案内な道を手探りで行きなさると、陰暦五月の短夜もまもなくすっかり明けてしまった。人目を忍ぶすべもなかったので、麻の茂った中に隠れ、日暮を待とうと考えていると、追手と思われる者ども四、五十騎がばらばらと駆けて来て、「ひょっとして十二、三くらいの子供が通らなかったか」と、行き合う人ごとに尋ねる声が聞こえてくる。阿新は我が身の探索だと思い、今にも捜し出されるのではと覚悟を決めてじっと待っていなさったが、結局、その日一日、麻の中で過し、夜になると、また麻原を出て船着き場の方へと目ざし、あてもなく歩いて行くうちに、年老いた一人の山伏と出会ったのである。

山伏は阿新殿の様子を見て、いぶかしく、また可哀相《かわいそう》に思ったのであろう。「あなたは、どこから来て、どこへ行かれるのですか」と尋ねると、阿新は事情をありのままにお話しになった。山伏は、そういう事情ならば、自分がこの人を助けなければ、今にも悲惨な目に遭うだろうと思ったので、「ご安心なさってください。商人船《あきんどぶね》がたくさんございますから、越後まででも越中まででも、お送りいたしましょう」と言って、阿新殿の手を引き、不案内な道を辿《たど》りながら行くと、まもなく船着き場に行き着いた。

夜が明けたので、この山伏は走りまわって、都合よく出る船があるかどうか尋ねたが、折しも、船着き場に船は一艘《そう》もなかったので、どうしようかと、あちこち探し求めていると、朝霧の晴れた間に浮んだ大船が見えた。その船は、順風になったと喜んで、帆柱を立てて苫《とま》（帆）を巻き、出港の準備に入った。山伏は大いに喜んで、「その船を寄せてくれ」と叫んだが、船頭はまったく聞き入れず、声を張りあげて港の外に漕《こ》ぎ出《だ》して行った。もう駄目だと思ったので、この山伏はたいそう腹を立て、船頭がそういうつもりなら出港させないぞと怒って、柿色《かきいろ》の衣（山伏が着用する柿渋で染めた麻衣）の袖《そで》の括《くく》り紐《ひも》を結んで肩にかけ、苛高《いらたか》の数珠《じゆず》（山伏の用いる数珠）をさらさらと押《お》し揉《も》んで、「行者加護猶如薄伽梵《ぎようじやかごゆうによばぎやぼん》（不動の行者を讃える偈《げ》）、まして私は多年修行を積んでおるのじゃ。不動明王の誓願に誤りがなければ、権現金剛童子《ごんげんこんごうどうじ》・天龍夜叉《てんりゆうやしや》・八大龍王よ、その船をこちらへ蹴《け》返《かえ》してくだされ」と、躍りあがり身をよじり、一心不乱に祈禱《きとう》した。

山伏の祈りが神に通じて、不動明王の加護があったのか、沖の方から急に逆風が吹いてきて、この船はたちまちに転覆しそうになった。そのとき、船頭たちはあわてふためいて、「山伏の御坊、まず私どもをお助けくだされ」と言って、手を合わせ礼拝して、船を港へ漕《こ》ぎ戻《もど》した。船頭は急いで船から飛び下りて、阿新殿を肩車し、山伏の手を引いて船の屋形の中に入れたところ、元通りに順風となって、船は港を出て行った。その後まもなく大勢の追っ手が駆けて来て、遠浅の浜に馬を乗り入れて、「その船止まれ」

と叫んだけれども、順風を帆一杯受けたので、船は飛ぶように航行し、その日の夕暮に越後の国府《こふ》（新潟県上越市）に着いたのである。

阿新殿が山伏に助けられ、危機一髪の窮地を逃れなさったことは、父資朝《すけとも》が長年熊野《くまの》権現《ごんげん》を頼りになさり、熱心にお祈りをなさっていたため、権現が人々を救済するお恵みを、このときに施して下さったのであろうか。例の山伏はかき消すように姿が見えなくなったのである。まったく不思議な出来事だった。

さて、阿新殿はその後、無事に成人して南朝の帝《みかど》に仕えて日野家の一跡《いっせき》を継承して、中納言国光《くにみつ》と申しあげた。しみじみとけなげな出来事だとして、話を聞いた人々も涙を流したのであった。

---

かくて四、五日を経ける程に、阿新《くまわか》昼は痛《いた》はる由にて終日《ひねもす》に臥《ふ》し、夜は忍び出《い》でて、本間《ほんま》が寝所《ねどころ》など伺《うかが》ひ見給《みたま》ひけり。

ある夜雨風烈《はげ》しうして、番する郎等《らうとう》ども皆外侍《とほざむらひ》に伏したりければ、今こそ待つところの幸ひよと思ひて、本間が寝所を忍び伺ふに、彼が運や強かりけん、今夜は常の寝所を替へて、何《いづく》にありとも見えざりけり。二間《ふたま》なる所に灯《ともしび》の影の見えければ、立ち寄りて見給ふに、中納言殿《ちゆうなごんどの》を切り奉る入道の嫡子《ちやくし》、本間三郎といふ者、ただ一人ぞ臥したりける。これまた時にとつて親の敵《かたき》なれば、父入道に劣るまじと思ひ給ひて、走り懸《か》からんとするに、我は元より太刀《たち》も刀も持たず、ただ人の具足《ぐそく》をこそ我が物と頼みたるに、灯さへ明らかなれば、もし驚きもやせんと危ぶんで、案じ煩《わづら》ひ給ひたるところに、夏の宵《よひ》なれば、蛾《が》といふ虫のあまた明障子《あかりしやうじ》に取り付きたりけるを、究竟《くつきやう》の事かなと思ひ給ひて、障子を少し引き開けて、この虫をあまた飛び入らせて、灯をばやがて打《う》ち滅《け》しにけり。

阿新やがて内に入り、本間の三郎が太刀を取つて、まづ刀を腰にさし、太刀を抜いて心元《むなもと》をさし当て、寝入りたる者を殺すは死人に同じとて、枕《まくら》の程をしたたかに蹴《け》給《たま》へば、驚くところを一の太刀に胸元を畳《たたみ》までつとさして、返す太刀に喉笛《のどぶえ》さし切つて、心閑《しづ》かに後なる竹原の中へぞ隠れける。本間三郎が胸を透《とほ》されて、「あつ」と云《い》ひける声に、番衆ども驚き合ひて、火をとぼしこれを見るに、血の付いたる少《をさな》き足跡ありければ、「いかさま阿新殿の為態《しわざ》なり。堀の水深ければ、木戸より外へよも出《い》でじ。捜し出だして打ち殺せや」とて、手に手に続松《たいまつ》を炷《とも》して、木の下、草の陰、残る所なくぞさがしける。

阿新殿は竹の中に隠れながら、云《い》ひ甲斐《がひ》なき者の手にかからんよりは腹を切らんと思ひ給ひけるが、待てしばし、悪《にく》しと思ひつる父の敵《かたき》をばうちつ、今はいかにも身を全《まつた》うして、君の御用にも立ち、親の本意を達したらんこそ、誠《まこと》に忠臣孝子《ちゆうしんかうし》の儀にてもあるべけん、もしやとひとまづ落ちて見ばやと思ひ返し、堀を越えんとし給へば、広さ二丈余りの堀なれば、越ゆべき様ぞなかりける。さらばこれを橋にして渡さんと思ひて、岸の上に大なる呉竹《くれたけ》の少しなびきたるその梢《こずゑ》へ、さらさらと登りたれば、竹の末《すゑ》堀の向《むか》ひへ靡《なび》き伏して、やすやすと堀をば越えてけり。

夜もいまだ深ければ、湊《みなと》の方へ行きて便船《びんせん》をも尋ねんと、たどるたどる行き給へば、五月の短夜《みじかよ》程もなく明け放れて、忍ぶべき様もなかりければ、麻の繁《しげ》りたる中に隠れて、日を暮し給へば、追手《おひて》と覚《おぼ》しき者の、四、五十騎馳《は》せ散《ち》つて、「もし十二、三ばかりなる小児《ちご》や通りつる」と、行き合ふ人ごとに尋ね問ふ声を聞き給ひて、身の上と思《おも》ひ儲《まう》け、今や捜し出さるると、肝《きも》つくろひして待ち居給ひたれば、その日は麻の中にて日を昏《くら》し、夜になりしかばまた立ち出でて、湊の方《かた》へと志して、そことも知らず行くところに、年闌《たけ》たる山伏一人行き合ひたり。

阿新殿の風情《ふぜい》を見て、怪しく痛《いた》はしくや思ひけん。「これはいづくよりいかなる路《みち》へ御渡り候ふぞ」と問ひければ、阿新事《こと》の様ありのままにぞ語られける。山伏、さらば我、この人を助けずは、ただ今の程にかはゆき目を見んと思ひければ、「御心安く思《おぼ》し食《め》し候へ。商人船《あきんどぶね》多く候へば、越後・越中の方までも、送り進《まゐ》らせ候ふべし」とて、阿新殿《くまわかどの》の手を引きて、たどるたどる行く程に、程なく湊《みなと》へぞ行き着きける。

夜明けければ、この山伏、便船やあると尋ぬるに、折節《をりふし》湊の中に舟一艘《さう》もなければ、いかがせんと彼方此方《かなたこなた》を尋ぬるところに、朝霧の晴れ間に乗り浮べたる大船《たいせん》あり。順風になりぬと喜んで、帆柱を立て苫《とま》を捲《ま》く。山伏大いに喜んで、「その船寄せよ」と呼びけれども、かつて聞きも入れず、船人《ふなうど》声を帆にあげ、湊の外に漕《こ》ぎ出《い》だす。今は叶《かな》はじと思ひければ、この山伏大いに腹を立て、その儀ならば遣《や》るまじきものをと忿《いか》つて、柿の衣《ころも》の露を結んで肩にかけ、呵高念珠《いらたかねんじゆ》をさらさらと推《お》し揉《も》みて、「行者加護《ぎやうじやかご》猶如《いうによ》薄伽梵《ばぎやぼん》、いはんや多年の勤行《ごんぎやう》においてをや。明王《みやうわう》の本誓《ほんせい》誤り玉はずは、権《ごん》現金剛童子《げんこんがうどうし》、天龍夜叉《てんりゆうやしや》、八大龍王、その船此方《こなた》へ蹴返《けかへ》してたばせ給へ」と、踊《をど》り上《あが》り踊り上り、肝胆《かんたん》を研《くだ》いてぞ揉みたりける。

行者の祈誓《きせい》神に通じて、明王加護の睠《まなじり》をや回《めぐ》らされけん、沖の方よりにはかに悪風吹き来たつて、この舟たちまちに覆《くつがへ》らんとす。その時船人《ふなびと》どもあはて騒ぎて、「山伏の御房《ごばう》、まづ御扶《たす》け候へ」とて、手を合はせ腰をかがめて、舟を漕ぎもどす。船頭急ぎ飛び下りて、阿新殿を肩にのせ、山伏の手を引いて、屋形の中《うち》に乗せければ、風は元の如《ごと》く吹き直し、舟は湊をぞ出でたりける。幾程《いくほど》なくて、大勢の追手《おひて》馳《は》せ来《き》て、遠浅《とほあさ》に馬を打ち入れて、「その舟留《とど》まれ」と呼びけれども、順風に帆を上ぐれば、舟は飛ぶが如くなりければ、その日の暮程《くれほど》に、越後の府《こふ》にぞ着きたりける。

阿新殿は山伏に助けられ、鰐口《がくこう》の死を遁《のが》れ給ひしも、父資朝《すけとも》、年来熊野《としごろくまの》権現《ごんげん》を頼み奉り、懇祈《こんき》を運ばれし権現の御誓《ちか》ひ、新たなる済度《さいど》利生《りしやう》の御恵《めぐ》みを、この時施し給ひけるにや。かの山伏掻《か》き消《け》すやうに失せにけり。不思議なりし事どもなり。
さて、阿新殿は恙《つつが》なく成人して、南朝の君に仕へて、日野の一跡を光栄して、中納言国光《くにみつ》とぞ申しける。哀《あは》れにやさしかりし事どもとて、聞く人も袖《そで》をぞしぼりける。

## 六 楠正成《くすのきまさしげ》の登場

巻第三「先帝笠置臨幸の事」

さて、事件の処理のために幕府軍が上洛《じょうらく》する。後醍醐《ごだいご》天皇は元弘《げんこう》元年（元徳三年〈一三三一〉）八月、密《ひそ》かに内裏《だいり》を抜け出し、笠置寺《かさぎ》（京都府相楽郡笠置町）に落ちのびた。

元弘元年八月二十七日、後醍醐天皇は笠置寺へ行幸になって、本堂を皇居とお定めになった。はじめ一両日の間は、幕府の勢威に恐れて、馳《は》せ参《さん》ずる者は一人もいなかった。しかし、比叡山東坂本《ひえいざんひがしさかもと》の合戦で六波羅《ろくはら》勢が天皇方に敗北し、海東左近将監《かいとうさこんしょうげん》をはじめ、多くの武士たちが討死《うちじに》したと伝えられたので、この寺の僧徒をはじめとして、近国の武士たちがあちらこちらから馳せ参ずるようになった。しかしそうはいっても、勇名が知られ、屈強な若者を百騎ほども従えた武将はまだ一人も参集しなかった。

したがって、このような状況では皇居の警護はどうであろうかと、帝《みかど》はご心配になって、しばしまどろまれたとき、ある夢をご覧になった。場所は宮中の紫宸殿《ししんでん》の庭先と思われる所に、大きな常磐木《ときわぎ》（常緑樹）があって、緑の枝葉が濃く生《お》い茂り、南へ向って伸びた枝が特別勢いよく広がっていた。その樹の下に大臣はじめ多くの公卿《くぎょう》が、それぞれの位に従ってきちんと座っていた。南に面した上座には、貴人のために畳を高く敷いてあって、まだ座っている人も見えない。帝は御夢見心地で、「いったい、誰《だれ》を着かせるための座席なのだろう」と不思議に思って、お立ちになる。すると、髪を角髪《みずら》に結った童子が二人、忽然《こつぜん》と現れて、帝《みかど》の御前にひざまずき、涙を流して申しあげることには、「この世の中で、わずかの間であっても帝が御身を隠すことのできる所はございません。ただし、あの木の陰に、南に伸び広がった枝の下に座席があります。それは帝の御ためにしつらえた玉座でございます。しばらくの間、そこにいらしてください」と奏上して、童子ははるかに天高くのぼって去ってしまった。

帝は御夢から覚めて、よくよくお考えになり、「そもそも天の告げるところには理由があるにちがいない」として、漢字を当てて御夢を占いなさると、木に南と書くと楠《くすのき》という文字になる。その木陰に南面して着座せよと二人の童子が教えたのは、自分が再び天子の徳を治めて国中の人々を仕えさせることを、日光・月光両菩薩《ぼさつ》化身の二童子がここに天降《あまくだ》ってお示しになったのだと御夢をお解きになって、末頼もしくお思いになったのである。

翌朝、この笠置寺の成就坊《じょうじゅぼう》律師を呼ばれ、「もしかして、このあたりに楠という武士はおらぬか」とお尋ねになると、律師はかしこまって、「いいえ、このあたりにはそのような名字を付けた者がいるとは、聞き及んでおりません。しかし、河内国《かわちのくに》の金剛山《こんごうさん》（大阪府と奈良県にわたる葛城山地の主峰）の西には、楠《くすのき》多聞兵衛《たもんひょうえ》正成《まさしげ》といって、弓矢を取って評判の者がいると聞きます。この者は、敏達《びたつ》天皇四代の皇孫である井出《いで》左大臣橘《たちばなの》諸兄《もろえ》公の子孫ではございますが、臣籍に下って長い年月が経《た》っております。この男は、その母親が若かったときに、信貴山《しぎさん》の毘沙門天《びしゃもんてん》（金剛山に隣接する信貴山の朝護孫《ちょうごそん》子寺《しじ》の本尊）に百日間、参詣《さんけい》をして、ある晩、錦帳《きんちょう》の内側から玉を下されたと夢をみて産んだ子で、幼名を多聞と付けたのでございます」と、お答え申しあげた。帝はくわしくお聞きになり、「それでは、昨夜の夢はこのことだったのだな」とお思いになられ、すぐに正成を召し出された。

正成は勅命の趣を拝見して、「私ごときを帝がお気にとめられたこと、この世での名誉としてこれ以上のものはない」と思ったので、何一つためらうこともなく、すぐに笠置の皇居へ参上したのである。

帝は万里小路《までのこうじ》中納言藤房《ふじふさ》卿を通じておっしゃることには、「幕府征伐に関して、正成を頼みにお思いになって、勅使《ちょくし》を立てたところ、時を移さず汝《なんじ》が馳《は》せ参《さん》じたことは、帝の大いにお喜びなされるところである。ところで、天下統一の業を始めるについて、どのような方策をめぐらせば、勝利を一気に決し、天下を泰平にしうるか、思うところを残らず申しあげよ」というお言葉であった。

正成はかしこまって次のように申しあげた。「幕府の最近の悪逆は、必ず天罰を招くでしょうから、幕府の衰え乱れたのに乗じて天に代って罰を加えることに、何の困難がございましょう。そうは申しましても、天下統一の業には、武略と知謀の二つが必要です。もし武力をぶつけて戦う場合には、日本全国六十余州の武士を集めて幕府方の武蔵《むさし》・相模《さがみ》二か国の勢に対抗したとしても、打ち勝つことは難しいでしょう。しかし、もし策略をめぐらして合戦するならば、幕府の武力を砕き、堅い守りを打ち破ることは、計略にかけやすく恐れるに足らぬところです。勝ち負けは合戦の常でございますので、一度の勝敗だけでお考えくださいませんように。正成一人がまだ生きているとお聞きなさいますならば、帝のご運は最後には開けるものとお考えください」と頼もしげにお答えして、正成は河内へと帰って行った。

---

元弘《げんこう》元年八月二十七日、主上笠置《しゆしやうかさぎ》へ臨幸なつて、本堂を皇居とぞなされける。始め一両日の程は、武威《ぶゐ》に恐れて参仕《さんし》する人独《ひと》りもなかりけるが、東坂本《ひがしさかもと》の軍《いくさ》に六波羅勢《ろくはらぜい》打ち負け、海東《かいとう》を始めとして数輩打死《すはいうちじに》すと聞きしかば、当寺の衆徒《しゆと》を始めとして、近国《きんごく》の兵《つはもの》どもかしこここより馳《は》せ参《まゐ》ること、引きも切らざりけれども、いまだ名字《みやうじ》もあり、若党《わかたう》の百騎とも打たせたる物は一人《ひとり》も参らざりけり。

されば、かやうにては皇居の警固《けいご》いかがあるべきと、主上思《おぼ》し食《め》し煩《わづら》ひ給ひて、些《すこ》し真寐《まどろ》み御座《おは》しける御夢に、所は紫宸殿《ししいでん》の庭前《ていぜん》かと覚えたる地に、大いなる常葉木《ときはぎ》ありて、緑陰《りよくいん》茂りて南へ指したる枝ことに栄え蔓《はびこ》れり。その下に三公九卿位《さんこうきうけいくらゐ》によつて列座す。南へ向きたる上座《じやうざ》に御座《ござ》の畳《たたみ》を高く布《し》きて、いまだ座したる人もなし。主上御夢心治《ゆめここち》に、「誰《たれ》を設けんための座席やらん」と怪しみ思し食して、立たせ給ひたるところに、鬟《びんづら》結ふたる童子《どうじ》二人《ににん》忽然《こつぜん》として来たつて、主上の御前《おんまへ》に跪《ひざまづ》き、泪《なみだ》を袖《そで》に懸《か》けて申しけるは、「一天下《いつてんか》の間《あひだ》に、しばらくも御身《おんみ》を蔵《かく》すべき所《ところ》候はず。ただしあの木陰に南へ栄えたる枝の下に座席あり。これ御為《ため》に設《まう》けたる玉扆《ぎよくい》にて候ふ。しばらくこれに御座候へ」と奏して、童子は遥かの天に登り去りにけり。

御夢覚《さ》めて、主上つらつら御了簡《れうけん》あるに、「そもそも、天の告げるところ由あるべし」と、文字に付けて御夢を卜《うらな》はせらるれば、木に南と書きたるは楠《くすのき》といふ字なり。その陰に南に向ひて座《ざ》せよと二人の童子の教へつるは、朕《ちん》二度《ふたたび》南面《なんめん》の徳を治めんと天下の士《し》を朝《てう》せしめんずるところを、日《にっ》光《くわう》・月光《がつくわう》の二童子ここに天降《あまくだ》つて示されけりと、御夢を合はせられて、頼もしく思《おぼ》し食《め》しける。

夜明けければ、当寺の衆徒《しゆと》成就坊律師《じやうじゆばうのりつし》を食《め》され、「もしこの辺《へん》に楠と謂《い》へる武士やある」と御尋ねありければ、律師畏《かしこ》まつて、「いや、この辺《あたり》に左様《さやう》の名字《みやうじ》付きたる者ありとはいまだ奉《うけたまは》り及ばず候ふ。河内国金剛山《かはちのくにこんがうせん》の西にこそ、楠多聞兵衛正成《くすのきたもんひやうゑまさしげ》とて、弓矢を取つてさる物ありと人にも知られたる者は候ふなれ。これは敏《び》達天皇《たつてんわう》四代の孫《そん》、井手《ゐでの》左大臣橘諸兄《たちばなのもろえ》卿の後《こう》胤《いん》たりといへども、民間に下つて年《とし》久し。これは彼が母若かりし時、志貴《しき》の毘沙門《びしやもん》に百日参詣《さんけい》して、ある夜錦帳《きんちやう》の内より、玉を給ふと夢に見て儲《まう》けたる子にて、童名《どうみやう》をば多聞とは付けて候ふなり」とぞ答へ申しける。主上具《つぶさ》に聞《き》こし食《め》して、「さては今夜《こよひ》の夢の告げはこれなりけり」と思し召しければ、やがて正成《まさしげ》をぞ召されける。

正成宣旨《せんじ》の趣《おもむき》を拝見して、「不肖《ふせう》の身上聞《じやうぶん》に達する事、生前《せいぜん》の面目《めんぼく》何事かこれに過ぐべし」と思ひければ、是非の思案にも及ばず、やがてまづ笠置の皇居へぞ参りたりける。

主上《しゆしやう》、万里小路《までのこうぢ》中納言藤房《ふぢふさ》卿を以《もつ》て仰せ出《い》だされけるは、「東夷《とうい》征罰《せいばつ》の事、正成を頼み思し召す子細《しさい》あつて、勅宣《ちよくせん》を下さるるところに、時剋《じこく》を遷《うつ》さず馳《は》せ参《まゐ》るの条、叡感《えいかん》浅からざるところなり。そもそも、天下草創の事、いかなる謀《はかりごと》を運《めぐ》らしてか、勝つことを一時に決して治《ち》を四海に致すべき、所存を残さず奏し申すべし」と勅を下されしかば、正成畏《かしこ》まつて申しけるは、「東夷近日《きんじつ》の大逆《たいぎやく》ただ天の譴《せめ》を招き候ふ上、衰乱《すいらん》の弊《つひえ》に乗つて天誅《てんちゆう》を致されんに、何の子細か候ふべき。ただし、天下草創の功は武略・智謀の二つにて候ふ。もし勢《せい》を并《あは》せて戦はば、六十余州の兵を集めて武蔵《むさし》・相模《さがみ》の両国に対すとも、勝つを得がたし。もし謀を以て争ひ戦はば、東夷の武《ぶ》力《りき》ただ利を摧《くだ》き堅《けん》を破る事、欺《あざむ》くに易《やす》くして懼《おそ》るるに足らざるところなり。合戦の習ひにて候へば、一旦《いったん》の勝負をば必ずしも御覧ずべからず。正成一人《ひとり》いまだ生きてありと聞こし食《め》し候はば、聖運《せいうん》はつひに開くべしと思し召し候へ」と頼《たの》もし気《げ》に勅答申して、正成は河内《かはち》へぞ帰りにける。

## 七 天、勾践《こうせん》を空《むな》しくすること莫《なか》れ

巻第四「備前国住人児嶋三郎高徳主上を奪ひ奉る事」

河内国《かわちのくに》では楠正成《くすのきまさしげ》が、備後国《びんごのくに》では桜山《さくらやま》入道が挙兵するが、笠置《かさぎ》城は幕府軍の猛攻を受けて落城。後醍醐《ごだいご》天皇も捕えられた。正成の赤坂城も機略を尽して幕府軍を悩ませたが陥落し、正成は自害に見せかけて逃れた。備後の桜山入道は自刃した。翌元弘二年（一三三二）、幕府は持明院統《じみょういんとう》の光厳《こうごん》天皇を践祚《せんそ》させ、後醍醐を隠岐《おき》に流す。配流の道中、後醍醐の身柄を奪還して忠節を尽そうとする男がいた。備前国《びぜんのくに》の住人、児嶋高徳《こじまたかのり》である。

後醍醐天皇を隠岐へお移しする道中、不思議なことがあった。備前国の住人で児嶋三郎高徳という者がいた。彼は、帝《みかど》が笠置《かさぎ》におられたときから、味方に加わって、錦《にしき》の御旗をいただき、大軍を起そうと企てていたが、目的を達する前に、笠置の皇居は幕府軍の陶山《すやま》・小見山《こみやま》に落され、楠正成や桜山入道も自害したと聞いて、自分の一族を集めて言うには、「そもそも諸君はどうお考えか。道を志す人や仁徳のある人は、一身を犠牲にしても仁義のために尽くすといわれている。だから昔、衛《えい》（春秋戦国時代の一国）の懿公《いこう》が北方の蛮族に殺されてしまったとき、臣下の弘演《こうえん》という者はこれを見るに忍びず、自分の腹を割って懿公の肝《きも》をその中に収めて、亡き君の恩に報いて死んだ。また、『義を見てせざるは勇なきなり』（『論語』為政篇）とも言う。戦場にあって軽々しく死ぬことは、必ずしも武士にとって名誉なことだとは思わない。弘演のようなふるまいこそ、もとから私の望みとするところだ。さあ諸君、遷幸の途中に参上して、帝を六波羅《ろくはら》軍から奪い申しあげ、軍兵を組織して、たとえ屍《しかばね》を戦場にさらすとしても、武名を子孫に残そうではないか」と言ったので、志のある一族の者たちは、皆そのとおりだと賛同した。「では、道中の難所で帝の遷幸を待とう」と、備前と播磨《はりま》との国境になっている舟坂山《ふなさかやま》（兵庫県赤穂郡上郡町と岡山県備前市の間の峠）の頂上で、今か今かと待っていた。帝の行列があまりにも遅いので、人を走らせて偵察させると、行列の警護の武士たちは山陽道を通らずに、播磨の今宿から山陰道へ入る道をとって、遷幸をお進めしたということなので、高徳の手筈《てはず》は食い違ってしまった。それでは美作《みまさか》の杉坂（兵庫県佐用町と岡山県美作市との間の峠）が都合のよい難所だと、三石山《みついしやま》より一直線に、道もない山中の雲を分けて杉坂へ越えたところ、「帝はすでに院《いん》の荘《しょう》（岡山県津山市）を通過なされた」ということであった。

彼らは、きっと帝の御運は天命にかないなさらなかったのだろうと考え、残念なことにその場所で、やむなく一族散り散りとなった。しかし高徳一人は、なおもこの覚悟のほどを帝のお耳に入れようと思い、身をやつして忍んで行き、美保《みお》の湊《みなと》（島根県松江市美保関町）まで紛れ下ったのである。そこで拝顔の機会をうかがったけれども、お会いできなかったので、せめてもと思い、御宿の庭の大きな柳の木を削り、大きな文字で一句の詩を書きつけた。

天勾践《こうせん》を空《むな》しくすること莫《なか》れ　時に范蠡《はんれい》無きにしも非《あら》ず

――天よ、呉王夫差《ごおうふさ》に捕えられた越王《えつおう》勾践を空しく殺さないでくれ。ときには范蠡のよう

な忠臣が現れ、お救いしないとも限らないのだから

ご警護の武士たちは、翌朝これを見つけて、「いったい誰《だれ》が、どういうことを書いたのだろう」と詩を見たが、読み解ける者もいなかった。いろいろ相談しているうちに帝がお聞きになり、事の次第をお尋ねになって、詩を写させてご覧になった。帝は我がためになお計画を抱く忠臣・義臣もいたのだと、力強くお思いになり、気持よさそうにほほえまれたのだが、武士たちは詩のいわれをまったく知らなかったので、思いとがめることもなくて、そのままになってしまったのは、滑稽《こっけい》であった。

---

かかるところに不思議の事あり。備前国の住人児嶋《こじま》三郎高徳《たかのり》といふ者あり。主上笠置《しゆしやうかさぎ》に御座の時より御方《みかた》に参じ、錦《にしき》の御旗《はた》を賜つて大軍を起さんと企てしが、事いまだならざる先に、笠置の皇居は陶山《すやま》・小見山《こみやま》に落され、楠正成《くすのきまさしげ》・桜山《さくらやま》入道自害しぬと聞いて、我が一族どもを集めて申しけるは、「そもそも面々はいかが思《おぼ》し召《め》し給《たま》ふ。志士仁人《ししじんにん》は身を殺し仁をなすといへり。されば昔、衛《ゑい》の懿《い》公《こう》、北狄《ほくてき》のために殺されてありしを見て、その臣

弘演《こうえん》といふ者、これを見るに忍びず、自ら腹を切つて懿公が肝《きも》を己《おの》が胸中に収めて、先君の恩を死後に報《むく》いて失《う》せたりき。義を見てせざるは勇なきなり。戦場に臨んで死を軽《かろ》んずる事は、あながちに兵の高名《かうみやう》とは存ぜず。かやうの事こそもつとも本望なれ。いざや人々、遷幸の路次《ろし》に参り合ひ、君を奪ひ取り奉り、兵を起こし、たとひ尸《かばね》を戦場に曝《さら》すとも、名を子孫に伝へん」と申しければ、心ある一族ども、皆もつともとぞ同《どう》じける。

「さらば路次の難所に相待たん」とて、備前と播磨《はりま》の堺《さかひ》なる舟坂山《ふなさかやま》の嵩《いただき》にて、今や今やと待ちかけたり。臨幸のあまりに遅かりければ、人を走らかして見するに、警固《まゐ》の武士山陽道《せんやうだう》をば経ずして、播磨の今宿《いまじゆく》より山陰道《せんおんだう》に懸《か》けて、遷幸なし進らする間、高徳が支度《したく》相違してけり。さらば美作《みまさか》の杉坂《すぎさか》こそ究竟《くつきやう》の殺処《せつしよ》なれとて、三石山《みついしやま》より違行《すぢかひ》に、路《みち》なき山の雲を分け、杉坂へ越えたれば、「主上ははや院《ゐん》の庄《しやう》を過ぎさせ給ひぬ」とぞ申しける。

さては、聖運天に叶《かな》はせ給はざりけりとて、これより力なく、散り散りにみななりけるこそうたてけれ。高徳一人《たかのりひとり》は、なほもこの所存を上聞《じやうぶん》に達せんとて、微服潜行《びふくせんかう》して、美尾《みを》の湊《みなと》までまぎれ下りて、隙《ひま》を伺へども叶《かな》はざりければ、せめての事に主上《しゆしやう》の御座ありける御宿《やど》の庭に大なる柳のありけるを削つて、大文字に一句の詩を書きたりける。

天勾践《こうせん》を空《むな》しくすること莫《なか》れ　時に范蠡《はんれい》無きにしも非《あら》ず

と。御警固の武士ども、朝にこれを見付けて、「何物の何事を書きたるやらん」と見れども、読み明かしむる物も少なくて、とかく沙汰《さた》しける程に、主上聞こし召して、事の様《さま》を御尋ねあつて、うつさせて御覧あるに、朕《ちん》がためになほ事を謀《はか》る忠臣・義士もありけりと、憑《たの》もしく思し召しければ、竜顔《りゆうがん》御快気《こころよげ》に打《う》ち笑《ゑ》ませ給ひしかども、武士どもはあへてこの来歴を知らざれば、しばらく咎《とが》むる事もなくて休《や》みにけるこそをかしけれ。

巻第五「関東田楽賞翫の事」

# 八　田楽《でんがく》と妖霊星《ようれいぼし》

京都では光厳《こうごん》天皇が即位し、新たな時代が始まる。だが、世間では様々な怪異が報告され、人々の先行きに対する不安は募るばかりであった。折しも、鎌倉では北条高時《たかとき》が田楽と闘犬にうつつをぬかす有様で、怪異はその鎌倉でも出現した。

またそのころ、京都では田楽（田植に関わる芸能が楽舞化したもので、鎌倉期に大流行した）に興ずることが流行して、身分の高い人も低い者も皆これに熱中した。そのさまはまことに世にも稀《まれ》な見ものであった。都や地方の口ずさみ（噂《うわさ》）になったので、鎌倉でもこれを聞き、新座《しんざ》・本座《ほんざ》（京都白川の座とその他の流派）の田楽師たちを都から呼んで、毎日毎晩田楽に興じていた。北条高時は熱中のあまり、主だった北条一門や大名たちに田楽師を一人ずつ預けて、その舞装束を飾りたてさせたので、これは誰様《だれさま》の田楽師、あれはなにがし様の田楽師などと呼んで、金銀・珠玉や綾・薄物（上等の絹）で身を飾ることは、正視できないほどのきらびやかさであった。宴席に出て一曲歌うと、高時をはじめとして見物の大名たちが、我劣らじと直垂《ひたたれ》や大口袴《おおくちばかま》を脱いで投げ与えた。これを集めて積むと山のようになり、その費用は幾千万金とも知れないほどだった。

ある夜酒宴があったときに、高時はかなりの酒を飲み、酔いに浮かれて立ちあがり、しばらくの間舞い続けた。それは、若者たちがする宴席を盛り上げる舞でもなく、また、ざれごとを節まわしおもしろく見せる演技でもなかった。高時ただ一人が立って数時間舞いなさったので、それほどおもしろみがあるとも思われなかったのに、新座・本座の田楽師たちがその座敷に並んで座り、それぞれがはやしたてた。彼らは拍子を取りかえて、「天王寺《てんのうじ》のや、よれぼしを見たいものだ」などと歌っていた。ある侍女がこの歌声を聞いて、あまりのおもしろさにふすまの破れから中の様子をのぞくと、新座・本座の田楽師たちと見えたのは、一人として人の姿ではなく、異様な鳶《とび》・山伏姿(天狗の形状をいう)たちであった。この侍女はびっくりして、使いの人を走らせ、城入道《じょうのにゅうどう》(安達時顕《あだちときあき》。高時の舅《しゅうと》)に告げ知らせた。知らせを聞いて、城入道が太刀だけを手に、中門《ちゅうもん》を足音荒く入って来ると、その音を聞き、妖怪たちはかき消すように失《う》せてしまった。高時入道は前後不覚に酔いつぶれ、横になっておられた。城入道が灯火を手にしてこの酒宴の座敷を見てみると、本当に天狗《てんぐ》が集まっていたものと見え、踏み汚した畳の上に、鳥獣の足跡が多くついていた。城入道は、しばらくの間虚空をにらんで立っていたが、目に映るものは何もなかった。相模入道は酔いから覚めても、ぼんやりとしていて、まったく覚えがなかった。

このころ、ある家の儒者で刑部少輔仲範《ぎょうぶのしょうゆうなかのり》という人がこの話を聞き、「嘆かわしいことだ。『国家が乱れようとするときには、妖霊星という星が天から下って災いをなす』という言い伝えがある。とりわけ天王寺は仏法が最初に伝えられた霊場で、聖徳太子が日本国の未来記（中世に流行した予言書）を残された所だ。よりによって天王寺のよればしと歌ったのは、きっと南方から動乱が起って日本国が滅亡してしまう前兆だと思われる。ああ、国王は徳を身につけ、武家は仁政を行なって、災いを消す計略をめぐらせてほしいものだ」と言ったのだが、果して思い知らされる世の中になってしまった。

---

かかるところに、この比洛中《ころらくちゆう》に田楽《でんがく》を弄《もてあそ》ぶ事昌《さか》んにして、貴賤《きせん》皆これに淫《いん》せり。誠《まこと》に希代の見物にてぞありし。都鄙《とひ》の口遊《くちずさみ》となりしかば、関東にもこの事聞き及びて、新本《しんほん》の田楽どもを呼び下し、日夜朝暮にこれを賞《しやう》翫《ぐわん》す。入興《じゆきよう》のあまりに、宗徒《むねと》の一族大名どもに、田楽を一人づつ預けて、彼《か》の装束《しやうぞく》をかざらせける間、これは誰殿《たれどの》の田楽、かれはなにがし殿の田楽といひて、金玉綾羅《きんぎよくりよう ら》をかざる事、目もあやなり。宴《えん》に臨んで一曲を歌へば、高時《たかとき》を始めとして見物の大名、我劣らじと、直垂《ひたたれ》・大口《おほぐち》を抛《な》げ出《い》だす。これを積むに山の如《ごと》くなれば、その弊《つひえ》幾千万といふ事を知らざりけり。

ある夜酒盛《さかもり》のありけるに、相模《さがみ》入道数《す》盃《はい》を尽くし、酔《ゑ》ひに和《くわ》して立つて舞ふ事やや久し。若輩《じやくはい》の興を勧むる遊宴にもあらず、また狂言のあやを工《たく》みにする戯《たはむ》れにもあらず。相模入道ただ一人立つて、数刻《すこく》舞ひ給ひしかば、さして興あるべしとも覚えざりけるに、新座《しんざ》・本座《ほんざ》の田楽ども、その座敷に並《なら》び居《ゐ》て、面々にはやしける拍子をかへして、「天王寺《てんわうじ》のや、よれぼしを見ばや」などぞ歌ひける。ある女房《にようばう》この声を聞いて、あまりの面白さに、障子の破《やぶ》れよりこれをみれば、新本の田楽どもと見えつるは、一人も人の形はなくて、異類異形《いぎやう》の鳶《とび》、山伏の質《からだ》にてぞありける。この女房、興をさまして人を走らかし、城入道《じやうのにふだう》にぞ告げたりける。これを聞いて、城入道取《とり》太刀《たち》ばかりにて、中門をあらかに歩み入りける足音を聞いて、かき消すやうに失《う》せにけり。高時入道は前後も知らず、酔《ゑ》ひ臥《ふ》し給ひけり。灯を取つて、かの遊宴の席を見れば、誠に天狗《てんぐ》の集まりたると覚しくて、踏《ふ》み汚《けが》したる畳の上に、鳥獣の足跡多かりけり。城入道虚空《こくう》を睨《にら》んでしばらく立つたれども、眼に遮《さへぎ》る物もなかりけり。酔ひ覚《さ》めても、相模入道は惘然《ばうぜん》として、これを知るところなし。

この比《ころ》ある家の儒者に、刑部少輔《ぎやうぶのせう》仲範《なかのり》といふ人これを聞いて、「あさましやな。天下乱れんとする時は、妖霊星《えうれいぼし》といふ星くだつて災《わざ》をなすといふ事あり。ことさら天王寺は、これ仏法最初の霊地にて、聖徳太子《しやうとくたいし》日本一州の未来記を留《とど》め給へり。事こそ多きに、天王寺のよればしと歌ひしは、いかさま南方より動乱出《い》で来《き》て、国家敗北しぬと覚ゆ。哀れ、国主《こくしゆ》徳を治め、武家仁を施して、妖《えう》を消す謀《はかりごと》を致されよかし」と申されしが、果して思ひ知らるる世となりにけり。

## 九 聖徳太子未来記の予言

巻第六「楠太子の未来記拝見の事」

元弘《げんこう》二年（一三三二）夏、後醍醐《ごだいご》天皇の皇子、大塔宮護良《おおとうのみやもりよし》親王は紀州熊野《くまの》において蜂起。楠 正成《くすのきまさしげ》も河内国《かわちのくに》で再起を果たした。摂津国《せつつのくに》に進出して幕府軍を退けた正成は、天王寺に参詣《さんけい》し、聖徳太子が日本国の将来を予見して著したという未来記の披見を懇願する。しかし寺僧は、まだ見た人はいないといって躊躇《ちゅうちょ》する。

正成は長老の寺僧の言葉を聞いて、再び言うことには、「帝《みかど》のおぼしめしに代って、朝敵追討の重大事を決心しましたからには、ふつつかな正成といえども、天地の神々がどうして守護の手を私に下されないということがありましょう。もし帝のご運が時代に受け入れられなければ、私はひそかに退いて身命をまっとうし、時がくるのを待つつもりです」と言うと、僧はこの言葉に感銘を受け、「それでは特別の計らいでお目にかけましょう」と言って、秘蔵の銀の錠《じょう》を自ら開けて、金の軸の書物一巻を取り出した。正成はたいそう喜んで、これを拝見すると、不思議な記録の一節があった。

「九十五代の天皇のときに、天下はひとたび乱れて、帝は安泰ではない。このとき東海の魚が来たって西国を飲み込む。日が西の空に没して三百七十数日たつと、西国の鳥がやってきて東海の魚を食らう。その後天下は統一されること三年、次に大猿のごとき者が天下をかすめとること五十年、そして大凶事が一変して元どおりとなる」

とあった。正成は不思議に思って、よくよくこの記録を思案し、文章を調べてみると、先帝（後醍醐天皇）は人皇《にんのう》が始まってから九十五代に当っていらっしゃる。「天下はひとたび乱れて、帝は安泰ではない」とあるのは、まさに今の時代であろう。「東海の魚が西国を飲み込む」とあるのは、逆臣相模《さがみ》入道高時《たかとき》の一族のことであろう。「西国の鳥が東海の魚を食らう」とあるのは、幕府を滅ぼす人が出てくるということであろう。「日が西の空に没する」とあるのは、先帝が隠岐国《おきのくに》へ流され、お移りになることであろう。「三百七十数日」とあるのは、来年の夏のころ、帝が必ず隠岐国からお帰りになって、再び帝位にお即《つ》きになることであろうと、文章の真意をはっきりと解釈して、天下がくつがえるのも遠くはないだろうと頼もしく思った。そして、正成は黄金作りの太刀一振りをこの老僧に与えて、この書をもとの秘庫に納めさせたのである。

後日思い合わせると、正成が考えたところは一つも違《たが》わず、世間が平穏になったので、これは本当に、仏菩薩《ぶつぼさつ》が姿を借りたという聖徳太子が、末の世を考えて書いておきなされた記事なので、時代時代の変遷が少しも違わず記されていたのは、不思議なことであった。そういう次第で、楠正成はただ身をまっとうして天皇のご運がめぐってくるのを待つため、赤坂城（大阪府南河内郡千早赤阪村）には兵たちをとどめ置き、自分自身は千早《ちはや》の城（千早赤阪村の金剛山中腹にあった城）に立《た》て籠《こも》ったのであった。

正成《まさしげ》これを聞いて、重ねて申しけるは、「叡慮《えいりよ》に代って朝敵追伐《てうてきついばつ》の大儀を思ひ立ち候ふ上は、身不肖《ふせう》なりといへども、天地神明《しんめい》いかでか衛護《ゑいご》の手を下されで候ふべき。もし聖運《せいうん》時至らずば、潜《ひそ》かに退《しりぞ》きて命を全《まつた》うして時を待たんとす」と申しければ、宿老《しゆくらう》の寺僧この言《げん》を感じて、「さらば別義を以《もつ》て見参《げんざん》に入るべし」とて、自ら秘府《ひふ》の銀鑰《ぎんやく》を開いて、金軸《こんぢく》の書《しよ》一巻を取り出《い》だせり。正成大いに悦《よろこ》びて、これを拝見するに、不思議の記録一段あり。人王《にんわう》九十五代に当つて、天下一《ひとたび》乱れて主《しゆ》安からず。この時東魚《とうぎよ》来たつて西海を呑《の》む。日西天《せいてん》に没する事三百七十余箇日、西鳥《さいてう》来たつて東魚を湌《く》らふ。その後海内一《かいだいいつ》に帰する事三年、獮猴《みこう》の如《ごと》くなる者の天下を掠《かす》むる事五十年、大凶変《だいきよう》じて一元《いちげん》に帰す。

とあり。正成不思議の思ひをなして、よくよくこれを思案して、この文《もん》を勘《かんが》ふるに、先帝すでに人王《にんわう》始まつて九十五代に当り給へり。「天下一《ひとたび》乱れて主安からず」とあるは、これこの時なるべし。「東魚西海を呑む」とは、逆臣相模入道《ぎやくしんさがみ》の一類なるべし。「西鳥東魚を湌《く》らふ」とあるは、関東を滅ぼす人あるべし。「日西天に没す」とあるは、先帝隠岐国《おきのくに》へ流し遷《うつ》させ給ふ事なるべし。「三百七十余箇日」とあるは、明年の夏の比《ころ》、君必ず隠岐国より還幸《くわんかう》なつて、再び帝位に即《つ》かせ給ふべき事なるべしと、文の心を明らかに勘《かんが》へて、天下の反覆《はんぷく》遠からじと憑《たの》もしく覚えれば、金《こがね》作りの太刀一振《ひとふ》り、この老僧に与へて、この書をば元の秘府にぞ納めさせける。後《のち》に思ひ合はすれば、正成が勘へたるところ一事も違《たが》はず、世間無為《ぶい》になりしかば、これ誠《まこと》に大権聖者《だいごんしやうじや》の、末代を鑑《かんが》みて、記し置かれたる事なれば、文質三統《ぶんしつさんとう》の礼変《れいべん》、些《すこ》しも違はざりけるは、不思議なりける讖《しん》の文《もん》なり。されば、楠正成《くすのきまさしげ》はただ身を全《まった》うして聖運《せいうん》を待つとて、赤坂城には兵を置き、我が身は知和屋《ちはや》の城にぞ立《た》て籠《こも》りける。

## 一〇 村上義光《よしてる》父子の奮戦

巻第七「出羽入道道蘊芳野を攻むる事」

元弘《げんこう》二年（一三三二）十一月、幕府は後醍醐《ごだいご》天皇方の動きを鎮圧するために、五十万の大軍を京都に派遣した。護良《もりよし》親王は熊野《くまの》より吉野《よしの》に移って城郭を構えるが、二階堂道蘊《にかいどうどううん》率いる幕府軍の激しい攻撃に死を覚悟し、庭前で最期の酒宴を催した。ここに村上義光《よしてる》父子は親王の身替りとなることを決意する。

こうしたところに、正面の合戦がいよいよ急を告げると思われ、敵・味方の鬨《とき》の声が入り乱れて蔵王堂（吉野・金峯山寺《きんぷせんじ》の本堂）まで絶えず聞えてきた。村上左馬助《さまのすけ》義光は、その日の合戦で、敵と戦うことが多かったようで、鎧《よろい》に立つ十六本の矢は、まるで枯野に残る冬草が風に吹き倒されたように折れ曲っていた。その姿で大塔宮《おおとうのみや》（護良親王）の御前に参上して申しあげるには、「城の正面、一の木戸は攻撃を受けて不甲斐《ふがい》なくも破れてしまいましたので、二の木戸で防戦して数時間戦っておりますが、ご座所の中の酒盛のお声がたいそうすがすがしく聞えましたのにひかれて参上した次第でございます。敵は軍勢が優勢なことに乗じて攻めかかり、味方は気勢が衰えてしまいましたので、この城で敵を防ぐことは、今はできないと存じます。敵が軍勢をほかの口へまわさぬうちに、包囲網の一つを打ち破って、ひとまずお逃れになっていただきたいと思います。ただその後に踏みとどまって戦う者がいなければ、宮様がお逃れになったものと察知して、敵はどこまでも追いかけて来るでしょう。恐れ多いことではございますが、お召しになっている錦《にしき》の御直垂《ひたたれ》と鎧とを私にご下賜《かし》いただき、僭越《せんえつ》ながらお名前を拝借して敵を欺いて、お命にお代りしたいのです」と申しあげたところ、宮はこれをお聞きになって、「大将が配下の士を思うのは、親が子を思うのと同じだ。私は何度も自分自身で危難を砕いて、命を捨てるような経験をしてきたのだ」とおっしゃった。

しかし、村上は声を荒げて、「残念なお言葉でございます。あの漢の高祖《こうそ》が滎陽《けいよう》で楚《そ》の項羽《こうう》に包囲されたとき、臣下の紀信《きしん》が『高祖だと偽り称して、楚を欺きたい』と高祖に願い出たときに、高祖はこれをお許しにならなかったでしょうか。とりわけ忠義の臣下が命を捨てることは、ただこのような場合においてなのです。何をお気にかけることがありましょう。こんな程度のお考えで、天下統一の大事を思い立たれたとは、残念に存じます」と言って、宮の御鎧の上帯をお解き申しあげた。大塔宮は道理を説かれて、もっともだとお思いになり、御鎧・直垂を脱ぎ替えなさって、「ただ今の、お前の忠義は永遠に忘れない。最初この吉野城に立《た》て籠《こも》ったそのときから、私は死を士卒と同じくし、天運によって事を進めようと思ったのであるが、今お前が私のために命を捨て、私は逆にお前の代りに命をまっとうするということは、思ってもみなかったことだ。もし私が生き長らえたら、お前の後世《ごせ》を弔おう。思いもよらず、二人とも敵の手にかかるなら、生を隔てる冥土《めいど》の道までも行動をともにし、六道の分れ道に駆け向って、同じ所で一緒に死のう」とおっしゃり、御涙にくれなされたので、宮に付き従う官軍の兵たちは、皆この様子を見申しあげて、鎧の袖《そで》をしぼるのであった。

かかるところに、大手の合戦、事急《きふ》なりと覚えて、敵・御方《みかた》の時の声、相交《あひまじ》りて間《ひま》なく聞えけるが、誠《げ》にもその戦《いくさ》に相当《あひあた》る事多かりけりと覚《おぼ》しくて、村上左馬助義光《さまのすけよしてる》、鎧《よろひ》に立つところの矢十六筋、枯野に残る冬草の、風に臥《ふ》したる如《ごと》くに折《を》り懸《か》けて、宮の御前に参りて申しけるは、「大手一の木戸、云《い》ふ甲斐《かひ》なく責め破られ候ひつる間、二の木戸に支へて数尅《すこく》相戦ひ候ひつるが、御所中の御酒盛の御声、あまりに涼しく聞え候ひつるについて参つて候ふ。敵すでにかさに取り襄《あが》つて、御方《みかた》気疲れ候ひぬれば、この城にて防く事、今は叶《かな》はずと覚え候ふ。いまだ敵の勢を外《よそ》へ廻《まは》し候はぬ先に、一方より打《う》ち破《やぶ》つて、一間途《ひとまど》落ちて御覧候へと存じ候ふ。ただし跡《あと》に残り留《とど》まつて戦ふ者なくば、御所の落ちさせ給《たま》ふ物よと心得て、敵いづくまでも追《お》ひ懸《か》けぬと覚え候ふ。恐れある事にて候へども、食《め》したる錦《にしき》の御直垂《ひたたれ》・物具《もののぐ》を、下《くだ》し給《たま》はつて、御諱《いみな》の字を犯《をか》し進《まゐ》らせ、敵を欺《あざむ》き、御命に替り進らせ候はん」と申しければ、宮これを聞《き》こし食《め》して、「上将《じやうしやう》の士を思ふ事、親子の如《ごと》し。幾度も自《みづか》らこそ難をも砕き、命をも棄《す》つべけれ」と仰せけるを、村上言《ことば》を荒《あら》らかに申しけるは、「うたてしき御事候ふや。かの漢祖《かんそ》の滎陽《けいやう》に囲まれし時、紀信《きしん》、高祖《かうそ》と称して、楚《そ》を欺《あざむ》かんと乞《こ》ひしをば、高祖これを許し候はずや。なかんづく、義卒《ぎそつ》の命を捨つる事、ただかやうの節《せつ》に当るを以《もつ》て事とせり。何かはいたはり思《おぼ》し食《め》さるべき。これ程の御所存にて、天下の大事を思し食し立ちけるこそうたてけれ」とて、御鎧《よろひ》の上帯《うはおび》を解《と》き奉《たてまつ》りければ、大塔宮理《おほたふのみやことわり》に伏して、誠《げ》にもやと思し食しければ、御鎧・直垂を解《ぬ》ぎかへさせ給ひて、「ただ今の汝《なんぢ》が忠義、生々世々《しやうじやうせせ》忘れがたし。最初この城《じやう》に立《た》て籠《こも》りしより、死を士卒《しそつ》と同じくして、運を天に開くべきとこそ思ひしに、さはなくして、今汝は我がために命《めい》を捨つれば、我はまた汝に替つて命を全《まつた》うせん事、思ひの外《ほか》の有様なり。我もし生きたらば、汝が跡の後生《ごしやう》を訪《とぶら》ふべし。図《はか》らずして、ともに敵の手に懸らば、冥途《めいど》隔生《かくしやう》の道までも、六《む》つの岐《ちまた》に馳《は》せ向《むか》ひて、一所に死を許すべし」と仰せられ、御泪《なみだ》に咽《むせ》ばせ給ひければ、供奉《ぐぶ》の官軍ども、皆これを見奉つて、鎧の袖《そで》をぞ絞《しぼ》りける。（略）

その後、村上義光《よしてる》は、今はもう宮は無事に落ちのびなされたと思われる時分になってから高櫓《たかやぐら》にのぼり、狭間《さま》の小さな窓の板を皆切って落とし、敵に身をさらして、大音声《だいおんじよう》に名乗って言うことには、「我こそはもったいなくも人皇《にんのう》九十五代の帝《みかど》、先帝（後醍醐《ごだいご》天皇）の第四王子、一品兵部卿《いっぽんひょうぶきょう》（護良）親王である。反逆の臣下のために滅ぼされ、その恨みを冥土《めいど》で晴らすために、ただ今自害する。この有様を見ておいて、間もなくお前らの武運がすぐ尽きて腹を切るときの手本にせよ」と叫んだ。そして、そのまま鎧の上帯を解いて、櫓から下へ投げ落とし、錦《にしき》で仕立てた鎧垂直《よろいひたたれ》の袴《はかま》一つになり、練絹《ねりぎぬ》（柔らかい絹織物）の二重《ふたえ》小袖を肌脱ぎにして、白く美しい肌に刀を突き立て、左の脇《わき》から右の横腹まで、真一文字にかき切って、腸をつかんで櫓の板に投げつけ、刀を口にくわえてうつぶせになり、横たわった。

そのときになって、正面と裏手の寄せ手は、村上の最期を見て、「あっ、大塔宮がご自害なさったぞ。我こそ先に御首を頂戴《ちょうだい》しよう」と、四方の囲みを解いて一か所に集まった。その間に、宮は入れ違いに天河《てんかわ》（吉野郡天川村）へ逃れて行かれた。村上がいなければ、宮のお命も危うかったであろう。「義を見てせざるは勇なきなり」（『論語』為政篇）と言われるが、このような忠義と貞節は本当に例の少ない行為である。

こうしているうちに、吉野山の南側から迂回《うかい》した吉野の執行《しゅぎょう》（寺院の事務を司《つかさど》る職）の軍勢五百余騎は、土地をよく知っているので、天河への道を妨害し、多くの軍勢を恃《たの》んで、宮を討ち取るために取り囲もうとした。村上義光の子息、兵衛蔵人義隆《ひょうえくらんどよしたか》は、父とともに自害しようと、吉野城の第二の木戸の櫓の下まで急いでやって来たのだが、父は厳しく諫《いさ》めて、「宮の御行く末を見届け申しあげよ」と教訓を遺されたので、仕方なく、わずかの命を生き長らえて、宮のお供を申しあげていた。しかし、状況が切迫して、自分が討死《うちじに》しなければ宮はお逃れになれまいと思われたので、一人そこに踏みとどまって、追っかけて来る敵の馬の両膝《ひざ》をなで斬《き》りにし、また馬の首筋を斬って馬上の兵を落し、つづら折りの細道で、五百余騎の敵兵たちを相手に、一時間ほど防ぎ支えた。その忠義の心は石のように堅いとはいえ、その体は金や鉄ではないから、取り囲んで射た敵の矢に、義隆はもう十数か所の傷を受けていたが、たとえ死んでも敵の手にはかかるまいと思ったのであろう、小竹が茂っている中に走り込んで、腹をかき切って死んだのであった。こうして村上父子が敵を防ぎ討死したその間に、宮は辛《から》くも死から免れなさって、高野山へお逃げになったのである。

ところで、二階堂出羽入道は、村上義光が大塔宮を装って腹を切ったのを真実だと考えて、その首を取って京都へ送り、六波羅《ろくはら》での首実検で真偽を確かめたところ、似ても似つかぬ者の首であるということが分った。よってその首は獄門にかけるまでもなく、墓地の苔《こけ》の下に埋められたが、義光にとっていたわしいことであった。

その後村上義光《むらかみよしてる》は、今ははやばや宮は羌《つつがな》く落ち延びさせ給ひぬと思しき程になつて高櫓《たかやぐら》に登り、小間《さま》の板《いた》皆切つて落し、身を露《あら》はになし、大音《だいおん》揚げて名乗りけるは、「かたじけなくも、人王《にんわう》九十五代の聖主、先帝第四の王子、一品兵部卿親王《いつぽんひやうぶきやうのしんわう》、逆臣のために亡《ほろ》ぼされ、恨みを泉下《せんか》に報ぜんために、ただ今自害する有様見置きて、汝等《なんぢら》が武運たちまちに尽き、腹切らん時の手本にせよ」と云《い》ふままに、鎧《よろひ》の上帯《うはおび》を解《と》いて、櫓より下へ抛《な》げ下《おろ》し、錦《にしき》の鎧直垂《よろひひたたれ》の袴《はかま》ばかりに、練貫《ねりぬき》の二小袖《ふたつこそで》を推《お》しはだぬぎ、白く清気《きよげ》なる膚《はだへ》に刀を突き立て、左の脇《わき》より右の喬腹《そばはら》まで、一文字にかき切つて、腹わた攫《つか》んで櫓の板に抛げ付け、刀を口にくはへて、うつ伏《ぶ》しになつてぞ臥《ふ》したりける。

その時大手《おほて》・搦手《からめて》の寄手《よせて》、これを見て、「すはや大塔宮《おほたふのみや》の御自害あるは。我先に御頸《くび》を給はらん」とて、四方の囲みを解いて、一所《いつしよ》に集まる。その間《ひま》に、宮はさし違へて天河《てんのかは》へぞ落ちさせ給ひける。村上なくば、宮の御命も危ふくぞ見えたりける。誠《げ》に、「義を見て為《せ》ざるは勇なきなり」といふとも、かやうの忠貞は誠にありがたかりし振る舞ひなり。

かかりし程に、南より廻《まは》りたる芳野《よしの》の執行《しゆぎやう》が勢五百余騎、案内者《あんないしや》なれば、道を要《さへぎ》り、かさに廻つて、打《う》ち留《とど》め奉らんととり籠《こ》め進《まゐ》らせんとする。村上義光が子息兵衛蔵人義隆《ひやうゑくらんどよしたか》、父とともに自害せんとて二の木戸の櫓の下まで馳《は》せ来《き》たりけるを、父大いに諫《いさ》めて、「宮の御前途を見終《みは》て進《まゐ》らせよ」と庭訓《ていきん》をのこされければ、力なくしばしの命を延べて、宮の御伴《とも》申したりけるが、事すでに急にして、打死《うちじに》せずば宮落ち得させ給はじと覚えければ、義隆一人踏み止《とど》まつて、追つて懸くる敵の馬の双膝《もろひざ》薙《な》ぎて切《き》り居《す》ゑ、平頸《ひらくび》切つて刎《は》ね落させ、盤折《つづらを》りなる細道《ほそみち》に、五百余騎の敵をさし招《よ》せて、半時ばかりぞ支へたる。義節《ぎせつ》、石の如《ごと》くなりといへども、その身金鉄《きんてつ》にあらざれば、取り巻いて射ける敵の矢に、義隆《よしたか》すでに十余箇所の疵《きず》を被《かうむ》りけるが、死までもなほ敵の手にや懸《か》からじと思ひけん、小竹《ささ》の一村《ひとむら》ある中へ走り入り、腹かき切つてぞ、死ににける。村上父子が敵を防ぎ、打死《うちじに》しけるその間に、宮は危ふき死を遁《のが》れさせ給ひて、高野山《かうやさん》へぞ落ちさせ給ひける。

さる程に、二階堂出羽《にかいだうでは》入道、村上が宮のまねをして、腹を切つたりつるを実《まこと》と心得て、その頸《くび》を取つて京都へ上《のぼ》せ、六波羅《ろくはら》の実検《じつけん》に曝《さら》しければ、あるにもあらぬ頸なりと申しければ、獄門《ごくもん》に懸くるまでもなくて、九原《きうげん》の苔《こけ》に埋《うも》れけるこそ無慙《むざん》なれ。

## 二 楠正成《くすのきまさしげ》の奇策

巻第七「諸国の兵知和屋へ発向の事」

元弘三年（一三三三）、吉野《よしの》城を陥落させた幕府軍は、楠正成が籠《こも》る千早《ちはや》城（六九頁参照）に集中する。用水を確保し、防備を固めた正成は、山城の利点を生かして敵を寄せつけず、戦いはやがて持久戦の様相を呈してくる。

二《に》階堂出羽《かいどうでわ》入道道蘊《どううん》は、吉野の城を攻め落したのは随一の戦功であったが、大塔宮《おおとうのみや》を討ちもらし申しあげたので、やはり残念に思って、すぐに高野山《こうやさん》へ押し寄せた。根本大塔《こんぽんだいとう》に陣取って、宮のいらっしゃる所を捜し求めたけれども、高野山全体の僧徒は皆心を合わせて宮をお隠し申しあげたので、道蘊は数日に及ぶ苦労の甲斐《かい》もなく、千早城へと方向転換した。千早城を攻める幕府軍は、すでに到着していた勢が百八十万騎といわれていたが、さらに赤坂・吉野の攻撃軍が加わって二百万騎を超えたので、城の周囲四、五里の間には、軍勢が見世物や相撲場などのように取り囲み、一寸の余地もなく満ち満ちた。軍旗が風を受けてなびきひるがえる様は、秋の野原に揺れ動くすすきの穂先よりもおびただしく、軍勢の手にする刀剣が陽を反射して輝く有様は、まるで明け方に枯草の上におりてきらめく霜のようである。大軍勢が千早城に近づくと、そのために山々が揺れ動いて見え、鬨《とき》の声がおびただしく響くと、地軸もたちまちに砕けるかと思われた。

この大軍勢にも恐れることなく、わずか千人に満たない小勢で、いつ援軍が来るあてもなく、城中にじっと我慢して防戦する楠正成《くすのきまさしげ》の心は、まことに立派なものであった。そもそもこの城の東西は、谷が深く切れこんでいて、人が登れそうにもない。南北は金剛山《こうごうさん》に連なっていて、山頂が孤立している。けれども高さは二町（約二二〇メートル《メートル》）ほどであって、周囲一里に足りぬ小城なので、落すにどれほどのことがあろうと寄せ手は見くびり、はじめの一両日の間は、構えの陣も作らず、攻撃準備も整えず、我先にと城の入口まで楯《たて》をかざして攻めのぼったのである。城中の兵たちは少しも騒がず、じっと沈黙を守っていて、それから高櫓《たかやぐら》の上から大石を次から次へと投げおろし、楯の板をこっぱ微塵《みじん》に打ち砕いた。そして、寄せ手の兵が逃げまどうところを矢つぎばやに射かけたので、寄せ手は四方の坂から転げ落ち、重なって、負傷して死ぬ者が一日のうちに五、六百人に及んだ。長崎《ながさき》四郎左衛門尉《さえもんのじょう》は千早城攻撃の軍奉行《いくさぶぎょう》であったが、死傷者の調査をしたところ、書記役十二人が夜昼五日間、筆を休めずに記録しつづけるほどであった。そこで、「今後は、大将のご許可なしに合戦するような者には、かえって処罰を行う」と発表されたのである。そういう次第で、軍勢は合戦をやめて、それぞれの陣を構えたので、しばらくの間は合戦が中止されたように見えた。

---

二階堂出羽入道は、吉野の城を責め落したるは専一《せんいつ》の忠戦なれども、宮を打ち漏《も》らし奉《たてまつ》りぬれば、なほ安からず思ひて、やがて高野山《かうやさん》へ推《お》し寄《よ》せ、大塔《おほたふ》に陣を取り、宮の御在所を尋ね求めけれども、一山の衆徒《しゅと》皆心を合はせて宮を隠し奉りければ、数日の粉骨甲斐《ふんこつかひ》もなくて、知和屋《ちはや》の城へぞ向ひける。知和屋の寄手《よせて》は、前に百八十万騎と聞えしが、また赤坂・吉野の勢加はつて、二百万騎に余りければ、城の四方四、五里の間は、見物相撲場《すまひば》なんどの如《ごと》く打ち囲んで、尺寸《せきすん》の地をも余さず充満《みちみち》たり。旌旗《せいき》の風に翻《ひるがへ》つて靡《なび》く気色《けしき》は、秋の野の尾花《をばな》が末よりも繁《しげ》く、剣戟《けんげき》の日に映じてかかやける有様は、暁《あかつき》の霜《しも》の枯草に布《し》けるが如くなり。大軍の近づくところ、山勢これがために動き、時の声震《おびただ》しき事、坤軸須臾《こんぢくしゅゆ》に摧《くだ》けたり。

この勢にも恐れずして、わづかに千人に足らざる小勢にて、誰《たれ》を憑《たの》みいつを待つとしもなく、城中に怺《こら》へて防ぎ戦ひける、楠《くすのき》が心の程こそいかめしけれ。およそこの城の有様は、東西谷深くして切れて、人の登るべき様《やう》なし。南北は金剛山《こんがうせん》に連《つづ》いて、峰絶えたり。されども嵩《たか》さ二町ばかりにて、廻《まは》り一里に足らぬ小城なれば、何程《いかほど》の事かあるべきと、寄手これを見侮《みあなど》り、初め一両日の程は、向ひ陣をも取らず、責め支度をも用意せず、我先にと城の木戸口《きどぐち》まで、かづき連れてぞ上つたる。城中の者ども少しも驚かず、しづまりかへつて、高櫓《たかやぐら》の上より大石を投《な》げ懸《か》け投げ懸け、楯《たて》の板を微塵《みぢん》に打ち砕いて、漂ふ所を指《さ》し攻め指《つ》し攻め散々《さんざん》に射ける間、四方の坂よりころび落ち、重なつて、手《て》負死《おひじに》する者、一日の中《うち》に五、六百人に及べり。長崎《ながさき》四郎左衛門尉《さえもんのじよう》、軍奉行《いくさぶぎやう》にてありけるが、手負・死人の実検《じつけん》をするに、執筆《しゆひつ》十二人、夜昼五日の間、筆をも閣《さしお》かず注《しる》しけり。さてこそ「今より後は、大将の御許しなくて合戦したらん輩《ともがら》をば、かへつて罪科《ざいくわ》すべし」と触《と》れられけれ。されば、軍勢軍《いくさ》を止めて、己《おの》れが陣々《ぢんぢん》の構へ、しばらくは外絶《だ》えてぞ見えたりける。（略）

幾日か過ぎてから、楠正成は、「さあそれでは、また寄せ手の連中にいっぱい食わせて、居眠りを覚してやろう」と言って、藁《わら》くずで人形を二、三十体作って鎧《よろい》・兜《かぶと》を着せ、武器を持たせて、夜中に城の麓《ふもと》に立てておき、人形の前には面の広い楯《たて》を並べた。そしてその後ろに、選《え》りすぐりの兵五百人を紛れこませ、夜がほのぼのと明けるころ、霞《かすみ》の中から一度に鬨《とき》の声をどっとあげさせた。

四方の寄せ手は鬨の声を聞いて、「さあ、城中から打って出たぞ。これこそ運命が尽きての死物狂いだぞ」と我先に応戦した。城兵はあらかじめ計画しておいたことなので、矢戦《やいくさ》をほんの少しするふりをして、敵の大勢がさらに近づくと、人形だけをその場に残しておいて、兵たちは徐々に城中に引きあげた。寄せ手の兵たちが城兵を追いかけたが、彼らは人形を本物の兵だと思い込み、これを討とうと集まって来た。楠正成は思いのままに敵兵を欺き集めて、大石を四、五十個一度に勢いよく落したので、一所に集まっていた兵三百余人は、あっというまに打ち殺され、半死半生の負傷者は五百余人に達した。

一戦《ひといくさ》終ってこれを見ると、ああすばらしい剛《ごう》の者よと思われて、一歩も引かなかった兵たちは、人間ではなくて藁《わら》で作った人形であった。これを討とうとして集まったのに、石に打たれて死んだことも手柄にならず、またこれを恐れて進むことができなかったことも、臆病《おくびよう》さをさらす結果となってしまい、話にもならない。どちらにしても万人の物笑いの種となったのである。

この出来事の後は、ますます合戦をやめてしまったので、諸国の軍勢はただひたすら城を見上げてじっとしているだけで、できることは何一つなかった。すると、どのような者が詠んだのか、一首の古歌を詠みかえて、大将の陣の前に立てたのである。

よそにのみ見てややみなん葛木《かづらき》の高間《たかま》の山の峰の楠《くすのき》

——遠くに眺めているだけで済むのでしょうか、葛城《かずらき》連山の金剛山《こんごうざん》に城を構える楠勢を

---

少し程を経て、楠《くすのき》正成《まさしげ》、「いでさらば、また寄手《よせて》ども打謀《たばか》り、居眠覚《ゐねむりさま》さん」と云ひて、芥《あくた》を以《もつ》て人形《にんぎやう》を二、三十作つて甲冑《かつちう》を着せ、兵杖《ひやうぢやう》を持たせて、夜中に城の麓《ふもと》に立て置きて、前に畳楯《でふだて》を突《つ》き双《なら》べたり。その後に、勝《すぐ》りたる兵五百人相交《あひまじ》へて、夜のほのぼのと明ける霞《かすみ》の交《あはひ》より、同時に時を同《どう》と作る。

四方の寄手時の声を聞きて、「すはや城中より打ち出《い》でたるは。これこ

そ敵の運の尽くるところの死狂《しにぐる》ひよ」とて、我先《われさき》にとぞ攻め合はせける。城の兵は、かねて巧《たく》みたる事なれば、矢軍《やいくさ》ちとする様にして、大勢なほ近付けば、人形ばかりを残し置いて、兵は次第次第に城へ引きあがる。寄手ども追つて懸《か》かりけるが、人形を実《まこと》の兵ぞと心得て、これを打たんと相集まる。楠《くすのき》所存《しよぞん》の如《ごと》くに敵を打謀《たばか》り寄せて、大石四、五十、一度に放ちければ、一所に集まりたる兵三百余人、やにはに打ち殺されて、半死半生の者五百余人に及べり。

軍《いくさ》終ててこれを見れば、哀れ大剛の者かなと覚えて、一足も引かざりつる兵どもは、人にはあらで藁《わら》にて作りたる人形なり。これを打つとて相集まりたるが、石に打たれて死にけるも高名《かうみやう》ならず、またこれを危ぶみて進み得ざりつるも、臆病《おくびやう》の程露《あらは》れて、云ふ甲斐《かひ》なし。ただとにもかくにも、万人の物咲《ものわら》ひとぞなりにける。

これより後は、いよいよ合戦を止《や》めたる間、諸国の軍勢ただいたづらに城を守りあげて居たるばかりにて、為態《しわざ》一つもなかりけり。いかなる物か読みたりけん、一首の古歌《こか》を翻案《ほんあん》して、大将の前にぞ立てたりける。

よそにのみ見てややみなん葛木《かづらき》の高間《たかま》の山の峰の楠《くすのき》　（略）

同年（一三三三）の三月四日、鎌倉から飛脚が到着し、「合戦を中止して、何もせずに日を送るのは、よろしくない」と命令があったので、主だった大将たちは軍議を開いて、味方の陣と敵の城との間にある、深く切り立った堀に橋を渡して、千早《ちはや》城へ討ち入ろうと計画した。そのために京都から大工を五百余人呼び寄せ、五六寸・八九寸の角材を集めて、幅一丈五尺（約四・五メートル）、長さ二十余丈（約六一メートル）の梯子《はしご》を作らせた。梯子がすっかりできあがったので、大縄を二、三千本つないで、滑車で巻き揚げ、城の崖《がけ》の上へ倒しかけた。その計画は壮大で、昔、魯《ろ》の名工公輸班《こうしゅはん》が作った梯子もこうであったかと思われるほどすばらしかった。さっそく、勇み立つ兵たち五、六千人がこの橋の上を渡って、我先に進んで行った。

あわやこの城も今まさに攻め落されてしまうと見えたところ、楠《くすのき》は前もって用意をしておいたのか、投げ松明《たいまつ》の先に火をつけて、橋の上に薪《たきぎ》を積むように投げ集め、水弾《はじ》き（水鉄砲）を使って滝のように油を注いだので、火は橋桁《はしげた》に燃えついて、谷から吹きあげる風にあおられ、炎は広がった。なまじ橋を渡りかけた兵たちは、先へ進もうとすると猛烈な火に体を焼かれ、後へ戻ろうとすると、後陣の大勢が前の災難も知らずに押して来る。また下へ飛び下りようとすると、谷は深く岩壁はそびえ立っていて、肝を冷やすほどだった。どうしようかとあわてふためいて押し合っているうちに、橋桁が中ほどから燃え崩れて、谷底へさかさまにどっと落ちたので、数千の兵が一時に猛火の中へ落ち重なって、一人残らず焼け死んでしまった。その有様を見ると、八大地獄の罪人が刀の山、剣の樹に刺し貫かれ、猛火や鉄の湯に身を焦《こが》すというのも、まさにこのようであろうかと思われて、恐ろしいという言葉すらないのである。

---

同じき三月四日、関東より飛脚《ひきやく》到来して、「軍《いくさ》を止めていたづらに日を送る事、しかるべからず」と下知《げぢ》しければ、宗徒《むねと》の大将達評定《ひやうぢやう》あつて、御方《みかた》の向ひ陣と敵の城の交《あはひ》に、高く切り立つたる堀に橋を渡して、城へ打つて入らんとぞ巧《たく》まれける。これがために、京都より番匠《ばんしやう》を五百余人召し下し、五六、八九寸の材木を集めて、広さ一丈五尺、長さ二十余丈に梯《かけはし》をぞ作らせける。梯すでに作り出《い》でければ、大綱《たいかう》を二、三千継ぎて、蟯巻《くるまき》を

以《もつ》て巻き立て、城の切岸《きりぎし》の上へぞ倒《たふ》し懸《か》けたりける。その巧み高大にして、魯般《ろはん》が雲梯《うんてい》もかくやと覚えておびただし。やがて早勇《はやりを》の兵ども五、六千人、橋の上を渡り、我先《われさき》にと進んだり。

あはやこの城ただ今攻め落されぬと見えけるところに、楠《くすのき》かねて用意やしたりけん、抛続松《なげたいまつ》の先に火を付けて、橋の上に薪《たきぎ》を積むが如《ごと》くに投げ集めて、水はじきを以て、油を滝の流るるが如くに懸《か》けたりける間、火橋桁《はしげた》に燃え付きて、渓風《たにかぜ》炎を吹《ふ》き布《し》いたり。憖《なまじひ》に渡り懸けたる兵ども、前へ進まんとすれば、猛火《みやうくわ》盛んに身を焦《こが》し、跡《あと》へ帰らんとすれば、後陣の大勢先《さき》の難儀《なんぎ》をも言はず支へたり。下へ飛び下りんとすれば、谷深く岩聳《そび》えて肝《きも》冷《ひ》やす。いかんがと身を揉《も》うで、押し合ふ程に、橋桁中《なか》より燃え折りて、谷底へ倒《さかしま》に同《どつ》と落ちければ、数千の兵同時に猛火の中へ落ち重なつて、一人も残らず焼け死にけり。その有様を見れば、ただ八大地獄の罪人が、刀《たう》山《ざん》・剣樹《げんじゅ》に貫《つらぬ》かれ、猛火・鉄湯《てつたう》に身を焦すらんも、かくこそと思ひ知られて、恐ろしといふも疎《おろ》かなり。

## 太平記の風景 ①

# 千早《ちはや》城

「大阪の屋根」とも呼ばれる金剛山は、金剛山地の最高峰で、標高は一一二五メートルに及ぶ。その中腹にある支脈の頂上に構えられた要害の城が、千早城である。元弘《げんこう》元年(一三三一)、楠正成《くすのきまさしげ》は、金剛山麓《さんろく》の丘陵上に築いた赤坂城で反幕府の兵を挙げたが、幕府軍の大軍に囲まれ、いったん城を逃れて山中に身を隠した。翌年に再起した正成は、奇襲により赤坂城を奪還し、さらなる幕府軍の攻撃に備えて、より高台の地に千早城を築いたのである。

元弘三年、幕府の大軍が雲霞《うんか》のごとく押し寄せ、千早城を取り囲み激しい攻防が繰り広げられた。その様子は、『太平記』巻第七(「諸国の兵知和屋《ちはや》へ発向の事」)に詳述されている。攻撃軍は総勢二百万騎におよび、千早城の周囲一帯は、「見物(見世物)相撲場《すまひば》なんどの如《ごと》く」囲まれていたという。この二百万という数字はさすがに誇張だと思われるが、想像を絶する大軍がこの城に攻め寄せたのは間違いない。これに対して、城を守る楠木勢は「千人に足らざる小勢」だったが、城に迫る敵兵を引き寄せて頭上から大石を落としたり、藁《わら》人形に鎧《よろい》・兜《かぶと》を着せて敵をおびき寄せるなどの機略・奇襲戦法を駆使して、幕府軍に甚大な被害を与えたという。当時の城は、戦国時代後期以降の城とは違い、天守などの巨大建築物はなかったが、千早城のように地形を生かした山城が大半で、「攻めるに難く、守るに易《やす》い」のが特徴であった。

## 三 足利《あしかが》高氏《たかうじ》の旗揚げ

巻第九「高氏篠村八幡に御願書の事」

幕府軍が千早《ちはや》城攻めに難渋している中、後醍醐《ごだいご》天皇は密かに隠岐《おき》を脱出し、伯耆国《ほうきのくに》の名和長年《なわながとし》に迎えられる。播磨《はりま》では赤松円心《あかまつえんしん》が挙兵し、京都に迫る。幕府は再び大軍を京都に派遣して西国の鎮定を図るが、大将の一人、足利高氏は後醍醐と通じ、京都の六波羅《ろくはら》探題《たんだい》を攻撃することとなる。

さて、夜が明けると五月七日、午前四時に、足利治部大輔《じぶたいふ》高氏、その弟兵部大輔《ひょうぶたいふ》直義《ただよし》は篠村《しのむら》の宿《しゅく》（京都府亀岡市）を出立なさった。夜はまだ深かったので、馬を控えて東西をご覧になると、篠村の宿の南側、暗く茂っている柳の老木と枝のまばらな槐《えんじゅ》の木の傍らに社《やしろ》があるらしく、焚《た》き残した神前の篝火《かがりび》がかすかに見え、巫女《みこ》が袖《そで》を振って鳴らす鈴の音がわずかに聞えて神々《こうごう》しい。どんな由緒を持つ神社かは分らないけれども、戦場に赴く門出なので、高氏は馬からおりて兜《かぶと》を脱ぎ、社壇の前にひざまずいた。そして、「今日の合戦に無事朝敵を討伐できるようお守りくださるならば、すぐに古い玉垣《たまがき》を修復して尊崇《そんすう》いたしましょう」と熱心に祈りなさる。祀《まつ》りをしている巫女に、「この社の祭神はどのような神でいらっしゃるのか」と尋ねられると、「当社は八幡様をお迎え申しあげておりますので、篠村の新八幡宮と申します」と答えた。

高氏は、「それでは我が源家が尊崇する霊験あらたかな神である。神は我らの志をお汲み取りくださったぞ。一紙の願書を奉納しよう」とおっしゃったので、疋田妙玄《ひきたみようげん》が鎧《よろい》の合わせ目から矢立を取り出して、筆を構えて願文を書いた。その言葉は次のようである。

「敬《うやま》って申す　祈願の事

つらつら思いみるに、八幡大菩薩《はちまんだいぼさつ》は皇室の祖神を祭る霊廟であり、源家《げんけ》中興のあらたかな神である。その本地（本来の姿）である阿弥陀仏が心中に開いた悟りの月は、高く極楽十万億土の天にかかっている。垂迹《すいじやく》（この世に出現した姿）である八幡神の威光は、我が国七千余座の神々の上に輝いている。神は機縁にふれ徳を分けるというが、礼に背く者から祭られることはお受けにならない。また慈悲心を垂れて衆生を利益《りやく》するというが、それはもっぱら正しい者を助けることを望まれているのだ。なんとその威徳は大きいことであろう。世の人々がこぞって誠を尽くす所以《ゆえん》なのである。

ここに承久《じようきゆう》年間（一二一九〜一二二二）よりこのかた、我が源家に代々仕えてきた家臣、平氏末裔《まつえい》の田舎者（北条氏）が、勝手に天下の政権を取り、九代の間、猛威をふるってきた。そのうえ今、帝《みかど》を西海の隠岐島《おきのしま》に移し、天台座主《てんだいざす》（大塔宮護良親王《おおとうのみやもりよし》）を南山熊野《くまの》の山中に苦しめている。その悪逆きわまりないことは、これまで聞いたことがない。これは朝敵の最たるものである。臣下の道として、命を投げ出して戦わずにおられようか。これはまた神の敵の最たるものである。天の道理として、誅伐《ちゅうばつ》を下さないことがあろうか。

この高氏、僭越ながら北条氏の多年の悪業を見て、自分の利害を顧みるいとまはない。薄い魚肉のような我が身を、まな板の上の鋭利な刃物にさらそうとする。忠義の兵が力を合わせて都の西南に陣営を構えるこの日、上将《じょうしょう》の宮様（官軍の総大将、静尊法親王《じょうそんほうしんのう》）は男山八幡《おとこやまはちまん》（石清水《いわしみず》八幡宮）に出陣し、臣下たる私は篠村《しのむら》に挙兵する。ともに八幡社の神域にあり、同じようにご加護の庭から出発するのである。両者一体となって相応じ戦えば、敵を殺すことに何の疑いがあろうか。

仰ぎ願うところは、百代の帝を守ろうという神約である。神前に汗する石馬《せきば》（社頭の狛犬《こまいぬ》を、中国皇帝陵の墓前に並べる石馬に見立てる）のような勇気を賜りたい。また頼みとするところは、代々八幡社に帰依《きえ》してきた源家の運である。金色の鼠《ねずみ》が現れて敵の弓弦《ゆづる》を食い切ったという奇瑞《きずい》（唐の玄宗の代の故事）を神に願うのだ。神は正義の戦いに味方して霊威を輝かし、風が草をなびかせるように神徳で敵を遠くまでなびき伏せ、神の威光は剣に代って、この一戦に勝利を与えるだろう。嘘偽《うそいつわ》りのない誠実な心を、間違いなくご覧くださるよう。

元弘《げんこう》三年（一三三三）五月七日

源朝臣《あそん》高氏敬白」

と書いた。その文章はうるわしく、言葉は明快で、道理を尽くしているので、神もきっと聞き届けてくださるであろうと、これを聴く人々は固く信じるのであった。高氏は、自ら筆を執って花押《かおう》を書き、上差《うわざ》しの鏑矢《かぶらや》一本を添えて、神殿に奉納なさった。彼に従う軍勢も皆おのおの上差しを一本ずつ箙《えびら》（矢入れ）から抜いて奉納したので、それらの矢は社壇の前に積み重なって、一つの塚のようになった。出陣してすぐ八幡神にめぐりあうとは、本当に不思議な奇瑞であった。

こうして夜はすっかり明けたので、高氏は大江山《おおえやま》（京都市西京区と亀岡市との境にある老《おい》ノ坂《さか》峠）を越えなさった。相従う人々には、弟の兵部大輔直義、吉良上総入道《きらのかずさ》省観《しょうかん》、同子息上総三郎、尾張《おわり》孫三郎高経《たかつね》、渋河《しぶかわ》二郎義季《よしすえ》、一色《いっしき》太郎入道道猷《どうゆう》、畠山上野守《はたけやまこうずけのかみ》高国《たかくに》、細川八郎四郎頼直《よりなお》、同弥八和氏《かずうじ》、上野太郎入道、小俣《こまた》孫太郎、上杉兵庫入道道《どう》勤《きん》、小笠原五郎胤長《たねなが》、同又五郎頼氏《よりうじ》、高左衛門《こうのさえもん》入道貞忍《ていにん》、子息右衛門尉師直《うえもんのじょうもろなお》、大高《だいこう》二郎重成《しげなり》、南部《なんぶ》八郎宗継《むねつぐ》、宇都宮三河守《うつのみやみかわのかみ》、同石見《いわみの》六郎、志水《しみず》弥三郎光宗《みつむね》、安保《あぼ》二郎光泰《みつやす》、設楽《しだら》、富永《とみなが》を始めとして、主だった兵五千余騎が先陣として進発し、後陣を待った。

こうしたときに、一番《ひとつがい》の山鳩《やまばと》が飛んで来て、旗の上を飛びまわった。高氏はこの様子をご覧になって、「まさに八幡大菩薩《はちまんだいぼさつ》がここに出現なさって、我らをお護《まも》りくださる奇瑞である。この鳩が飛んで行く後を追って進軍せよ」と命じられた。先頭の旗手が馬を進めて、その鳩の後に従って行くうちに、鳩はゆっくりと飛んで行き、大内裏《だいだいり》の旧跡、神祇官庁《じんぎかんちょう》の前にある樗《おうち》の木に止った。諸軍勢はこの様子を見てますます勇み立ち、馬を進めるその道すがら、敵兵が五騎、十騎と旗を巻き、兜《かぶと》を脱いで降参してきた。だから、篠村を出立なさったときは五千余騎と言っていたのであるが、大内裏の旧跡にお着きになったときには三万余騎になっていたのである。

---

さる程に、明くれば五月七日寅《とら》の尅《こく》に、足利治部大輔高氏《あしかがぢぶたいふたかうぢ》、舎弟兵部大輔《しやていひやうぶたいふ》直義《ただよし》、篠村宿《しのむらのしゆく》を打つ立ち給《たま》ひて、夜いまだ深ければ、馬を打《う》ち居《す》ゑて東西を見給ふに、篠村宿の南に当つて、陰森《いんしん》たる古柳疎槐《こりうそくわい》の下に枌楡叢祠《ふんゆそうし》の

社《やしろ》ありと覚しくて、焼《た》き遊《すさ》めたる庭火の影ほのかなるに、神女《きね》が袖《そで》を振る鈴の音颯々《さつさつ》と聞えて神冷《かんさ》びたり。何の社とは知らねども、戦場に赴く門出なれば、馬より下りて冑《かぶと》を脱《ぬ》ぎ、社壇の前に跪《ひざまづ》き、「今日の合戦、事故《ことゆゑ》なく朝敵を退治する擁護《をうご》の手を加へさせ給はば、たちまちに古き瑞籬《たまがき》を改め、敬信の歩みを運ばむ」と、首《かうべ》を傾けて祈誓《きせい》し給ひて賽《かへりまうし》する巫女《かんなぎ》に、「これはいかなる神にて御座《まします》ぞ」と問ひ給へば、「当社は八幡《はちまん》を迎へ進《まゐ》らせて候ふ間、篠村の新八幡宮《しんはちまんぐう》と申し候ふなり」とぞ答へける。

「さては当家尊崇《そんそう》の霊神《れいじん》なり。機感相応《きかんさうおう》せり。一紙の願書を奉らばや」と宣《の》給《たま》ひければ、疋田妙玄《ひきだのめうげん》、冑の引き合はせより矢立《やたて》を取り出だし、筆を引《ひか》へてこれを書く。その詞《ことば》にいはく、

「敬《うやま》つて白《まう》す　祈願の事

それ八幡大菩薩《だいぼさつ》は聖代前列《せいだいぜんれつ》の宗廟《そうべう》、源家《げんけ》中興の霊神《れいじん》なり。本地内證《ほんちないしよう》の月、高く十万億土《おくど》の天に懸かり、垂跡外融《すいじやくげゆう》の光、明らかに七千余座の上に冠《かうむ》らしむ。縁にふれて化《くわ》を分かつといへども、いまだ非礼の奠《まつり》を享《う》け給はず。慈《いつくし》みを垂《た》れて生《しやう》を利すといへども、ひとへに正直の頭《かうべ》に宿らんこと

を期《ご》し玉《たま》ふ。偉《おほい》なるかな、その徳たること。世挙《こぞ》つて誠《まこと》を尽くす所以《ゆゑん》なり。

ここに承久《しようきう》より以来《このかた》、当棘累祖《たうきよくるいそ》の家臣、平氏末裔《まつえい》の辺鄙《へんぴ》、恣《ほしいまま》に四海の権柄《けんぺい》を把《と》つて、九代の猛威を振るふ。あまつさへ今聖主《せいしゆ》を西海の浪《なみ》に遷《うつ》し、貫頂《くわんちやう》を南山の雲に困《くる》しましむ。悪逆の甚《はなは》だしきこと、前代いまだその類を聞かず。これ朝敵の最《さい》たり。臣たるの道、命《めい》を致さざらんや。また神敵の先《せん》たり。天たるの理《り》、誅《ちゆう》を下さざらんや。

高氏苟《いや》しくも彼《か》の積悪を見るに、いまだ匪躬《ひきゆう》を顧みるに遑《いとま》あらず。まさに魚肉の菲《うす》きを以《もつ》て、刀俎《たうそ》の利《と》きに当てんとす。義卒《ぎそつ》力を勠《あは》せて、旅《たむろ》を西南に張らん日、上将《じやうしやう》は鳩の嶺《みね》に軍《いくさだち》し、下臣《かしん》は篠村に軍《いくさ》す。ともに瑞《みづ》籬《がき》の影に在つて、同じく擁護《をうご》の懐《ふところ》を出づ。函蓋《かんがい》相応せば、誅勠《ちゆうりく》何ぞ疑はん。

仰ぐ所は、百王守護の神約なり。勇みを石馬《せきば》の汗《あせ》に懸《か》く。頼むところは累代帰依《るいだいきえ》の家運なり。奇を金鼠《きんそ》の咀《か》むに寄す。神将義戦《ぎせん》に与《くみ》して霊威《れいゐ》を耀《かかや》かし、徳風を草に加へて朝敵を千里の外に靡《なび》かし、神光剣《けん》に代つて、勝つ事を一戦の中《うち》に得ん。丹精《たんせい》誠あり、玄鑑《げんかん》誤る事なかれ。

元弘三年五月七日　　源朝臣高氏《みなもとのあそんたかうぢ》敬《うやま》つて白《まう》す」

とぞ書きたりける。文章玉を綴《つづ》つて詞《ことば》は明らかに、理濃《こま》やかなれば、神も定めて納受《なふじゅ》し給ふらんと、聴く人信《しん》を凝《こ》らせり。高氏自ら筆を執り判をして、表指《うはざし》の鏑《かぶら》一筋添へて、宝殿にぞ納められける。相順《あひしたが》ふ軍勢ども、皆各《おのおの》表矢《うはや》を一つづつ抜いて奉《たてまつ》りける間、その矢社壇《しやだん》の前に積もつて、丘塚《きうちよ》に異ならず。誠に不思議なりし奇瑞《きずい》なり。

かくて夜すでに明けければ、高氏大江山《おほえやま》を打ち越え給ひける。相随《あひしたが》ふ人々には、舎弟兵部大輔直義《しやていひやうぶたいふただよし》・吉良上総《きらかづさ》入道省観《しやうくわん》、子息上総三郎、尾張孫三郎高経《たかつね》、渋河《しぶかは》二郎義季《よしすゑ》、一色《いつしき》太郎入道道猷《だういう》、畠山上野守高国《はたけやまかうづけのかみたかくに》、細川八郎四郎頼直《よりなほ》、同じく弥八和氏《かずうぢ》、上野太郎入道、小俣《こまた》孫太郎・上杉兵庫入道道勤《だうきん》、小笠原五郎胤長《たねなが》、同じき又五郎頼氏《よりうぢ》、高左衛門入道貞忍《かうのさゑもんにふだうていにん》、子息右《う》衛門尉師直《ゑもんのじようもろなほ》・大高《だいかう》二郎重成《しげなり》、南部《なんぶ》八郎宗継《むねつぐ》、宇都宮三川守《うつのみやみかはのかみ》、同じく石見《いはみの》六郎《ろくらう》、志水《しみづ》弥三郎光宗《みつむね》、安保《あぼ》二郎光泰《みつやす》、設楽《しだら》、富永《とみなが》を始めとして、宗徒《むねと》の兵五千余騎、先陣に進んで後陣を待つ。

かかるところに、山鳩一番《やまばとひとつがひ》飛び来たつて、幡《はた》の上にぞ飛揚《ひやう》しける。高氏これを見給ひて、「ひとへに八幡大菩薩《はちまんだいぼさつ》のこれに影向《やうがう》あつて、守らせ給ふ奇瑞《きずい》なり。この鳩の飛行に任せて向ふべし」と仰せられければ、旗指馬《はたさし》を進めて、かの鳩の跡に随《したが》つて打つ程に、この鳩閑々《しづしづ》と飛び去つて、大内《たいだい》の旧跡、神祇官《じんぎくわん》の前なる樗《あふち》の木にぞ留まりける。諸軍勢これをみていよいよ勇をなし馬を早めける道すがら、敵五騎、十騎旗《はた》を巻き、冑《かぶと》を脱いで降《かう》参《さん》す。されば、篠村を打ち立ち給ひし時は五千余騎と申ししかども、大内の野に着き給ひける時は、三万余騎にぞ及びける。

---

# 一三 番場《ばんば》での集団自刃

巻第九「番場にて腹切る事」

足利軍《あしかが》、赤松軍《あかまつ》、そして千種忠顕《ちくさただあき》を大将とする官軍に囲まれ、六波羅《ろくはら》軍は敗走した。光《こう》厳《ごん》天皇、後伏見《ごふしみ》上皇は六波羅を脱出し、わずかな軍勢に守られて鎌倉をめざし、翌日、番場の宿（滋賀県米原市）に着いた。しかし後陣の警護役の佐々木時信は、六波羅軍が番場で全滅したとの誤報を聞き、もうなすことはないと都へ引き返してしまった。

そうとも知らずに、六波羅探題北条越後守仲時《えちごのかみなかとき》は、しばらくの間は佐々木時信《ときのぶ》の到着を待っておられたが、時間が過ぎたので、さては佐々木ももう敵になってしまった、今となってはどこへ引き返すことができよう、またどこへ落ちて行くことができようか、できないならば、それぞれが切腹して自害しようと、かえって一同は一筋に決心して、その様子は前とはうって変って、いさぎよく見えるのであった。

越後守仲時は、軍勢の面々に向って、こうおっしゃった。「幕府の運もすでに傾いて、我が北条家の滅亡も近いと察しながら、武士の名を重んじ、常日ごろの親交を忘れずに、ここまでつき従ってこられた諸君の志には、とうていお礼の言葉もない。その感謝の気持にはまことに深いものがあるけれども、一家の運命がすでに尽きてしまったのであるから、いつどのようにして、この恩を報ずることができようか。今は私が諸君のために自害して、生前のご恩を死後に報いようと考える次第だ。仲時は不肖の身であるとはいえ、幕府第一の氏族北条氏に名を連ねる者である。だから、敵はきっと我が首を持参すれば諸君に大名の地位を授けよう。さあ、仲時の首を取って、敵の手に渡し、過去の罪を補って明日の忠に備えたまえ」と言う言葉も終らないうちに、鎧《よろい》を取って肌脱ぎとなり、縦横十文字に切腹して倒れられた。

糟谷《かすや》三郎宗秋《むねあき》はこの様子を見て、鎧の袖《そで》にはらはらと落ちる涙を抑えて、「この宗秋がまず自害して、冥土《めいど》のお供もいたそうと思っておりましたのに、殿が先にお亡くなりなさったのは残念です。この世ではご最期を見届け申しあげました。この先、冥土だからといって、殿をお見捨て申しあげるはずはありません。しばらくお待ちください。死出の山や三途《さんず》の川のお供をいたしましょう」と、仲時が柄口《つかぐち》まで腹に突き立てた刀を取って、自分の腹を八文字に切《き》り割《さ》いて、倒れていらっしゃる仲時の左の股《もも》に抱きついて倒れたのであった。宗秋の忠義は、まことにしみじみとも、またおごそかにも思われたのだった。

「ただ今の、仲時のお言葉が耳の底にとどまって、こらえがたく思われる。忠義の道ではいったい誰《だれ》が糟谷に劣るであろう」と、一同肌脱ぎになって、まず一番に、佐々木隠《お》岐前司《きのぜんじ》、子息次郎左衛門尉《さえもんのじょう》、同三郎兵衛《びょうえ》、同永寿丸《えいじゆまる》、高橋九郎、同孫四郎、同又四郎、同孫四郎左衛門尉、同五郎、隅田源七左衛門《すだげんしちさえもん》、同孫五郎、同藤内《とうない》左衛門尉、同与一、同四郎、同五郎、同新左衛門尉、同孫八、同又五郎、同藤六、同三郎、安東《あんどう》太郎左衛門入道、同孫三郎入道、同左衛門太郎、同左衛門次郎、同十郎、同三郎、同又二郎、同新左衛門、同七郎三郎、同藤三郎、中布利《なかぶり》五郎左衛門、石見《いわみ》彦四郎、武田下条十郎、関屋八

郎、同十郎、黒田新左衛門、同次郎左衛門、竹井太郎、同掃部《かもん》左衛門、寄藤《よりふじ》十郎兵衛、皆吉左京亮《みなぎりさきょうのすけ》、勘解由《かげゆ》七郎兵衛、小屋木《おやぎ》七郎、塩谷右馬亮《しおやうまのすけ》、同八郎、海上《うながみ》八郎、岡田平六兵衛、岩切《いわぎり》三郎左衛門、木工助《もくのすけ》入道、子息介三郎《すけさぶろう》、吉井彦三郎、子息新右衛門、同四郎、窪《くぼ》次郎、糟谷孫次郎入道、同三郎入道、同次郎、同伊賀《いが》三郎、同彦三郎入道、同大炊《おおい》次郎、同次郎入道、同六郎、同次郎、櫛橋《くしはし》二郎左衛門、南和《なわ》五郎、同又五郎、原宗左近将《はらむねさこんしょう》監《げん》入道、子息彦七、同七郎次郎、同七郎、平右馬《へいうま》三郎、同五郎、土肥《とい》三郎、平五次郎、御器所《ごきそ》七郎、西郡《にしこり》十郎、秋月次郎兵衛、半田《はんだ》彦三郎、怒借屋《いかりや》彦三郎、平塚孫四郎、前田三郎、新部《にいべ》六郎入道、宮崎三郎、同又太郎、山本八郎入道、同七郎入道、子息彦三郎、同小五郎、子息彦五郎、同孫四郎、足立《あだち》源五、三河《みかわ》孫六、広田五郎左衛門、伊佐治部《いさじぶの》丞《じょう》、同孫八、同三郎、子息孫次郎、片山十郎、同次郎入道、木村四郎、弘田八郎、覚井《さめがい》三郎、二階堂伊予《にかいどういよ》入道、石井中務《なかつかさ》、子息弥三郎、同四郎、海老名《えびな》四郎、同与三、石川九郎、同子息又次郎、進藤《しんどう》六郎、同彦四郎、備後民部大夫《びんごのみんぶたいふ》、同三郎入道、加賀彦太郎、同弥太郎、武田与次、見嶋《みしま》新三郎、同新太郎、満王野藤左衛門《みつばのとうざえもん》、池守《いけもり》藤内兵衛、同左衛門五郎、同左衛門七郎、同新左衛門尉、同左衛門太郎、信濃少外記《しなののしょうげき》、斎藤宮内丞《くないのじょう》、子息竹王丸、同宮内左衛門、子息七郎、同三郎、筑前《ちくぜん》民部大夫、同七郎左衛門、田村中務《なかつかさ》入

道、同彦五郎、同兵衛次郎、真上《まかみ》彦三郎、子息三郎、陶山《すやま》次郎、同小五郎、小宮山孫太郎、同五郎、同六郎次郎、高境《たかさか》孫三郎、塩谷《しおのや》弥三郎、庄《しょうのさ》左衛門《えもん》四郎、藤田六郎、同七郎、金子十郎左衛門、真壁《まかべ》三郎、江馬《えま》彦次郎、近部《こんべ》七郎、能登《のと》彦次郎、新野《にいの》四郎、佐海《さみ》八郎三郎、藤里八郎、愛多義《あたぎ》中務丞《なかつかさのじょう》、子息弥次郎、これらを主だった者として、総勢四百三十二人が同時に腹を切ったのである。

その血は人々の体をひたして、まるで黄河のようであった。また、これらの屍《しかばね》は庭に満ちあふれ、まるで解体された獣の肉のようであった。かの唐代の己亥《きがい》の年（七五九年）の安史《あんし》の乱に、貂皮《てんがわ》の帽子をかぶり錦《にしき》の着物を身につけた五千の官軍が胡人《こじん》の立てる黄塵《こうじん》の中で戦死し、潼関《とうかん》の合戦で百万人の官軍が河水に溺れたというが、それらの惨状もこれほどではなかったろうと思われる。帝や上皇は、この死者たちの様をご覧になり、気を失わんばかりで、ただ呆然《ぼうぜん》としていらっしゃった。

---

これをも知らず、越後守仲時《えちごのかみなかとき》、しばらくは、時信《ときのぶ》遅しと待ち給《たま》ひけるが、期《ご》過ぎて時遷《うつ》りければ、さては佐々木もはや敵になつてけり、今はいづくへか引き返すべき、またいづくへか落ち行くべきなれば、面々に腹を切ら

んずる物をと、なかなかに一途《いちづ》に心を取り定めて、その気色《けしき》ども引《ひ》き替《かは》りて、皆涼しくぞ見えたりける。

越後守仲時、軍勢どもに向って宣《の》給《たま》ひけるは、「武運すでに傾いて、当家の滅亡近きにありと見ながら、弓矢の名を重んじ、日来《ひごろ》の好《よし》みを忘れずして、これまで付《つ》き纏《まと》へる志《こころざし》、なかなか申すに詞《ことば》もなし。その報謝の思ひ、誠《まこと》に深しといへども、一家の運すでに尽きぬれば、いづれの時何を以《もつ》てか、これを報ずべき。今は我旁《かたがた》のために自害をして、生前《しやうぜん》の芳恩《はうおん》を死後に報ぜんと存ずるなり。仲時不肖《ふせう》の身なりといへども、関東一氏《いつし》の名を汚《けが》す。されば、敵定めて我が首を以て千戸《せんこ》の侯《こう》にも償《しやう》すらん。はや仲時が首を取って、敵の手に渡し、咎《とが》を補《おぎな》つて忠に備へ給へ」と、云《い》ひも果てざる詞《ことば》の下に、鎧《よろひ》脱いで押膚《おしはだ》脱ぎて、腹十文字に掻《か》き切つてぞ臥《ふ》し給《たま》ひける。

糟谷《かすや》三郎宗秋《むねあき》これをみて、涙の鎧の袖《そで》にはらはらと懸《か》かりけるを押へて、「宗秋こそまづ自害して、冥途《めいど》の御伴《とも》をも仕《つかまつ》らんと存じ候ひつるに、先《さき》に立たせ給ひぬる事こそ口惜しけれ。今生《こんじやう》にては、命を涯《きは》の御先途《ごせんど》を見《み》終《は》て進《まゐ》らせぬ。冥途なればとて、見放ち進らすべきにあらず。しばらく御待ち候へ。死手《しで》の山、三途《さんづ》の川の御供申し候はん」とて、越後守の柄口《つかぐち》まで腹に突き立て置かれたる刀を取つて、おのが腹を八文字に掻《か》き破《やぶ》つて、仲時《なかとき》の伏し給ひたる左の股《また》に抱き付いてぞ伏したりける。誠《まこと》にその忠義、哀れにもいかめしくも覚えける。

「ただ今、仲時《なかとき》の御言《ことば》、耳の底に止《とど》まりて、忍びがたく思ひければ、誰《たれ》かは糟谷《かすや》に劣るべき」とて、推膚《おしはだ》脱いで、まづ一番に、佐々木隠岐前司《おきのぜんじ》、子息の次郎左衛門尉《さゑもんのじやう》、同じき三郎兵衛、同じき永寿丸《えいじゆまる》、高橋九郎、同じき孫四郎、同じき又四郎、同じき孫四郎左衛門尉、同じき五郎、隅田源七左衛《すだげんしちさゑ》門《もん》、同じき孫五郎、同じき藤内《とうない》左衛門尉、同じき与一、同じき四郎、同じき五郎、同じき新左衛門尉、同じき孫八、同じき又五郎、同じき藤六、同じき三郎、安東《あんどう》太郎左衛門入道、同じき孫三郎入道、同じき左衛門太郎、同じき左衛門次郎、同じき十郎、同じき三郎、同じき又二郎、同じき新左衛門、同じき七郎三郎、同じき藤三郎、中布利《なかぶり》五郎左衛門、石見《いはみ》彦四郎、武田下条十郎、関屋八郎、同じき十郎、黒田新左衛門、同じき次郎左衛門、竹井太郎、同じき掃部《かもん》左衛門、寄藤《よりふぢ》十郎兵衛、皆吉左京亮《みなぎりさきやうのすけ》、勘解由《かげゆ》七郎兵衛、小屋木《をやぎ》七郎、塩谷《しほや》右馬亮《うまのすけ》、同じき八郎、海上《うながみ》八郎、岡田平六兵衛、岩《いは》切《ぎり》三郎左衛門、木工助《もくのすけ》入道、子息介三郎《すけさぶらう》、吉井彦三郎、子息新右衛門、同じき四郎、窪《くぼ》次郎、糟谷孫次郎入道、同じき三郎入道、同じき次郎、同じき伊賀《いが》三郎、同じき彦三郎入道、同じき大炊《おほひ》次郎、同じき次郎入道、同じき六郎、同じき次郎、櫛橋《くしはし》二郎左衛門、南和《なわ》五郎、同じき又五郎、原宗左《はらむねさ》近将監《こんしやうげん》入道、子息彦七、同じき七郎次郎、同じき七郎、平右馬《へいうま》三郎、同じき五郎、土肥《とひ》三郎、平五次郎、御器所《ごきそ》七郎、西郡《にしこり》十郎、秋月次郎兵衛、半田《はんだ》彦三郎、怒借屋《いかりや》彦三郎、平塚孫四郎、前田三郎、新部《にひべ》六郎入道、宮崎三郎、同じき又太郎、山本八郎入道、同じき七郎入道、子息彦三郎、同じき小五郎、子息彦五郎、同じき孫四郎、足立《あだち》源五、三川《みかは》孫六、広田五郎左衛門、伊佐《いさ》治部丞《ぢぶのじよう》、同じき孫八、同じき三郎、子息孫次郎、片山十郎、同じき次郎入道、木村四郎、弘田八郎、覚井《さめがゐ》三郎、二階堂伊予《にかいだういよ》入道、石井中《なか》務《つかさ》、子息弥三郎、同じき四郎、海老名《えびな》四郎、同じき与三、石川九郎、同じき子息又次郎、進藤《しんどう》六郎、同じき彦四郎、備後民部《びんごのみんぶ》大夫《たいふ》、同じき三郎入道、加賀彦太郎、同じき弥太郎、武田与次、見嶋《みしま》新三郎、同じき新太郎、満王《みつば》野《の》藤左衛門《とうざゑもん》、池守《いけもり》藤内兵衛、同じき左衛門五郎、同じき左衛門七郎、同じき新左衛門尉、同じき左衛門太郎、信濃少外記《しなののせうげき》、斎藤宮内丞《くないのじよう》、子息竹王丸、同じき宮内左衛門、子息七郎、同じき三郎、筑前《ちくぜん》民部大夫、同じき七郎左衛門、田村中務《なかつかさ》入道、同じき彦五郎、同じき兵衛次郎、真上《まかみ》彦三郎、子息三郎、陶山《すやま》次郎、同じき小五郎、小宮山孫太郎、同じき五郎、同じき六郎次郎、高境《たかさか》孫三郎、塩谷《しほのや》弥三郎、庄《しやうの》 左衛門《さゑもん》四郎、藤田六郎、同じき七郎、金子十郎左衛門、真壁《まかべ》三郎、江馬《えま》彦四郎、近部《こんべ》七郎、能登《のと》彦次郎、新《にい》野四郎《のしらう》、佐海《さみ》八郎三郎、藤里《ふぢさと》八郎、愛多義《あたぎ》中務丞、子息弥次郎、これ等《ら》を宗徒《むねと》の者として、都合四百三十二人、同時に腹をぞ切つたりける。

　血はその身を潰《ひた》して、黄河の如《ごと》くなり。死骸《しがい》は庭に充満して、屠所《としよ》の肉に異ならず。かの己亥《きがい》の乱《らん》に、五千の貂錦《てうきん》胡塵《こぢん》に亡《ばう》じ、潼関《とうくわん》の戦ひに、百万の士卒河水《かすい》に溺《おぼ》れけんも、これには過ぎじぞと覚えける。主上《しゆしやう》、上皇《しやうくわう》は、この死人どもの有様を御覧ずるに、肝心《きもこころ》も御身に添はず、ただあきれてぞ御座《おはし》ける。

# 太平記の風景 ②

## 蓮華寺《れんげじ》

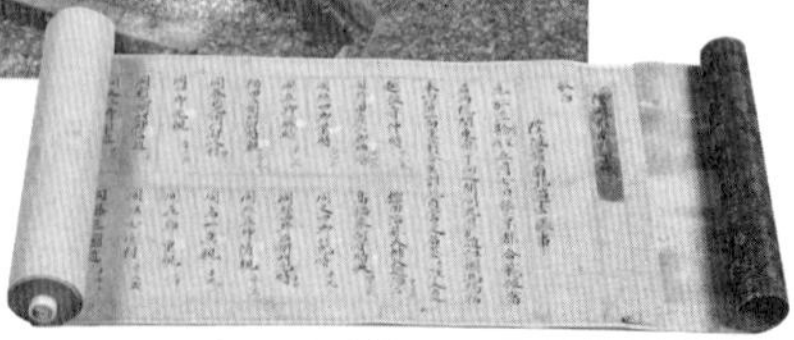

元弘《げんこう》三年（一三三三）五月、六波羅探題《ろくはらたんだい》は足利高氏《あしかがたかうじ》らの軍勢の攻撃を受け、北方・南方の両探題は館《やかた》を抜け出して逃亡した。探題北方の北条仲時《ほうじょうなかとき》（南方は北条時益《ときます》）は、光厳《こうごん》天皇らを奉じて鎌倉で再起するため京を逃れて東へと向かったが、近江の番場《ばんば》宿（米原市）で援軍が来ないことを知り、ついに進退窮まった。仲時は蓮華寺の本堂前で自刃し、一族、家臣ら四百三十二人も次々と腹を切ったという。

『太平記』巻第九「番場にて腹切る事」には、「佐々木隠岐前司《おきのぜんじ》、子息の次郎左衛門尉」以下、百五十人を越す死者の名が列挙され、集団自決の凄惨《せいさん》さや、死を共にした仲時主従の絆《きずな》の強さがひしひしと伝わってくる。『太平記』は、自刃した仲時らの流した血が「その身を漬《ひた》して、黄河の如《ごと》く」であったと記している。

蓮華寺は聖徳太子《しょうとくたいし》が建立したと伝えられる古刹《こさつ》で、本堂脇《わき》の参道を奥へ進むと、傾斜地にびっしりと立ち並ぶ無数の墓石の前に出る。後世の人が仲時らの供養のために建てた墓で、現在は三百八十基余りの墓石が残っているという。また、自刃した仲時主従のうち姓名の明らかな百八十九人の名を書き記した「紙本墨書陸《ろく》波羅《はら》南北過去帳」が伝えられ、国の重要文化財に指定されている（写真）。

## 一四　稲村《いなむら》が崎の奇跡

巻第十「関東氏族并びに家僕等討死の事」

官軍は、光厳《こうごん》天皇と後伏見上皇を捕えて近江《おうみ》の国分寺に移し、三種の神器を接収した。足利高氏《あしかがたかうじ》が六波羅《ろくはら》探題《たんだい》を滅した頃《ころ》、関東では、上野国《こうずけのくに》の住人、新田《にった》義貞《よしさだ》が挙兵し、鎌倉へ侵攻した。海と山に囲まれた鎌倉は天然の要害で、義貞軍はこれを攻めあぐねていた。

さて、極楽寺《ごくらくじ》の切通し（鎌倉市坂ノ下から極楽寺に通じる坂道）へ向われた大館《おおだち》二郎宗氏《むねうじ》が北条方の本間に討たれて、軍勢が片瀬《かたせ》（神奈川県藤沢市）・腰越《こしごえ》（鎌倉市）まで退却したと聞き、新田義貞は強兵二万余騎を率いて、五月二十一日の夜中ごろ、片瀬・腰越を迂回《うかい》して、極楽寺坂へ赴かれた。明け方の月の光を受けて敵陣をご覧になると、北側は切通しで、山は高く道は険しいうえに、木戸を構え、楯《たて》をずらりと並べ立てて、数万の兵たちが陣をととのえていた。また南側は稲村が崎で、砂浜の道は狭く、波打ち際まで逆茂木《さかもぎ》（棘《とげ》のある木を外側に向けて作った垣）を厳重に引きめぐらして、沖四、五町（五〇〇メートル《メートル》内外）あたりに大船を何艘《そう》も並べ、船上に櫓《やぐら》を作って、敵の側面から矢を射させようと待ちかまえていた。

義貞は、この陣の寄せ手が攻撃もできず討たれて後退したのももっともだ、とご覧になったので、馬からおりられ、兜《かぶと》を脱いで、はるか彼方《かなた》の海上を伏し拝んで、龍神に向って次のようにお祈りになった。「伝え承るに、日本の国土創成の主《あるじ》、伊勢の天照大神《あまてらすおおみかみ》は、本地を大日如来《だいにちにょらい》として、この世には青海原の龍神として現れなさったと聞いております。わが君（後醍醐《ごだいご》天皇）は天照大神の子孫であって、逆臣のために、西海の波に流浪しておられます。義貞は今、臣下としての道をまっとうするために武器を手にして敵陣に臨んでいます。その志は帝の徳化をひたすらお助け申しあげ、国民を平安にさせようとするものです。願わくは、内海外海の龍神八部衆よ、私の忠義をご覧になって、潮《うしお》をはるかの沖へ退け、道を我が全軍のために開かせたまえ」と真心こめてお祈りし、差しておられた黄金造りの太刀をほどいて、海中へ投げなさった。

この願いを龍神がまことにお聞き入れになったのか、その夜の月が西に入ろうとする頃《ころ》あいに、今までまったく潮が引くことのなかった稲村が崎が、にわかに二十余町（二キロメートル《キロメートル》以上）も干上がって、砂浜が広々と現れた。側面から矢を射ようと待ちかまえていた数千の兵船も、引いていく潮とともにはるか遠くの沖に漂っていた。またとない不思議な出来事である。

義貞はこの状況をご覧になって、「伝え聞くに、後漢《ごかん》の弐師《じし》将軍は、城中の水が尽き、のどの渇きに苦しんだときに、身に帯びている刀を抜いて岩石を刺したところ、ほとばしる泉が急に湧《わ》き出てきたという。また我が国の神功《じんぐう》皇后は、新羅《しらぎ》を攻めなさったとき、干珠《かんじゅ》（潮を干させる珠）を取って海に投げたところ、海水が遠くまで引いて、合戦に勝利されたという。これらは皆、和漢の佳例であり、今回の出来事は古今の奇瑞《きずい》にかなっている。兵たちよ、進め」と命じられたので、江田・大館・里見・鳥山・田中・羽川《はねかわ》・山名・桃井《もものい》の諸将を始めとして、越後・上野《こうずけ》・武蔵《むさし》・相模《さがみ》の軍勢など六万余騎を一隊に集めて、稲村が崎の遠干潟を真一文字に駆け抜けて、鎌倉の中へ乱入した。

---

さる程に、切通《きりどほし》へ向はれたる大館《おほだち》二郎宗氏《むねうぢ》、本間に打たれて、兵ども肩《かた》瀬《せ》・腰越《こしごえ》まで引き退きぬと聞き給《たま》ひければ、新田義貞《にったよしさだていへい》逞兵二万余騎を卒《そつ》して、二十一日の夜半ばかりに、肩瀬・腰越を打《う》ち廻《まは》つて、極楽寺坂《ごくらくじざか》へ打ち莅《のぞ》み給《たま》ふ。明け行く月に敵の陣を見給へば、北は切通にて山高く路《みち》さかしきに、木戸《きど》を誘へ垣楯《かいだて》をかいて、数万の兵陣を双《なら》べて並居《なみゐ》たり。南は稲村《いなむら》が崎《さき》にて、沙頭路《しやとうみち》せばきに、浪打《なみう》ち涯《ぎは》まで逆木《さかもぎ》を繁《しげ》く引《ひ》き懸《か》けて、澳《おき》四、

五町が程に大船《たいせん》どもを並べて、矢倉《やぐら》をかいて横矢《よこや》に射させせんと構へたり。

誠《げ》にもこの陣の寄手《よせて》、叶《かな》はで打たれ引きぬらんも、理《ことわり》なりと見給ひければ、義貞馬より下り給ひて、冑《かぶと》をぬいで海上を遥々《はるばる》と伏し拝み、龍神《りゆうじん》に向つて祈誓《きせい》し給ひけるは、「伝へ奉《うけたまは》る、日本開闢《かいびやく》の主《あるじ》、伊勢天照大神宮《てんせうだいじんぐう》は、本《ほん》地《ぢ》を大日《だいにち》の尊像《そんざう》にかくし、垂跡《すいじやく》を滄海《さうかい》の龍神に呈《あらは》し給へりと。我が君その苗裔《べうえい》として、逆臣《ぎやくしん》のために西海《さいかい》の浪《なみ》に漂《ただよ》ひ給ふ。義貞今《いま》臣たる道を尽くさんために、鉄鉞《ふゑつ》を把《と》つて敵陣に莅《のぞ》む。その志《こころざし》ひとへに王化《わうくわ》を資《たす》け奉り、蒼《さう》生《せい》を安からしめんとなり。仰ぎ願はくは、内海外海《ないかいぐわいかい》の龍神八部《はちぶ》、臣《しん》が忠義を鑑《かんが》みて、潮《うしほ》を万里の外に退け、道を三軍の陣に開かしめ給へ」と信を至《いた》して祈念し、自ら佩《みづかは》き給へる金作《こがねづく》りの太刀《たち》を解《と》きて、海中へ投げ給ひけり。

真《まこと》に、龍神、納受《なふじゆ》やし給ひけん、その夜の月の入《い》り染に、塩《しほ》さらに干《ひ》る事もなかりける稲村が崎、にはかに二十余町干《ひ》上《あが》つて、平沙《へいさ》まさに渺々《べうべう》たり。横矢を射んと構へたる数千の兵船《ひやうせん》も、落ち行く塩に誘《さそ》はれて、遥かの澳に漂へり。不思議と謂《い》ふも類《たぐひ》なし。

義貞これを見給ひて、「伝へ聞く、後漢《ごかん》の弐師《じし》将軍は、城中に水尽き渇《かつ》に責められける時に、自《みづか》ら佩《は》きたる刀《つるぎ》を解《ぬ》いて岩石を刺ししかば、飛泉《ひせん》にはかに涌《わ》き出《い》でき。我が朝の神宮皇后《じんぐうくわうごう》は、新羅《しんら》を責め給ひし時、自ら干珠《かんじゅ》を取つて海上に抛《な》げしかば、潮水《てうすい》遠く退いて、闘《たたか》ひに勝つ事を得給へりと。これ皆和漢の佳例にして、古今の奇瑞《きずい》に相似たり。進めや兵ども」と下知《げぢ》せられければ、江田・大館・里見《さとみ》・鳥山《とりやま》・田中・羽河《はねかは》・山名《やまな》・桃井《もものゐ》の人々を始めとして、越後《ゑちご》・上野《かうづけ》・武蔵《むさし》・相模《さがみ》の軍勢ども、六万余騎を一手《ひとて》になして、稲村が崎の遠干潟《とほひがた》を真一文字に懸《か》け通《とほ》つて、鎌倉中へ乱れ入る。

---

## 一五 鎌倉幕府の滅亡

巻第十「高時一門已下東勝寺にて自害の事」

新田《につた》義貞《よしさだ》軍は稲村が崎を突破して鎌倉に侵入した。大仏貞直《おさらぎさだなお》・金沢貞将《かねさわさだまさ》・普《ふ》恩寺《おんじ》信忍《しんにん》ら北条一門の諸将は、わずかの兵を率いて防戦するが、命を落とす。そして、最後の一戦を遂げた長崎高重《たかしげ》は、北条高時《たかとき》の籠《こも》る東勝寺《とうしょうじ》に戻り、一同に自害を促す。

やがて、高重《たかしげ》は走りまわって、「早くご自害ください。高重がお先に自害して、手本をお見せ申しあげましょう」と言うや否や、胴だけが残っていた鎧《よろい》を脱いで投げ捨てた。

高時の前にあった盃《さかずき》を取って弟の新右衛門《しんえもん》に酌をさせ、三度傾けてから摂津刑部大夫《つのぎょうぶたいふ》入道道準《どうじゅん》の前に置き、「一献《いっこん》差し上げましょう。これを肴《さかな》になさってください」と、左の脇腹に刀を突き立てて、右の脇腹まで、切り口も長くかき切って、はらわたをたぐり出して、道準の前に倒れ伏した。道準は盃を手に取って、「ああ、よい肴だ。どんな下戸《げこ》でも、これを飲まない者はおるまい」と戯言《ざれごと》を言って、その盃を半分ほど飲み残し諏訪《すわ》左衛門入道の前に置いて、同じく腹を切って死んでいった。諏訪入道直性《じきしょう》はその盃で心静かに三度傾け、相模《さがみ》入道高時の前に置いて、「若者たちがたいそう趣向を凝らしてもてなしてくれたのに、年寄だからといって、何もしないでよいはずはありません。今から後は、皆さん、これを送り肴になさるがよい」と言って、十文字に腹をかき切って、その刀を相模入道の前に置いたのである。

長崎入道円喜《えんき》は、相模入道のことを終始気にかけていた様子で、いまだに腹も切らないでいた。しかし、今年十五になる長崎新左衛門が祖父の前に威儀をただし、「父祖の名を後世に顕《あらわ》すことをもって子孫の孝行とするということなので、仏神三宝もきっとお許しくださるでしょう」と言って、老残の円喜の肘《ひじ》の付け根のあたりを二刀刺し、その刀で自分の腹をかき切って、祖父を引き伏せ、その上に折り重なって倒れたのである。

この若武者に武士の道を示されて、相模入道も切腹なさったので、続いて城《じょうの》入道が腹を切った。この様子を見て、館《やかた》の中に居並んでいた北条一門も他家の人々も、雪のような肌を次々に現して、腹を切る人もあり、自ら首をかき落す人もあった。思い思いの最期の様子はまことに立派に見えたのである。

　そのほかの人々は、金沢大夫《かねさわだいぶ》入道崇顕《そうけん》、佐《さ》介近江前司《すけおうみのぜんじ》宗直《むねなお》、甘名《あまな》宇《う》駿河守宗顕《するがのかみむねあき》、子息駿河左近大夫将監時顕《ときあき》、小《こ》町中務大輔朝実《まちなかつかさたいふともざね》、常葉《とこは》駿河守範貞《のりさだ》、名《な》越《ごえ》土佐前司時元《ときもと》、伊《い》具《ぐ》越前前司宗有《むねあり》、城《じょう》加賀前司師顕《もろあき》、秋田城介師時《あいたのじょうのすけもろとき》、城越前守有時《ありとき》、南部右馬頭茂時《うまのかみしげとき》、陸《む》奥《つ》右馬助家時《いえとき》、相模右馬助高基《たかもと》、武蔵《むさし》左近大夫将監時名《ときな》、陸奥左近将監時英《ときひで》、桜田治部大輔貞国《さだくに》、江馬《えま》遠江守公篤《きんあつ》、阿曾《あそ》弾正少弼治時《だんじょうしょうひつはるとき》、苅田《かりた》式部大夫篤時《あつとき》、遠江兵庫助顕勝《あきかつ》、備前左近大夫将監政雄《まさお》、坂上遠江守貞朝《さだとも》、陸奥式部大夫高朝《たかとも》、城介高量《たかかず》、同式部大夫顕《あき》高《たか》、同美濃守高茂《たかしげ》、秋田城介入道延明《えんみょう》、明石長門介入道忍阿《にんあ》、長崎三郎左衛門入道思《し》元《げん》、隅田《すだ》二郎左衛門、摂津宮内大輔高親《つのくないたいふたかちか》、同左近大夫将監親貞《ちかさだ》、この人々を始めとして、以上百三十余人、合わせて北条一門の人々三百八十余人、我先にと腹を切って、館々に火を放ったから、猛火が盛んに立ちのぼり、黒煙は空を覆った。

　庭や門前に居並んでいた兵たちもこの様子を見て、あるいは腹をかき切って炎の中に飛び込む者もあり、あるいはまた父子兄弟で刺し違え、重なり合って死ぬ者もあった。血は流れて大地にあふれ、滾々《こんこん》として大河のようになり、屍《しかばね》は道々に横たわって累々として葬送の野原のようである。死骸は焼けてわからないけれども、後で名字を尋ねてみると、この一所《ひとところ》で死んだ者は八百七十余人であった。そのほかに一門の者、恩顧を蒙《こうむ》った僧俗・男女を問わず、聞き伝え聞き伝えして死後の世界で恩に報じようとした人々、またこの世に悲しみを抱いて死んだ者たちが、遠国はいざ知らず、鎌倉中を数えてみると、総計六千余人であった。

ああ、今日という日はどのような日なのか。元弘《げんこう》三年（一三三三）五月二十二日に、北条氏九代の繁栄は一時に滅亡して、源氏は多年の不満を一時に解き放つことができたのである。驕《おご》れる者は久しからず。この道理にのっとって、天地は驕る者をお助けにならないと言われているけれども、目前の幕府滅亡の悲しみを見る人々は、皆涙を流すのであった。

---

さる程に、高重走《たかしげはし》り廻《まは》つて、「早々《はやはや》御自害候へ。高重まづ仕《つかまつ》つて、手本に見《み》せ進《まゐ》らせん」と云《い》ふままに、筒《どう》ばかりある鎧《よろひ》取つて抛《な》げ捨《す》てて、御前《おんまへ》

にありける盃《さかづき》を以《もつ》て、舎弟《しやてい》新右衛門に酌《しやく》をとらせ、三度傾けて、摂津刑部《つのぎやうぶ》大夫《たいふ》入道《にふだう》道準《だうじゆん》が前にさし置き、「思ひさし申すぞ。これを肴《さかな》にし給《たま》へ」とて、左の小脇《こわき》に刀を突き立て、右のそば腹《はら》まで切《き》り目長《めなが》に掻《か》き破《わ》つて、腸《はらわた》を手繰《たぐ》り出《い》だして、道準が前にぞ伏したりける。道準盃をおつ取つて、「あはれ肴や。いかなる下戸《げこ》なりとも、ここをのまぬ物はあらじ」と戯《たはむ》れて、その盃を半分ばかりに呑《の》み残《のこ》して、諏訪《すは》左衛門入道が前にさし置きて、同じく腹截《き》つて死ににけり。諏訪入道直性《ぢきしやう》、その盃を以て、心閑《しづ》めて三度傾けて、相模入道《さがみのにふだう》殿の前にさし置きて、「若物《わかもの》ども随分芸を尽くして振る舞はれ候ふに、年老《としおい》なればとて、ただはいかでか候ふべき。今より後は、皆これを送《おく》り肴に仕るべし」とて、十文字に腹を掻《か》き切つて、その刀を入道殿の前にさし置きたり。

長崎入道円喜《ゑんき》は、これまでもなほ相模入道の御事をいかんと思ひたる気《け》色《しき》にて、腹をもいまだ截《き》らざりけるを、長崎新左衛門今年十五になりけるが、祖父の前に畏《かしこ》まり、「父祖の名を呈《あらは》すを以《もつ》て、子孫の孝行とする事なれば、仏神三宝《ぶつしんさんぼう》も定めて御免《おんゆる》しこそ候はんずらん」とて、年老い残つたる祖父の円喜が臂《ひぢ》のかかりを二刀《ふたかたな》さして、その刀にて己《おの》れが腹をかき切つて、祖父を取つて引き伏せて、その上に重なつてぞ伏したりける。この小冠《せうくわん》に義を進められて、相模入道も截《き》り給《たま》へば、城入道《じやうのにふだう》つづいて切る。これを見て、堂上に座を列《つら》ねたる一門・他家の人々、雪の如《ごと》くなる膚《はだへ》を推膚《おしはだ》脱ぎ、腹を截る人もあり、自《みづか》ら首をかき落す人もあり。思ひ思ひの最後の体《てい》、殊《こと》にゆゆしくぞみえたりし。

人々は金沢大夫《かねさはだいぶ》入道崇顕《にふだうそうけん》、佐《さ》介近江前司《すけあふみのぜんじ》宗直《むねなほ》、甘名《あまな》宇《う》駿河守宗顕《するがのかみむねあき》、子息駿河左《さ》近大夫将監時顕《こんのたいふしやうげんときあき》、小《こ》町中務大輔朝実《まちなかつかさたいふともざね》、常葉《ときは》駿河守範貞《のりさだ》・名《な》越《ごえ》土佐《とさの》前司《ぜんじ》時元《ときもと》、伊具《いぐ》越前前司宗有《ゑちぜんのぜんじむねあり》、城加賀前司《じやうかがのぜんじ》師顕《もろあき》、秋田城介《あいたのじやうのすけ》師時《もろとき》、城越前守有時《ありとき》、南部《なんぶ》右《う》馬頭茂時《まのかみしげとき》、陸奥《むつ》右《う》馬助家時《まのすけいへとき》、相模《さがみ》右馬助高基《たかもと》、武蔵《むさし》左近大夫将監時名《ときな》、陸奥《むつ》左近将監時英《ときひで》、桜田《さくらだ》治部《ぢぶ》大輔《たいふ》貞国《さだくに》、江《え》馬遠江守《まとほたふみのかみ》公篤《きんあつ》、阿《あ》曾弾正少弼治時《そだんじやうせうひつはるとき》、苅田《かりた》式部《しきぶ》大夫《たいふ》篤時《あつとき》、遠江兵庫助《ひやうごのすけ》顕勝《あきかつ》、備前《びぜん》左近大夫将監政雄《まさを》、坂上《さかのうへの》遠江守貞朝《さだとも》、陸奥式部大夫高朝《たかとも》、城介高量《たかかず》、同じき式部大夫顕高《あきたか》、同じき美濃守高茂《たかしげ》、秋田城介入道延明《えんみやう》、明石《あかし》長門介《ながとのすけ》入道忍阿《にんあ》、長崎三郎左衛門入道思元《しげん》、隅田《すだ》二郎左衛門、摂津《つのくの》宮内大輔《ないたいふ》高親《たかちか》、同じき左

近大夫将監親貞《ちかさだ》、この人々を始めとして、已上《いじやう》百三十余人、揔《そう》じてその門《もん》葉《えふ》たる人三百八十余人、我先《われさき》にと腹切つて、屋形《やかた》屋形に火をかけたれば、猛炎昌《みやうえんさか》りに燃《も》え上《あが》り、黒煙《くろけぶり》天を掠《かす》めり。

庭上《ていしやう》門前に並《な》み居《ゐ》たる兵どもこれを見て、あるいは自《みづか》ら腹を掻《か》き截《き》つて炎の中に飛び入る者もあり、あるいは父子兄弟さし違へ、重《かさ》なり臥《ふ》すもあり。血は流れて大地に溢《あふ》れ、袞々《こんこん》として洪河《こうが》の如《ごと》く、尸《かばね》は行路《かうろ》に横たはつて、累々《るいるい》として郊原《かうげん》の如し。死骸《しがい》は炒《や》けて見えざれども、後に名字《みやうじ》を尋ぬれば、この一所《いつしよ》に死する者、八百七十余人なり。この外《ほか》門葉、恩顧《おんこ》の僧俗・男女、聞き伝へ聞き伝へ、泉下《せんか》に恩を報ずる者、世上に悲しみを促《うなが》す人、遠国《をんごく》の事は知らず、鎌倉中を考ふるに、揔《そう》じて六千余人なり。

於戯《ああ》この日いかなる日なればか、元弘《げんこう》三年五月二十二日と申すに、九代の繁昌一時《はんじやういちじ》に滅亡して、源氏多年の蟄懐《ちつくわい》、一朝に開くる事を得たり。驕《おご》る者は久しからず。理《ことわり》に天地助け給はずと謂《い》ひながら、目前の悲しみをみる人々、皆涙をぞ流しける。

太平記の風景 ③

# 鎌倉幕府跡

鎌倉幕府跡と呼ばれる場所は、現在、三か所が知られている。源《みなもとの》頼朝《よりとも》が鎌倉に入り初めて御所を設置した場所は現在の鎌倉市雪ノ下付近で、大倉《おおくら》幕府跡と呼ばれている。東西二百七十メートル、南北二百二十メートル（推定）の敷地内に、大御所、小御所、侍所《さむらいどころ》、問注所《もんちゅうじょ》などの建物が立ち並び、治承《じしょう》四年（一一八〇）ごろに完成した。

鎌倉時代から今日に至るまで、市街のメインストリートなっているのは鶴岡八幡宮《つるがおかはちまんぐう》から由比《ゆい》ヶ浜へと伸びる若宮大路である。嘉禄《かろく》元年（一二二五）、執権北条義時《ほうじょうよしとき》と連署北条時房《ときふさ》の発案で若宮大路から東に入る小路、現在の鎌倉市小町に幕府は移転した。現在は宇津《うつの》宮辻子《みやのずし》幕府跡と称している。

嘉禎《かてい》二年（一二三六）に新たに築かれ、以後、元弘《げんこう》三年（一三三三）の滅亡にいたるまで幕府が置かれた場所が、若宮大路幕府跡（写真）である。現在では、宇津宮辻子幕府と同じ敷地内に増改築されたもので、両者を一体のものとみなす見解が有力となっている。

幕府滅亡の様子は『太平記』巻第十「高時《たかとき》一門已下《いげ》東勝寺《とうしょうじ》にて自害の事」に描かれている。元弘三年五月、新田義貞《にったよしさだ》軍は三方より鎌倉に攻め入り、幕府はあっけなく滅亡した。最後の幕府所在地となった若宮大路幕府跡は、今は他の二か所の幕府跡と同様、市街の中に飲み込まれ、大正時代に鎌倉町青年会が建てた石碑に、わずかにその面影を偲《しの》ぶことができる。

# 太平記

# 第二部

# 第二部 後醍醐と尊氏

## ❖ あらすじ

鎌倉幕府滅亡後、後醍醐《ごだいご》天皇はいわゆる建武新政《けんむのしんせい》を開始する。だが、倒幕に参加した軍勢に対する恩賞支給は滞り、天皇の近臣ばかりが厚遇される有様だった。その頃《ころ》、護良《もりよし》親王は倒幕に功あった足利《あしかが》高氏《たかうじ》に対し、密かに敵意を抱いていた。護良は後醍醐に強請して征夷大将軍《せいいたいしょうぐん》の地位を得るが、高氏は後醍醐の寵《ちょう》姫《き》阿野《あの》廉子《れんし》を通じて、護良に叛心《ほんしん》ありと讒奏《ざんそう》する。これを信じた後醍醐は護良を捕らえ、鎌倉へ下してしまう。建武二年（一三三五）七月には北条《ほうじょう》高時《たかとき》の遺児時行《ときゆき》が信濃《しなの》で蜂起する（中先代《なかせんだい》の乱）。時行軍は鎌倉へ迫り、防備にあたっていた足利直義《ただよし》（高氏の弟）は遁走《とんそう》する。そしてその折、護良は直義の命により殺害された。やがて高氏の加勢により、乱は鎮圧される。関東に下向する高氏に、後醍醐は自らの諱《いみな》「尊治」の一字を授け、名を「尊氏《たかうじ》」と改めさせた。

護良殺害の報が京都に達すると、朝廷は新田《にった》義貞《よしさだ》を尊氏追討のために派遣する。官軍は東海道の足利軍を撃破し、箱根（神奈川県足柄下郡箱根町）に迫った。直義は後醍醐への敵対を嫌う尊氏を説き伏せ、出陣を促す。足利軍は官軍を箱根・竹下（神奈川県南足柄市）の合戦に破り、これを逐《お》って、建武三年（一三三六）一月、入京を果たす。だが、比叡山《ひえいざん》に逃れた後醍醐方は、北畠顕家《きたばたけあきいえ》の加勢を得て京都を攻める。再三にわたる攻撃により、足利軍は京都を退去。二月には九州へ落ちのびた。

九州へ下った尊氏は多々良《たたら》浜《はま》（福岡市東区）の合戦で菊池氏に勝利し、態勢を立て直す。ついで京都をめざし、東上した。朝廷では足利軍の進撃を阻止するため、楠正成《くすのきまさしげ》を兵庫に下し、新田義貞とともに防衛にあたらせる。五月二十五日、戦端は開かれ、激戦の末、正成は湊川《みなとがわ》（神戸市中央区）で自害する。義貞は京都へ逃れ、後醍醐とともに比叡山に逃れた。入京した尊氏は光明《こうみょう》天皇を践祚《せんそ》させ、自らの正統性を確立した。叡山の官軍と京都の足利軍との間には数度の戦闘が繰り広げられたが、十月には和睦《わぼく》が成立。一方、義貞は後醍醐の命を受け、尊良《たかよし》・恒良《つねよし》親王らを奉じて越前《えちぜん》（福井県）に下った。彼らは金崎城《かねがさきじょう》（福井県敦賀市）を拠点に北陸の経営にいそしんだ。この年の冬、後醍醐は幽閉されていた花山院《かさんいん》御所を抜け出し、吉野《よしの》に潜幸する。これにより越前の南朝軍は一時活気づくが、建武四年三月、金崎は落城し、尊良親王以下は自害した。

暦応《りゃくおう》元年（一三三八）、尊氏は征夷大将軍に任命される。奥州の国司北畠顕家は大軍を率いて京都をめざした。しかし、美濃国青野原《みののくにあおのはら》（岐阜県大垣市）において足利軍に進路を阻まれ、奈良方面へ転進。やがて摂津国安部野《せっつのくにあべの》（大阪市阿倍野区）で討死《うちじに》する。また、新田義貞も越前国内で優勢を誇っていたが、足利高経《たかつね》のこもる足羽城《あすわ》（福井市）攻略の際、流れ矢にあたり命を落とす。

# 一　建《けん》武《む》の新《しん》政《せい》の失敗

巻第十二「大塔宮信貴より入洛の事」

六波羅《ろくはら》探題・鎌倉幕府をはじめ、全国の幕府勢力は滅亡した。元弘《げんこう》三年（一三三三）六月、後醍醐《ごだいご》天皇は京都に戻り、新政に着手する。だが、政権は護良《もりよし》親王と足利高氏《あしかがたかうじ》の確執や恩賞処理の停滞など、多くの不安材料を抱えていた。

元弘三年八月三日、諸国の軍勢に対する恩賞を配分せよと、後醍醐天皇は洞院左衛門督《とういんさえもんのかみ》実世《さねよ》卿を上卿《しょうけい》（責任者）に決定された。このため、諸国の兵たちのうち、軍忠の証拠をあげ、上申書を捧げて恩賞を望む者は幾千万とも知れなかった。その中でも、真実軍忠のある者は自分の戦功を信じて諛《へつら》うことはなかったが、まるで軍忠のない者は天皇側近の権臣に媚《こ》び、天皇の耳をごまかしたので、数か月のうちにわずか二十数人の恩賞を決定されただけであった。しかしながら、その決定すら公正ではないとして、すぐに取り消されてしまった。

では上卿を替えようということになり、万里小路《までのこうじ》中納言藤房《ふじふさ》卿を上卿に任命して、訴状を引き継がせなさった。藤房卿はこの書類を受け取って、軍忠の有無を調べ、その軽重を判断して、各人に恩賞を与えようとなさったところ、後宮から天皇に内密の奏上があって、たった今まで朝敵だった者も、もとの領地を安堵《あんど》され、まったく軍忠のない者も五か所十か所と所領を賜ったので、藤房卿は天皇に諫言《かんげん》を申し入れることもできず、病気と称して奉行を辞せられたのである。

さて、このままにしておくわけにはいかないと、九条民部卿《くじょうみんぶ》光経《みつつね》を上卿に決定してご検討が行われた。光経卿は諸大将に尋ねて、その手勢の軍忠の有無を詳細に調査して恩賞を決定しようとなさったところ、相模入道高時《さがみのにゅうどうたかとき》の全所領である北条得宗領《ほうじょうとくそうりょう》は、すでに天皇の供御料所《くごりょうしょ》（皇室領）に定まっていた。また弟の四郎左近大夫《さこんのたいふ》入道泰家《やすいえ》の旧領は、兵部卿親王《ひょうぶきょうしんのう》（大塔宮《おおとうのみや》）に進呈されていた。大仏陸奥守貞直《おさらぎむつのかみさだなお》の旧領は准后《じゅごう》（天皇の寵妃阿《ちょうきあ》野廉子《のれんし》）の御領に決定されていた。このほか、相模守《さがみのかみ》一族の旧領や北条家臣の所領は、たいしたことのない郢曲《えいきょく》（謡《うた》い物）の者や歌道の家、蹴鞠《けまり》・能書の人々、あるいは六衛府《ろくえふ》や諸役所の官人、宮中の女房・官僧たちが、後宮からの奏聞によって賜っていたので、今となっては日本国六十余国のうち、ごくわずかの土地すらも軍勢に与えることのできる所領はなかったのである。こういう状態だったので、光経卿も公平な恩賞を決定しようと心のうちでは願いながらも、どうすることもできず年月を過されたのであった。

かかりし程に、同じき八月三日、軍勢恩賞の沙汰《さた》あるべしとて、洞院左《とうゐんさ》衛門督実世《ゑもんのかみさねよ》卿を上卿《しやうけい》に定めらる。これによつて諸国の兵ども、軍忠の支《し》証《しやう》を立て、申状《まうしじやう》を捧《ささ》げて、恩賞を望む輩《ともがら》幾千万といふ事をしらず。その中にも誠《まこと》に忠ある者は功を恃《たの》みて諛《へつら》はず、さらに忠なき者は媚《こび》を奥竈《あうさう》に求めて上聞を掠《かす》むる間、数月の中にわづかに二十余人の恩賞を申し沙汰《さた》せられけり。然《しか》れども、事正路《せいろ》にあらずとて、やがて召し返されてけり。

さらば上卿を改めよとて、万里小路《までのこうぢ》中納言藤房《ふぢふさ》卿を上卿になして、解《げ》状《じやう》を付け渡さる。藤房卿これを請け取つて、忠否《ちゆうひ》を正し浅深《せんじん》を分けて、各《おのおの》申し与へんとし給《たま》ふところに、内奏《ないそう》の秘計《ひけい》によつて、ただ今まで朝敵になりつる物も安堵《あんど》を給はり、さらに忠なき輩も五箇所・十箇所申し給はりける間、藤房卿諫言《かんげん》を容《い》れかねて、病と称して奉行《ぶぎやう》を辞せられけり。

かくて、さてあるべきにあらずとて、九条民部《くでうみんぶ》卿を上卿になして、御沙汰ありける間、光経《みつつね》卿、諸大将に尋ねてその手の兵どもの忠否を委細に糺《ただ》し究《きは》めて、申し行はんとし給ふところに、相模入道《さがみにふだう》の一跡《いつせき》、かの徳宗領《とくそうりやう》をば、供御料所《くごれうしよ》に置かれぬ。舎弟《しやてい》四郎左近大夫《さこんのたいふ》入道が跡をば、兵部卿親王《ひやうぶきやうしんわう》へ進ぜられぬ。大仏奥州《おさらぎあうしう》跡をば、准后《じゆごう》の御領になされぬ。この外《ほか》相州一族の跡、関東家風《かふう》の輩が所領をば、指《さ》せる事なき郢曲《えいきよく》・歌道の家、蹴踘《しゆうきく》・能書《のうしよ》の輩、ないし衛府《ゑふ》・諸司《しよし》・宮女《きゆうぢよ》・官僧《くわんそう》に至るまで、内奏より申し給はりける間、今は六十余箇国の中に、錐《きり》を立つる地も軍勢に行はるべき闕所《けつしよ》はさらになかりけり。かかりしかば、光経卿も、心ばかりは無偏《むへん》の恩化《おんくわ》を申し沙汰せんとし給ひしかども、叶《かな》はで年月をぞ送られける。

## 二 護良《もりよし》親王の最期

巻第十三「兵部卿親王を失ひ奉る事」

年明けて改元があり、建武《けんむ》元年（一三三四）となった。都では大塔宮《おおとうのみや》護良親王と足利高《あしかがたか》氏《うじ》の対立が深刻化する。高氏は後醍醐《ごだいご》天皇の寵妃《ちょうき》阿野《あの》廉子《れんし》を通じて親王の失脚を働きかけた。親王は捕えられ、鎌倉へ流されて幽閉の身となる。建武二年七月、北条高時《たかとき》の遺児時行《ときゆき》らが信濃国《しなののくに》で挙兵（中先代《なかせんだい》の乱）。高氏の弟直義《ただよし》は鎌倉を捨て西に逃れるが、その途次、密かに親王の殺害を命じた。

左馬頭《さまのかみ》直義は鎌倉の山内《やまのうち》（鎌倉市山ノ内）を通過なされたとき、淵辺甲斐守《ふちのべかいのかみ》を近くへ呼んで、「味方は少数なのでいったん鎌倉から退去するが、美濃《みの》・尾張《おわり》の軍勢を集め、すぐに攻め寄せるから、鎌倉を攻め落して相模《さがみ》二郎時行《ときゆき》を滅ぼすのは、時間の問題だ。今後とも我が家のために仇《あだ》になるにちがいないのは兵部卿親王《ひょうぶきょうしんのう》（大塔宮）でいらっしゃる。死罪に処し申しあげよという勅命はなかったが、この機にただお命をいただこうと思う。お前はすぐに薬師堂の谷《やつ》（鎌倉市二階堂）へ駆け戻って、宮を刺し殺し申しあげよ」と命ぜられた。淵辺は「承知いたしました」と、山内から主従七騎で引き返し、宮のいらっしゃる牢《ろう》の御所へ参上した。

宮は一日中ずっと闇夜《やみよ》のような土牢の中で、朝になるのもご存じなく、なおも灯をかかげて読経されていた。淵辺がかしこまって、お迎えに参上した由を申し入れると、宮は一目ご覧になって、「お前は私を殺せと命を受けた使者であろう。分っておるぞ」とおっしゃって、淵辺の太刀を奪おうと走りかかられた。淵辺は手にした太刀を持ち直し、御膝《ひざ》のあたりを強くお打ちしたので、宮は土牢の中に半年ほど座ったままでいらっしゃり、御足もうまく立たなかったのか、御心はますますはやるもののうつぶせにお倒れになった。そこを淵辺は起きあがらせず、御胸の上に馬乗りになり、腰刀を抜いて御首をかこうとした。だが、宮は御首をすくめて、刀の先をしっかりくわえられたので、淵辺も剛《ごう》の者、刀を奪われまいと、無理やり引っ張るうちに刀の切っ先が一寸あまり折れてなくなってしまった。淵辺はその刀を捨てて、脇差《わきざし》の短刀で宮の胸元を二度まで刺し、宮が少々弱られたところを、御髪をぐいとつかんで御首を斬《き》り落した。牢は暗かったので、淵辺は外へ走り出て、明るい所で御首を見ると、宮がさきほど食い切った刀の切っ先はまだ口の中にあって、御眼の色も生きているようだった。これを恐ろしく思って、「そうだ、先例がある。こういう首は主君には見せぬものなのだ」と言って、その辺の藪《やぶ》に放り込み、馬にうち乗って、急ぎ左馬頭殿に合流してこの由を報告したところ、「よくやった」とお褒めになった。

宮をお世話している南《みなみ》の御方《おんかた》という女房は、この有様を見申しあげて、あまりにも恐ろしく、悲しくなって手足も震えて失神なさるほどだった。少したって気を落ちつけ、淵辺が藪《やぶ》に捨てた宮の御首を拾いあげてご覧になると、まだ御肌も冷えず、御目もつぶらず、まったく生きていたときのままに見えたので、「これはもしかして夢ではないか。夢なら覚めて現実に戻ってほしい」と泣き悲しみなさったが、その甲斐《かい》もない。こうしたところに、理致光院《りちこういん》（鎌倉市二階堂にあった五峰山理智光寺）の老僧がこの事件を聞き、「あまりにお気の毒でございます」と言って、自分の寺へご遺骸《いがい》をお入れした。そして、葬礼の仏事を形どおり執り行って、荼毘《だび》に付しなされたことは、しのびないことであった。南の御方はすぐに御髪を下ろし、御骨を持って、泣く泣く京都へ上って行かれた。哀れで恐ろしかったこの事件を語り伝えなさるたびに、聞く人は涙を流すのであった。

---

左馬頭直義《さまのかみただよし》、すでに山内《やまのうち》を打ち過ぎ給《たま》ひける時、淵辺甲斐守《ふちのべかひのかみ》を近付けて宣《の》給《たま》ひけるは、「御方《みかた》無勢によつて、いつたん鎌倉を引き退くといへども、美濃《みの》・尾張《をはり》の勢を催《もよほ》して、やがて寄せんずれば、鎌倉を責め落し、相模《さがみ》二郎時行《ときゆき》を退治せん事踵《くびす》を廻《めぐ》らすべからず。なほもただ当家のために、始終敵《あた》をなさるべきは、兵部卿親王《ひやうぶきやうしんわう》にて御座《ましま》す。死罪に行ひ奉れといふ勅許《ちよくきよ》はなかりしかども、この次《つい》でにただ失ひ奉らばやと思ふなり。御辺《ごへん》急ぎ薬師堂の谷《やつ》へ馳《は》せ帰《かへ》りて、宮を指し殺し奉れ」と仰せられければ、淵辺、「畏《かしこ》まつて奉《うけたまは》つて候ふ」とて、山内より主従七騎引き返して、宮の御座《ござ》ある楼《ろう》の御所へぞ参りける。

宮は何《いつ》となく闇夜の如《ごと》くなる土の楼に、朝《あした》になりぬるをも知らせ給はず、なほ灯《ともしび》を挑《かか》げ、御経あそばして御座ありけるが、淵辺畏まつて、御迎へに参つて候ふ由《よし》申し入れたりければ、宮、淵辺《ふちのべ》を一目御覧じて、「己《おのれ》は我を失へとの使《つかひ》にてぞあるらん。心得たり」と仰《おほ》せられて、淵辺が太刀を奪はんと走り懸からせ給ひけるを、甲斐守《かひのかみ》持ちたる太刀を取り直して、御膝《ひざ》の辺《あた》りを強《したたか》に打ち奉りしかば、宮は土の籠《ろう》に半年ばかり居曲《ゐかが》まさせ給ひて、御足も快く立たざりけるにや、御心は矢武《やたけ》に思《おぼ》し召《め》しけれども、打臥《うつぶせ》に倒れさせ給ひけるを、起しも立て進《まゐ》らせず、御胸の上に乗り懸かり、腰の刀を抜いて、御頸《くび》をかかんとしけるを、宮御頸を縮《つづ》めさせ給ひて、刀の鋒《さき》をしかとくはへさせ給ひしかば、淵辺も強なる物にてはあり、刀を奪《うば》はれ進《まゐ》らせじと引きもぎける程に、刀のさき一寸余り折れて失《う》せにける。淵辺その刀をば打ち捨てて、脇指《わきざし》の刀にて御心元《むなもと》を二刀《ふたがたな》まで指したりければ、宮些《すこ》し弱らせ給ひけるところを、御ぐしをつかんで、御頸をかき落す。楼《ろう》の中暗かりければ、走り出でて、明《あか》き所にてこれを見れば、先に喰《く》ひ切《き》らせ給ひたる刀のさき、いまだ御口の中に留《とど》まつて、御眼《まなこ》の色も生きたる人の如《ごと》くなりしかば、淵辺これを恐怖して、「さる事あり。かやうの頸をば大将には見せぬ事なる物を」とて、辺りなる藪《やぶ》の中へ抛《な》げ入《い》れて、馬に打ち乗り馳《は》せ着《つ》きて、左馬頭殿にこの由《よし》申しければ、「神妙《しんべう》なり」とぞ感ぜられける。

御介錯《かいしやく》の南の御方《おんかた》と申す女房、この有様を見進《みまゐ》らせて、あまりに恐ろしく、悲しみて足手も痿《な》えて消え入る心地し給ひけるが、しばらく心を取り静めて、藪に捨つる宮の御頸を取り上げて見玉へば、なほも御膚《はだ》も冷えず、御目も塞《ふさ》がらず、ただ本《もと》の御氣色《みけしき》に見えさせ給ひしかば、「こは、もし夢にてやあらん。夢ならば、さむるうつつとなれかし」と泣き悲しみ給へども、その甲斐《かひ》なし。かかるところに、理致光院《りちくわうゐん》の長老、この事を奉《うけたまは》って、「あまりに御痛はしく候ふ」とて、我が寺へ入《い》れ進《まゐ》らせ、喪礼《さうれい》の事形の如《ごと》く取り営みて、帰らぬ煙の末となし奉りけるこそ、糸惜《いとほ》しけれ。南の御方《おんかた》は、やがて御髪下《ぐしおろ》して、御骨を取って身に添へ、泣く泣く都へぞ上らせ給ひける。哀れにも恐ろしかりし事ども語り連ねさせ給ひしにぞ、聞く人袖《そで》をば絞りける。

太平記の風景 ④

# 鎌《かま》倉《くら》宮《ぐう》

後醍醐《ごだいご》天皇が反幕府の兵を挙げて以来、建武《けんむ》政権の樹立まで一貫して中心人物として活躍した護良《もりよし》親王だったが、足利尊氏《あしかがたかうじ》と反目したことから謀反の疑いをかけられ、建武元年(一三三四)十一月、鎌倉の東光寺《とうこう》に幽閉されてしまった。建武二年(一三三五)、信濃《しなの》の諏《す》訪《わ》頼重《よりしげ》の元に身を寄せていた北条高時《たかとき》の遺児時行《ときゆき》が、建武政権に対して反旗を翻した(中先代《なかせんだい》の乱)。鎌倉幕府の残党を糾合した時行の軍勢は、同年七月二十三日に鎌倉に攻め入った。関東の秩序維持のため、後醍醐の皇子成良《なりよし》親王を奉じて鎌倉にあった尊氏の弟足利直《ただ》義《よし》は、時行勢に敗れて鎌倉を逃れる際、幽閉中の護良親王が時行らの手に落ちて利用されることを怖《おそ》れ、これを殺害した。

『太平記』巻第十三「兵部卿親王《ひやうぶきやうしんわう》を失ひ奉る事」によると、直義の命を受けた淵辺《ふちのべ》甲斐守《かいのかみ》義博《よしひろ》は、東光寺の土牢《つちろう》に閉じ込められた護良親王を襲い、格闘の末に殺害した。斬《き》り落とした首を見ると、淵辺の刀を食い切った切っ先が残っている。中国の故事に、恨みを呑《の》んで自害した人物が、死後、生首となってからも口にくわえ続けた刀の切っ先を吹き出して怨敵《おんてき》を殺したという話がある。淵辺はこの故事を思い出し、首を藪《やぶ》に投げ捨てて逃げ去ったという。

明治二年(一八六九)二月、明治天皇は護良親王を顕彰するため、東光寺跡に鎌倉宮を造営した。本殿裏手の土手には、護良親王が幽閉されていた土牢の跡といわれる洞穴が、今も残っている。

## 三 足利尊氏《あしかがたかうじ》の決断

巻第十四「矢矧鷺坂手超河原闘ひの事」

中先代《なかせんだい》の乱平定のために足利高氏《たかうじ》が関東に派遣される。後醍醐《ごだいご》天皇は高氏に征夷将軍就任を約束し、自身の諱《いみな》「尊治《たかはる》」の一字を授け、「尊氏」の名を与えた。尊氏はたちどころに乱を鎮圧するが、護良《もりよし》親王殺害の報が朝廷に達すると一転、朝敵となった。京都から新田義貞《にったよしさだ》らが尊氏追討に派遣され、足利軍を三河《みかわ》の矢矧《やはぎ》、遠江《とおとうみ》の鷺坂《さぎさか》、駿河《するが》の手越《てごし》で次々と破り、鎌倉に迫る。尊氏は天皇との敵対を恐れ、建長寺《けんちょうじ》で出家の準備をしていた。

さて、左馬頭《さまのかみ》直義《ただよし》朝臣《あそん》は鎌倉に戻って、戦況を報告するために将軍尊氏の館へ参上されると、四方の門は固く閉じられて人の気配もなかった。荒々しく門をたたいて、「誰《だれ》かいないか」とお聞きなさると、須賀左衛門《すがさえもん》が現れて対面し、「将軍（尊氏）は矢矧《やはぎ》合戦の結果をお聞きになったときから、建長寺《けんちょうじ》へお入りになり、もはや出家しようとおっしゃられたのを、我々がお引き留め申しあげているところです。御本結《もとゆい》はお切りになりましたが、まだご法体《ほったい》にはなっておられません」と言った。

直義・上杉《うえすぎ》・高《こう》の人々はこれを聞いて、「これではますます軍勢は気落ちしてしまう

だろう。どうしたものか」と仰天なさったが、上杉伊豆守重能《いずのかみしげよし》はしばらく考えてから、
「将軍がたとえご出家されて法体におなりだとしても、天皇のお咎《とが》めから逃れることはできないとお聞きになれば、考え直されるにちがいありません。偽《にせ》の綸旨《りんじ》を二、三通書いて、将軍にお見せしよう」と献策した。直義は、「どうするにせよ、事がうまく運ぶように考えて、手配をしてくれ」と一任なさった。伊豆守は、「それでは」と綸旨用の紙を急いで染めて、能書家を探し出し、蔵人《くろうど》の筆跡とまったく同じにして、偽綸旨を書いた。その言葉は次のとおりであった。
「足利宰相尊氏・左馬頭直義以下一類の者、武士の威光に誇り、朝廷の権威をないがしろにするゆえに、征罰なされるものである。この者どもはたとえ隠遁《いんとん》しても、刑罰をゆるめてはならない。その居場所を必ず捜し出して、すぐに殺すべきである。戦功ある者に関しては、特に恩賞が与えられよう。帝《みかど》のお考えはこのようである。このことを書状をもって明らかにする。
建武二年十一月二十三日　　右中弁《うちゅうべん》吉田光守《みつもり》
武田一族中
小笠原一族中へ」

と、同じ文章で宛名《あてな》をかえて、十数通書いて直義にお出しした。

左馬頭直義朝臣はこの綸旨を持って、急いで建長寺へ参上なさり、将軍に対面して、涙を抑えて言われたことには、「我が足利家が天皇のお咎めを受けることになったのは、義貞《よしさだ》朝臣の進言によるものです。朝廷はすぐに新田を討手に派遣なさり、我が一門の者はたとえ遁世者・降参人になっても、捜し出して誅殺《ちゆうさつ》することに決定したようです。天皇のお考えもまた同様であって、我らはもはや逃れようがありません。先日、矢《や》矧《はぎ》・手《て》越《ごし》の合戦で討たれた敵軍が、肌のお守りに入れておりました綸旨をご覧ください。こうなった上は、どうあっても我が家はお咎めから逃れることができませんから、ご出家のことは考え直されて、一族の滅亡をお助けくださいますように」と言われると、将軍はこの綸旨をご覧になって、よもや偽文書とは思いもなさらず、「まさにこうなってしまっては、一門の浮沈は今このときにかかっているわけである。それでは致し方ない。尊氏もそなたたちと一緒に、弓矢の道に専念して、義貞と刺しちがえて死ぬことにしよう」と、即座に道服を脱いで、錦《にしき》の直垂《ひたたれ》を着られたのである。

そうした次第で、そのころ鎌倉中の軍勢が、「一束《いつそく》切り」（本結から拳《こぶし》一握りの長さをおいて髪を切ること）といって、本結を短く切ったのは、将軍の髪形を目立たなくするためであった。こうして、先行き不安だと考えて官軍に降参しようとした大名たちや、あちらこちらへ逃げて行こうとしていた軍勢も、急に気を取り直して馳《は》せ参《さん》じたので、一日もたたないうちに、将軍方の軍勢は二十万騎になった。

---

さる程に、左馬頭直義朝臣《さまのかみただよしあそん》は、鎌倉に打ち帰つて、合戦の様を申さんために、将軍の御屋形《やかた》へ参られたれば、四門空《むな》しく閉ぢて、人もなし。あららかに門を敲《たた》きて、「誰《たれ》かある」と問ひ給へば、須賀左衛門《すがさゑもん》出で合《あ》ひて、「将軍は矢矧《やはぎ》合戦の事を聞こし召し候ひしより、建長寺《けんちやうじ》へ御入り候ひて、すでに御出家候はんと仰せられ候ひしを、面々様々に申し留めて置き進《まゐ》らせて候ふ。御本結《もとゆひ》は切らせ給《たま》ひて候へども、いまだ、御法体《ほつたい》にはならせ給はず」とぞ申しける。

左馬頭・上杉《うへすぎ》・高《かう》の人々、これを聞いて、「かくてはいよいよ軍勢ども憑《たの》みを失ふべし。いかがせん」と仰天《ぎやうてん》せられけるを、上杉伊豆守重能《いづのかみしげよし》しばらく思案して、「将軍たとへ御出家あつて、法体にならせ給ひ候ふとも、勅勘《ちよくかん》遁《のが》るまじき様をだに聞《き》こし食《め》し候はば、思《おぼ》し食《め》し直《なほ》す事、などかなくて候ふべき。謀《はか》りて綸旨《りんし》を二、三通書いて、将軍に見せ進《まゐ》らせ候はばや」と申されければ、左馬頭、「ともかくも、事の能《よ》からん様に計らひ沙汰《さた》候へ」とぞ任せられたりける。伊豆守、「さらば」とて、宿紙《しゆくし》をにはかに染め出だし、能書《のうしよ》を尋ねて、職事《しきじ》の手に些《すこ》しも違《たが》へず、これを書く。その詞《ことば》に云《い》はく、

「足利宰相尊氏《あしかがさいしやうたかうぢ》・左馬頭直義以下一類《いちるい》等、武威《ぶゐ》に誇つて朝憲《てうけん》を軽んずるの間、征罰《せいばつ》せらるるところなり。かの輩《ともがら》たとひ隠遁《いんとん》の身たりといへども、刑罰を寛《ゆる》すべからず。深くかの在所《ざいしよ》を尋ね、不日《ふじつ》に誅戮《ちゆうりく》せしむべし。戦功あらんにおいては、抽賞《ちうしやう》せらるべし、てへれば綸旨《りんし》かくの如《ごと》し。これを悉《つまび》らかにするに、状を以《もつ》てす。

　建武《けんむ》二年十一月二十三日　　右中弁光守《うちゆうべんみつもり》

　武田一族中

　小笠原一族中」

へと、同じ文章に名字《みやうじ》を替へて、十余通書いてぞ、出だし給ひたりける。

左馬頭直義朝臣この綸旨を持つて、急ぎ建長寺へ参じ給ひて、将軍に対面あつて、泪《なみだ》を押へて宣《の》給《たま》ひけるは、「当家勅勘《ちよくかん》の事、義貞《よしさだ》朝臣が申し勧《すす》

むるによつて、すなはち新田《にった》を打手《うって》に下され候ふ間、この一門においては、たとひ遁世・降参の物なりとも、求め尋ねて誅すべしと議し候ふなる。叡慮《えいりょ》の趣《おもむ》きまた同じく、遁《のが》るるところ候はざりける。先日、矢《や》矧《はぎ》・手越《てごし》の合戦に打たれて候ひし、敵の膚《はだ》の守りに入れて候ひし綸旨を、御覧じ候らへ。かやうに候ふ上は、とてものがれぬ一家の勅勘にて候へば、御出家の儀《ぎ》を思《おぼ》し食《め》しひるがへされて、氏族の陸沈《りくちん》を御助け候へかし」と申されければ、将軍この綸旨を御覧じて、謀書《ぼうしょ》とは思ひもより給はず、「誠にさては一門の浮沈この時にて候ひける。さらば力なく、尊氏《たかうぢ》も旁《かたがた》とともに、弓矢の義《ぎ》兵《へい》をもつぱらにして、義貞と死をともにすべし」とて、たちまちに道服《だうふく》を脱ぎ、錦《にしき》の直垂《ひたたれ》をぞ食《め》されける。

されば、その比《ころ》鎌倉中の軍勢どもが、一束切《いっそくぎ》りとて、髻《もとどり》を短くしたるは、将軍の髻を紛《まぎ》らかさんためなりけれ。さてこそ事叶《かな》はじとて、京方へ降参せんとしける大名どもも、右往左往へ落ち行かむとしける軍勢も、にはかに気を直して馳《は》せ参《さん》じければ、一日を過ぎざるに、将軍の御勢は二十万騎になりにけり。

## 四 大渡《おおわたり》の戦い

巻第十四「大渡山崎合戦の事」

官軍の進撃により窮地に立たされた足利《あしかが》軍であったが、箱根・竹下《たけのした》の戦いで退勢を挽回《ばんかい》し、京都に迫る。建武《けんむ》三年（一三三六）一月、両軍は京都南郊の大渡《おおわたり》（淀川・木津川・宇治川の合流点）で、川を挟んで対峙《たいじ》した。やがて『平家物語』の「橋合戦《はしがっせん》」（以仁王《もちひとおう》と源頼政《よりまさ》が、宇治川《うじがわ》を挟んで平家方と戦った一段）さながらの戦いが繰り広げられる。

一夜明けて、正月九日の午前八時ごろ、将軍は数万騎で大渡の西の橋際まで進軍して、川を渡る方法を検討なさっていたが、対岸には強敵が武器をそろえて控えている。また、川には乱杭《らんぐい》・逆茂木《さかもぎ》が仕掛けられて防備が厳しかったので、どうしたらよいだろうかと思案するうちに、少し時間が経過した。こうしたところに、官軍の陣営から血気盛んな武士たちが川岸に進み出て言うには、「搦手《からめて》の大江山《おおえやま》（九四頁参照）の敵は、昨日皆追い散らしたぞ。旗の紋を見ると、主だった方々はほとんどこの陣へお越しのようだ。治《じ》承《しょう》の代には足利又太郎《あしかがまたたろう》が（『平家物語』巻四「橋合戦」）、元暦《げんりゃく》の代には佐々木四郎高綱《たかつな》が（『平家物語』巻九「宇治川合戦」）、宇治川を渡って名を今の代まで残されているではないか。この川は宇治川よりもはるかに浅くて、流れも速くはない。ここをお渡りになればよかろう」と口々に馬鹿にして、箙《えびら》（矢入れ）をたたいて笑うのだった。

武蔵《むさし》・相模《さがみ》の兵たちは、「敵に招かれたからには、どんな淵《ふち》や川であろうとも、渡らないことがあろうか。たとえ川が深くて、馬も人も沈んだとしても、後陣の味方はそれを橋としてこの川を渡ってもらいたい」と言って、三千余騎で一度に馬を乗り入れようとした。しかし、高武蔵守師直《こうのむさしのかみもろなお》が走りまわって、「これはまた正気を失われたか。足も立たない大河に馬を乗り入れたならば、川を渡すことがどうしてできようか。しばらく待たれよ。民家を壊して筏《いかだ》を組み、それから楽々と渡るがよい」と強く制止なさったので、さしもの血気盛んな武士たちも、馬の轡《くつわ》を並べて控えていた。すぐに民家を破壊して、幅二、三町（約三〇〇メートル）もある筏を組んで、川に浮べたのである。武蔵・相模の兵たち五百余人は筏にぎっしり乗って、橋の下流を渡って行ったが、川中に打った乱杭に引っかかって、棹《さお》をさしても動きもしない。敵はさんざんに矢を射てくる。大筏のために流れは滞り、その力で筏を結びつけている綱が押し切られて、筏は棹もさせないほどの速さで流れはじめた。すると、繋《つな》いでいた材木が次第にばらばらになって、乗っていた五百余人の兵たちはむなしく溺れて死んでしまった。敵はこれを見て、楯《たて》をたたいて、「あれを見よ」と大声で叫んで笑ったけれども、味方には助ける方法がなかった。

こうしたときに、橋の上に作られた櫓《やぐら》から、一人の武者が狭間《さま》（攻撃用の小窓）の板を押し開いて、「治承の代に、高倉宮《たかくらのみや》（以仁王）がご合戦なされたとき、宇治橋の橋板は外されていましたが、筒井浄妙《つついのじょうみょう》・矢切但馬《やぎりのたじま》などは、都の一条・二条の大通りよりも広そうに走り回って合戦をしたそうです（『平家物語』巻四「橋合戦」）。ましてやこの橋は、宇治橋とはまったくちがいます。橋板は少々はずしてありますが、渡れないことはないはずです。関東からのぼって来て、都を攻められるからには、川を隔てての合戦があるであろうと、お考えなさらぬことはありますまい。船や筏はとるに足らない手段です。まずは橋の上を渡って、激しい合戦をして、我らの手並をご覧いただきたい」と、敵をあざ笑いはずかしめて、立っていた。

これを聞いて、師直《もろなお》の手勢の中に佐々木野与一兵衛《やぎよいちひょうえ》といって、大力で早技《はやわざ》、刀を遣わせては、天下で評判の武士がいた。胴丸《どうまる》の上に節縄目《すじなわめ》の大鎧《おおよろい》を厳重に着おろし、獅子《しし》頭《がしら》の兜《かぶと》の緒を締め、目の下に頬当《ほおあて》をつけ、五尺（約一五二センチ）余りの太刀をさし、大立《おおたて》挙《あげ》の臑当《すねあて》をつけ、大きな長刀《なぎなた》を脇《わき》にはさんで進み出た。そして、「治承の合戦は話には聞いても、目に見たことはない。かの浄妙に劣るかどうか、我を見よ。敵を目にすれば、天竺《てんじく》の石橋《しやつきよう》や遠い蜀川《しよくせん》の縄の橋であろうとも、渡らないということがあろうか」と声高に大言壮語し、橋桁《はしげた》の上を渡った。官軍の兵たちはこれを射落そうと、矢つぎ早に射た。幅のない橋桁の上を歩くのだから、矢をかわす術もなかったであろうのに、野木与一は上を射る矢には俯《うつぶ》し、下を射る矢は跳びはねてこれを避け、左から飛んでくる矢には右の橋桁に飛び移り、真ん中をねらって射る矢には、矢切の但馬ではないが、すべて切って落さないということはなかったのである。

数百万騎の敵が皆、この様子を立って見ていたところへ、今度は山川判官の二人の家来が、二つの橋桁を渡って野木与一に続いた。野木与一はますます力を得て、櫓《やぐら》の下へ入り込み、土を掘って立てた柱を、「えいや、えいや」と引くと、橋の上に造った櫓なので、揺れ動いて、今にも倒れそうに見えた。櫓の上にいる射手たち四、五十人は、これはかなわないと思ったのか、次々に飛びおりて、二の木戸へ逃げ込んでしまったので、寄せ手の兵たちは箙《えびら》をたたいて声をそろえて笑いたてた。

「それ、敵は退却するぞ」と言うや否や、三河《みかわ》・遠江《とおとうみ》・美濃《みの》・尾張《おわり》の兵たち千余人は、馬から次々に下りて、我先にと押し合って川を渡ったので、水に落ちて溺れ死ぬ者は数知れない。この犠牲をもかまわずに、橋の上に数千人の兵たちが立ち並んで、幾重にもこしらえた櫓を破ろうとしたところ、敵があらかじめ仕組んでおいたものか、橋桁が幅四、五間の中ほどから折れてしまい、川へ落ち込んだ千余人の兵たちが浮きつ沈みつしながら流されていった。けれども、野木与一兵衛は水練までも達者な人だったので、橋板一枚に乗り、長刀を棹にさして、元の陣へ帰ってきた。

---

明くれば、正月九日辰《たつ》の尅《こく》に、将軍数万騎にて、大渡《おほわたり》の西の橋爪《はしづめ》に打ち寄せて、渡すべき了簡《れうけん》をし玉へども、向ひには強敵兵刃《へいじん》を汰《そろ》へ、磬《ひか》へたり。河には乱杭《らんぐひ》・逆木《さかもぎ》引き懸《か》けて、その手段《てだて》緊《きび》しかりければ、如何《いかが》すべきと思案して、しばらく時をぞ移されける。かかるところに、官軍の方より早雄《はやりを》の物ども、河端《かははた》に進み出《い》でて、「搦手大江《からめておほえ》山《やま》の敵をば、昨日皆追ひ散らしてこそ候へ。旌《はた》の文《もん》を見候へば、宗徒《むねと》の人々は、大略《たいりやく》この陣へ御向ひあると覚えて候ふ。治承《ぢしよう》には足利又太郎《あしかがまたたらう》、元暦《げんりやく》には佐々木四郎高綱《たかつな》、宇治川を渡して、名を今の代に残し候ひき。この河は宇治川より遥《はる》かに浅くして、しかも早からず。ここを渡され候へかし」と、声々に欺いて、胡籙《えびら》を扣《たた》きてぞ笑ひける。

武蔵《むさし》・相模《さがみ》の兵ども、「敵に招かれて、如何《いか》なる淵河《ふちかは》なりとも、渡さずといふ事あるべき。仮令《たとひ》河深くして、馬人ともに沈まば、後陣の御方《みかた》、それを橋に踏んで渡れかし」とて、三千余騎一度に馬を打ち入れんとしけるを、武蔵守師直《むさしのかみもろなほ》馳せ廻《まは》つて、「これはそもそも物に狂ひ給ふか。馬の足も立たぬ大河へ打ち入れたらば、渡さるべきか。しばらく待ち玉へ。在家《ざいけ》を壊《こぼ》ち、筏《いかだ》を組んで、易々《やすやす》と渡るべし」とて、堅《かた》く制せられける程に、さしも早雄の兵ども、轡《くつばみ》を双《なら》べて磬《ひか》へたり。やがて在家を壊《こぼ》ちて、面《おもて》二、三丁の筏を組んで浮べたる。武蔵・相模の兵ども五百余人籠《こ》み乗《の》りて、橋より下《しも》を渡しけるが、河中に打つたる乱杭《らんぐひ》に懸かつて、棹《さを》をさせども行きやらず。敵は散々に射る。流れ淀《よど》みたる浪《なみ》に、筏のもやいを押し切られて、棹にもとまらず流れけるが、組み重ねたる材木、次第々々に別々《べつべつ》になつて、五百余人の兵ども徒《いたづ》らに水に溺《おぼ》れて失《う》せにける。敵これを見て、楯《たて》を扣《たた》いて、「あれ見よ」と叫《をめ》いて笑ひけれども、御方《みかた》助くべき様《さま》ぞなかりける。

かかるところに、橋の上の櫓《やぐら》より、武者一人小間の板を推《お》し開いて、「治承《ぢしよう》に高倉宮《たかくらのみや》の御合戦の時、宇治橋《うじばし》を引かれて候ひしをば、筒井浄妙《つつゐのじやうめう》・

矢切但馬《やぎりのたじま》などは、一条・二条の大路《おほぢ》より広気《ひろげ》に走り渡ってこそ、合戦をば仕《つかまつ》って候ひけるなれ。いはんや、この橋はそれには似るべからず。板こそ少々取って候へども、渡り得ぬ事はあるまじきにて候ふ。坂東《ばんどう》より上《のぼ》りて、京を責められんに、河を阻《へだ》てたる軍《いくさ》あるべしと思はれぬ事、よもあらじ。舟も筏《いかだ》も枝葉にて候ふ物を。ただ橋の上を渡って、手攻《てづめ》の軍《いくさ》して、我らが手並《てなみ》の程を御覧《ごらん》ぜよ」と、敵を欺《あざむ》き恥《はぢ》しめて、あざ笑ひてぞ立ったりける。

これを聞いて、師直が内に、佐々木野木与《やぎよ》一兵衛《いちひやうゑ》とて、大力《だいぢから》の早態《はやわざ》、打《うち》物《もの》取って世に名を知られたる兵ありけるが、同丸《どうまる》の上に、節縄目《ふしなはめ》の大冑透《おほよろひすき》間《ま》もなく着下《きおろ》して、獅子頭《ししがしら》の甲《かぶと》の緒《を》をしめ、目より下の防当《はうあて》して、五尺余りの太刀《たち》を帯《は》き、大立挙《おほたてあげ》の臑当《すねあて》に、大《だい》の長刀小《なぎなたこ》脇《わき》に挿《はさ》み、進み出《い》でて、「治承の合戦は、音に聞きて目に見たる事なし。浄妙《じやうめう》にや劣ると、我を見よ。敵を目にかくる程ならば、天竺《てんぢく》の石橋《しやくけう》、蜀川万里《しよくせんばんり》の橋なりとも、渡らずといふ事やあるべき」と、高声《かうしやう》に荒言吐《くわうげんは》いて、橋桁《はしげた》の上をぞ渡りける。官軍ども、これを射て落さんと、指《さ》し攻《つ》め引《ひ》き攻《つ》め射けれども、わづかなる橋桁《はしげた》を歩めば、矢に違《たが》ふべき様もなかりけるに、あがる矢をばさしうつぶき、さがる矢をば跳《と》び越《こ》え、弓手《ゆんで》の矢には右の橋桁へ飛び移り、只中《ただなか》さして射る矢をば、矢切但馬《やぎりのたじま》にはあらねども、切つて落さずといふ事なし。数百万騎の敵、立ちこぞつて見けるところに、また山川判官《やまがははうぐわん》が郎等《らうどう》二人、二つの橋桁を渡つて連《つづ》いたり。野木与一いよいよ力を得て、櫓《やぐら》の下へかづき入れ、釿《ほ》り立《た》つたる柱を、「曳《えい》や曳《えい》や」と引きけるに、橋の上に掻《か》きたる櫓なれば、動《ゆる》ぎ渡つて、すはや倒れぬとぞ見えたりける。これを見て、櫓の上なる射手ども四、五十人、叶《かな》はじとや思ひけん、飛び下り飛び下り、二の関《きど》の内へ逃げ入りければ、寄手《よせて》ども箙《えびら》を扣《たた》いて同音に同《どう》とぞ笑ひける。「すはや、敵は引くぞ」といふ程こそあれ、三河《みかは》・遠江《とほたふみ》・美濃《みの》・尾張《をはり》の兵ども千余人、馬を踏み放し踏み放し、我先にと関合《せきあ》ひて渡るに、水に溺《おぼ》れて死傷する物、その数を知らず。これをも顧《かへり》みず、橋の上に数千の兵ども双《なら》び立《た》つて、重々《ぢゆうぢゆう》に構へたる櫓を引き破らんとしける程に、敵かねてや構へたりけん、橋桁四、五間の中より折れて、落ち入る兵《つはもの》千余人、浮きぬ沈みぬ流れ行く。されども、野木与一兵衛は、水練《すいれん》さへ達者なりければ、橋板一枚に乗つて、長刀《なぎなた》を棹《さを》にして、本陣《ほんぢん》へぞ帰りける。

五

# 桜《さくら》井《い》の別れ

巻十六第「楠正成兄弟兵庫下向の事」

足利《あしかが》軍はいったん入京したものの官軍の反撃に遭い、九州に落ちのびた。しかし新田義《にったよし》貞《さだ》は、後《ご》醍醐《だいご》天皇より賜った美人勾当内侍《こうとうのないし》との別れを惜しみ、追撃の機を逸する。足利軍は九州で勢力を回復し、大軍を擁して再度、京都を目ざす。義貞はこれを迎え討つため兵庫に赴く。後醍醐は楠《くすのきまさしげ》正成を召して、急ぎ兵庫へ下向《げこう》し義貞に合力するよう命じる。

正成は畏《かしこ》まって、「尊氏《たかうじ》卿が九州の軍勢を率いて上洛するのであれば、きっと雲霞《うんか》のような大軍でしょう。味方の疲れている小勢でもって、敵の大軍と対抗し、尋常に合戦いたしますならば、味方は必ず敗れるものと思います。ぜひとも、義貞を京都へお召しになって、前のように比叡山《ひえいざん》へ臨幸なさってください。正成も河内国《かわちのくに》へ下りまして近畿一円の軍勢で各地の道を遮断し、両方から京都を攻めて敵勢を撃退するならば、彼らは次第に疲れて逃げ散り、味方には日に日に軍勢が馳《は》せ集まってくるでしょう。そうなったときに、義貞は大手の軍勢として叡山から京都へ押し寄せ、正成は搦手《からめて》として河内国から攻めのぼりますならば、朝敵を一戦で滅ぼすことも簡単でございます。義貞もきっとこう考えておられることと思いますが、途中で一戦もしないでは、まったく不甲斐《ふがい》ないと思われるのを恥として、兵庫で防戦しておいでなのだと思います。合戦は、なんといっても最後の勝利が大切でございます。帝《みかど》にはじっくりお考え遊ばされて、朝廷のご決定をなさるべきでございましょう」と申しあげた。

するとと後醍醐天皇は、「なるほど合戦のことは武士に任せよ」とおっしゃり、再び諸卿の評議を行わせた。そのときに、坊門宰相清忠《ぼうもんさいしょうきよただ》が強く主張されることには、「正成の申すことにも道理はありますが、朝敵征伐に派遣された武将はまだ一戦もしていません。それなのに、帝が帝都を捨てて一年のうちに二度までも叡山へ行幸なさるというのは、一方では天皇の権威を軽くするものであります。また一方では、官軍もその面目を失うことになります。たとえ尊氏が九州の軍勢を率いて上洛するとはいっても、昨年の春に関東八か国を平定して上洛したときの軍勢には、よもや、まさりますまい。あのときは合戦のはじめから敵軍敗北に至るまで、味方は小勢でしたが、毎度大敵を攻め従えたことは、決して戦略が優れていたからではありません。ひとえに帝のご運が天命にかなっていたからなのです。よって、今度の合戦に関してもなんの差し障りがありましょう。即刻、楠を下向させるべきかと存じます」と言われたので、天皇はもっともだとお考えになり、再度正成に下向を命ぜられた。

正成は、「このうえは、むやみに異議を申すまでもありません。けっきょくは、討死《うちじに》せよとのご命令でありましょう」と、その日すぐに五百余騎で都を出立して、兵庫へ向ったのである。

正成は、いよいよこれが最後の合戦になると覚悟を決めたので、嫡子正行《まさつら》が十一歳になって父の供をしていたのだが、これを桜井の宿（大阪府三島郡島本町桜井）から河内国へ帰すにあたって、涙ながらに教訓を遺《のこ》して言った。「獅子《しし》は子を産んで三日すると、万仞《ばんじん》の高さの岩壁から、子を投げ落すのであるが、もしその子に獅子としての天分が備わっていれば、何も教えなくとも宙返りをして、死ぬことはないといわれている。まして、お前はもう十歳を過ぎている。私の一言が耳に残ったならば、私の教えに背かないようにしなさい。今度の合戦は天下分け目の戦《いくさ》になるだろうから、今生《こんじょう》でお前の顔を見るのはこれが最後だと思う。正成が討死したと聞いたら、天下は必ず将軍のものになると心得なさい。しかし、世の中がそうなっても、その場だけの生命を助かろうとして、長年にわたる忠節を捨てて、降参し、道義にもとるふるまいをしてはならない。一族若党のうち、一人でも生き残っている間は、金剛山《こんごうせん》（正成の本拠地）に立て籠《こも》って、敵が攻め寄せてきたならば、命を投げ出して戦い、名誉を後の代に残しなさい。これが、お前のできる孝行だと考えよ」と涙を拭《ぬぐ》って言い聞かせ、天皇から賜った菊の紋章入りの刀を形見にせよと言って取らせて、父と子は東と西へと分れて行ったのである。この有様を見た武士たちは、皆感涙を流すのであった。

---

正成畏《かしこ》まつて奏《そう》しけるは、「尊氏《たかうぢ》卿九州の勢を卒《そつ》して上洛候ふなれば、定めて雲霞《うんか》の如《ごと》くにぞ候ふらん。御方《みかた》の疲れたる小勢を以て、大敵にかけ合はせ、尋常《よのつね》の如くに合戦を致し候はば、御方決定《けつぢやう》打ち負けぬと覚え候ふ。哀れ、義貞をも京都へ召され候ひて、前の如く山門《さんもん》へ臨幸《りんかう》なし候へかし。正成も河内《かはち》へ罷《まか》り下《くだ》つて、畿内《きない》の兵を以て道々を指し塞《ふさ》ぎ、両方より京都を責《せ》め却《しりぞ》くる程ならば、敵は次第に疲れて落ち、御方は日に随《したが》つて馳《は》せ集まり候ふべし。その時義貞は大手《おほて》にて、山門より寄せられ、正成は搦手《からめて》にて、河内より責め上り候はば、朝敵《てうてき》を一戦に亡《ほろ》ぼさん事、案の内に候ふ物を。義貞も定めてこの了簡《れうけん》をぞ廻《めぐ》らされ候ふらめども、路次《ろし》にて一軍《ひといくさ》もせざらんは、無下《むげ》に謂《い》ふ甲斐《かひ》なく人の思はんずるところを恥ぢて、兵庫には支

へられたりと覚え候ふ。合戦は始終《しじゆう》の勝《かち》こそ肝要にて候へ。よくよく叡慮《えいりよ》を廻らされ、公義を定めらるべく候ふらん」と申しければ、「誠《げ》にも軍旅《ぐんりよ》の事は兵に譲る」とて、重ねて諸卿僉議《しよきやうせんぎ》ありけるに、坊門宰相清忠《ばうもんさいしやうきよただ》進んで申されけるは、「正成申すところもその謂《いは》れありといへども、征伐《せいばつ》のために指《さ》し下《くだ》されたる節刀使《せつとし》、いまだ戦はざる前《さき》に、帝都を棄《す》てて、一年の中《うち》に両度まで山門へ臨幸ならん事、且《かつ》は帝位軽きに似たり。また官軍も道を失ふところなり。たとひ尊氏九州勢を卒して上洛すとも、去春《きよしゆん》東八箇国を随へて上《のぼ》る時の勢にはよも過ぎじ。戦ひの始めより敵軍敗北の時に至るまで、御方小勢なりといへども、毎度大敵を責《せ》め靡《なび》くる事、これ全《まつた》く武略の勝《すぐ》れたるに非《あら》ず。ただ聖運の天に合《かな》へるところなれば、今度もまた何の子細かあるべき。時を替へず、楠《くすのき》を下さるべきかとこそ存じ候へ」と申されければ、主上誠《げ》にもと思《おぼ》し食《め》し、重ねて正成罷《まか》り下るべき由を仰《おほ》せ出《い》だされければ、正成、「この上はさのみ異議を申すに及ばず。さては討死仕《うちじにつかまつ》れとの勅定《ちよくぢやう》なれ」とて、その日やがて正成は五百余騎にて都を立つて、兵庫へぞ下りける。

楠正成、これを最後と思ひ定めたりければ、嫡子正行《ちやくしまさつら》が十一歳にて父が供したりけるを、桜井《さくらゐ》の宿《しゆく》より河内《かはち》へ帰し遣《つか》はすとて、泣く泣く庭訓《ていきん》を遺《のこ》しけるは、「獅子《しし》は子を産《う》んで三日を経《ふ》る時、万仞《ばんじん》の石壁《せきへき》より母これを投ぐるに、その獅子の機分《きぶん》あれば、教へざるに中《ちゆう》より身を翻《ひるがへ》して、死する事を得ずといへり。況《いは》んや汝《なんぢ》はすでに十歳に余れり。一言《いちごん》耳に留《とど》まらば、吾《わ》が戒《かい》に違《たが》ふ事なかれ。今度の合戦天下の安否《あんぷ》と思ふ間、今生《こんじやう》にて汝が顔を見ん事、これを限りと思ふなり。正成討死すと聞かば、天下は必ず将軍の代となるべしと心得べし。しかりといへども、一旦《いつたん》の身命《しんめい》を資《たす》けんがために、多年の忠烈《ちゆうれつ》を失ひて、降参《かうさん》不義の行迹《ふるまひ》を致す事あるべからず。一族若党の一人も死に残つてあらん程は、金剛山《こんがうせん》に引《ひ》き籠《こも》り、敵寄せ来たらば、命を兵刃《へいじん》に墜《おと》し、名を後代に遺すべし。これをぞ汝が孝行と思ふべし」と、涙を拭《のご》つて申し含め、主上《しゆしやう》より給はりたる菊作りの刀を記念《かたみ》に見よとて取らせつつ、各《おのおの》東西に別れにけり。その消息《ありさま》を見ける武士ども皆感涙をぞ流しける。

## 六 湊川《みなとがわ》の激闘

巻第十六「楠正成兄弟以下湊川にて自害の事」

五月二十五日、沖に現れた敵船は見る間に海上を埋め尽くした。新田《にった》勢は経《きょう》の島《しま》（神戸港内）や和田岬《わだみさき》（神戸港南西）を固め、正成《まさしげ》勢は湊川（神戸市内を南流）の西に陣を構えた。

楠判官正成《くすのきほうがんまさしげ》は、弟七郎正季《まさすえ》に向って、「敵はわれらの前後を遮断して、味方の陣営と隔てられてしまった。もはや逃れられない運命であると思う。さあ、まず前面にいる敵をさっと蹴散《けち》らし、追い散らして、後方の敵と戦おう」と言うと、正季は「それがよいと思います」と賛成し、七百余騎を前後に従えて、大軍勢の中へ駆け入った。左兵衛督直義《さひょうえのかみただよし》の軍勢は菊水の旗を見て、これはよい敵だと思い、包囲して討とうとした。だが、正成・正季は大軍勢を東西へ割って通り抜け、南北に追いまくり、よい敵だと見ると馬を並んで走らせ、相手と取り組んでは馬から落とし、とるに足りない相手には一太刀浴びせて追い散らした。正成・正季は七度出会って七度別れて戦った。その志すところは、ひたすら直義に近づいて組み打ちにしようとすることにあった。

さて、左兵衛督の五十万騎は楠の七百騎に駆け散らされて、上野山の須磨寺《すまでら》（神戸市須磨区の福祥寺）へ後退した。大将左兵衛督がお乗りになっていた馬は矢尻を踏んで蹄《ひづめ》に突き刺し、右足を引きずっていたので、楠の軍勢が追いついて、危うく討たれそうになったところへ、薬師寺十郎がただ一騎でとって返し、馬から飛びおりて、二尺五寸（約七六セ《セン》チ）の小長刀《こなぎなた》の石突きの部分を握って長刀を長く持ち、打ってかかる敵の馬の平首や鞅《むながい》づくし（馬の胸の辺り）を突いて、武者を馬からはね落とし七、八騎ほど切って捨てた。その隙《すき》に、直義は馬を乗り替えて、はるか遠くまで逃げ延びたのであった。

左兵衛督の軍勢が楠勢に追いたてられて退却されたところへ、畠山修理大夫《はたけやましゆりのだいぶ》、高《こう》、上杉《うえすぎ》の人々が、六千余騎を率いて湊川の東へ駆け出して、楠勢の背後を断とうと包囲した。楠兄弟は取って返し、この新手《あらて》と入り乱れて戦い、組み打って馬から落ちて討たれる者も出た。人も馬も息をつがず、六時間ほどの合戦に十六度まで入り交って戦った。それゆえ、楠勢は次第に討たれて、わずか七十余騎となったのである。

たとえこの人数でも、敵陣を打ち破って逃げようとすれば逃げられたのであるが、楠は京都を出発したときから、生きては帰るまいと決心していたので、一歩も退くことなく、戦える力のありったけを出して戦ったのである。もはや精根尽き果ててしまったので、湊川の北にある一群の民家の中に走り入り、腹を切ろうとして、正成は弟正季に、

「そもそも人間は、最期の一念によって、来世に極楽へ行けるか地獄へ堕ちるかが決まるという。九界《くかい》（地獄、餓鬼、畜生、修羅、人間、天上、声聞、縁覚、菩薩）の中で、お前が行きたいと願うのはどこであろうか。すぐにそこへ行こうではないか」と問うた。すると、正季はからからと笑って、「それでは七生《しちしょう》まで生れ変っても、やはり同じ人間に生れて、朝敵を滅ぼしたいと思います」と答えたので、正成は、心からうれしそうな様子で、「罪業の深い、救われない考えではあるが、私もそう思っている。さあ、それでは、同じように生れ変って、かねてからの願いを果そうではないか」と約束して、楠兄弟は刺しちがえて、同じ所に倒れ伏した。さらに、橋本八郎正員《まさかず》・宇佐美《うさみ》・神宮寺《じんぐうじ》を始めとして、主だった一族十六人、それに従う兵たち五十余人も思い思いに居並んで、同時に腹を切った。菊池七郎武朝《たけとも》は、兄の肥前守《ひぜんのかみ》の使者として、須磨口《すまぐち》の合戦の有様を見に来ていたのであったが、正成が腹を切る場面に来合わせて、これを見捨ててどこへ帰ることができようかと、ともに自らも腹を切って、同じように倒れ伏した。

　元弘《げんこう》よりこのかた、恐れ多くも後醍醐《ごだいご》天皇の御信頼を受けて、忠義を尽くし戦功に誇る者は何千万いたであろうか。しかし、尊氏による乱が、思いがけなく起って以後、仁をわきまえない者は朝廷の恩を捨てて敵につき、勇のない者は卑怯《ひきょう》にも死から逃れようとして刑罰にあい、知恵のない者は時の移り変りを理解できず、道理にはずれたふるまいばかりするような世になった。しかしそんな中、智・仁・勇の三徳を兼ね備えて、人としての正しい死に方を守った人で、古《いにしえ》から今に至るまで、正成ほどの者はいなかった。それなのに正成が逃れられるところを逃れずに、兄弟ともに自害して果てたことは、帝《みかど》が再び国を失い、逆臣が思いのままに暴威を振るう前兆であると、才知ある人々はひそかに憂えるのであった。

---

楠判官正成《くすのきはうぐわんまさしげ》、舎弟七郎正季《しやていしちらうまさすゑ》に向って申しけるは、「敵は前後を遮って、御方《みかた》は陣の隘《あはひ》を隔てたり。今は免れぬところと覚ゆるなり。いざや、まづ前なる敵を一散らし追《お》ひ捲《まく》って、後《うしろ》なる敵に戦はん」と申しければ、正季、「然《しか》るべく存じ候ふ」と同《どう》じて、七百余騎を前後に随《したが》へ、大勢《たいせい》の中へぞ蒐《か》け入《い》りける。左兵衛督《さひやうゑのかみ》の兵ども、菊水《きくすい》の旗を見て、吉《よ》き敵なりと思ひければ、取り込んでこれを討たんとしけれども、正成・正季東西へ破《わ》って透《とほ》り、南北へ追《お》ひ靡《なび》け、吉き敵と見るをば馳《は》せ並《なら》んで組んで落ち、合はぬ敵と思ふをば一太刀《ひとたち》打ってぞ蒐《か》け散《ち》らす。正成・正季、七度合って七度離る。そ

の志《こころざし》ひとへに直義《ただよし》に近付かば、組んで討たんと思ふにあり。

されば、左兵衛督の五十万騎、楠が七百騎に蒐け散らされて、須磨《すま》の上《うへ》野《の》へ引き退く。大将左兵衛督の乗り玉へる馬、鏃《やじり》を蹄《ひづめ》に踏《ふ》み立てて、右の足を引きける間、楠が兵ども攻め近づいて、すでに討たれ給《たま》ひぬと見えけるところに、薬師寺《やくしじ》十郎ただ一騎返し合はせて、馬より飛び下りて、二尺五寸の小長刀《こなぎなた》の石突《いしづき》を取り延べて、懸かる敵の馬の平頸《ひらくび》・むながいづくし突いては駁《は》ね落《おと》し駁ね落し、七、八騎が程切つて落しける。その隙《ひま》に、直義馬を乗り替へて、遥《はる》かに落ち伸び給ひにけり。

左兵衛督の兵、楠に追ひ靡けられ引き退き玉ふところに、畠山修理大夫《はたけやますりのだいぶ》、高《かう》、上杉《うへすぎ》の人々、六千余騎にて湊川《みなとがは》の東へ蒐け出《い》でて、楠が跡を追ひ切らんとぞ取り巻きける。楠兄弟取つて返し、この勢に馳《は》せ違《ちが》うて組んで落ちて、討たるるもあり。人馬《じんば》の息を継がせず、三時《みとき》ばかりの戦ひに、十六度までぞ揉《も》み合《あ》ひたる。されば、その勢次第に減じて、わづかに七十余騎にぞなりにける。

この勢にても打ち破つて落ちば、落つべかりけるを、楠京都を立ちしより、生きて帰らじと思ひ定めたる事なれば、一足も引かんとはせず、闘ふべき手の定《ぢやう》戦ひて、機《き》すでに疲れければ、湊川《みなとがは》の北に当る在家《ざいけ》の一村ありける中へ走り入り、腹を切らんとて舎弟正季《まさすゑ》に申しけるは、「そもそも最後の一念《いちねん》によつて、善悪生《しやう》を拽《ひ》くといへり。九界《くかい》の中には、何《いづ》れのところか、御辺《ごへん》の願ひなる。直《ぢき》にその所に到《いた》るべし」と問へば、正季からからと打ち笑ひて、「ただ七生《しちしやう》までも同じ人間に生れて、朝敵《てうてき》を亡《ほろ》ぼさばやとこそ存じ候へ」と申しければ、正成《まさしげ》よにも心よげなる気色《けしき》にて、「罪業《ざいごふ》深き悪念なれども、我も左様《さやう》に思ふなり。いざさらば、同じく生《しやう》を替へて、この本懐《ほんくわい》を遂げん」と契つて、兄弟ともに指し違へて、同じ枕《まくら》に伏しければ、橋本《はしもと》八郎正員《まさかず》・宇佐美《うさみ》・神宮寺《じんぐうじ》を始めとして、宗徒《むねと》の一族十六人、相随《あひしたが》ふ兵五十余人、思ひ思ひに並居《なみゐ》て、一度に腹をぞ切つたりける。菊池《きくち》七郎武《たけ》朝《とも》は、兄の肥前守《ひぜんのかみ》が使《つかひ》にて、須磨口《すまぐち》の合戦の体《てい》を見に来たりけるが、正成腹を切るところへ行き合うて、ここを見捨ててはいづくへ帰るべきとて、諸共《もろとも》に腹掻《はらか》き切つて、同じ枕にぞ臥《ふ》したりける。

元弘已来《げんこういらい》、かたじけなくもこの君にたのまれ進《まゐ》らせて、忠を致《いた》し功に誇る者何千万《いくせんまん》ぞや。しかるを、この乱不慮に出《い》で来《き》て後《のち》、仁《じん》を知らざる者は朝恩《てうおん》を棄《す》てて敵に属《しよく》し、勇《いさみ》なき者は賤《いやし》くも死を免《まぬか》れんとて刑戮《けいりく》に逢《あ》ひ、智なき者は時の変を弁《わきま》へずして道に違《たが》ふ事のみ多かるに、智《ち》仁勇《じんゆう》の三徳を兼《かね》て、死を善道《ぜんだう》に守る者は、古《いにしへ》より今に至るまで、この正成程の者はなかりつるに、免《のが》るべきところを遁《のが》れず、兄弟ともに自害して失《う》せにけるこそ、聖主再び国を失ひ、逆臣横《よこしま》に威を振《ふ》るふべきその前表《ぜんべう》のしるしなれとて、才《さい》ある人は密《ひそ》かに眉《まゆ》をぞひそめける。

---

七

## 足利《あしかが》政権の樹立

巻第十九「豊仁王登極の事」

兵庫の官軍は敗れ、後醍醐《ごだいご》天皇らは比叡山《ひえいざん》に難を避けた。足利軍との数次にわたる戦いの後、後醍醐は偽《にせ》の三種の神器《じんぎ》を北朝方に渡し、尊氏と和睦《わぼく》して京都に戻った。だが、その後、三種の神器を携えて吉野《よしの》へ逃れる。その間、京都では光厳院《こうごんいん》の弟光明《こうみよう》天皇が即位した。

さて、建武《けんむ》三年（一三三六）八月十五日、新帝豊仁王《とよひとおう》（光明天皇）が皇位を継承される儀式が行われた。世の中はいまだに平穏でなく、合戦の決着がついていないときなので、儀式は十分整えて行われたわけではない。押小路烏丸《おしこうじからすま》の故左大臣二条道平の邸宅で登壇の儀は行われたけれども、光厳院が治天の君であられたので、天下の政事に関することはすべて院のお考えによった。そこで、京中の身分の高い人も低い人も「光厳上皇は六波羅《ろくはら》探題が滅びたときに天皇の位についていらっしゃったのだが、御位《おんくらい》にあること三年のうちに天下が大きく変り、多くの人々がびくびくした生活を送るようになり、すべての役人が都の外で不安な生活を余儀なくされたので、この上皇が治天の君になるのは嘆かわしい先例です」と非難申しあげた。公卿《くぎよう》たちにも同じように異論が多かったのであるが、尊氏《たかうじ》卿が九州から上京するときに院宣《いんぜん》を下され、今、後醍醐天皇と別れて密かに東寺《とうじ》へお遷《うつ》りになって、天下を大覚寺《だいかくじ》統《とう》と持明院統《じみようふいんとう》との御争いという形にして、将軍に加勢なされたのも、この光厳上皇であった。よって、「どうしてこの恩に報い申しあげなくてよいことがあろうか」と、尊氏卿と直義朝臣《ただよしあそん》とがしきりに斡旋《あつせん》なさったので、公卿たちも再度の僉議《せんぎ》をしかねて、光厳院を治天の君とすることに決定したのである。そこで、そのころの田舎《いなか》の者たちは、「ああ、この持明院殿(光厳院)はたいへん幸せな人だ。つらい合戦を一度もなさらずに、将軍から王位をいただきなさったことよ」と申しあげたのは滑稽《こつけい》なことであった。

---

さる程に、建武《けんむ》三年八月十五日、新主豊仁王践祚《しんしゆとよひとわうせんそ》の儀《ぎ》あり。世上《せじやう》いまだ静かならず、兵革《へいかく》収まらざる折節《をりふし》なれば、事周備《しうび》に及ばず。押小路烏丸故《おしこうぢからすまこ》左府《さふ》の第《てい》にして、登壇《とうだん》の儀はありしかども、一院御治世《いちゐんごちせい》にて渡らせ玉ひしかば、万機《ばんき》ことごとく仙洞《せんとう》の法襟《はふきん》よりぞ出《い》でし。されば京中の貴《き》賤傾《せんかたぶ》き申しけるは、「この君は両六波羅《ろくはら》滅亡の時、御即位にて渡り玉ひしが、御登《ごとう》極《きよく》三年の中《うち》に天下一《ひと》たび変じ、万人《ばんにん》手足を安からず、百官外都《ひやくくわんぐわいと》の雲に愁《うれ》ひ臥《ふ》して、あさましかりし先規《せんき》なり」と、諸卿もともに異議多かりしを、尊氏卿《たかうぢきやう》九州より上洛《しやうらく》の時院宣《ゐんぜん》をなされ、今また東寺へ潜行《せんかう》なりて、天下を両統《りやうとう》の御争ひになし、武威《ぶゐ》を加へられしも、この君にて渡らせ玉へば、「争《いか》でかその天恩《てんおん》を報じ申さざるべき」とて、尊氏卿・直義朝臣平《ただよしあそんひら》に計《はか》らはれ申ししかば、公儀再往《こうぎさいわう》のさたに及ばず、事すでに定まりにけり。されば、この比《ころ》の田舎人《ゐなかびと》などは、「あはれ、この持明院殿《ぢみやうゐんどの》は、大果報《だいくわほう》の人かな。手痛き軍《いくさ》の一度もし給《たま》はで、将軍より王位を給はらせ玉ひたる事よ」と申

——しけるこそ笑《をか》しけれ。（略）

建武《けんむ》五年（一三三八）八月二十八日、年号が改って暦応《りやくおう》元年といった。今回の人事異動で、尊氏《たかうじ》卿は上席の公卿十一人を超えて、正二位征夷《せいい》大将軍におつきになると、弟の左馬頭直義朝臣《さまのかみただよしあそん》は従四位上の位を授けられ、左兵衛督《さひようえのかみ》兼相模守《さがみのかみ》で征東将軍の勅命を下された。めでたいことであった。

このほか主だった氏族四十数人が、あるいは格別の栄誉に浴して、俗人ながらたちまちに宮廷に出入りし、あるいは序列を乱した恩賞で凡才ながらたちまちに中央政府の高官となった。それだけでなく、その一門に連なる者は、諸国の守護や国司を兼ねて、美しい鞍《くら》をまだ解かないうちに、すぐさまはるか遠くの国へ馬車を走らせ、櫂《かい》がまだ乾かないうちに、再び大船に乗ってはるか青海原に船出して、任国へ下っていった。関白など天皇の政治を輔《たす》ける公卿たちも皆、今となっては足利氏一門の上に立つことをはばかるのである。ましてや名家（弁官を務める事務官僚）や、儒家の人々は、足利一門に対してはその下風に立つことすら喜んだ。これまでのしきたりはすべて将軍の思いのままになると思われ、その威勢を慕う天下の武士たちはおごりの思いを外に現し、勢いこまないということはなかった。

---

建武《けんむ》五年八月二十八日、改元《かいげん》あつて、暦応《りやくおう》元年と号《かう》す。今般の除目《ぢもく》に、尊氏《たかうぢ》卿、上首《じやうしゆ》十一人を超えて、正二位征夷大将軍《せいいたいしやうぐん》の武将に備はり玉へば、舎弟《しやてい》左《さ》馬頭《まのかみ》直義《ただよし》朝臣《あそん》、従上四品《しほん》に叙《じよ》し、左兵衛督《さひやうゑのかみ》兼相模守《さがみのかみ》、征東《せいとう》将軍の宣《せん》旨《じ》をぞ下されける。目出たかりし事共なり。（略）

この外宗徒《ほかむねと》の氏族《しぞく》四十余人、あるいは象外《しやうぐわい》の選に当りて、俗骨《しよつこつ》たちまちに蓬莱《ほうらい》の雲を踏み、あるいは乱階《らんかい》の賞に預《あづか》りて、庸才《ようさい》立《たちどこ》ろに台閣《たいかく》の月を攀《よ》づ。しかのみならず、その門葉《もんえふ》たる者、諸国の守護吏務《しゆごりむ》を兼《かね》て、銀鞍《ぎんあん》いまだ解《と》かず、五馬《ごば》たちまちに重山《ちようざん》の雲に鞭《むち》うつて、蘭橈《らんねう》いまだ乾《かわ》かざるに、巨船《こせん》遥《はる》かに滄海《さうかい》の浪《なみ》に棹《さを》さす。すべて博陸輔佐《はくりくふさ》の臣も、今に至つて上位に臨まん事を憚《はばか》る。いはんや名家《めいか》儒林《じゆりん》の輩《ともがら》は、対《むか》ひ進んで下風《かふう》に立たん事をも喜べり。旧儀ことごとく武将の掌握に入《い》りぬらん。その威《ゐ》を慕《した》ふ天下の武士、驕逸《けういつ》の思ひ色に顕《あらは》れて、気色《けしき》ばまずといふ事なし。

# 大覚寺《だいかくじ》

鎌倉時代後期、後嵯峨《ごさが》上皇の院政時代に、皇位は後嵯峨の子後深《ごふか》草《くさ》、ついでその弟の亀山《かめやま》に継承された。次の皇位は兄である後深草の子が継ぐものと思われたが、父の後嵯峨は亀山の子孫に皇位を継承するよう遺言。その結果、後深草と亀山との兄弟対立が鎌倉幕府の介入を招き、後深草の系統と亀山の系統とが交互に皇位に即《つ》く（両統迭立《りょうとうてつりつ》）という裁定が下された。亀山とその子後宇多《ごうだ》が出家して大覚寺に入ったことから、亀山の系統を大覚寺統と呼び、後深草とその子孫が平安京の北郊、持明院殿《じみょういんどの》を仙洞《せんとう》御所としたことから、後深草の系統を持明院統と呼んだ。大覚寺統の後醍醐《ごだいご》が幕府打倒を目指したのは、この両統迭立の慣習と幕府による皇位継承への介入を排除し、自分の子を皇位に即けようとして幕府との対立を招いたことに起因するとされている。後醍醐を配流とした鎌倉幕府は持明院統から新たな天皇を即位させ、足利尊氏《あしかがたかうじ》も後醍醐の子孫＝南朝に対抗して、持明院統の天皇＝北朝を奉じて政権を築いた。両統の対立は、明徳三年（元中《げんちゅう》九年〈一三九二〉）の南北朝合一まで続いたのである。大覚寺は、平安時代初期に嵯峨天皇が築いた離宮を後に寺に改めたもの。真言宗大覚寺派の大本山で、代々出家した親王（法親王）を住職とする門跡寺院である。南北朝合一の際、南朝の後亀山天皇から北朝の後小松《ごこまつ》天皇へ「三種の神器《じんぎ》」が引き渡されたが、その舞台となったのは、この大覚寺だった。

八

# 新田義貞《にったよしさだ》の討死《うちじに》

巻第二十「足羽合戦義貞自害の事」

かつて後醍醐《ごだいご》天皇とともに比叡山《ひえいざん》に退いた新田義貞は、後醍醐が尊氏《たかうじ》と和睦《わぼく》して京都に帰還する際、越前《えちぜん》下向を命じられた。義貞は後醍醐の皇子、尊良《たかよし》・恒良《つねよし》親王らを奉じて越前に下り、北国経営に乗り出す。尊良らの籠《こも》る金崎《かねがさき》城は幕府軍によって落とされたものの、義貞は勢力を回復し、建武五年（一三三八）閏《うるう》七月、足利方の拠点足羽《あすわ》城（福井市一帯に築かれた城砦）を包囲した。

新田左中将義貞は東明寺（福井市灯明寺町にあった寺）の前に控えていて、負傷者の確認をしておられたが、藤島城（福井市藤島町にあった城）の守りが手強く、どうかすると官軍は追い立てられそうに見えたから、容易ならぬことに思われたのであろう。馬を乗り替えて鎧《よろい》を着替えて、わずかに五十余騎の軍勢を率いて、道を遮り、田を渡って、藤島城へ向われた。

そのころ足利方は、黒丸《くろまる》城（福井市黒丸町にあった城）から細川出羽守《でわのかみ》と鹿草彦太郎《ししくさひこたろう》とを大将にして、藤島城を攻めている寄せ手を追い払おうと出陣させた。三百余騎の軍勢が二手に分れて、田の中の畔道《あぜみち》を迂回してきたが、義貞朝臣はこの軍勢と真正面からばったり行き合われた。細川出羽守の兵たちは徒歩で楯《たて》を持ち、射手が多かったので、深い泥田に走り下りて、手前に持ち楯を並べて、矢先をそろえて次々と射た。義貞のほうには射手の一人もいず、楯を一帖《いちじょう》も持たせていなかったので、前方にいた兵たちが義貞の前面に立《た》ち塞《ふさ》がって、ただ的のようになって矢を射られたのである。中野《なかの》藤内左衛《とうないさえ》門《もん》が大将義貞に目配せして、「千鈞《せんきん》の重さの石弓は、二十日鼠《はつかねずみ》のような小者を射るためには使われません」と申しあげると、義貞は皆まで聞かず、「士卒を失って自分一人死を免れるのは、私の本意ではない」と言って、独りで敵軍の中へ駆け入ろうとして駿馬《しゅんめ》に一鞭《むち》当てられた。この馬は名高い駿足だったので、一、二丈（約三〜六メートル）の堀は簡単に越えていたのだが、五本までも射立てられた矢に体が弱っていたのか、小さな溝一つ飛び越えられず、屛風《びょうぶ》を倒すように、岸の下に倒れたのであった。義貞は左の足を馬に敷かれて、起き上がろうとなさったところに、一本の白羽の矢が飛んで来て、膝頭《ひざがしら》に突き立った。義貞はもう駄目だとお思いになったのか、腰刀を抜いて、自ら腹をかき切って、畔《あぜ》の陰に倒れ伏された。

ここへ、足利右馬頭高経《うまのかみたかつね》の兵、氏家《うじえ》弥五郎光範《みつのり》の下人《げにん》が畔を伝って走って近づき、義貞の首・太刀・刀を取って、主人にさし出した。結城上野守《ゆうきこうずけのかみ》・中野藤内左衛門・金持太《かなじ》郎左衛門の三人が馬から飛んで下り、義貞の死骸《しがい》の前にひざまずいて、腹をかき切って倒れた。このほか四十余騎の兵たちは、皆堀や溝の中に射落され、敵兵を一人も討ちとることもできずに、犬死をして倒れてしまった。このときに、義貞の兵たちは皆勇猛な者たちなので、主人の身命に代ろうと思わない者はなかったのであるが、小雨混じりの夕霧のために、誰《だれ》が誰だか見分けもつかないので、大将が討死なさったことを知らなかったのは悲しいことであった。

そのころ、離れた場所にいた家来たちが、主君の馬に乗り替えて川合荘《かわいしょう》（福井市石盛町。義貞軍の拠点の一つ）をさして退却して行ったのだが、数万の官軍は遠くからこれを見て、あれは大将義貞でいらっしゃるのだろうと思い、はっきり確認することもなく、めいめい勝手に落ち延びて行った。これこそ早くも帝《みかど》のご運が天に受け入れられない兆候だと、嘆かわしく思われるのであった。

名高い漢の高祖《こうそ》は自ら淮南《わいなん》の黥布《げいふ》を討ったときに、流れ矢に当って未央宮《びおうきゅう》の中で崩じられた。また斉《せい》の宣王《せんおう》の太子は自ら楚《そ》の雑兵《ぞうひょう》と戦って、戦場で亡くなられた。そこで、「蛟龍《こうりょう》は常に深い淵《ふち》の底に生きている。それがもし浅瀬に遊ぶようなことがあれば、漁師の網や釣人の針にかかる恐れがある」と言われている。義貞は君主の股肱《ここう》の臣《しん》として、武将の位にあったのだから、身を慎んで命をまっとうして、重大な事柄にこそ功績を立てるべきであったのに、つまらぬ戦場に出かけて行って、名もない兵の矢に命を落としたことは、運の極みとはいいながら、嘆かわしい行動よと思わない者はいなかった。

---

新田《にった》左中将《さちゆうじやう》は東明寺の前にひかへて、手負《ておひ》の実検《じつけん》しておはしけるが、藤《ふぢ》嶋《しま》の城こはくして、官軍動《ややもす》れば、追つ立てらるる体《てい》に見えける間、安からぬ事に思はれけるにや、馬を乗り替へ鎧《よろひ》をきがへて、わづか五十余騎の勢を相随《あひしたが》へ、路を要《た》え、田を渡つて、藤嶋の城へぞ向はれける。

そのをりふし、黒丸《くろまる》の城より、細川出羽守《ほそかはではのかみ》・鹿草彦太郎《ししくさひこたらう》を大将にして、藤嶋の城を責めける寄手《よせて》追ひ払はんとて、三百余騎を二手に分けて、横縄《よこなは》手《て》を廻《まは》りけるに、義貞朝臣《よしさだあそん》覿面《てきめん》に行き合ひ玉ふ。細川出羽守兵《へい》どもがかち立ちにて、楯《たて》をつき、射手《いて》多ければ、深田《ふけた》に走りおり、前に持楯《もちだて》をつき並べて、鏃《やじり》を支へて散々《さんざん》に射る。左中将の方には、射手の一人もなく、楯の一帖《いちでふ》も持たせざれば、前なる兵義貞の矢面《やおもて》に塞《ふさ》がつて、ただ的《まと》になつてぞ射られける。中野《なかの》藤内左衛門《とうないざゑもん》、大将に目くばせして、「千鈞《せんきん》の弩《ど》は鼷鼠《けいそ》のために機《き》を発せず」と申しけるを、義貞聞きもあへず、「士《し》を失ひて独り免《まぬか》れば、何《なん》の顔《かんばせ》あつて人に見《まみ》えん」とて、独り敵の中へ懸け入らんと、駿《しゅ》馬《んめ》に一鞭《ひとむち》を進めらる。この馬名誉の駿足《しゅんそく》なりければ、一、二丈の堀をば前には輒《たやす》く超えけるが、五筋《いつすぢ》まで射立てられたる矢にや弱りたりけん、小溝《こみぞ》一《ひと》つ超えかねて、屏風《びやうぶ》を帰す如《ごと》く、岸の下にぞ倒れたりける。義貞弓手《ゆんで》の足を敷かれて、起き上がらんとし玉ふところに、白羽《しらは》の箭《や》一筋膝《ひざ》の口にぞ立つたりける。義貞今は叶《かな》はじとや思はれけん、腰の刀を抜いて、自《みづか》ら腹掻《か》き切《き》つて、畔《あぜ》の影にぞ臥《ふ》し玉ひける。

　ここに、足利右馬頭《あしかがうまのかみ》の兵、氏家弥五郎光範《うぢへやごらうみつのり》が中間《ちゅうげん》、畔を伝はつて走りより、その頸《くび》・太刀・刀を取つて、主《あるじ》の方へぞ出《い》だしける。結城上野守《ゆふきかうづけのかみ》・中野藤内左衛門・金持太郎左衛門《かなぢたらうざゑもん》三騎、馬より飛んでおり、義貞の死骸《しがい》の前に跪《ひざま》づいて、腹かき切つてぞ臥したりける。この外《ほか》四十余騎の兵どもは、皆堀溝《ほりみぞ》の中に射落《いおと》されて、敵の一人をも取り得ず、犬死《いぬじに》してこそ臥したりける。この時、左中将義貞の兵ども皆武《たけ》く勇める者どもなれば、身に替り命に代らんと思はぬ者はなかりけれども、小雨《こさめ》まじりの夕霧《ゆふぎり》に誰《たれ》を誰とも見分けねば、大将の戦つて打死し玉ひける事を知らざりけるこそ悲しけれ。ただよそにありける郎等《らうどう》ども主の馬に乗り替へて、川合《かはひ》をさして引きけるを、数万《すまん》の官軍遥《はる》かに見て、大将義貞にてぞ御座《ござ》あるらんと、見定めたる事もなく、心々にぞ落ち行きける。これぞ早、聖運《せいうん》の天に叶《かな》はぬ所の注《しるし》なれと、あさましかりし事どもなり。

かの漢の高祖《かうそ》は、自《みづか》ら淮南《わいなん》の黥布《げいふ》を打ちし時、流れ矢に中《あた》りて、未央宮《びあうきゆう》の裏《うち》に崩《ほう》じ玉ひき。斉《せい》の宣王《せんわう》の太子は、自ら楚《そ》の短兵《たんぺい》と戦つて、戈場《くわぢやう》の下に死し玉ひぬ。されば、「蛟龍《かうりよう》は深淵《しんゑん》の底を保つ。もし浅渚《せんしよ》に游《あそ》べば、漁《ぎよ》網《まう》・釣者《てうしや》の愁《うれ》へあり」といへり。この人君の股肱《ここう》として、武将の位に備はりしかば、身を慎《つつし》み命を全《まつと》うして、大儀の功をこそ致さるべかりしに、自らさしもなき戦場に赴いて、匹夫《ひつぷ》の矢鋒《やさき》に命を留《とど》めし事、運の極めといひながら、うたてかりける振る舞ひかなと、思はぬ物もなかりけり。

# 称念寺《しょうねんじ》

建武五年(暦応《りゃくおう》元年〈一三三八〉)、新田《にった》義貞《よしさだ》は越前足羽《えちぜんあすわ》の黒丸《くろまる》城に拠《よ》る足利《あしかが》方の斯波《しば》高経《たかつね》と対峙していたが、新田方の平泉《へいせん》寺衆徒が足利方に寝返ったため、衆徒が籠《こも》る藤島《ふじしま》城の攻撃に兵を割かざるを得なくなった。閏《うるう》七月二日、義貞は自ら五十余騎の小勢を引き連れて藤島城に向かったが、黒丸城から藤島城の援軍として派遣された細川出羽守《でわのかみ》らの率いる歩射隊三百余騎と田の畦道《あぜみち》(燈明寺畷《とうみょうじなわて》)で遭遇した。弓矢の射手も楯《たて》も持たない新田勢は、敵歩射隊の格好の的となり、次々と倒されてゆく。義貞は、配下の武将の制止も聞かず単騎敵軍の中に駆け入ったが、敵の矢に膝《ひざ》を射抜かれ、もはやこれまでと自害して果てた。

『太平記』巻第二十「足羽合戦義貞自害の事」は、義貞は武将の位にあったのだから身を慎むべきであったのに、つまらぬ戦場に出かけて行って、名もない兵の矢にかかって命を落としたのは「うたてかりける(嘆かわしい)振る舞ひかな」と、その死を惜しみながらも批判的に描いている。

義貞の首は足利方の手に渡り京に運ばれたが、その遺骸は白道上人ら時宗の僧侶《そうりょ》によって弔われ、近在の長崎にある時宗の道場、称念寺に埋葬されたという。称念寺の境内北側には義貞の墓所(写真)が今も残っている。現在の墓石は、江戸時代に福井藩主松平氏によって改修されたものである。

# 太平記

## 第三部

# 第三部　幕府内の権力闘争　❖　あらすじ

暦応《りゃくおう》二年（一三三九）八月十六日、後醍醐《ごだいご》天皇は吉野《よしの》で五十二歳の生涯を終える。一方、都では足利《あしかが》方の優位がほぼ固まり、武士たちの風紀が紊乱《びんらん》しはじめた。佐々木道誉《ささきどうよ》は妙法院門跡《みょうほういんもんぜき》と対立し、その御所を焼き討ちにする。足利尊氏《たかうじ》の執事高師直《こうのもろなお》は塩冶高貞《えんやたかさだ》の妻に横恋慕して、高貞を無実の罪に陥れ、自滅に追い込む。その頃《ころ》、越前《えちぜん》（福井県）では新田義貞の残党が活動を再開し、義貞の弟脇屋義助《わきやよしすけ》は吉野の後村《ごむら》上《かみ》天皇のもとに参上する。義助は四国下向を命じられるが、伊予《いよ》（愛媛県）に下着後、まもなく病死。残る南朝勢力は足利方との合戦に敗れ、滅亡する。そしてその頃、伊予では大森盛長《おおもりもりなが》のもとに楠正成《くすのきまさしげ》らの怨《おん》霊《りょう》が出現。盛長所持の霊剣を奪おうとするが、大般若経《だいはんにゃきょう》講読の功力によって退散させられる。こうして一連の南朝による軍事活動が沈静化された康永《こうえい》四年（一三四五）八月、後醍醐天皇の菩提《ぼだい》を弔うために天龍寺が創建され、落慶供養の日を迎えた。供養には当初、光厳院《こうごんいん》の臨幸を仰ぐ予定であったが、比叡山《ひえいざん》の強訴により取りやめとなり、供養の翌日、院の参詣《さんけい》が行われた。

貞和《じょうわ》二年（一三四六）七月、仁和寺《にんなじ》において、ある僧が、天狗《てんぐ》に化生《けしょう》した護良《もりよし》親王ら南朝の怨霊が世上を争乱に陥れるための謀議を行っている様を目撃する。護良は足利直義《ただよし》の嫡子として再誕し、他の怨霊たちは幕府要人の心に乗り移り、不義を行わせようというたくらみであった。その頃、楠正成の遺児正行《まさつら》は河内《かわち》（大阪府東部）で挙兵。幕府軍を大いに悩ませたが、貞和四年一月、高師直・師泰《もろやす》兄弟が四条畷《しじょうなわて》（大阪府四條畷市）でこれを覆滅する。この合戦で大功をあげた師直は奢侈《しゃし》を極めるようになり、時の政務の担当者である直義との間に軋轢《あつれき》を生じるようになる。そうした緊迫した時期、羽黒山伏雲景《はぐろやまぶしうんけい》は愛宕山《あたごやま》の天《てん》狗《ぐ》から直義・師直の運命、北朝・南朝の盛衰について聴聞し、未来記《みらいき》として著した。貞和五年八月、ついに師直は軍勢を集め、直義のこもる尊氏邸を包囲。直義一派は政権の座を逐《お》われ、尊氏の子義詮《よしあきら》が政務を執行するようになる。いわゆる観応《かんのう》の擾乱《じょうらん》の始まりである。

直義は失脚したものの、西国では直義の養子直冬《ただふゆ》（尊氏の庶子）が反師直派として活動を開始する。尊氏と師直はこうした動きを鎮圧するため、西国に向け進発する。同時に直義は京都より逐電。大和（奈良県）へ逃れて南朝に投降し、勢力の回復を図った。観応《かんのう》二年（一三五一）一月、直義は尊氏・義詮を破って京都へ侵攻する。二月、尊氏らと合流した師直・師泰は摂津国小《せっつのくにこ》清水《しみず》（兵庫県西宮市）で直義方に敗れ、松岡《まつおか》城に逃げこもった。尊氏と直義は和睦《わぼく》したが、師直一族は直義方の武士たちに誅殺《ちゅうさつ》されてしまう。

その後、直義は政務の実権を回復するが、尊氏との確執がつづいた。観応二年七月、直義は再び京都を逐電し、北陸を経て鎌倉へ入った。尊氏は軍勢を率いて東国へ下り、駿河国薩埵山《さったやま》（静岡市清水区・静岡県庵原《いはら》郡由比町）で直義軍を破る。直義は捕えられ、観応三年閏《うるう》二月、鎌倉において毒殺される。こうして観応の擾乱は終った。

その頃、守りが手薄になった都では、義詮が南朝と和睦（正平一統《しょうへいいっとう》）。後村上《ごむらかみ》天皇は軍を石清水《いわしみず》八幡宮《はちまんぐう》（京都府八幡市）に進め、義詮の油断をついて都を奪還する。南朝は崇光《すこう》天皇を廃し、光厳《こうごん》・光明《こうみょう》両院を賀名生《あのう》（吉野の南朝行宮《あんぐう》が置かれた地。奈良県五條市西吉野町）に送った。三月、義詮は近江《おうみ》（滋賀県）より軍を進めて京都を回復。南朝軍の籠《こも》る八幡《はちまん》も攻め落とした。

# 一 後醍醐《ごだいご》天皇崩御

巻第二十一「後醍醐天皇崩御の事」

北畠顕家《きたばたけあきいえ》・新田義貞《にったよしさだ》ら有力諸将を失った南朝方は奮わなかった。義良《のりよし》親王を奉じた結城《ゆうき》宗広《むねひろ》の東国遠征も失敗に終る。こうしたなか後醍醐天皇は、吉野で五十二歳の生涯を閉じる。

暦応《りやくおう》二年（一三三九）八月九日から、吉野《よしの》の先帝（後醍醐天皇）がご病気でいらっしゃったのだが、日を経るにつれ重くおなりになった。衆生《しゆじよう》をお救い下さる薬師《やくし》如来《にょらい》にすがっての祈願も効験はなく、天竺《てんじく》の耆婆《ぎば》や唐土《もろこし》の扁鵲《へんじやく》（いずれも名医の名）の霊薬に比すべき秘薬を用いても、その効能はなかった。崩御の日も遠くはないであろうと思われたので、官職を辞していた公卿《くぎよう》・殿上人《てんじようびと》も、ご病状はいかがかと嘆き合われた。

同月十二日の夜になって、大塔《おおとう》の忠雲僧正《ちゆううんそうじよう》が、御枕《まくら》もとに近づいて、僧衣の袖《そで》を涙にぬらして申しあげた。「そもそも陛下が天下をお治めになり、お心穏やかにいらっしゃるからこそ、全人民は常に天皇の徳をお慕い申しあげているのです。ですから御位にいつまでもお即《つ》きいただくものと思い申しあげておりましたのに、図らずも御位を不条理に奪われなさり、都の皇居を去って、この人気《ひとけ》のない僻遠《へきえん》の山地、柴《しば》や茨《いばら》の茂る南の辺地にお遷《うつ》りあそばされました。しかし、神路山《かみじやま》（伊勢神宮内宮を囲む山）に咲く花が春を待つように、また石清水《いわしみず》（八幡宮）の流れがしまいには澄むに違いないように、お栄えになる時があるのならば、きっと仏神三宝も帝《みかど》をお捨てなさることはありますまいと、今の今までは頼りにお思い申しあげておりました。それなのに、お脈は日に日に弱らせられて、医療の及ぶところでないことを、典薬頭《てんやくのかみ》（医療を司る典薬寮の長官）が驚いて申しております。ですから、今はもう天子のお位を捨てて、悟りの境地に赴きなさるべき御事をご決心くださいますように。次に、臨終の一念は永劫《えいごう》の罪を引くものだと経文《きょうもん》に説かれておりますので、ご臨終後の御事で、お心にかかりますようなことは、すべて仰せおかれて、もっぱら極楽浄土に生れるお望みだけをお心におかけくださいますように」と、涙をぬぐって申しあげると、主上《しゅじょう》は世にも苦しそうなお息をつかれておっしゃった。

「『妻子珍宝及王位《さいしちんぽうきゅうおうい》、臨命終時不随者《りんみょうしゅうじふずいしゃ》（妻子も珍宝も王位すらも、臨終に際して身につけることはできない）』とは、如来の金言であって、朕《ちん》が常日頃《つねひごろ》心によしとしていることである。それゆえ、秦《しん》の穆公《ぼくこう》が三人の良臣を殉死《じゅんし》させたり、始皇帝《しこうてい》が宝玉を自身とともに葬らせたりしたようなことは、一つとしてとるところではない。ただ死後永遠の妄執にもなるであろうことは、朝敵尊氏《たかうじ》の一門を滅ぼして、天下を泰平にしようと思う、この一つの願いだけである。したがって、朕の死後は、第七宮《だいしちのみや》（義良親王。のちの後村上天皇）を位にお即《つ》けして、忠臣賢才がはかりごとをめぐらし、新田義貞・義助《よしすけ》の忠功を賞して、彼らの子孫に不忠の行いがないならば、それらの者を新帝の股肱《ここう》の臣として、天下の乱を鎮め人民を安心させるがよい。このことを思うからこそ、我が亡骸《なきがら》は仮に吉野山の苔《こけ》に埋もれたとしても、霊魂は常に北方の皇居の空を望んでいようと思うのである。もしこの命に背き義を軽んずるならば、君主も皇位継承の君ではありえず、臣もまた忠節の臣下ではありえない」と、細かくお言葉を遺《のこ》された。そして、左の御手には『法華経《ほけきよう》』の第五巻をお握りになり、右の御手には御剣をお持ちになって、八月十六日午前二時に、ご年齢には限りがあったので、五十二歳という年に、ついに崩御あそばしたのである。

──暦応《りやくおう》二年八月九日より、芳野《よしの》の先帝不与《ふよ》の御事渡り玉ひしが、次第に重くなり玉ひて、医王善逝《ぜんせい》の誓約も祈るにその験《しるし》なく、耆婆《ぎば》・扁鵲《へんじやく》が霊薬も施《ほどこ》すにその験御座《まします》さず。御晏駕《あんが》の日遠からじと見えしかば、致仕《ちじ》の卿相《けいしやう》雲客《うんかく》、如何《いかが》とぞ嘆き合はれける。

同じき十二日、夜に入つて、大塔《おほたふ》の忠雲僧正《ちゆううんそうじやう》、玉枕《ぎよくしん》に近付いて、香染《かうぞめ》の袖《そで》を絞り、泣く泣く申されけるは、「そもそも君天下を保ち御座《おはしま》して、叡《えい》心《しん》穏やかに御座《おはしま》せば、四海の民悉《ことごと》く徳を恋ひ奉《たてまつ》る事、今に休《や》まず。されば聖祚《せいそ》は何《いつ》までもと思ひ奉るに、図らず御位を横《よこしま》に取られさせ玉ひて、洛《らく》城《せい》の声《こゑ》花の禁庭を去り、この陬山柴棘《そさんさいきよく》の卑湿に御座《ござ》を移さると云《い》へども、神路山《かみぢやま》の花再び開《さ》く春を待ち、石清水《いはしみづ》の流れつひに澄むべき時あらば、さりとも仏神三宝《さんぼう》も棄《す》て終《は》て玉はじと、今までは憑《たの》もしくこそ思ひ進《まゐ》らせ候ひつるに、御脈日に替らせ玉ひて、医療の覃《およ》びがたき由《よし》、典薬頭《てんやくのかみ》驚き奏し申し候ふ。されば則《すなは》ち、今は偏《ひとへ》に十善の天位を棄《す》て、三明《さんみやう》の覚路《かくろ》に趣《おもむ》き玉ふべき御事を思《おぼ》し召《め》し定めさせ御座《ござ》候へ。さても最後の一念は、無量劫《むりやうがう》の罪を引くと経文《きやうもん》にも説かれて候へば、万才《ばんぜい》の後《のち》の御事、万《よろ》づ叡慮《えいりよ》に懸かり御座《まします》さん事をば、悉《ことごと》く仰せ置かれて、ひたすら後生善処《ごしやうぜんしよ》の御望みを叡念に懸けさせ御座《おはしま》し候へ」と、泪《なみだ》を拭《のご》ひて奏し申されければ、主上《しゆしやう》世に苦しげなる御息を吻《いきつ》かせ玉ひて仰せられけるは、「妻子《さいし》珍宝及王位《ちんほうきふわうゐ》、臨命終時不《りんみやうじゆうじふ》随者《ずいしや》、これ如来《によらい》の金言なれば、平生朕《ちん》が心に甘《あま》なう事なり。されば、秦《しん》の穆公《ぼくこう》が三良《さんりやう》を埋《うづ》み、始皇帝《しくわうてい》の宝玉を順《したが》へし事、一事も朕が心には執《と》らざりき。唯生々世々《ただしやうじやうせぜ》の妄執にもなりぬべきは、朝敵尊氏《たかうぢ》が一類を亡《ほろ》ぼして、四海を泰平ならしめんと思ふこの一事ばかりなり。されば、朕即世《そくせい》のその後《のち》は、第七宮《だいしちのみや》を位に即《つ》け奉《たてまつ》り、忠臣賢士綺《こと》を料《はか》り、義貞《よしさだ》・義助《よしすけ》が忠功を賞し、彼等が子孫に不義の行《おこな》ひなくば、これを股肱《ここう》の臣として、天下を鎮撫《ちんぶ》せしむべし。これを思ふ故《ゆゑ》に、玉骨《ぎよくこつ》はたとひ南山《なんざん》の苔《こけ》に埋《うづ》まるとも、霊魄《れいはく》は常に北闕《ほつけつ》の天に臨《のぞ》まんと思ふなり。もし勅を背き義を軽んぜば、君も継《けい》体《たい》の君にてあるべからず、臣も忠烈の臣にてあるべからず」と、委細に綸《りん》言《げん》を遺《のこ》されて、左の御手には法花経《ほけきやう》の五の巻を握らせ給ひ、右の御手には御剣を按《あん》じて、八月十六日丑《うし》の尅《こく》に宝算《ほうさん》限りありしかば、五十二才と申ししに、つひに崩御《ほうぎよ》ならせ給ひにけり。

# 塔《とうの》尾《お》陵《りょう》

建武三年（延元《えんげん》元年〈一三三六〉）八月、足利尊氏《あしかがたかうじ》の奏上により光《こう》明《みょう》天皇が即位（北朝）。尊氏といったんは和睦《わぼく》した後醍醐《ごだいご》天皇は京を逃れて吉野《よしの》に身を移し（南朝）、南北朝分裂の時代となった。

三年後の暦応《りゃくおう》二年（延元四年〈一三三九〉）、後醍醐は病に倒れた。日に日に重くなる病の床で自らの死期を察した後醍醐は、八月十五日、いまだ十二歳の義良《のりよし》親王に譲位し（後村上天皇）、その翌日、ついに亡くなった。『太平記』巻第二十一「後醍醐天皇崩御の事」によれば、後醍醐は思い残すことはただ、朝敵足利尊氏の一門を滅ぼし、天下を泰平にしようという願いだけであると語り、さらに、自分の亡骸《なきがら》は吉野山の苔《こけ》に埋もれたとしても、「霊魄《れいはく》は常に北闕《ほっけつ》（皇居）の天に臨まんと思ふ」と述べ、京の都に帰り、再び政権の座に返り咲くことができなかった無念の思いを言い遺《のこ》している。

後醍醐の陵墓は、奈良県吉野郡吉野町にある如意《にょい》輪寺《りんじ》内に築造された円墳、塔尾陵である。通例、天皇陵は南側を正面としているが、塔尾陵は、後醍醐の末期の言葉そのままに北方を向いて築造され、周囲を取り囲む清浄な木立越しに、はるか京の都を望んでいる。

一方、後醍醐が死に至るまで激しい憎悪を向けた尊氏は、深く帰依する禅僧夢《む》窓疎《そうそ》石《せき》の勧めに従い、後醍醐の菩提《ぼだい》を弔うために京都嵯峨《さが》の地に天龍寺《てんりゅうじ》を開いた。天龍寺は、京都五山の第一位の格式を誇る代表的な大寺院となり、その隆昌《りゅうしょう》は今日に続いている。

## 二　観応《かんのう》の擾乱《じょうらん》の起り

巻第二十五「天狗直義の室家に化生する事」

後醍醐《ごだいご》天皇亡きあと、南朝では義良《のりよし》親王が皇位を継承する。南朝方では新田義貞《にったよしさだ》の弟、脇屋義助《わきやよしすけ》が伊予《いよ》に下り、勢力の拡大をめざすが、義助の病死とともに失敗に終る。京都では後醍醐天皇以下の亡魂を鎮めるために天龍寺《てんりゅうじ》が建立される。一つの時代の終焉《しゅうえん》を物語るセレモニーであったが、室町幕府内部では新たな抗争が始まろうとしていた。

貞和《じょうわ》二年（一三四六）七月十九日、仁和寺《にんなじ》（京都市右京区）で一つの不思議な出来事があった。ある廻国修行僧が嵯峨《さが》から京都の市街地へ出掛けたが、急に夕立に降られて、仁和寺の六本杉の木陰で雨宿りをした。雨が止まないうちに日が暮れたので、行く先の道中が恐ろしく、「えいままよ、今夜は御堂《みどう》のかたわらででも夜を明かそう」と思って、本堂の縁に寄りかかって座り、心静かに経文を唱えていたところ、夜が更けて月の光がさえざえとし、風がさっと吹き過ぎた。どうしたのだろうと空を見上げると、愛宕山《あたごやま》の方向から、四方に簾《みす》をめぐらした輿《こし》に乗り、お供の者を前後に大勢従えた人たちが、空から集まってきて、この六本杉の梢《こずえ》に並んで座ったのであった。座席が定まってから、杉の梢に張りめぐらした赤い幔幕《まんまく》を風がさっと吹き上げたので、その様子を見てみると、上座には先帝後醍醐《ごだいご》の母方のご親族である峰僧正春雅《みねのそうじょうしゅんが》が、赤黄色の衣に袈裟《けさ》をかけ、水晶の数珠《じゅず》を爪先《つまさき》で繰りながら座っていらっしゃった。その次には、奈良の智教上人《ちきょうしょうにん》と浄土寺の仲円《ちゅうえん》僧正が、左右に座っておられた。みな昔見申しあげた姿ではなくて、眼光の鋭さは普通の人とは変り、嘴《くちばし》は曲って鳶《とび》のようである。この僧はこれを見た時に、夢のようでありながら現実のことだったので呆然《ぼうぜん》として、自分は天狗《てんぐ》の世界に落ちてしまったか、それとも魔物が我が眼《まなこ》を狂わせているのかと、じっと目を凝らしていると、また比叡山《ひえいざん》の方角から、極位《ごくい》の人の乗る五緒《いつつお》の車で色鮮やかなものを頑強な牛に引かせ、雲に乗ってきた人がいる。榻《しじ》を踏んで下りた方を見ると、兵部卿親王《ひょうぶきょうしんのう》（大塔宮《おおとうのみや》）が、まだ天台座主《ざす》でおられた時のお姿で現れた。先に席に着いていた人々は全員席を立ち、しゃがんで礼をした。何度も拝礼が行われ、人々は親王の席に参上して挨拶《あいさつ》した。

その後坊官（門跡寺院に仕える在俗の僧）と思われる者が銀の銚子《ちょうし》に金製の盃《さかずき》を添えて親王の前に参上した。親王は御盃を取って、左右の者たちに礼をしてから、三度お飲みになって盃を置かれると、峰僧正以下の人々がみな順に酒を回し飲んだのだが、それほど興じている様子は見えない。しばらくしてから、同時にあっと叫ぶ声が聞え、人々は手を挙げ足を折り曲げ、頭から黒い煙を出して、転げ回ってひどく苦しみもだえるのであった。少し時間がたってから人々は、飛んでいる蛾《が》が明るさを求めて灯の中に飛び込んでくるように、焼け死んでしまった。ああ恐ろしい、これが鉄の球を夜昼三遍呑《の》むという天狗の世界の苦しみなのだ、と思い当って見ているうちに、四時間ほどして、人々はみな生き返りなさった。

中でも峰僧正春雅は、苦しそうな息を吐いて、「それにしても、この世の中の実権が将軍に握られて、このまま平穏になるのは残念だ。どうにかして一騒動起させて、先帝のお心をお慰め申しあげるべきだ」とおっしゃると、仲円僧正が進み出て、「そのことなら簡単なことでございます。第一は、左兵衛督直義《さひようえのかみただよし》は、女犯《にょぼん》の戒めを口にしながらそれを破っている罪があるうえに、俗人では自分ほど戒めを犯さない者はおるまいという思い上がりの心が強い。ここが我々のねらうところです。大塔宮は、あの直義の奥方の腹を借りて男子となって生れ、世の中を害する意志を人々の心中に植えつけてください。また夢窓国師《むそうこくし》の兄弟弟子に妙吉侍者《みょうきつじしゃ》という僧がおります。道心・学問ともに不足しているのに、自分ほどの知識人はいないと思っています。この高慢な心が我らのねらうところです。峰僧正は彼の心に入れ替って、禅宗の僧侶《そうりょ》の身となって政道の実権をお握りになり、直義を輔佐《ふさ》する指導者になって、いかさまで極悪な説法をなさってください。智教上人は上杉伊豆守《うえすぎいずのかみ》、畠山大蔵少輔直宗《はたけやまおおくらのしょうただむね》の心に乗り移って、高師直《こうのもろなお》・師泰《もろやす》を殺すことをお図りください。この仲円は武蔵守師直《むさしのかみ》、越後守師泰《えちごのかみ》の心に入れ替って、度を越えた驕《おご》りと分をわきまえぬ心を増長させて、上杉・畠山を滅ぼし天下を転覆しようと企てさせましょう。こうすることで、直義は兄弟の仲が悪くなり、師直が主従の礼に背けば、世の中は大いに乱れるでしょう。そうすれば、しばらくの間見物に事欠きません」と申されたので、大塔宮をはじめとして、慢心に満ちた小天狗どもまで、「この趣旨はもっともだ」と賛成して、一度にどっと笑って、幻《まぼろし》のように消え失せた。

---

貞和《ぢやうわ》二年七月十九日、仁和寺《にんわじ》に一つの不思議あり。ある往来《わうらい》の僧、嵯峨《さが》より京へ出《い》でけるが、俄《にはか》に夕立に逢《あ》ひて、仁和寺六本杉の陰にぞ立ち寄りける。雨晴れずして日暮れければ、行くべき先恐ろしくして、「能《よ》しさらば、今夜は御堂の傍《かたは》らにても明かせかし」と思ひて、本堂の縁に倚《よ》り居《ゐ》つつ、閑《しづ》かに念誦《ねんじゆ》して心を澄ましけるところに、夜深《ふ》け月晴れて、風一颯《いつさつ》過ぎければ、何やらんと虚空《こくう》を向上《みあ》げたれば、愛宕山《あたごやま》の方より、四方輿《しはうごし》に乗

りて、扈従《こしよう》の者の前後に多かりけるが、虚空より来集《きつど》ひて、この六本杉の杪《こずゑ》にぞ双《なら》び居《ゐ》たりける。座定まつて後、杉の杪に引きたる紅幔《こうまん》を、風颯《さつ》と吹き揚げたる座敷の体《てい》を見れば、上座には先帝の御外戚《ぐわいせき》、峰僧正春雅《みねのそうじやうしゆんが》、香染《かうぞめ》の衣・袈裟《けさ》に水精《すいしやう》の念珠爪捜《つまぐ》りて座し給《たま》へり。その次には、南都智教《ちけう》上人《しやうにん》、浄土寺仲円《ちゆうゑん》僧正、左右に座し給へり。皆古《いにしへ》見奉《みたてまつ》りし形ならで、眼の光尋常《よのつね》に替つて、觜《くちばし》曲りて鳶《とび》の如《ごと》くなり。かの僧これを見るに、夢の如くながらうつつなりければ、惘然《ばうぜん》として、天狗道《てんぐだう》に堕《お》ちぬるか、魔障《ましやう》の遮《さへぎ》るかと、目も放さず守り居たれば、また比叡山《ひえいざん》より五緒車《いつつをぐるま》の鮮やかなるに強牛《がうぎう》を懸《か》け、雲に乗じて来たる人あり。榻《しぢ》を踏まへて下《お》るるを見れば、兵部卿親王《ひやうぶきやうしんわう》の、いまだ天台座主《ざす》にて御座《ましま》す時の御姿なり。先に座を儲《まう》けたる人ども、皆席を立つて蹲居《そんこ》す。再三礼有つて本座に詣《まう》づ。

且《しば》しばかりあつて、房官《ばうくわん》とおぼしき者、銀の銚子《てうし》に金の盃《さかづき》を取りそへて、御前に参れり。大塔宮《おほたふのみや》御盃を召され、左右に礼あつて三度聞《き》こし食《め》して閣《お》かせ玉《たま》へば、峰僧正已下《みねのそうじやういげ》次第に飲み下ろして、さして興ぜる気色《けしき》なし。やや有つて、同時にあつと喚《をめ》く声しけるが、手を挙げ足を蹇《かが》め、頭より黒《くろ》烟《けふり》を立てて、悶絶躃地《もんぜつびやくち》すること斜《なの》めならず。且《しばら》くあつて、蜚蛾《ひが》の明燭《めいしよく》に入るが如く、焦《こが》れ死《じ》にけり。あな怖《おそ》ろし、これなん天狗道の苦患《くげん》に、鉄丸《てつぐわん》を三度日夜に呑《の》むなることはと思ひ合はせて見る程に、二時《ふたとき》ばかりあつて、皆生き出《い》で玉へり。

　中にも峰僧正春雅、苦《くる》し気《げ》なる息をつき、「さてもこの世の中武将《ぶしやう》の掌《たなごころ》に堕ちて、このまま無為《ぶゐ》ならん事こそ無念なれ。何としてか、一騒動せさせて、先帝の叡襟《えいきん》を休め奉るべき」と宣《の》玉《たま》へば、仲円《ちゆうゑん》僧正進み出でて、「それこそ安き事にて候へ。まづ、左兵衛督直義《さひやうゑのかみただよし》は、他犯戒《たぼんかい》を持《ぢ》しながら、破戒の罪ある上に、俗人に於いては、我ほど禁戒を犯さぬ者なしと思ふ我慢の心深し。これ我等が依る所にて候ふ。大塔宮はかの直義が内室の腹に依託して男子と生れ、世の凶害を諸人の心中に含ませらるべし。また、夢《む》窓国師《さうこくし》の法眷《はつけん》に妙吉侍者《めうきつじしや》といふ僧あり。道学世に足らずして、我ほどの学《がく》解《げ》なしと思へり。この慢心我等が伺ふところにて候ふ。峰僧正はその心に入り替つて、政道を異門僧侶《そうりよ》の身にて掌に握らせ、輔佐《ふさ》の師範となつて、邪法凶悪《じやほふきようあく》を説教し玉ふべし。智教《ちけう》上人は、上杉伊豆守重能《うへすぎいづのかみしげよし》、畠山大蔵少《はたけやまおほくらのせ》輔《ふ》直宗《ただむね》が心に依託して、師直《もろなほ》・師泰《もろやす》を失はんと計り玉ふべし。仲円は武蔵《むさしの》守《かみ》・越後守《ゑちごのかみ》が心に入り替つて、奢侈《しやし》過分《くわぶん》の心を増長せしめ、上杉・畠山を亡《ほろ》ぼし天下を傾《かたぶ》けんと計らはしむべし。これによつて、直義《ただよし》兄弟の中悪《あ》しくなり、師直主従の礼に背かば、天下大いに乱るべし。しかれば、暫《しばら》くの見物は絶ゆべからず」と申されければ、大塔宮《おほたふのみや》を始め奉《たてまつ》つて、我慢・邪慢の小天狗《こてんぐ》どもまでも、「この義しかるべし」と同《どう》じて、一度に同《どう》と笑つて、幻《まぼろし》の如《ごと》くに失《う》せにけり。

---

## 三　高師直《こうのもろなお》兄弟の驕《おご》り

巻第二十六「師直師泰奢侈の事」

貞和《じょうわ》三年（一三四七）、楠正成《くすのきまさしげ》の遺児、正行《まさつら》が挙兵。幕府は細川顕氏《ほそかわあきうじ》・山名時氏《やまなときうじ》を鎮圧に向わせるが、失敗に終る。これを最終的に平定したのは足利尊氏《あしかがたかうじ》の執事高師直《こうのもろなお》であった。この功績により師直・師泰《もろやす》兄弟の権勢は並びないものとなっていく。

そもそも富貴に増長し功績を鼻にかけたふるまいをすることは、その身の始末に慎重でない人によくあることであるが、最近では師直《もろなお》・師泰《もろやす》以上の人はおるまいと噂された。

そのわけは、このたび吉野《よしの》方面の合戦に勝利を収めて、ますますいい気になり、自分勝手な行動をして人の非難に反省せず、世間のあざけりをも何とも思わない行状が多かったことにある。

中でも人々が悪口を言ったのは、故大塔宮《おおとうのみや》の御母民部卿三位殿《みんぶきょうさんみどの》がかつてお住まいになった一条今出《いまで》川《がわ》の古御所を強制的に取り上げて、私宅にしたことである。慣例では、四位以下で公卿《くぎょう》に仕える侍や武士などは、関板《せきいた》（幅広の板）を用いない板屋根の家にさえ住まないことになっているのに、この師直は棟門《むなもん》・唐門《からもん》を四方に立てて、釣殿《つりどの》・泉殿《いずみどの》（ともに寝殿造の池のそばの殿舎）などの御殿が棟を並べて立ち、二階建の桟敷《さじき》のある建物三棟・四棟を並べ、繁栄して美しいありさまを現したのである。その庭園の有様は、伊勢《いせ》・志摩《しま》・雑賀《さいか》（和歌山市雑賀町）の大石を集めたので、石を運ぶ車はきしんで車軸が砕け、牛は苦しさにあえいで舌を垂らすほどだった。庭には山野の風景を取り入れ、築山《つきやま》を作り、月にある桂《かつら》、仙人の家にある菊、吉野の桜、小塩山《おじおやま》（京都市西京区にある山）の松、露霜《つゆしも》が紅色に染めた八塩岡《やしおのおか》（左京区岩倉長谷町）の紅葉《もみじ》の下枝、中昔の西《さい》行《ぎょう》法師が枯葉の様子を詠んだ難波《なにわ》潟《がた》の一群《ひとむら》の葦《あし》、在原業平《ありわらのなりひら》が露を分けて入ったわびしい東路《あずまじ》の、宇津《うつ》（静岡県の宇《う》津谷峠《つのやとうげ》）の山辺の蔦《つた》・楓《かえで》、「みさぶらひ御笠《みかさ》（おつきの方々よ、ご主人に「お笠を召せ」と申しあげなさい)」と歌われた宮城野《みやぎの》の本《もと》あらの萩《はぎ》(根本がまばらな萩)に至るまで、名所名所の風景をそのままこの庭に集めたのである。

こうして公卿・殿上人《てんじようびと》の御娘や宮腹の娘を数多く、あちらこちらに隠し置き申しあげ、夜ごとに通う所が多くなった。だから、「執事の宮巡りに、恩恵を受けない神はいない」と、当時の京童《きようわらんべ》が笑いあざけったことは嘆かわしい。

こうした所業の中でも、とりわけ神仏の慮りも恐ろしく、いかがなものかとあさましかったことは、二条前関白殿《にじようさきのかんぱくどの》の御妹で、深窓《しんそう》の中で大切に育てられ、后妃にも立てようとお考えになっていた方がいたのだが、師直は盗み出し申しあげ、初めのうちは多少人目をはばかっていたのだが、後《のち》にはおおっぴらに通うようになり、遠慮するということもなくなったことである。こうして年月が経《た》っていき、この方の御腹に男子が一人できたので、武蔵《むさし》五郎と名づけた。あきれたことよ。普通の公家の娘ならば、根のない浮草のように寄るべがない時節なので、誘ってくれる男がいればなどとかこつ人もいるので、そうした場合はしかたがない。しかしいかに末世だとはいえ、もったいなくも藤原《ふじわら》鎌足《かまたり》のご子孫にあたる大貴族の娘と契りを結んで、そういう女人が礼儀をわきまえない東夷《あずまえびす》の妻となられたことは、考えられなかった御事である。

それ富貴《ふつき》に驕《おご》り功に伐《ほこ》るは、終りを慎《つつし》まざる人の尋常《よのつね》の習ひなれども、この比《ごろ》師直《もろなほ》・師泰《もろやす》に過ぎたるは非《あら》じとぞ申しける。その故《ゆゑ》は、今度南方の軍《いくさ》に打ち勝つて、いよいよ心奢《おご》り、行《ふるまひ》 思ふ様《やう》になつて、人の譏《そし》りを顧《かへり》みず、世の嘲《あざけ》りをも知らぬ事ども多かりけり。

中にも人の傾《かたぶ》き申しけるは、故大塔宮《おほたふのみや》の御母、民部卿三位殿《みんぶきやうさんみどの》の住み荒し給ひし、一条今出川《いまでがは》の故御所《ふるごしよ》を点《てん》じ、私宅にしけるこそあさましけれ。常の習ひには、四品《しほん》以下の平侍《ひらざむらひ》・武士などは、関板《せきいた》打たぬ板屋作《いたやづく》りの家にだに居《ゐ》ぬ事なるに、この師直は、棟門《むなもん》・唐門《からもん》四方に立て、釣殿《つりどの》・泉殿《いづみどの》、殿閣《でんかく》棟《むね》を双《なら》べ、二階の桟敷《さじき》三棟四棟に幸種《さきぐさ》の奇麗《きれい》壮観を逞《たくま》しくせり。その山水《さんすい》の有様、伊勢《いせ》・嶋《しま》・雑賀《さいか》の大石どもを集むれば、車轅《きし》りて軸を摧《くだ》き、呉牛《ごぎう》喘《あへ》ぎ舌を低《た》る。庭には野筋《のすぢ》を遣《や》り、山形を作り、月中の桂《かつら》、仙家《せんけ》の菊、吉《よし》野《の》の桜、小塩《をじほ》の松、露霜《つゆしも》染めし紅《くれなゐ》の、八入《やしほ》の岡《をか》の下紅葉《したもみぢ》、中比《なかごろ》の西行《さいぎやう》法師が枯葉の風を詠《なが》めにし、難波《なには》の浦の一村芦《ひとむらあし》、在原業平《ありはらのなりひら》の露分けわびし東路《あづまぢ》の、宇都《うつ》の山辺《やまべ》の蔦《つた》かへで、みさぶらひ御笠《みかさ》と云《い》ひし宮城野《みやぎの》の、本荒《もとあら》の萩《はぎ》に至るまで、名所名所の風景をさながら庭に集めたり。

かくて月卿雲客《げつけいうんかく》の御女《むすめ》、院宮腹《みやばら》その数を尽くして、ここかしこに隠し置き奉《たてまつ》り、毎夜に通ふ方多かりけり。されば、「執事の宮巡《みやめぐ》りに、手《た》向《むけ》を請《う》けぬ神もなし」と、その比《ころ》の京童部《きやうわらんべ》笑ひ嘲《あざけ》るこそあさましけれ。

かやうの事多かる中にも、殊《こと》に冥加《みやうが》のほども恐ろしく、如何《いかが》と覚えてうたてかりしは、二条前関白殿《にでうさきのくわんぱくどの》の御妹、深宮《しんきゆう》の内に冊《かしづ》かれて、三千の列にもと思《おぼ》し召したりしを、師直盗み出《い》だし奉り、初めのほどは少し忍びたる気《け》色《しき》なりしかども、後は早《はや》打ち露《あら》はれたる行《ふるまひ》にて、憚《はばか》る方もなかりけり。かくて年月を経しかば、この御腹に男子一人出で来にければ、武蔵《むさし》五郎とぞ申しける。あさましやな、ただ尋常《よのつね》の京家《きやうけ》の人ならば、世をうき草の根を絶えて、寄方《よるべ》もなき折節《をりふし》なれば、さそふ水もがな、なんど打ちわびぬる人もあれば、それは責めてさる態《わざ》も如何《いかが》はせん。さこそ世の末ならめ、忝《かたじけ》なくも大織冠《たいしよくくわん》の御末、大廈《たいか》・高門《かうもん》の御女《むすめ》に嫁《か》して、蛮夷《ばんい》の礼なきに下らせ玉ひしは、思ひの外《ほか》なりし御事なり。（略）

以上の出来事はまだ軽い方である。伝え聞く師泰《もろやす》のふるまいは常軌を逸したものであった。このころ東山の枝橋《えだはし》という所に山荘をお造りになった時、この土地の所有者をお尋ねになると、「北野長者の菅宰相在登卿《かんさいしょうありのり》の領地」との答え。早速使者を出して、「この土地をお預りしたい」と所望なさったので、在登卿は、「結構でございます。ただし、当家の先祖代々この地に墓を作り、五輪塔を建て、お経を奉納してある所ですので、墓標をよそへ移しますま間お待ちください」と返事なさった。師泰はこれを聞いて、「どうしてその人は、待てなどと言えようか。土地を惜しもうとして、そんな返事をしたんだな。その墓どもをみな掘り崩して捨てよ」と、大勢の人夫を派遣して、山を崩し木を伐《き》り捨てて土地をならしたので、幾重もの五輪塔の下からは苔《こけ》むした屍《しかばね》もあり、草の生い茂った割れた石碑の上は、雨で消えてしまった名もあった。青く苔むした墓はにわかに壊されて箱柳《はこやなぎ》はすっかり枯れてしまったので、墓の周りの亡魂もどこをさまようことになるのであろうかと考えると、哀れである。この有様を見て、誰《だれ》が詠《よ》んだのであろうか、

無人《なきひと》のしるしのそとば掘《ほり》すててはかなかるべき家作哉《いへつくりかな》

――亡くなった人の標《しるし》である卒塔婆《そとば》を掘り捨てて、長くは続かない家造りをすることだ

と。この山荘を造った時に、四条大納言隆蔭《たかかげ》卿の年若い侍である大蔵権少輔重藤《おおくらごんのしょうしげふじ》、古見《こみ》源左衛門尉《げんさえもんのじょう》という二人の者がそこを通りかかった。近づいて見てみると、土地をならしていた人夫たちが汗を流し、肩を痛そうにして、少しも休まず責め使われているので、「ああ、かわいそうだ。どれほど身分の低い人夫であっても、こんなに殴らないで使えばよいのに」と悪口を言って通った。すると工事責任者の召使いたちがこれを聞いて、「何者でしょう。ここを通りました公家務めの侍でしたか、こんなことを言って通り過ぎました」と話したところ、高師泰はたいへん怒って、「たやすいことだ。人夫をいたわるのならば、そいつたちをつかまえて、使え」と、はるか先まで行き過ぎた者を呼び返し、人夫が着ていたぼろ着に着替えさせ、立烏帽子《たてえぼし》をへこませて、あれほど暑い日の一日中、鋤《すき》を手にして土をかき寄せ、石を掘り出しては中取《なかとり》（運搬具の一種）で運ばせ、きびしく働かせた。これを見た人たちは二人を軽蔑《けいべつ》して、「命はよほど惜しいものなのだなあ。恥をおかきになるより死んでしまえ」と、言わない者はいなかった。

こうした調子だったので、神仏に憎まれ、人望をも失わないはずはないとみな思っていたのだが、この師泰が常日ごろ言ったことは、「都に王という者がいて、多くの所領を占有し、内裏《だいり》・院御所《いんごしょ》という所があるので、馬から下りることも煩わしい。王はいても、幕府が万般計らっているではないか。王はなくとも不便はあるまい。もしなくて不便だというのなら、木で造るか、金属で鋳て安置するか、二つのうちから選べばよい。本当の院・国王はどこへでも流して捨てるのが、天下のためにもよいことで、えこひいきがないだろう」と、大口をたたくのであった。

---

これらはなほも踈《おろ》かなり。師泰《もろやす》が行《ふるまひ》を伝へ聞くこそ不思議なれ。この比《ころ》東山枝橋《えだはし》と云《い》ふ所に山荘《さんさう》を造られけるに、この地の主《ぬし》を問はれければ、「北野長者菅宰相在登卿《くわんさいしやうありのりのきやう》の領地」とぞ申しける。すなはち使を以《もつ》て、「この地を預り玉はらん」と所望せられければ、在登卿、「子細《しさい》あるまじく候ふ。但《ただ》し当家父祖代々この地に墳墓《ふんぼ》をしめ、五輪を立て、御経を奉納したる所にて候へば、かの墓じるしを他所《よそ》へ遷《うつ》し候はんほど御待ち候へ」とぞ返事せられける。師泰これを聞いて、「何条《なんでう》、その人、待てと云《い》ふ事あるべき。惜しまんずるためにこそ、左様《さやう》の返事をばすれ。ただその墓どもを皆掘り崩して捨てよ」とて、数多《あまた》の人夫を指し遣《つか》はし、山を崩し木を伐《き》り棄《す》てて、地を引きける間《あひだ》、あるいは塁々《るいるい》たる五輪の下に、苔《こけ》に朽《く》ちたる

尸《かばね》もあり、あるいは芊々《せんせん》たる断碑《だんぴ》の上に、雨に消えたる名もありけり。青《せい》塚《ちよ》忽《たちま》ちに破れて、白楊《はくやう》すでに枯れぬれば、旅魂《りよこん》の幽霊《いうれい》も何処《いづく》にか吟《さまよ》ふらん、と思ひ遣《や》られて哀れなり。これを見て、何者かしたりけん、

無人《なきひと》のしるしのそとば掘《ほり》すててはかなかるべき家作《いへつくり》哉《かな》

と。この山荘を造りける時、四条《しでう》大納言《だいなごん》隆蔭《たかかげ》卿の青侍《あをざぶらひ》に、大蔵権少輔《おほくらごんのせふ》重藤《しげふぢ》、古《こ》見源左衛門尉《みのげんさゑもんのじよう》と云ふ物二人、かしこを通りけるが、立ち寄つて見れば、地を引きける人夫ども汗を流し肩を苦しめて、少しも休まず責め仕《つか》ひけるを見て、「あらかはゆや、さこそ卑しき夫《ぶ》なりとも、これほどまで打ちはらずとも、仕へかし」と慙愧《ざんぎ》して通りけるを、作事奉行《さくじぶぎやう》する物の中間《ちゆうげん》どもこれを聞いて、「何物やらん、ここを通り候ふ本所の侍か、かかる事を申して過ぎ候ふ」と語りければ、越後守《ゑちごのかみ》大いに忿《いか》つて、「安き程の事かな。夫《ぶ》を労《いたは》らば、しやつ原《ばら》を捕へて、つかへ」とて、遥《はる》かに行き過ぎたるを呼び返し、夫《ぶ》の着たるつづれを衣違《きか》へさせ、立烏帽子《たてえぼし》を引きこませ、さしも暑き日終《ひめもす》に、鋤《すき》を取つて土をかきよせ、石を掘つては中取《なかとり》にて運ばせ、責

め使ひけるほどに、これを見る人皆爪弾《つまはじ》きをして、「命は能《よ》く惜しき物なり。恥を見候ふより死ねかし」と、口を動かさぬ者ぞなかりける。（略）

かかりしかば、仏神にも悪《にく》まれ、人望にも背かれずと云ふ事あらじと思はぬ物もなかりしに、この師泰《もろやす》常に云ひけるは、「都に王と云ふ物あつて、若干《そこばく》の所領を塞《ふさ》げ、内裏《だいり》・院御所とてあれば、馬より下《お》るるもむつかしし。王はあるとも、武家こそ諸事を相計《あひはか》らへ。これなくとも、事かくまじ。もしなくて事かけば、木を以《もつ》て造るか、金《かね》にて鋳て置くか、二つの中を過ぐべからず。誠の院・国王をば、何方《いづかた》へも流し捨てたらんにぞ、天下のためも能《よ》く、公平にてあらん」と、口も恙《つつが》なくぞ申しける。

巻第二十六「大稲妻天狗未来記の事」

## 四 雲景《うんけい》の未来記

都では足利直義《あしかがただよし》派と高師直《こうのもろなお》派の対立が深刻化していた。ちょうどその頃、羽黒《はぐろ》山の山伏《やまぶし》雲景がしたためた未来記が朝廷に献じられる。それは、愛宕山《あたごやま》（都の西北にある天狗《てんぐ》の住む山）に参詣《さんけい》した雲景が老僧姿の天狗《てんぐ》から聴聞したものを書き記したものであった。

さてその天狗が語った内容とは……。

「そもそも北条氏《ほうじょう》は野蛮人の卑賤《ひせん》な身であったけれども、政権を握るにあたっては熱心に努力して政治の向上を図り、己を批判して徳を施したので、国土は豊かで人民も生活に苦しむことがなかった。しかし、高時《たかとき》が先人の業績を忘れて道義に背いたので、後鳥羽院に比べれば天皇としての徳や権威もはるかに劣っていらした後醍醐《ごだいご》天皇に北条の家を倒された。これはとりもなおさず、神仏が高時を見捨てられた証拠である。しかしながら後醍醐天皇もまた、かの尭・舜《ぎょうしゅん》（中国の理想的天子）とは異なり、仁による慈しみや常に人を育てるための配慮をなさらなかったので、消えかかった灯火を消す扇のように運の衰えた高時を滅ぼされたけれども、また尊氏《たかうじ》に天下を奪われなさって、吉野の山中を漂っておられる。それにしても、三種の神器《じんぎ》を日本の宝として、神代《じんだい》から人皇《にんのう》の現在に至るまで代々伝えてこられたことは、小国とはいえ日本が三国（インド・中国・日本）の間で卓越しているゆえんである。したがって、この神器のない御代は、月が没した後の夜のようである。王法が健在であったのは安徳《あんとく》天皇の御時までであり、宝剣はこの時にとうとう失われた（元暦《げんりやく》二年〈一一八五〉、宝剣とともに壇浦《だんのうら》に入水）。その後の後鳥羽院は宝剣なしで元暦に践祚《せんそ》されたのは事実であるが、その末流が皇統の後継者として現在まで続いているのはすばらしい先例である。しかし今考えてみると、あの元暦以降我が国に幕府が初めて置かれ、天下を支配し、君主を蔑《ないがし》ろにし申しあげるようになったのだ。今の持明院殿《じみょういんどの》（光厳上皇）はかえって運のある幕府に従いなさって、政道の善悪も問題とせず、まったく幼子《おさなご》が乳母《めのと》に頼っているかのように下僕同様にしておられるので、逆に表向きは安全でいらっしゃるのだ。この状態もご本意ではないけれども、道理も欲も満足させることなく道にうち捨てておられるので、御運を開きなさっているように見えるのではあるが、この上なく怠惰なことである。所詮《しょせん》、天皇の権威は平家の時代までしか通用しなかったことをご理解せずに、後鳥羽院は天下を治めようというご欲心だけお持ちでしたから、承久《じょうきゅう》のご謀反《むほん》はむなしいことになって、朝廷はこのように、まるで泥にまみれ火に焼かれるような苦しい境遇に落ちたのである。そして現在に至って、神器は残念ながら、運の薄い天子に従って都を遠く離れた片田舎《かたいなか》（吉野）に紛れていらっしゃる。これは神が我が国をお捨てになり、王の権威が残りなく尽きる証拠である。したがって、神道・王法ともにない時代であるから、上《かみ》の権威がなくなり下《しも》の者が驕《おご》って、善悪をわきまえることがなくなるのだ。足利氏内の混乱も、将軍兄弟に道理があるとも、師直《もろなお》・師泰《もろやす》の心得違いとも言いがたい」と老僧（天狗）は語ったのである。

雲景はこれを聞いて、重ねて言うことには、「それではこのように道理の通らない悪い世の中で、下が上に逆らい、師直・師泰がわがままにふるまうばかりで、天下を治めなされようか」と問うと、「いや、それはどうであろうか。末法の、秩序が乱れている世であるから、下《しも》がまず勝って、上《かみ》を犯すであろう。けれども上を犯す罪から逃れがたいから、下はやはりその刑罰に従うであろう。なぜなら、将軍兄弟も敬い申しあげるべき帝《みかど》を軽く見ておられるから、執事そのほかの家来たちもまた将軍を軽く見るのである。これは現実に起きている因果の道理というものである。したがって、大地が天の中心を呑《の》むという異変があるのだから、きっと下剋上《げこくじょう》の言葉どおり、師直がまず勝つだろう。この時点から世の中は大いに乱れて、父子兄弟が互いに憎み合い、正しい政治は少しも行われないはずだから、世間も簡単に静まりがたい」と答えた。

その時に雲景は奇怪なことだと思ったので、「それでは、天下がこのように乱れて、君臣の秩序もなく、正しい政治がかりそめにも行われないならば、南朝の天子がお出ましになって、天下をお治めになるのでしょうか」と問うと、「そこまでは神仏の知恵をもたないかぎり、どうして知ることができよう。大体のところは、吉野の天子こそまさしく日本国の主であって、天子の御位を神器とともに譲り受けていらっしゃるのであるから、摂関家であろうと、普通の家であろうと、名家（弁官を務める事務官僚）であろうと、家督・総領の立場にある人たちはみな、今になっても吉野の天子に付き従っていらっしゃる。道理をいうならば、ご治世に何の疑いがあろう。けれども、道理の通る世の中はまだ到来せず、きっと天下の大事件、びっくりして目を見張るような一大事が百日を過ぎないうちに起るであろう」と言った。

---

「そもそも先代は蛮夷《ばんい》の卑しき身なりしかども、天下を我がままに持《たも》つ事、涯分《がいぶん》の政道を瑩《みが》き、己《おのれ》を責めて徳を施《ほどこ》ししかば、国豊かに民も苦します。高時先蹤《たかときせんしょう》を忘れて義に背きしかば、聖徳も権威も遥《はる》かに後鳥羽院《ごとばのゐん》には劣り玉へる先朝《せんてう》に家を亡《うしな》はれぬ。これすなはち仏神の棄《す》て玉ふ謂《いは》れなり。されども先朝もまた真実の仁徳撫育は尭《ぎやう》・舜《しゅん》に均《ひと》しく度《わた》らせ玉はざりしかば、消え方《がた》の灯《ともしび》の前の扇とならせ玉ひて、運の傾《かたぶ》く高時をば亡《ほろ》ぼされしかども、また尊氏《たかうぢ》に世を奪はれさせ玉ひて、芳野《よしの》の山中に徘《やすら》ひ御座《おは》します。さても三種《さんじゅ》の神器《しんぎ》を本朝の宝として、神代《じんだい》より人王《にんわう》の今に至るまで受け伝へ玉ふ

事、小国といへども三国に勝れたる吾《わ》が朝《てう》はこれなり。されば この神器なき代は、月入る後の夜の如《ごと》し。王法《わうぼふ》は安徳《あんとく》天皇の御時までにて、宝剣はつひに失《う》せはてぬ。その後の後鳥羽院、重器《ちようき》なくして元暦《げんりやく》に践祚《せんそ》ありしに相違なかりしが、その末流皇統継体《けいたい》として、今に御相承佳模《さうしようかぼ》とは申せども、今思へば、かの元暦よりこそ正《まさ》しく本朝に武家を始めおかれ、海内《かいだい》を法《のつと》り君主を蔑《ないがしろ》にし奉《たてまつ》る事は出《い》で来《き》にけれ。今の持明院《ぢみやうゐん》殿はなかなか運のある武家に順《したが》はせ玉ひて、政道の善悪もなく、偏《ひとへ》に幼児の乳母《めのと》を憑《たの》むが如く、奴《やつこ》と侔《ひと》しく度《わた》らせ玉へば、還《かへ》つて形の如く安全に御座《おは》します者なり。これも御本意にてはあらねども、理をも欲をも叶《かな》はず、道に打ち棄てさせ玉へば、御運を開かせ玉ふに似ると云《い》へども、物くさき至極《しごく》なり。とても王法は平家の時までにてありしを御了知なくて、後鳥羽院天下を一統せんと思《おぼ》し食《め》す御欲心ばかりにてありしかば、承久《しようきう》の御謀反《むほん》は徒《いたづ》らになつて、公家はかやうに塗炭《とたん》に落ちし者なり。この時を得て、国の重器《ちようき》は空《むな》しく微運《びうん》の君に随《したが》つて、辺卑《へんぴ》の外土《ぐわいど》に坌《まぎ》れ玉ふ。これ神明の吾《わ》が朝《てう》を棄《す》て玉ひ、王威残るところなく尽くる証拠なり。されば、神道・王法ともになき代なれば、上廃《かみすさ》み下驕《しもおご》りて、是非《ぜひ》を弁《わきま》ふる事なし。将軍兄弟の道理とも、師直《もろなほ》・師泰《もろやす》が僻事《ひがごと》とも申し難《がた》し」とぞ語りける。

雲景《うんけい》これを聞きて、重ねて申しけるは、「さてはかやうに乱悪の世にて、下《しも》上《かみ》に逆《さか》ひ、師直・師泰我侭《わがまま》にしすまして、天下を治め候ふべきか」と問へば、「いやさはまた、如何《いかが》あるべき。末世《まつせ》濁乱《ぢよくらん》の義にて、下《しも》まづ勝つて、上《かみ》を犯すべし。されども上《かみ》を犯す科遁《とがのが》れがたければ、下《しも》またその科に伏すべし。その故《ゆゑ》は、将軍兄弟も敬《うやま》ひ奉《たてまつ》るべき一人《いちじん》の君主を軽《かろ》んじ玉へば、執事《しつじ》その外《ほか》の家人《けにん》等もまた武将を軽《かろ》んず。これ指《さ》し当る目前の因果の道理なり。されば、地口天心《ちこうてんしん》を呑《の》むと云《い》ふ変あれば、何《いか》にも下尅上《げこくじやう》の謂《いは》れにて、師直まづ勝つべし。これより天下大いに乱れて、父子兄弟怨讎《をんしう》を結び、政道いささかもあるまじければ、世上《せじやう》も左右《さう》なく静まる事はありがたし」とぞ申しける。

その時雲景、希代《きたい》の事かなと思ひければ、「さ候はんには、天下かやうに乱れて、君臣の儀もなく、政道かりにも行はれずは、南朝《なんてう》の君御出《ぎよしゆつ》あつて、天下を治めさせ玉ふべきか」と問へば、「さのみ如何《いかが》、仏神の智恵にてもあらばこそ、それまでをば知るべき。凡《およ》そは、南方の君こそ正《まさ》しく日本国の主《あるじ》にて、天子の御譲《ゆづ》りを重器《ちょうき》にそなへて受けさせ玉ひたれば、摂家・凡人《ぼんにん》・名家の人、何《いづ》れも家督《かとく》・総領《そうりやう》と云ふ人は、今もかの君にこそ付き順《したが》つて御座《おはしま》す。道理を云ふべくは、御治世何の疑ひかあるべき。されども、それは時剋《じこく》いまだ至らず、何様《いかさま》天下の大変目を驚かすほどの珍事は百日が中を過ぐべからず」と申しける。

---

## 五 高師直《こうのもろなお》のクーデター

巻第二十六「御所囲む事」

直義《ただよし》と師直の関係は、直義が師直を執事《しつじ》から解任したことにより、一気に緊張が高まった。貞和《じょうわ》五年（一三四九）八月、師直は五万余騎の軍勢で直義邸を包囲。直義は尊氏《たかうじ》邸に難を避けると、翌朝、師直はさらにこれを取り囲んだ。

尊氏のもとの軍勢はわずかで、これではどうしたものかと心配していると、明けて八月十三日の午前六時ごろ、武蔵守《むさしのかみ》師直と子息武蔵五郎師夏《もろなつ》は、多数の兵を引き連れて法性寺《ほっしょうじ》の東の川原（鴨川荒神橋付近）にうって出て、軍勢を二手に分けて将軍の御所の東北を十重《とえ》二十重《はたえ》に包囲して、三度鬨《とき》の声をあげた。越後守師泰《えちごのかみもろやす》は本隊から分れて、七千余騎で西南の小路を遮断して、搦手《からめて》を受け持った。四方から火を放って将軍御所を焼き打ちにするであろうと噂《うわさ》が立ったので、兵火の飛び火から逃れられないというわけで、その近くにある公卿《くぎょう》・殿上人《てんじょうびと》の邸《やしき》では、長講堂《ちょうこうどう》・三宝院《さんぼういん》へ財産や道具類を運び、僧侶《そうりょ》も俗人も男も女も東西に逃げ迷った。内裏《だいり》も戦場に含まれていたので、もしかすると軍勢の狼藉《ろうぜき》も起るであろうと、急に帝《みかど》は車を動かされて、持明院殿《じみょういんどの》（京都市上京区にあった仙洞御所）へ行幸になった。摂政・大臣や公卿・殿上人たちが、これに驚いて、あわてて馳《は》せ参じた。宮中の官女・公卿たちが徒歩で逃げ迷うと、参議・弁官、五位六位の蔵人《くろうど》たち、さらに大史《だいし》・外記《げき》（ともに太政官の書記官）の役人たちも、ことごとく階下の庭に立ち並んだ。宮中の騒ぎは目も当てられぬほどであった。

まことに暦応《りやくおう》（一三三八〜四二）以降、天下は幕府が握り、世の中も少し平穏になった。去年楠正行《くすのきまさつら》が乱を起したようであったけれども、討死《うちじに》したので、以後ますます平和な世になったと互いに喜んでいたところへ、急にこの乱が起り、何としても治まりにくい末世の習いなのだなあと、嘆かない者はいなかった。将軍尊氏も左兵衛督《さひょうえのかみ》直義も、「師直・師泰がたとえ押し寄せるといっても、防戦してはかえって恥になろう。兵が門前に近づくならば、腹を切ろう」と考えて、鎧《よろい》は着ずに小具足《こぐそく》（略式の武装）だけで、両将ともお騒ぎにならず、沈静を保っておられた。師直・師泰の意気込みはここまで続いたけれども、さすがに押し寄せることはなく、時が経過した。

そのうちに、将軍は須賀壱岐守《すがいきのかみ》を使者にして師直におっしゃることには、「先祖義家《よしいえ》（源義家）朝臣《あそん》が天下の武将であった時以来、汝《なんじ》の祖先は我が家代々の家臣として、いまだかつて一日も主従の礼を乱したことはない。それなのに今、一時の怒りにかられて、これまでの身に余る恩を忘れ、穏やかに詳しい事情も述べず、みだりに大軍を起して東に南に包囲をしている。たとえ尊氏を見下したとしても、どうして天のとがめから逃れられようか。もし心中に憤懣《ふんまん》があるならば、一歩下がって考えを述べればよいではないか。事を軽率に起して、上を犯すということはいまだ聞いたことがない。ただし、讒者《ざんしゃ》の言うところの真偽を確かめず、それを口実にして国家を奪う計画ならば、重ねて問答するに及ばない。自ら素手で戦って死を迎え、すぐに黄泉《よみじ》から汝の運を見るであろう」と、ただ一言のうちに多くの道理を尽くしておっしゃった。すると師直は、「いやいや、そこまでのお言葉をいただこうとは思っておりません。ただ讒者の申すところをお認めになり、理由もなく三条殿（直義）が師直の一族を滅ぼそうとのご計画を立てられましたので、一方では我が身に誤りのないところを申し開き、また一方では讒言の張本人をお渡しいただいて、直接その是非を正して、「言う所によこしまがあるならば彼らの首を刎《は》ねて、後人の悪事を断とうとするためでございます」と言って、旗がしらをいっせいにさっと下ろさせ、楯《たて》を前に進めて戦闘の意志を示し、尊氏・直義を包囲し申しあげ、ご返事が遅いと責めたてた。

---

かくては如何《いかが》と危ぶむところに、明くれば八月十三日の卯《う》の尅《こく》に、武蔵《むさしの》守《かみ》師直、子息武蔵五郎師夏《もろなつ》、雲霞《うんか》の兵を棚《たなび》引きて法性寺河原《ほつしやうじがはら》に打ち出《い》でて、二手《ふたて》にむずと推し分けて、将軍の御所の東北を十重《とへ》二十重《はたへ》に囲みて、三度時《とき》をぞ揚げたりける。越後守《ゑちごのかみ》師泰は七千余騎を引き分けて、西南の小路を立ち切つて、搦手《からめて》にこそ廻《まは》りにけれ。四方より火をかけて、炒《や》き責《ぜ》めにすべしと聞えしかば、兵火《へいくわ》の余烟《よえん》遁《のが》れがたしとて、その辺《あた》り近き卿相雲客《けいしやううんかく》の亭《てい》、長講堂《ちやうかうだう》・三宝院《さんぼうゐん》へ資財・雑具を運散《うんさん》し、僧俗男女《そうぞくなんによ》東西に逃げ迷ひしかば、内裏《だいり》も大略陣中《ぢんちゆう》の如《ごと》くなれば、軍勢事に触れて狼藉《らうぜき》も出《い》で来《く》べしとて、俄《にはか》に竜駕《りようが》を廻《めぐ》らされて、持明院殿《ぢみやうゐんどの》へ行幸なる。摂禄《せつろく》・大臣・諸家の卿相雲客驚き騒ぎて馳《は》せ参ぜらる。宮中の官女・上達部《かんだちめ》、徒歩《かちはだし》にて逃げ翻《ふため》けば、

八座・七弁・五位・六位・大史《だいし》・外記《げき》、悉《ことごと》く階下庭上に立ち連なる。禁中変化《へんくわ》の有様は目も当てられぬ事どもなり。

これ暦応以来《りやくおうこのかた》は、天下武家に帰し、世上《せじやう》も些《すこ》し穏やかになりしに、去年楠 正行《くすのきまさつら》乱を起す由《よし》なりしかども、打死《うちじに》せしかば、いよいよ無為《ぶゐ》の世になりぬと喜び合へるところに、俄《にはか》にこの乱出で来ぬれば、とにもかくにも治まりがたき末世の習ひなりけりと、歎《なげ》かぬ者もなかりけり。将軍も左兵衛《さひやうゑの》督《かみ》も、「師直《もろなほ》・師泰《もろやす》たとへ推《お》し寄《よ》すと云《い》へども、防戦に及ばん事、還《かへ》って恥辱《ちじよく》たるべし。兵門前《もんぜん》に傍《ちか》づかば、腹切るべし」とて、小具足《こぐそく》ばかりにて、両将はともに騒ぎ玉はず、閑《しづ》まり却《かへ》ってぞ御座《おは》しける。師直・師泰、義勢《ぎせい》はこれまでなりけれども、さすが推し寄する事はなくて、時尅《じこく》をうつしけるほどに、将軍、須賀《すが》壱《い》岐守《きのかみ》を以《もつ》て師直に仰せけるは、「累祖義家朝臣《よしいへあそん》天下の武将たりしより以来《このかた》、汝《なんぢ》が列祖《れつそ》、当家累代の家僕《かぼく》として、いまだ曾《かつ》て一日も主従の礼儀を乱らず。しかるに今、一旦《いつたん》の忿《いか》りを以て、身に余る恩を忘れ、穏やかに子細《しさい》を述べず、猥《みだ》りに大軍を起して東南に囲みをなす。これたとひ尊氏《たかうぢ》を卑しくすと云へども、争《いかで》か天の譴《せ》めを遁《のが》れん。心中に憤《いきどほ》る事あらば、退《しりぞ》いて所存を申さんに何《なん》の子細かあるべき。事卒爾《そつじ》に起して上を犯す事、いまだこの類《たぐひ》を聞かず。ただし、讒者《ざんしや》の真偽に事を寄せて、国家を奪ふの企てならば、再往《さいわう》の問答に及ぶべからず。自《みづか》ら白戦《はくせん》の前に我が命を止《とど》め、忽《たちま》ちに黄壌《くわうじやう》の下に汝が運を見るべし」と、ただ一言の中《うち》に若干《そこばく》の理《ことわり》を尽くして仰せられければ、師直、「いやいや、これまでの仰せを奉《うけたまは》るべしとは存じ候はず。ただ讒人《ざんにん》の申すところを承引《しよういん》候ひて、故《ゆゑ》なく三条殿より師直が一類を亡《ほろ》ぼさんと御結構《けつこう》にて候ふ間、且《かつ》は身の誤らざるところを申し開き、且は讒者の張本《ちやうぼん》を玉《たまは》り、直《ぢか》に是非《ぜひ》を尋ね、事奸言《かんげん》ならば、彼等が首を刎《は》ねて、後人《こうじん》の悪を止《とど》め候はんためにてこそ候へ」とて、旗の手を一同に颯《さつ》と下《お》ろさせ、楯《たて》を一面に進めて、両殿《りやうとの》を囲み奉り、御左右《さう》遅しとぞ責めたりける。

---

将軍は師直《もろなお》のこのやり方にますます腹を立てられて、「家代々の家人《けにん》に囲まれ、事件の張本人を出せと責められて、出した例があるか。今、弓矢の家がとるにたりない者の

ために滅ぼされることは恥辱であろう。ままよ、天下のあざけりを受けるくらいなら討《う》ち死《じに》しよう」と、御小袖《こそで》という名の鎧《よろい》を取り寄せ、身に着けられた。床の上や門の下に集まっている武士たちは、兜《かぶと》の緒を締め気負いたって、大変だ、天下の一大事の合戦が今にも勃発《ぼつぱつ》するのだと心配した時に、直義《ただよし》が将軍をなだめて言われることには、「彼らの驕《おご》りと道に背く悪とは常軌を逸しているので、一時はいましめ、処分しようと計画していることを彼らが聞きつけて、かえって逆に狼藉《ろうぜき》を企てたことは、我が足利家の恥辱、軍略の拙《つたな》さにおいてこれに勝るものがありましょうか。けれども、この凶事は、直義を恨んで起したものです。それなのに、軽々しく家臣に対してご自身防戦なさるというのは、口惜しい御恥辱でございましょう。今、向こうが讒者《ざんしや》を指名してきた以上は、師直が言ってよこしたとおりにして、讒者を呼び寄せなさることに何の支障がありましょう。もしご返答が遅れては、師直が謀反心を起して忠義の心を忘れ、我が家の武運はここにすたれて、天下の一大事が今にも起るでしょう」と、固く制止なされた。将軍も十分な諫言《かんげん》であるうえに、一方ではもとより師直を憎いとも思っておられなかったので、「それでは師直が申し寄こした方法に任すがよい。ただし、上杉《うえすぎ》・畠山《はたけやま》は頼みとする寵臣《ちようしん》である。安易に敵の手に渡すということは、武士の家ではまったく先例がないぞ。妙吉侍《みようきつじ》者《しや》（直義側近の僧。上杉・畠山とともに高《こう》一族を讒言した）はもともと諸国修行の僧であるから、捕えようがない。よろしく捜して処置するがよい。奉行人たちについては、そちらの思いどおりにしてよい」と許可なさった。再度の問答で最終的に自分の考えどおりになったから、師直はたいそう喜び、馳《は》せ集まった人々にはますます将来を厚く約束し、そのねんごろな気持に感謝して、ことごとく帰したのであった。嘆かわしいことよ、驕りを極める人は世に多いとはいうけれども、このようなことは聞いたことがないと、陰口を言わない者はいなかった。

---

将軍これにいよいよ腹を居《す》ゑかね玉ひて、「累代《るいだい》の家人《けにん》に囲まれ、下手《げしゆ》人《にん》責められて、出《い》だす例やある。今弓箭《きうせん》の家、塵奴《ちりやつこ》のために奪はれん事、恥辱たるべし。よしよし天下の嘲《あざけ》りに身を替へて打死《うちじに》せん」とて、御小袖《こそで》とて召されければ、堂上・門下に集まれる兵ども、甲《かぶと》の緒《を》をしめ色めき渡つて、あはや天下の安否、刹那《せつな》に出《い》で来《き》ぬるはと肝《きも》を冷やしけるところに、左兵衛督《さひやうゑのかみ》宥《なだ》め申されけるは、「彼等が奢侈《しやし》・梟悪《けうあく》、法に過ぐるによつて、一旦誡《いまし》め、沙汰《さた》すべき由相計《あひはか》らふを伝へ聞いて、結句還《かへ》つて狼藉《らうぜき》を企《くはだ》つる

事、当家の瑕瑾《かきん》、武略の衰微、これに過ぎたる事や候ふべき。しかしながら、この禍《わざはひ》、直義《ただよし》を恨むるところなり。しかるを軽々《かろがろ》しく家僕《かぼく》に対して防戦の御手を下されん事、口惜《くちを》しき御辱《はぢ》にて候ふべし。かれ今讒者《ざんしや》を差し申す上は、師直《もろなほ》が申し請《う》くるにまかせ、彼等を召し出だされむ事、何の痛みか候ふべき。もし猶与《ゆよ》の御返答あらんに、師直逆威を振《ふる》ひ、忠義を忘れば、一家の武運この時軽くして、天下の大変 親《まのあたり》にあるべし」と、堅く制し申されしかば、将軍も諫言《かんげん》透《す》くところなき上に、元来《もとより》師直を悪《にく》しとも思ひ玉はざりしかば、「さらば、師直が申し請くる旨に任すべし。ただし、上杉《うへすぎ》・畠山《はたけやま》は主君股肱《ここう》の寵臣《ちようしん》なり。輒《たやす》く敵人の手に下《くだ》されん事、武門において頗《すこぶ》る先規《せんき》なし。妙吉侍者《めうきつじしや》は元来抖擻桑門《とそうさうもん》の徒《と》たる上は、虜《とら》へるにところなし。宜《よろ》しく尋ねて沙汰《さた》すべし。奉行人《ぶぎやうにん》等の事は各《おのおの》心に任すべし」と許されければ、再往《さいわう》の問答つひに師直の所存の如《ごと》くなりしかば、喜悦《きえつ》の眉《まゆ》を開き、馳《は》せ集まる人々にはいよいよ芳約《はうやく》を厚くし、その懇志《こんし》を謝して、悉《ことごと》く皆返されけり。あさましきかな、驕《おご》りを極むる人多しといへども、かかる事をば聞かずとて、舌を返さぬ物はなかりけり。

## 六 扇絵の武者たち

巻第二十八「阿保秋山四条川原合戦の事」

師直《もろなお》のクーデターにより、直義《ただよし》は失脚する。だが、西国では直義方の武士の活動が活発で、尊氏《たかうじ》と師直は鎮圧に向った。一方、直義は大和国《やまとのくに》に逃れて南朝に投降し、勢力の回復に成功する。やがて直義は京都に侵入、八幡山《やわたやま》に陣を構えた。直義方の桃井直常《もものいただつね》も比叡山《ひえいざん》に陣を構え、京都を守護する宰相中将義詮《よしあきら》（尊氏の子）は挟みうちを恐れて、観応《かんのう》二年（一三五一）正月十五日、都落ちした。尊氏と義詮は京都に攻め上り、桃井軍と鴨川《かもがわ》を挟んで対戦することになる。

こうした時に、桃井直常勢の扇一揆（扇を目印とした武士の集団）の中から、身長八尺（約二四〇チセン）ほどで髭《ひげ》を黒々と生やし目を血走らせた男が、赤糸で縅《おど》した鎧《よろい》を着、同色の糸で五枚錣《しころ》（錣は首を覆うもの）の兜《かぶと》の緒を締めて、兜の鍬形《くわがた》と兜の間に、紅色の地の、日月を描いた扇をいっぱいに開いて挟んで、夕日に輝やかせ、一丈（約三メートル）余りあると見えた八角の棒を右の小脇《こわき》に引きつけて構え、白い川原毛《かわらげ》（白っぽい黒のたてがみをもつ白馬）の大きくたくましい馬で、白い泡を吹かせて勇み立っているのを制御して、ただ一騎で河原へ進み出て、大きな声でこう叫んだ。「戦場に臨む者で討死《うちじに》を志さない人はいない。けれども今日の合戦で、それがしは特別に死を軽んじて、常日頃《つねひごろ》の大言をなるほどと人に知らせようと思うのだ。この身の未熟なため、名字《みようじ》を知る人はあるまい。申せばまた仰々しいようではあるけれども、清和《せいわ》源氏《げんじ》より分れてまだ時を経ていないが、すでに武門に生れて数代は弓矢の道をたしなんで、天下の武士の上に我が名を輝かすことを念じている秋山九郎《あきやまくろう》という者である。とはいえ、黄石《こうせき》公が張子房《ちょうしぼう》に授けた兵書は天下を取るための書であって、一介の武士の武勇のためのものではないから、いまだに学んでおらぬ。鞍馬《くらま》の奥の僧正《そうじょう》が谷《たに》（義経《よしつね》が武芸鍛錬した地）で、愛宕《あたご》・高雄《たかお》（京都市右京区の山）の天狗《てんぐ》たちが義経に授けた兵法に関しては、残らずこれを伝えている。仁木・細川・高《こう》の家の中で、我と思わん人々は名乗ってここへお出になられよ。太刀・長刀《なぎなた》の戦いをして、見物の人々の目をさまさせよう」と、図々しくも大声で言い、あたりを睥睨《へいげい》して、馬を西向きに立てたのであった。これを聞いて、仁木・細川・高の家の中に、武名をあらわし力が勝れている兵は多かったのであるが、どう思ったのであろうか、お互いに目くばせをして、自分が出て戦おうという者はいなかった。

この時に、丹《たん》の党（武蔵《むさし》七党の一つ）の安保《あぼ》肥前守《ひぜんのかみ》直実《なおざね》といった武士が、連銭葦毛《れんぜんあしげ》

(灰白色の斑《まだら》のある葦毛)の馬に総《ふさ》を掛けて、唐綾縅《からあやおどし》の鎧を着、同じ縅毛《おどしげ》の錣《しころ》と四方白《しほうじろ》(銀の地板を四方に付けた)の兜をかぶり、四尺余りの鎬《しのぎ》の部分が丸くふくらんだ太刀に、三尺五寸の太刀で豹皮《ひょうがわ》の尻鞘《しりざや》(刀の鞘に付けた毛皮製の袋)に入れたものを添えて身に帯び、ただ一騎で大勢の中を駆け出てきた。「いまさらながらの言葉を伺うものだ。張良《ちょうりょう》の一巻の兵法書も、呉子《ごし》・孫子《そんし》が語った内容もいまだかつて名すら聞いたこともないが、時機に応じて変化し、敵と戦うために気勢を発することは、勇士が自然と身につけた方法ではないか。去る元弘《げんこう》・建武《けんむ》以来(鎌倉幕府が滅びて以来)、三百余度の合戦に敵を追い散らして味方を助け、強固な陣を破り粉砕したことは、その数を知らない。素引《すび》きの精兵、畠水練《はたけすいれん》(ともに口先だけで、実際には役に立たないこと)のごときは、誰《だれ》にとっても簡単なことだ。お前の大言壮語に恐れる者があろうか。直実が参って手合わせいたし、手柄のほどをお見せしよう」と大声で叫んで、静かに馬を進めた。両陣の兵がこの様子を見て、「とんでもないことが起ったぞ」と、大騒ぎをして事の成り行きを見守った。数万の見物の者たちは、ここが戦場であることも忘れ、押し黙って見物した。まさに今日の戦いの見ものは、これ以上のものはないと思われるのであった。

こうしているうちに、安保と秋山とが互いに近づいたと見えたが、左に右に身をかわして戦うと、秋山は棒を三尺ばかり切られて短くし、安保は大太刀を折って脇差《わきざし》の小太刀を頼りとした。師直はこれを見て、「安保を討たすな。秋山を射て落とせ」と命令なさったので、選《え》りすぐりの兵たち七、八人が、河原に面して立ち並んで次々に射た。しかし、秋山は問題にせず、安保肥前守も情けを解する者なので、秋山を討死させようとはせず、しまいには味方の矢先に立ちふさがり、二人はそのまま引き退いた。まことに例のない見ものだと、褒めない者はいなかった。こうした次第で、当時霊験あらたかな神社仏閣の絵馬にも、また扇や団扇《うちわ》に描く絵にも、安保・秋山の河原軍《かわらいくさ》として描かせない人はいなかった。

かかるところに、桃井《もものゐ》が扇一揆《あふぎいつき》の中より、長《たけ》八尺ばかりなる男の、ひげ黒に血眼《ちまなこ》なるが、赤糸の冑《よろひ》に同じ毛の五枚甲《ごまいかぶと》の緒《を》をしめ、鍬形《くはがた》の隘《あひ》に紅《くれなゐ》の扇の月日出《い》だしたるを残らず開き、夕陽《せきやう》に赫《かかや》かし、一丈余りに見えたる八角の棒《ぼう》右の小脇《こわき》に引きそばめ、白川原毛《しろかはらげ》なる馬の太く逞《たくま》しきに、白沫《しらあわ》かませて打ち居《す》ゑて、ただ一騎河原面《かはらおもて》に進み出でて、高声《かうじやう》に申しけるは、「戦場に臨む人ごとに打死《うちじに》を志《こころざ》さずと云《い》ふ者なし。しかれども今日の合戦は、某《それがし》殊更死を軽んじて、日来《ひごろ》の荒言《くわうげん》を人に知らせんと存ずるなり。その身不肖なれば、名字《みやうじ》を人知る事あるべからず。申せばまた事々《ことごと》しき様《やう》に候へども、清和源氏《せいわげんじ》より出でて遠からずと雖《いへど》も、身すでに武略の家に生れて、数代《すだい》ただ弓箭《きゆうせん》を嗜《たしな》んで、名を天下の兵《つはもの》の上に置かん事を存じ候ふ秋山《あきやま》九郎と申す者なり。但《ただ》し、黄石《くわうせき》、子房《しばう》に授けし兵書は、天下のためにして、匹夫《ひつぷ》の勇に非《あら》ざれば、我いまだ学ばず。鞍馬《くらま》の奥僧正谷《そうじやうのたに》にて愛宕《あたご》・高雄《たかを》の天狗《てんぐ》どもが義経《よしつね》に授けし兵法をば、残らずこれを伝へたり。仁木《にき》・細川《ほそかは》・高家《かうけ》の中に、我と思はん人々は名乗つてこれへ出《い》で玉へ。打物《うちもの》して見物の貴賤《きせん》に目を醒《さま》させん」と、をこがましげに喚《よ》ばはつて、勢ひ当《あた》りを払つて、馬を西頭《にしがしら》にぞ立てたりける。これを聞いて、仁木・細川・高家の中に、名を顕《あらは》し力勝《すぐ》れたる兵多しと云へども、如何《いかが》思ひけん、互ひに目を賦《くば》つて、我出でて戦はんと云ふ者なかりけり。

　かかるところに、丹《たん》の党に阿保肥前守直実《あぼひぜんのかみなほざね》と云ひける兵《つはもの》、連銭葦毛《れんぜんあしげ》なる馬に総《ふさ》かけて、唐綾威《からあやをどし》の冑《よろひ》に同じ毛の四方白《しはうじろ》の甲《かぶと》に、四尺余りなる太刀《たち》の、かいしのぎ掻《か》きたるに、三尺五寸の太刀に豹皮《へうがは》の尻鞘《しりざや》入れて帯《は》きそへ、ただ一騎大勢《おほぜい》の中を懸け出《い》でて、「事新しくも承るものかな。張良《ちやうりやう》が一巻の書も、呉氏《ごし》・孫氏《そんし》が云ひし所も、曾《かつ》て名をだにも聞かざれども、変化時に応じ、敵のために気を発するところは、勇士の己《おのれ》と心得たる道にてあるものを。去る元弘《げんこう》・建武《けんむ》以後三百余度の戦ひに、敵をなびけ御方《みかた》を助け、強きを破り堅きを砕く事、その数を知らず。不引《すびき》の精兵《せいびやう》、畠水練《はたけすいれん》は、誰《たれ》も安き事にてあるものを。その荒言《くわうげん》に恐るる者やあるべき。直実参り合うて、手柄の程を見せ申さん」と、高声《かうじやう》に喚ばはつて、閑《しづ》かに馬をぞ歩《あゆ》ませたる。両陣《ぢん》の兵これを見て、「曲事《くせごと》こそ出《い》で来《き》たれ」と、ののめき渡つて堅津《かたづ》をのむ。数万《すまん》の見物衆は、戦場とも云はず、おし籠《こも》つてこれを見る。誠に今日の軍《いくさ》の花は、ただこれに如《し》かじとぞ見えたりける。

かかるところに、阿保・秋山相近《あひぢか》になると見えしかば、弓手《ゆんで》・馬手《めて》に開き合ひたたかへば、秋山は棒を三尺ばかり切り折られ、阿保は大太刀《おほだち》を打ち折つて、帯《は》き添《ぞ》への小太刀を憑《たの》みたり。師直《もろなほ》これを見て、「阿保打たすな。秋山射て落せ」と下知《げぢ》し玉ひければ、究竟《くつきやう》の精兵七、八人、河原面《かはらおもて》に立ち渡つて散々《さんざん》に射けれども、秋山敢《あへ》て事ともせず。阿保肥前守も情けある者なれば、秋山《あきやま》を討たせんとはせず、結句御方《みかた》の矢崎《やさき》に立って塞《ふさ》がり、両方その侭《まま》引き退《しりぞ》く。誠に希代《きたい》の見物《みもの》かなと、ほめぬ者もなかりけり。されば此比《このころ》霊仏霊社の手向《たむけ》にも、扇《あふぎ》・団扇《うちは》のその絵にも、阿保《あぶ》・秋山が川原《かはら》軍《いくさ》とて書かせぬ人もなかりけり。

## 七 高師直《こうのもろなお》の最期

巻第二十八「師直師泰等誅伐の事」

直義方《ただよし》に軍事力の上で圧倒された尊氏《たかうじ》は、播磨国書写山《はりまのくにしょしゃざん》（兵庫県姫路市）へ落ちのびる。そこで師直と合流し、直義方の石堂右馬頭《いしどううまのかみ》が籠《こも》る光明寺城《こうみょうじ》（兵庫県加東市）を攻めた。だが、尊氏らは小清水《こしみず》（兵庫県西宮市）の合戦に敗れ、直義と和睦《わぼく》する。師直も出家して直義方に降参の意を表す。

さて、執事《しつじ》兄弟（高師直・師泰《もろやす》）は、よほど命は捨てがたいものと見え、この期に及んでも、もしかしたら助かるのではと、心からではない出家をし、師直入道道常《どうじょう》・師泰入道道勝《どうしょう》・山口入道恵忍《けいにん》などと名乗り、いずれも裳《も》なし衣《ごろも》（時宗《じしゅう》の僧服）を着して小刀を腰にさげて、降参して城を出られた。見る者も話を伝え聞いた人もみな一様に、「出家のご利益《りやく》は莫大《ばくだい》なものがあるから、来世の罪は免れるとしても、現世の命は助かりにくい」と、批判しない者もいなかった。

観応二年（一三五一）二月二十六日に、将軍尊氏はいよいよ御和睦なされて上洛《じようらく》されるので、執事兄弟もこれに同行し、遁世者《とんぜいじゃ》（遊芸などを職とした時宗の僧）たちの中に身を隠して、死への道に馬を進めた。盛者必衰《じようしゃひっすい》の道理が目前に迫っているということを知らなかったのは哀れである。折しも春雨がしめやかに降って、数万の敵軍がここかしこに控えている中を、こうしていればさすがに人には見知られまいと、蓮《はす》の葉笠《はがさ》を目深にかぶり、袖《そで》で顔を隠すけれども、かえって隠れられない世の中に、身の置き所のないのは悲しいことである。将軍と離れ申しあげては道中でどんなことが起るであろうかと、馬の足を速めて進んだが、上杉《うえすぎ》・畠山《はたけやま》はあらかじめ相談しておいたので、道の両側に控えていて、師直兄弟が現れるのを今か今かと待っていた。武庫川《むこがわ》（兵庫県西宮市と尼崎市の境を流れる）に近づいた時に、そら執事だぞと言うが早いか、将軍と師直の間を押し隔てて、鷹角一揆《たかづのいっき》（上杉氏配下か）の七十余騎が遠慮会釈もなく駆け込んできた。この時、将軍と師直との隔りが、川を挟み村里を越えて三十四町（約三・七キロメートル）になっていたことは、哀れであった。人間の盛衰が一刹那《いちせつな》に変ること、修羅《しゅら》が帝釈天《たいしゃくてん》との戦いに負けて蓮の穴に身を隠し（阿修羅が帝釈天に戦いを挑んで敗れ、蓮の茎や根の穴に隠れたこと）、また天人の寿命が尽きて五種の衰えを現して死んでいく日に歓喜《かんぎ》園《えん》（須弥《しゅみ》山《せん》にある楽園）の中をさまようのも、このようなことかと思われて不《ふ》憫《びん》であった。

　師直兄弟はすでに武庫川を渡って、小さな堤の上を通っていくと、三《み》浦《うら》八郎左衛門が長刀《なぎなた》の柄《え》を延ばして、師直の肩先から左の脇《わき》の下まで切っ先下がりに斬《き》りつけた。「あっ」と叫ぶところを重ねて打ちつけ、師直がさかさまに落馬すると、三浦は馬から飛び下りて、首を掻《か》き切って長刀の切っ先に貫いて、高く掲げた。師泰は半町ほど隔って馬を進めていたが、この様子を見て、馬を駆けさせようとした時に、後に続いていた吉江《よしえ》小四郎が槍《やり》で肩胛骨《けんこうこつ》から左の乳の下へ突き通した。突かれて、槍をつかみ、腰の打刀《うちがたな》（刃を上向きにして差す長めの刀）を抜こうとしたところを、吉江の従者が走り寄り、鐙《あぶみ》の先端を蹴《け》返《かえ》して、師泰を馬から引き落とした。落ちると首を掻き切って、鞍《くら》に取りつけた紐《ひも》に結びつけた。

　高豊前《こうのぶぜん》五郎は、小《こ》柴新左衛門《しばしんざえもん》がこれを討った。高備前守《びぜんのかみ》は、井野弥四郎《いのやしろう》が組み打ちをして馬から落して首を取った。越後将監《えちごのしょうげん》は、長尾《ながお》彦四郎《ひこしろう》が首を取った。遠江《とおとうみ》次郎は、小《お》田《だ》左衛門五郎が斬って落した。山口入道は、小林又次郎が組みついて、これを討った。

彦部《ひこべ》七郎は、小林掃部助《かもんのすけ》が背後から大太刀で斬ったところ、馬が太刀の光に驚いて、深田の中へ落ちてしまった。彦部は引き返して、「味方はいないか。同じ所に寄り集まって、それぞれ思い思いに討死《うちじに》せよ」と大声で叫んだところ、小林の従者が大勢走り寄って皆で刺し殺した。梶原《かじわら》孫七は、佐々宇《さそう》六郎左衛門がこれを討った。山口新左衛門は、高山《たかやま》又次郎が斬って落した。

梶原孫六は十数町前に馬を進めていたが、後ろに異変が起ったと聞いてとって返し、打刀を抜いてさんざんに斬って回った。しかし、とてもかなわないと思ったのか、自害を半ばしかけて道の傍らに倒れていたところ、旧友の阿佐美《あさみ》三郎左衛門が、孫六を人手にかけるよりはと考えて、泣く泣く首を取ったのであった。鹿目《かのめ》平二《へいじ》左衛門は山口が討たれるのを見て、長尾三郎左衛門に刀を抜いて斬りかかった。長尾は少しもあわてず、「あなたを討とうとしているのではありませんのに。心得違いなさって、何の甲斐《かい》がありますか」と言ったので、鹿目がそれではと思って油断したところへ長尾の従者が走り寄って、左右から二刀《ふたがたな》刺した。刺されて気力が衰えたところを馬から引き落して、首を主人に掻かせた。河津《かわづ》左衛門は小清水《こしみず》の合戦で深い傷を負い、輿《こし》にかつがれてはるか後ろに続いていたが、師直兄弟が討たれたと聞いて、道の脇にあった辻堂《つじどう》に輿を止めさせて、「予想していたことではあったが、残念な死に方だなあ」と言って、腹を切って死んだのであった。

---

さる程に、執事《しつじ》兄弟は、能《よ》く命は捨てがたき物かな、かくても、もしや遁《のが》るるとて、心も起らぬ出家して、師直入道道常《もろなほにふだうだうじやう》・師泰《もろやす》入道道勝《だうしよう》・山口入道恵忍《けいにん》、皆裳《も》なし衣《ごろも》に下鞘《さげさや》さげて、降人《かうにん》になつて出《い》でられける。見る者、聞く人、押しなべて、出家の功徳莫太《くどくばくたい》なれば、後生《ごしやう》の罪は助かるとも、今《こん》生《じやう》の命は継ぎがたしと、舌を弾《だん》ぜぬ者もなかりけり。

同じき二月二十六日に、将軍すでに御合体《がつてい》にて上洛《しやうらく》し玉へば、執事兄弟も同じく遁世物《とんぜいもの》に打ち混《まぎ》れて、無常の岐《ちまた》に策《むち》をすすめ、盛者必衰《じやうしやひつすい》の理《ことわり》、げに目《ま》の当《あた》りなりけるを知らざりけるこそ悲しけれ。折節《をりふし》春雨しめやかに降つて、数万《すまん》の敵ここかしこにひかへたる中を、さすがに人に見知られじと、蓮《はす》の葉笠《はがさ》を傾《かたぶ》け、袖《そで》して顔を隠せども、なかなかまぎれぬ天《あめ》が下《した》、身のせばき程こそ悲しけれ。将軍に離れ奉《たてまつ》つては、道にてもいかなる事かあらんずらんとて、馬を早めて打ちけるを、上杉《うへすぎ》・畠山《はたけやま》、兼《かね》て議したる事なれば、道の両方にひかへつつ、今や今やと待ち懸けたり。武庫川《むこがは》の辺近くなりけるに、すはや執事よと云《い》ふ程こそあれ、将軍と師直の間を押し隔てて、鷹《たか》角一揆《づのいつき》七十余騎会釈《ゑしやく》もなく懸け入りたる。この時、将軍と師直との合《あは》ひ、川を隔て里を超して三十四町になりしかば、哀れなるかな、栄枯刹那《せつな》にかはる事、修羅《しゆら》、帝釈《たいしやく》の軍《いくさ》に負けて、藕花《ぐうげ》の穴に身をかくし、天人五衰《ごすい》の日に逢《あ》ひて、歓喜園《くわんぎゑん》にさまよふらんもかくやと覚えて無慚《むざん》なり。

師直兄弟すでに武庫川を打ち渡して、小堤《こつつみ》の上を過ぎける時、三浦八郎《みうらはちらう》左衛門《ざゑもん》長刀《なぎなた》の柄《え》を取り舒《の》べて、師直入道《にふだう》が肩崎《かたさき》より左の小脇《こわき》まで鋒《きつさき》下りに切り付けたり。切られて、「あ」と云ふところを、重ね打ちに打ちたれば、馬より倒《さかさま》に落ちければ、三浦馬より飛び下《お》りて、頸掻《くびか》き切つて、長刀の鋒に貫《つらぬ》いて指し挙げたり。師泰入道は半町ばかり隔てて打ちけるが、これを見て、馬を懸けのけんとしけるを、跡に打ちける吉江《よしえ》小四郎、鑓《やり》を以《もつ》て胛《かいがね》より左の乳《ち》の下へ突き通す。突かれて鑓に取り付いて、打刀《うちがたな》を抜かんとしけるところを、吉江が中間《ちゆうげん》走り寄つて、鐙《あぶみ》の鼻を返して引き落す。落つれば頸《くび》を掻《か》き切つて、取付《とつつけ》にぞ付けたりける。

高豊前五郎《かうのぶぜんのごらう》をば、小柴新左衛門《こしばしんさゑもん》これを打つ。高備前守《びぜんのかみ》をば、井野弥四郎《ゐのやしらう》組んで落ちて頭をとる。越後将監《ゑちごのしやうげん》をば、長尾《ながを》彦四郎《ひこしらう》頭を取る。遠江《とほたふみ》次郎をば、小田《をだ》左衛門五郎切つて落す。山口入道《やまぐちにふだう》をば、小林又次郎引つ組んでこれを打つ。彦部《ひこべ》七郎をば、小林掃部助《こばやしかもんのすけ》後《うしろ》より大太刀《おほだち》にて切りけるを、太刀《たち》影《かげ》に馬驚いて、深田《ふかだ》の中へ落ちにけり。彦部引き返して、「御方《みかた》はなきか。一所に馳《は》せ寄つて、思ひ思ひに打死《うちじに》せよ」と呼ばはりけるを、小林が中間あまた走り寄り、指し合はせてこれを誅《う》つ。梶原孫七《かぢはらまごしち》をば、佐々宇《ささう》六郎左《ろくらうざ》衛門《ゑもん》これを打つ。山口新左衛門をば、高山又次郎《たかやままたじらう》切つて落す。

梶原孫六は十余町前に打ちけるが、跡に事ありと聞いて取つて返し、打刀を抜いて散々《さんざん》に切つて廻《まは》りけるが、とても叶《かな》はじとや思ひけん、自害の半ばにして道の傍《かたは》らにぞ臥《ふ》しけるを、阿佐美《あさみ》三郎左衛門、年来《としごろ》の知音《ちいん》なりけるが、人手にかけんよりはとて、泣く泣く頸を取つてけり。鹿目《かのめ》平二《へいじ》左衛門は山口が討たるるを見て、長尾三郎左衛門に抜いてかかる。長尾少しも周章《あわて》ず、「御身の上にては候はぬ物を。僻事《ひがごと》し玉ひて、何の詮《せん》か候ふ」と申しければ、鹿目さてはと思ひて油断しけるところを、長尾が中間《ちゆうげん》走りより、左右より二刀《ふたがたな》さす。差されて弱るところを引き落し、頭《くび》をば主にかかせけり。川津左衛門は小清水《こしみづ》の軍《いくさ》に痛手《いたで》負うて、輿《こし》にかかれ、遥《はる》かの跡に来たりけるが、師直兄弟討《う》たるると聞きて、辻堂《つじだう》のありけるに輿をかきすゑさせ、「思ひ儲《まう》けたる事なれども、無念の死様《しにざま》かな」とて、腹切つて失《う》せにける。

## 八 足利直義《ただよし》の死

巻第二十九「薩多山合戦の事」

和睦《わぼく》した直義《ただよし》と尊氏《たかうじ》・義詮《よしあきら》は帰京して対面したが、両者の溝は埋まらない。観応《かんのう》二年（一三五一）七月、直義は京都を出奔し、東国へ下った。尊氏は討伐のために関東へ下り、十二月には駿河国薩埵山《するがのくにさつたやま》（静岡県庵原《いはら》郡由比町と静岡市との間の峠）で直義を破る。

錦小路殿《にしきこうじ》（足利直義）は、味方の大軍勢に引っ張られて、北条（静岡県伊豆の国市の地）まで退却なさったが、北条にもやはり留まりえず、伊豆山権現《いずさんごんげん》（静岡県熱海市）に落ち着いて、大きくため息をついていらっしゃった。そして、どこかへひとまず逃れてみようか、それともこのままこの場所で腹を切ろうかと思案して日数を過すうちに、またご兄弟和睦《わぼく》の話が出てきて、将軍尊氏からさまざまのお手紙が寄せられた。兵糧《ひょうろう》が乏しくなり運命の時が訪れなさったのか、たいした思慮もなく、すぐさまこれを承諾したので、将軍はたいそうお喜びになって、畠山阿波守《はたけやまあわのかみ》国清と仁木《にき》左京大夫《さきょうのだいぶ》頼章《よりあき》、その弟右馬頭《うまのかみ》義長《よしなが》を急いで直義のもとに派遣なさった。それで、直義は現在の命の捨てがたさに、のちの災いをお忘れになったのであろうか、降参者になって出ておいでになったから、兵たちはみな喜んで、軍装を解いた。将軍はすぐさまご対面なさって、正月六日の夜に入ってから、ご兄弟一緒に鎌倉へお入りになった。

このような後は、直義の供をし申しあげる侍は一人もいない。牢《ろう》のようなお邸《やしき》で、長い間荒れ果てていた所に、警護の兵が置かれていて、その後は事あるごとに悲報だけが伝えられ、さまざまに心を悩まされたので、今ではこのような世の中に生き長らえても、たとえ命があったところで何になろうかと思ったであろう。直義は我が身一つすら生きにくいことを嘆き悲しみ、灯のない暗夜の中にいる気持であったが、昔や今のことを思い続けて涙の乾く時もなかった。そうした中、病気で床に臥《ふ》しなさることもなくて、観応三年（一三五二）の二月二十六日、にわかにお亡くなりになった。黄疸《おうだん》という病気になって亡くなられたと発表されたけれども、鴆毒《ちんどく》（鴆《ちん》という鳥の羽からとる猛毒）のためにこのように死なれたのだと噂《うわさ》された。不思議なことよ、一昨年の秋は師直《もろなお》・師泰《もろやす》が上杉《うえすぎ》・畠山《はたけやま》を殺し、昨年の春は直義が師直・師泰を誅伐《ちゆうばつ》し、そして今年の春は我が身がまた鴆毒のために病気になって、今この地でこのようになられたことは、まさに大塔宮《おおとうのみや》を殺し申しあげたありさまと少しも変らないと、人々はみな驚きあきれるのであった。「三度《みたび》門を過ぎる間に老い病みそして死ぬ。また一度《ひとたび》指を弾《はじ》くわずかな間に過去・現在・未来の三世《さんぜ》がある」（蘇東坡《そとうば》の詩「永楽を過ぎれば文長老已《すで》に卒す」の一節）というのも、このようなことをいうのであろう。すべてが因果ではっきりつながっているという道理は、今さら始まったことではないけれども、三年の間に引き続いて因果の報いが出なさったことだ。末世とはいえ、やはり天地の神々はましまし、道義もあるのだなあ、と恐れを抱かない者はいなかった。

---

錦小路殿《にしきこうぢどの》は、御方《みかた》の大勢に引き立てられ、北条《ほうでう》まで退き玉ひけるが、北条にもなほたまり得ず、伊豆《いづ》の御山《おやま》に落ち着きて、大息つきて御座《おはし》けるが、何《いづ》くへも一間途《ひとまど》落ちてや見る、このままここにて腹をや切ると案じ煩《わづら》ひて日数《ひかず》を過す程に、また御兄弟和睦《わぼく》の儀出《い》で来《き》て、将軍より様々の御文《ふみ》

を進《まゐ》らせられければ、転漕《てんさう》の弊《つひえ》に乗つて運命の期《ご》や至り玉ひけん、とかくの思案もなく、やがて領掌《りやうじやう》ありしかば、将軍大いに喜び玉ひて、畠山阿波《はたけやまあはの》守国清《かみくにきよ》・仁木《にき》左京大夫頼章《さきやうのだいぶよりあき》・舎弟右馬頭義長《うまのかみよしなが》を急ぎ迎へに進《まゐ》らせられしかば、今の命《いのち》の棄《す》てがたさに後の難《なん》をや忘れ玉ひけん、降卒《かうそつ》になつて軍門に出で玉へば、諸卒 各《おのおの》喜んで、冑《かぶと》の紐《ひぼ》をぞ解きにける。将軍やがて御対面あつて、正月六日の夜に入つて、御兄弟もろともに鎌倉へぞ帰り入り玉ひける。

かかる後は、錦小路殿に付き順《したが》ひ奉《たてまつ》る侍《さぶらひ》一人もなし。楼《ろう》の如《ごと》くなる御《おん》屋形《やかた》の荒れて久しくなりぬるに、警固《けいご》の武士を居《す》ゑられて、事に触れたる悲しみのみ耳に聞え、心を傷《いた》ましめ玉ひければ、今はかかる世の中に長《なが》らへても、よしや命を何かはせんと思ふべき。我が身をさへ生きうき事に嘆き沈み、闇《くら》き夜を明かす心地して覚えしに、昔今思《おぼ》し召《め》し残す事もなき侭《まま》に、泪《なみだ》の乾く間《ひま》もなかりしが、病床に臥《ふ》し玉ふ事もなくて、その年の二月二十六日、俄《にはか》に逝去《せいきよ》し玉ひにけり。

黄疸《わうだん》と云《い》ふ病に侵されて、はかなくなり玉ひぬと披露ありしかども、鴆《ちん》毒《どく》に侵されてかやうになり玉ひけるとぞ私語《ささや》きける。不思議なるかな、去々年《きよきよねん》の秋は師直《もろなほ》・師泰《もろやす》、上杉《うへすぎ》・畠山《はたけやま》を失ひ、去年の春は左武衛《さぶゑ》、師直・師泰を誅《ちゆう》し、今年の春は我が身また鴆毒のために侵され、今ここにてかくなり玉ひぬる事、ただこれ大塔宮《おほたふのみや》を失ひ進《まゐ》らせられしその風情《ふぜい》に、些《すこ》しも違《たが》はずとぞ人皆舌を翻《ひるがへ》しける。「三過門《さんくわもん》の中《うち》老病死、一弾指《いちだんし》の頃去来今《ころこらいこん》」とも、かやうの事をぞ申すべき。因果歴然の理《ことわり》は今に始めざる事なれども、三年《みとせ》の中に程もなく報ひ玉ひける事よ。天地神明・日月もさすがに御座《まします》末世かなと、恐れぬ物もなかりけり。

# 太平記

# 第四部

# 第四部　争乱終結

## ❖ あらすじ

光厳院《こうごんいん》以下の皇族が賀名生《あのう》へ連行されてしまった京都では、幕府の手によって後光厳《ごこうごん》天皇が帝位につけられた。文和《ぶんな》二年（一三五三）五月、佐々木道誉《ささきどうよ》と対立した山名時氏《やまなときうじ》・師義《もろよし》父子は伯耆《ほうき》（鳥取県西部）を発って、京都をめざした。六月、足利義詮《あしかがよしあきら》は山名軍の攻撃を受け、近江《おうみ》（滋賀県）へ逃れる。だが、幕府軍はすぐに勢力を回復したため、山名はわずかのうちに本国へ退かざるをえなかった。そこで山名は足利直冬《ただふゆ》（直義養子）を大将に迎え、南朝に投降する。文和四年一月、直冬と山名父子は京都を手中に収める。だが、義詮は神南山《こうないやま》（大阪府高槻市）において激戦の末、山名師義を破り、尊氏は京都東寺《とうじ》に立て籠《こも》る直冬らを攻撃し、三月にはこれを陥れる。

延文《えんぶん》三年（一三五八）四月、尊氏《たかうじ》が五十四歳で死去する。この時期、地方の南朝方の活動はなお活発で、中でも九州の菊池《きくち》氏と関東の新田義興《にったよしおき》の動きが目立っていた。関東執事畠山道誓《はたけやまどうせい》は竹沢右京亮《たけざわうきょうのすけ》に義興謀殺を命じる。竹沢は美女を献じて義興の信任を得、さらに江戸遠江守《えどとおとうみのかみ》・下野守《しもつけのかみ》らと謀《はか》って、義興を矢口《やぐち》の渡《わたり》（東京都大田区）で殺害する。関東を平定した畠山は、延文四年十月、大軍を率いて上洛し、南朝掃討作戦を主導する。南朝の諸城は陥落するが、河内国観心寺《かわちのくにかんしんじ》（大阪府河内長野市）の皇居まで追及の手は及ばなかった。ちょうどその頃《ころ》、吉野の後醍醐《ごだいご》天皇陵に参詣《さんけい》した南朝方の上北面《じょうほくめん》（北面の武士で四位、五位の者）は、義興をはじめとする南朝方の怨霊《おんりょう》たちが、仁木《にき》・細川・畠山ら足利方の有力大名を滅ぼす計略をめぐらしていることを夢に見る。果たして翌延文五年七月、幕府執事仁木義長《よしなが》は畠山道誓・佐々木道誉《どうよ》らの反感を買って、京都を没落。本国伊勢《いせ》（三重県）に下り、南朝方となる。八月には仁木排斥運動の責めを負って、畠山が京都を退去。南朝怨霊の策謀どおり、足利方諸将は相次いで失脚するのであった。

さらに康安《こうあん》元年（一三六一）九月、執事細川清氏《きようじ》が佐々木道誉の手によって失脚させられる。道誉は義詮に対し、清氏のことを巧妙に讒言《ざんげん》。清氏は本国若狭《わかさ》（福井県西部）へ下り、さらに南朝に帰順して、同年十二月に京都へ侵攻する。義詮は近江へ逃れるが、わずかな期間で京都を取り戻す。一方、関東では畠山が武士たちの排斥を受け、伊豆国修禅寺《いずのくにしゅぜんじ》（静岡県伊豆市）へ退く。やがて畠山は足利基氏《もとうじ》に攻められ、逐電した。その頃、細川清氏は南朝軍の一翼として讃岐《さぬき》（香川県）へ渡り、勢力を伸ばしつつあった。しかし、細川頼之《よりゆき》の戦にはまり、壮絶な最期を遂げる。

このように世上が治まりを見せない中、日野僧正《ひののそうじょう》頼意《らいい》が北野《きたの》天満宮《てんまんぐう》（京都市上京区）へ参詣すると、遁《とん》世《ぜい》者・雲客《うんかく》（殿上人《てんじょうびと》）・法師の三人が政道談義を交わしている場に出会う。彼らは日本・中国・インドの故事を引きながら、理想の政治と将来の展望について語り合うのであった。

その後、南朝方に転じていた有力大名たちが次々と幕府に帰参する。世の中は平穏に帰したかと思われたが、貞治《じょうじ》五年（一三六六）八月、幕府の実力者斯波《しば》道朝《どうちょう》が佐々木道誉らと対立し、越前《えちぜん》（福井県）に退去する。高麗《こうらい》からは和寇《わこう》の取り締まりを求める使者が来朝し、政情の不安はもはや国内にとどまるものではなくなった。貞治六年に入ると足利基氏の死、園城寺《おんじょうじ》と南禅寺《なんぜんじ》の対立など、不穏な出来事がつづいた。そして十二月、将軍義詮が死去する。そうした中、幕府の新たな指導者として細川頼之が管領《かんれい》に就任し、新将軍義満《よしみつ》を補佐することによって、平穏無事の世が訪れた。

一

# 婆娑羅《ばさら》大名の時代

巻第三十三「武家富貴の事」

幕府内の権力闘争、観応《かんのう》の擾乱《じょうらん》は直義《ただよし》の死で終結をみたが、うち続く争乱によって諸国の政情は不安定となり、都の貴族も困窮を極めた。だが、武家の中には豪奢《ごうしゃ》な遊宴を日ごと催す者もいた。彼らの大胆で華美な風俗は「婆娑羅《ばさら》」と称された。

公家《くげ》の人々はこのように生活に困って、溝にはまり道に迷って野垂《のた》れ死《じに》をしたけれども、一方、武家の一門は以前よりも百倍して富み栄え、身には美しい織物の衣服を着、豪華きわまりない食事をしていた。

前代、北条《ほうじょう》執権一族が天下を治めた時、諸国の守護は大犯三箇条《たいぼんさんかじょう》（国内の御家人《ごけにん》に御所警護にあたらせること、謀反人の追捕、殺害人の追捕）のほかは国務に介入することはなかったのに、現在ではすべてにわたって守護の判断によっていて、各国の政治は守護の思いどおりになったから、地頭・御家人を家来のように召し使い、寺社・本所の領地を兵糧《ひょうろう》のための所領だとして収め、強引に支配するようになった。守護の権威は、今やもっぱら昔の六波羅《ろくはら》探題《たんだい》・九州探題のようである。

また都では、佐々木佐渡判官入道道誉《ささきさどのほうがんにゅうどうどうよ》をはじめとして、在京の大名は仲間を集めて茶寄合《ちゃよりあい》（産地の異なる茶を飲み分けて勝負を競う闘茶《とうちゃ》の集い）をするのは無論のこと、毎日のように集まって贅沢《ぜいたく》を尽くした。それは、外国や日本の宝物を集め、すべての座敷を飾りたて、一様に曲彔《きょくろく》（背もたれを丸く曲げて作った椅子）の上に豹《ひょう》や虎《とら》の毛皮を敷き、緞子《どんす》・金襴《きんらん》の布地を裁《た》って衣服とし、四人の正客の座る四頭《よつがしら》の茶会に人々が列をつくって並んで座ると、まったくもって百の福徳に飾られた床の上に、千仏が光り輝いて並んでいるのと同じであった。

中国の諸侯は宴会を催す時に、「食前方丈《しょくぜんほうじょう》」といって座敷の一丈（約三㍍《メートル》）四方に豪華な食べ物を用意するということなので、それに劣ってはいけないといって、幅五尺（約一・五㍍《メートル》）の盆の上に、十種の菜《さい》を調え、百種の点心《てんしん》、五種の味の魚や鳥肉、いろいろな味の果物など、さまざまの物を用意して並べた。したがって、このための費用は幾千万貫かかっているかわからない。

せめて、これらの馳走《ちそう》をそれぞれが取って帰宅するならば、互いに物を交換したことになるであろうが、供として連れてきている遁世者《とんぜいじゃ》や、見物のために集まっている田楽《でんがく》を舞う少年や傾城《けいせい》・白拍子《しらびょうし》などにみな与え、大名たちは何も持たずに帰宅したのであった。だから、生活に苦しんでいる人民の飢えを助ける役には立たず、ましてや仏や僧に供える布施にも相当しないから、ただ黄金を泥土に捨て、玉を淵《ふち》に沈めたのと同じである。こうした宴会や娯楽の集まりの際には、重要な用件をかかえた訴訟人などが訪れてきても対面することもせず、人々の嘆きは深刻であり、あきれはてた時代である。

---

公家《くげ》の人はかやうに窮困《きゆうこん》して、溝壑《こうがく》に塡《み》ち道路に迷ひけれども、武家の族《やから》は富貴日来《ひごろ》に百倍して、身には錦繡《きんしう》をまとひ、食には八珍《はつちん》を尽くせり。前代相模守《さがみのかみ》の天下を成敗《せいばい》せし時、諸国の守護大犯《たいぼん》三箇条の検断の外《ほか》は綺《いろ》ふことなかりしに、今は大小の事ただ守護の計らひにて、一国の成敗雅意《がい》に任《まか》すれば、地頭《ぢとう》・御家人《ごけにん》を郎従《らうじゆう》の如《ごと》くに召し仕《つか》ひ、寺社・本所の所領を兵粮料所《ひやうらうれうしよ》とて押へて管領《くわんりやう》す。その権威ただ古《いにしへ》の六波羅《ろくはら》・九州探題《たんだい》の如し。また都には、佐々木佐渡判官《ささきさどのはうぐわん》入道道誉《にふだうだうよ》を始めとして、在京の大名衆《しゆう》を結んで茶会を始め、日々寄り合ひ、活計《くわつけい》を尽くすに、異国・本朝の重宝を集め、百座の粧《よそほ》ひをして、皆曲彔《きよくろく》の上に豹《へう》・虎《とら》の皮をしき、思ひ思ひに段《どん》子《す》・金襴《きんらん》を裁《た》ちて、四主頭《ししゆちやう》の座に列をなして並《な》み居たれば、ただ百福《ひやつぷく》

荘厳《しやうごん》の床《ゆか》の上に、千仏の光を双《なら》べて座し玉へるに異ならず。

異国の諸侯は遊宴をなす時、食膳方丈《しよくぜんはうぢやう》とて、座の囲み四方一丈に珍物《ちんぶつ》を備ふなれば、それに劣るべからずとて、面《おもて》五尺の折敷《をしき》に、十番斎《じふばんざい》を調へて、百種五味《ごみ》の魚鳥《ぎよてう》、甘酸苦辛《かんさんくしん》の菓子ども、色々様々《さまざます》居ゑ双べたり。されば、その費《つひえ》幾千万と云《い》ふ事を知らず。

せめてはこれを面々《めんめん》に取つて帰らば、互ひにこれを以《もつ》てかれに替へたる物とも成るべし。供につれたる遁世者《とんぜいじや》、見物のために集まる田楽童《でんがくわらは》・傾城《けいせい》・白拍子《しらびやうし》などに皆取りくれて、各《おのおの》手を空《むな》しくして帰りしかば、窮民《きゆうみん》の餓莩《がへう》の資《たすけ》にも非《あら》ず、況や供仏施僧《いはんくぶつせそう》の檀施《だんせ》にも当らざれば、ただ金《こがね》を泥に棄《す》て、玉《ぎよく》を淵《ふち》に沈めたるものなり。かかる遊宴・観娯《くわんご》の砌《みぎり》には、大事の訴人《そにん》など臨むとも対面に及ばず、諸人の歎《なげ》き謂《い》ふばかりなく、あさましかりし折節《をりふし》なり。

## 二 足利尊氏《あしかがたかうじ》の死

巻第三十三「将軍薨逝の事」

延文《えんぶん》三年（一三五八）の四月二十日、尊氏卿は背中に悪性腫瘍《しゅよう》ができて、ご気分がすぐれなかったので、内科・外科の医師が数多く参集した。倉公《そうこう》・華陀《かだ》（古代中国の名医）のような名医がその術を尽くし、さまざまな薬をさしあげたけれども、まったく効果はない。陰陽頭《おんようのかみ》と効験あらたかな高僧が集まって、鬼見《きけん》・太山府君《たいざんぶくん》・星供《しょうぐ》・冥道供《めいどうぐ》、薬師《やくし》の十二神将の法、愛染明王《あいぜんみょうおう》の法、一字文殊《いちじもんじゅ》の法、不動六月延命《ふどうろくがつえんめい》の法など、さまざまの熱心な祈りを行った。しかし、病気は日を追って重くなり、時の経《た》つに従って長く生きられそうもなく見えなされたので、御所中の男女は気持をおし隠し、近侍の従者は涙を抑えて、日夜寝食を忘れて見守った。

こうしているうちに、尊氏卿は身体がしだいに衰弱して、同月二十九日午前四時に、御年五十四歳で、とうとう逝去《せいきょ》なされた。死別の悲しさはもちろんのことながら、国家の中心人物が亡くなったので、世の中は今にもどうなるであろうかと、たいそう嘆き悲しむのであった。しかし、悲しんでばかりはいられないとして、中一日置いて、衣笠山《きぬがさやま》の麓《ふもと》にある等持院《とうじいん》（京都市北区等持院北町）に葬り申しあげた。棺《ひつぎ》の蓋《ふた》を閉じる儀式は天龍寺《てんりゆうじ》の龍山和尚《りようざんおしよう》によって、棺を送り出す儀式は南禅寺《なんぜんじ》の平田《へいでん》和尚によって、棺前に茶を供える儀式は建仁寺《けんにんじ》の無涯《むがい》和尚によって、霊前に湯を供える儀式は東福寺《とうふくじ》の鑑翁《かんおう》和尚によって、さらに火葬の火をつける儀式は等持院の東陵《とうりん》和尚によって行われた。

哀れなことよ、将軍となって二十五年、尊氏卿が向う所へは必ず兵が従ったけれども、死という敵の訪れを防ぐための兵はいなかった。悲しいことよ、天下を治めて六十余州、その命令に従う者は多いとはいってもこの世との別れに供となる人もなく、その身はあの世のものとなって夕暮に立ちのぼる数条の煙となり、その骨はむなしく残って卵塔《らんとう》（卵形の石塔婆の墓）に埋められる一握りの塵《ちり》となった。別れの悲しみに沈んで、涙すらとめどないこのごろである。

---

同年四月二十日、尊氏卿《たかうぢきやう》背《せなか》に癰瘡《ようさう》出《い》でて、心地例ならず御座《おは》しければ、本道《ほんだう》・外経《げぎやう》の医師《いし》数を尽くして集まり参る。倉公《さうこう》・花陀《くわだ》が術を尽くし、君臣佐使《さし》の薬を施し奉《たてまつ》れども、更に験《しるし》なし。陰陽頭《おんやうのかみ》・有験《うげん》の高僧集まつて、鬼見《きけん》・大山府君《たいざんぶくん》・星供《しやうぐ》・冥道供《めいだうく》、薬師《やくし》の拾二神将法《じふにじんじやうのほふ》、愛染明王《あいぜんみやうわう》、一字《いちじ》文珠《もんじゆ》、

不動六月延命法《ふどうろくぐわつえんめいのほふ》、種々の懇祈《こんき》を致せども、病日《やまひ》に随《したが》つて重く、時を添へて頼み少なく見え玉ひしかば、御所中の男女機《き》を呑《の》み、近習《きんじゅ》の従者涙を押へて、日夜《にちや》寝食を忘れたり。

かかりし程に、身体次第に衰へて、同じき二十九日刁《とら》の尅《こく》、春秋五十四才にて、つひに逝去《せいきょ》し玉ひけり。さらぬ別れの悲しさはさる事ながら、国家の柱石摧《くだ》けぬれば、天下今も如何《いかが》とて、歎《なげ》き悲しむ事限りなし。さてあるべきに非《あら》ずとて、中一日あつて、衣笠山《きぬがさやま》の麓《ふもと》、等持院《とうぢゐん》に葬《さう》し奉《たてまつ》る。鎖龕《そがん》は天龍寺《てんりゆうじ》の龍山和尚《りようざんをしやう》、起龕《きがん》は南禅寺《なんぜんじ》の平田《へいでん》和尚、奠茶《てんちや》は建仁寺《けんにんじ》の無涯《むがい》和尚、奠湯《てんたう》は東福寺《とうふくじ》の鑑翁《かんをう》和尚、下火《あこ》は等持院の東陵《とうりん》和尚にておはしける。

哀れなるかな、武将に備はつて二十五年、向ふ所必ず順《したが》ふと云《い》へども、無常の敵の来たるをば防ぐにその兵《つはもの》なし。悲しいかな、天下を収めて六十余州、命に随《したが》ふ者多しと云へども、有為《うゐ》の境《さかひ》を辞するに伴つて行く人もなく、身は忽《たちま》ちに化して暮天数行《ぼてんすぎやう》の烟《けふり》と立ちのぼり、骨は空《むな》しく留《とど》まつて、卵塔一掬《らんたふいつきく》の塵《ちり》と成りにけり。別れの泪《なみだ》かき暮れて、これさへとまらぬ月日かな。

## 三　矢口《やぐち》の渡《わたり》の謀略

巻第三十三「新田義興自害の事」

尊氏《たかうじ》の死後、諸国の南朝方の活動は再び活発となる。中でも関東では新田《にった》義貞《よしさだ》の遺児、義興《よしおき》の動きが幕府方を攪乱《かくらん》していた。関東の執事、畠山道誓《はたけやまどうせい》は竹沢右京亮《たけざわうきようのすけ》に義興誅殺《ちゆうさつ》を命じる。竹沢は美女を義興に献じ、取り入ることに成功。江戸《え》遠江守《どとおとうみのかみ》らを語らって、義興を矢口の渡（多摩川の渡。東京都大田区矢口の辺り）へおびき出した。

江戸と竹沢はあらかじめ用意しておいたことなので、矢口の渡の船の船底に二か所穴をくりぬいて栓《せん》を差し込んでおいた。そして、渡し場の向いには夕方から江戸遠江守・下野守《しもつけのかみ》配下の完全武装をした三百余騎が、木の陰や岩の後ろに隠れて、相手を取り逃がすような場合には討ちとどめようと準備していた。背後には、竹沢右京亮が腕のたつ射手《いて》百五十人を選《え》りすぐって、相手が渡し場に引き返すようならば、遠矢《とおや》を射て殺そうと策をめぐらした。「大人数で街道をお通りなさると、人が見とがめ申しあげることもございましょうから」と、義興の家来たちは、あらかじめ皆ひそかに鎌倉へ遣わしてあった。瀬良田右馬助《せらだうまのすけ》、井弾正忠《いのだんじようのちゆう》、大島周防守《すおうのかみ》、土肥《とい》三郎左衛門、市河《いちかわ》五郎、由良兵庫《ゆらひようごの》助《すけ》、同新左衛門尉、南瀬口《みなせぐち》六郎ら、わずかに十三人を供として、それ以外の人を交えずに、一行は栓を差し込んだ船に乗り込んで、矢口の渡を漕ぎ出した。この川が死者の渡らねばならぬ三途《さんず》の大河だとは思い寄りもしなかったのは哀れであった。

よくよくこれを喩《たと》えると、虎《とら》のように恐ろしい無明《むみょう》（根本的な無智）に追われて煩悩の大河を渡ると、人間を害する貪欲《とんよく》（貪り求める）・瞋恚《しんい》（憤り恨む）・愚痴《ぐち》（真実が見えない）の三毒が大蛇となって現れ、人を呑《の》み込もうと舌を伸ばしているので、食われまいと岸に生えている根無し草に命を預けて取り付いたところ、その草の根を白月・黒月の二匹の鼠《ねずみ》（過ぎゆく昼夜）がかじる、という無常の喩えにほかならない。

この矢口の渡というのは、川幅四町（約四四〇メートル）以上にわたって川波が高く、底は深い。渡し守がいよいよ櫓《ろ》を押して、川の半ばまで渡った時に、うっかり取り落としたことにして、櫓・櫂《かい》を手から放して川に落とし入れた。そして、二つの栓を同時に抜いて、二人の船頭は同じように川にざぶんどぶんと飛び込み、水底に潜って逃げ去った。この様子を見て、対岸から四、五百騎の兵が駆け出してきて、鬨《とき》の声をどっとあげると、後ろからもそれに合わせて鬨をつくって、「愚かな人々であることよ。謀られたとは気づかぬのか。あれを見よ」と馬鹿にして、箙《えびら》をたたいて笑うのだった。

そうしているうちに、水が船中に激しい勢いで浸入し、腰の半ばまでになった時に、井弾正が義興を抱いて上へ支え上げたところ、義興は「くやしいことだなあ。日本一の非道の者どもに欺かれたことよ。七生《しちしよう》までもお前たちのために生れ変り、この恨みを晴らしてやろうぞ」と怒って、腰の刀を抜き、みずから左の脇腹《わきばら》から右のあばら骨までえぐり切り、二太刀までお切りになった。井弾正は義興のその腸を引き切って、川の中へばさっと投げ入れ、自分の喉笛《のどぶえ》を二か所刺し切り、自身で髻《もとどり》をつかんで、首を後方へへし折った。その音は二町ほど離れても聞えたのであった。世良田右馬助と大島周防守とは、二人で刀を柄《つか》の口もとまで突き合って、組み合った格好で川へ飛び込んだ。由良兵庫助と新左衛門は船尾と船首とに立ち上がって、刀を逆手《さかて》に握って、双方とも自分の首を切り落した。土肥三郎左衛門・南瀬口六郎・市河五郎の三人は、それぞれ袴《はかま》の腰紐《こしひも》を引きちぎって裸になり、太刀を口にくわえて川中に飛び込んだのであるが、水の底を潜って対岸へ駆け上がって、敵三百余騎の中に走り込み、一時間ほど斬《き》り合ったけれども、敵五人を討ち取り、十三人に傷を負わせて、三人ともそこで討たれてしまったのである。

その後、水泳の熟達者を川に入れて、兵衛佐《ひようえのすけ》（義興）および自害・討死《うちじに》した者の首十三を取り、それを腐らないよう酒に浸して持ち、江戸遠江守・下野守・竹沢右京亮が五百余騎を引率して、足利基氏《あしかがもとうじ》（尊氏の子。鎌倉公方《くぼう》）のいらっしゃる武蔵《むさし》の入間川《いるまがわ》の陣（埼玉県狭山市）へ、馬を急がせて参上した。畠山入道はたいそう喜んで、小俣少輔《おまたしょう》次郎・松田・川村を呼び出してこの首をお見せになったところ、「間違いなく兵衛佐殿でいらっしゃいます」と言って、この三、四年前に、数日間親しみ申しあげたことなどをお話しして、みな涙を流すのであった。その様子を見た人々は、喜びの内にも哀れさを感じて、ともに涙で袖《そで》をぬらしたのである。

---

江戸《えど》・竹沢兼《たけざわかね》て支度したる事なれば、矢口《やぐち》の渡《わたり》の船のふな底を二所《ふたところ》ゑり貫《ぬ》いて、のみをさし、渡の向ふには宵《よひ》より江戸遠江守《とほたふみのかみ》、同じき下野守《しもつけのかみ》混《ひた》物具《もののぐ》にて三百余騎、木の陰、岩の下に隠れて、余る所あらば打ち止《とど》めんと用意したり。跡には竹沢右京亮《うきやうのすけ》、究竟《くつきやう》の射手《いて》百五十人すぐり、取つて帰されば遠矢《とほや》に射殺さんと工《たく》みたり。「大勢《おほぜい》にて道《みち》御通り候はば、人の見咎《みとが》め申すべく候へば」とて、兵衛佐殿《ひやうゑのすけどの》の郎従《らうじゆう》どもをば、兼て皆ぬけぬけに鎌倉へ遣《つか》はしたり。瀬良田右馬助《せらだうまのすけ》、井弾正忠《ゐのだんじやうのちゆう》、大嶋周防守《おほしますはうのかみ》、土肥《とひ》三郎左衛門《ざゑもん》、市河《いちかは》五郎、由良《ゆら》兵庫助《ひやうごのすけ》、同じき新左衛門尉《しんざゑもんのじよう》、南瀬口《みなせぐち》六郎、纔《わづ》かに十三人を

打ちつれて、更に他人をば雑《まじ》へず、のみをさしたる船に込《こ》み乗つて、矢口の渡に押し出《い》だす。これを三途《さんづ》の大河《たいが》とは思ひよらぬぞ哀れなる。

つらつらこれをたとふれば、無明《むみやう》の虎《とら》に追はれて、煩悩の大河を渡れば、三毒《さんどく》の大蛇《だいじや》浮び出でて、これを呑《の》まんと舌を暢《の》べて、その飡害《ざんがい》を遁《のが》れんと、岸の額《ひたひ》の根《ね》無草《なしぐさ》に命を掛けて取り付きたれば、二《ふたつ》の月の鼠《ねずみ》がその草の根をかぶるなる、無常《むじやう》の喩《たと》へに異ならず。

この矢口の渡と申すは、面《おもて》四町に余りて浪《なみ》さかしく、底深し。渡守《わたしもり》すでに櫓《ろ》を推して河の半ばを渡る時、取りはづしたる由《よし》にて、櫓・かいを河に落し入れ、二つののみを同時に抜いて、二人の水手《かこ》同じさまに川にがはがはと飛び入りて、うぶに入つてぞ逃げ去りける。これを見て向ふの岸より兵四、五百騎懸け出でて、時をどつと作れば、跡より時を合はせて、「愚かなる人々かな。たばかるとは知らぬか。あれを見よ」と欺《あざむ》いて、胡簶《えびら》を扣《たた》いてぞ笑ひける。

さるほどに、水《みづ》船に涌《わ》き入り、腰中《こしなか》ばかりに成りける時、井弾正、兵衛佐殿《すけどの》、「安からぬ物かな。日本一の不《ふ》佐殿を抱きて中《ちゆう》にさしあげたれば、当人《たうじん》どもにたばかられつる事よ。七生《しちしやう》までも汝等《なんぢ》がために、この恨みをば報ずべき物を」と忿《いか》つて、腰の刀を抜き、左の脇《わき》より右のあばら骨までかきまはし、二刀《ふたかたな》まで切り給《たま》ふ。井弾正、その腸《はらわた》を引つ切つて、河中へがはと投げ入れ、己《おの》が喉笛《のどぶえ》二所《ふたところ》さし切つて、自《みづか》らかうづかをつかみ、己が頸《くび》をうしろへ折り付くる。その声《おと》二町ばかりぞ聞えける。世良田右馬助《せらだうまのすけ》と大嶋《おほしま》周防守《すはうのかみ》とは二人刀《ににんかたな》をつか口《ぐち》まで突き違へて、引つ組んで河へ飛び入る。由《ゆ》良兵庫助《らひやうごのすけ》、同じき新左衛門は、船の艫舳《ともへ》に立ち上がり、刀を逆手《さかて》に取り直して、互ひに己が頸を掻き落す。土肥《とひ》三郎左衛門・南瀬口《みなせぐち》六郎・市河《いちかは》五郎三人は、各《おのおの》袴《はかま》の腰引きちぎりて裸《はだか》になり、太刀を口にくはへて河中へ飛び入りけるが、水の底をくぐり、向ひの岸へかけあがり、敵三百余騎の中へ走り入り、半時ばかり切り合ひけるが、敵五人打ちとり十三人に手負はせて、同じ枕《まくら》に討たれにけり。

その後、水練《すいれん》を入れて、兵衛佐ならびに自害・打死《うちじに》の頸十三、酒に浸《ひた》して、江戸遠江守《えどとほたふみのかみ》、同じき下野守《しもつけのかみ》・竹沢右京亮《たけざはうきやうのすけ》五百余騎にて、左馬頭殿《さまのかみどの》のおはする武蔵《むさし》の入間川《いるまがは》の陣《ぢん》へ馳《は》せ参る。畠山《はたけやま》入道《にふだう》斜《なの》めならず悦《よろこ》んで、小俣《をまた》少輔《せふ》次郎・松田《まつだ》・川村《かはむら》を呼び出《い》だしてこれを見せらるるに、「子細《しさい》なき兵衛佐殿にておはしまし候ひけり」とて、この三、四年が前《さき》に、数日相馴《あひな》れ奉《たてまつ》りし事ども申し出でて、皆涙をぞ流しける。見る人悦《よころ》びの中に哀れをそへて、ともに袖《そで》をぞぬらしける。（略）

こういう次第で、江戸《えど》・竹沢《たけざわ》の功績は抜群となって、すぐさま数か所の恩賞をいただいた。「みごと、武士の誉れだ」と、これをうらやむ人もあれば、「卑劣な男のふるまいだなあ」と、非難する人もいた。竹沢に対しては、さらに謀反に加担した者たちを徹底的に探すがよいと、入間川の基氏《もとうじ》の陣に残しておき、江戸二人には休暇を与えて、恩賞の土地へ下向させなさった。江戸遠江守《とおとうみのかみ》はたいそう喜んで、すぐに拝領した土地へ下向することになり、十月二十三日の夕暮に、矢口の渡し場へ下って渡し船を待っていた。そこへ義興《よしおき》を渡した時に江戸の誘いを受けて、栓を抜いて船を沈めた渡し守が、江戸が恩賞をいただいて下向すると聞いて、さまざまな酒・肴《さかな》を用意して、迎えの船を川へ漕《こ》ぎ出したのであった。

この船がいよいよ川の半ばを過ぎた時に、急に空が曇って雷が鳴り、嵐《あらし》が激しく吹いて水しぶきが立ち、白波が船を押し流した。渡し守は驚きあわて、船を戻そうと櫓《ろ》を押して船の向きを直したのだが、逆巻く波にひっくり返され、船頭も梶取《かじと》りも一人残らずみな水底に沈んでしまった。「天の怒りは一通りではない。これはきっと義興の怨霊《おんりよう》だ」と、江戸遠江守は恐れに震え、川端から引き返し、ほかの場所から川を渡ろうと、ここから二十余町（二キロメートル以上）離れた川上の浅瀬へ馬を急がせて進んだところ、稲光が行く手にひらめいて、雷鳴が大きく鳴りとどろいた。民家は遠いし日は暮れたし、今にも雷神に蹴殺《けころ》されてしまうかと思われたので、「お助けください、兵衛佐《ひようえのすけ》（義興）」と、手を合わせて空に向って拝んで逃げ出した江戸は、とある山の麓《ふもと》で堂を見つけて、そこまでと馬に鞭《むち》打って急がせたところに、一群の黒雲が頭の上に落ちるように下がってきて、雷が耳の近くで鳴りひらめいた。あまりの恐ろしさに後方をさっと振り返ったところ、新田左兵衛佐義興が真っ赤な糸で縅《おど》した鎧《よろい》に、龍頭《たつがしら》の五枚の札板《さねいた》を下げた兜《かぶと》の緒を締めて、白栗毛《しろくりげ》で額に角が生えた馬に乗っていて、合間の鞭をびしっと打って、江戸を自分の左側に位置させ、鐙《あぶみ》の先に身体を落して、幅七寸ほどもある雁股《かりまた》の矢を放った。肩胛《けんこう》骨《こつ》から乳の下にかけて、ずぶりと射貫かれたと思って、江戸は馬から逆さまに落ちた。

そのまま血を吐いてもだえ苦しみ地面を転げまわっていたのだが、輿《こし》に乗せて江戸郷（東京都千代田区）へ運んだところ、七日の間足や手をばたばたさせ、水に溺れた真似《まね》をして、「ああ苦しい、おい助けてくれ」と叫びながら死んだのであった。

またその翌日の夜に、畠山大夫入道道誓《はたけやまだいぶ》はある夢をご覧になった。黒雲の上で太鼓を打って鬨《とき》の声をあげる音がしたので、いったい誰が押し寄せてきたのだろうと不思議に思って、音のする方角をはるか遠く眺めると、新田左兵衛佐義興が、身の丈《たけ》二丈ほどの鬼になって、牛頭《ごず》・馬頭《めず》・阿防羅刹《あほうらせつ》（いずれも地獄の獄卒）らを十数人前後に従え、火の車を引いて、基氏のいらっしゃる陣の中へ入ると見えて、胸騒ぎをおぼえて覚めたのである。畠山入道は早朝に起きて、「このような不思議な夢を見ました」と語りなさったその言葉がまだ終らないうちに、急に雷が落ちてきて、入間川の民家三百余軒、社寺の建物数十か所が、いっぺんに焼け失《う》せてしまった。これだけでなく、義興が討たれた矢口の渡に、毎夜光りながら空中を飛ぶ物が現れて、街道往来の人々を悩ませた。そのため、近くの村人や故老が集まって、義興の亡霊を一つの神社の神として崇《あが》めながら、今にいたるまで祭礼が続けられているとは、不思議なことである。

かかりし程に、江戸《えど》・竹沢《たけざは》が忠功群《ぐん》にこえて、すなはち数箇所の恩賞給《たまは》りける。「哀れ弓矢の面目や」と、これを羨《うらや》む人もあり、「きたなき男の振舞かな」と、爪弾《つまはじ》きする人もあり。竹沢をばなほ謀反《むほん》与同《よどう》の物どもを委細に尋ねらるべしとて、御陣《ぢん》に留《とど》め置かれ、江戸二人には暇《いとま》たうて、恩賞の地へぞ下されける。江戸遠江守《とほたふみのかみ》喜悦《えつ》の眉《まゆ》を開いて、すなはち拝領の地へ下向《げかう》しけるが、十月二十三日の暮《くれ》程に、矢口《やぐち》の渡《わたり》におり居て、渡しの舟を待ち居たるに、兵衛佐殿《ひやうゑのすけどの》を渡せし時、江戸が語らひを得て、のみを抜いて舟を沈めたりし渡守《わたしもり》が、江戸が恩賞給つて下ると聞きて、種々の酒肴《さかな》を用意して、迎への船をぞ漕《こ》ぎ出《い》だしける。

この舟すでに河中を過ぎける時、俄《にはか》に天かきくもりて雷《いかづち》鳴り、水嵐《すいらん》はげしく吹き漲《みなぎ》りて、白浪舟を漂《ただよ》はす。渡守あわてさわぎて、もどさんと櫓《ろ》をおして舟を直しけるが、逆巻《さかま》く浪に打ち返されて、水手《かこ》・梶取《かんどり》一人も残らず皆水底《みなそこ》に沈みけり。「天の忿《いか》りただ事《ごと》に非《あら》ず。これは如何様《いかさま》義興の怨《をん》霊《りやう》なり」と、江戸遠江守をののいて、河端《かはばた》より引き返し、異所《ことどころ》をこそ渡らめとて、これより二十余町ある上《かみ》の瀬へ馬を早めて打ちける程に、電《いなびかり》行くさきに閃《ひらめ》いて、雷大きに鳴りはためく。在家《ざいけ》は遠し、日は暮れぬ、只今《ただいま》雷神に蹴殺《けころ》されぬと思ひければ、「御助け候へ、兵衛佐」と、手を合はせ虚空《こくう》を拝して逃げたりけるが、とある山の麓《ふもと》なる堂を目にかけて、あれまでと馬をあふりけるところに、黒雲一村《ひとむら》江戸《えど》が頭《かうべ》の上に落ちさがりて、雷《らい》電《でん》耳の辺《あた》りに鳴り閃《ひらめ》きける間、余りのおそろしさにうしろを屹《きつ》と見廻《みめぐ》るところに、新田左兵衛佐義興《にったさひやうゑのすけよしおき》火威《ひをどし》の鎧《よろひ》に龍頭《たつがしら》の五枚甲《ごまいかぶと》の緒《を》をしめて、白栗毛《しろくりげ》なる馬の、額《ひたひ》に角の生《お》ひたるに乗り、あひの鞭《むち》をしとと打つて、江戸を弓《ゆん》手《で》の物になし、鐙《あぶみ》の鼻に落ちさがりて、わたり七寸ばかりなる雁俣《かりまた》を以《もつ》て、かいがねより乳《ち》の下へかけ、ずぶと射通さるると思ひて、江戸馬より倒《さかさま》に落ちたりけるが、やがて血を吐きて悶絶躄地《もんぜつびやくち》しけるを、輿《こし》にのせて江戸の郷《がう》へかきつけたれば、七日が間足手《あして》をあがき、水に溺《おぼ》れたるまねをして、「あら堪《た》へがたや、これ助けよ」と叫《さけ》び死《じに》に死にけり。

また、その翌《つぎ》の夜の夢に、畠山大夫入道殿《はたけやまだいぶにふだうどの》の見玉ひけるは、黒雲の上に大鼓《たいこ》を打つて、時をつくる声しける間、何物の寄せ来るやらんと恠《あや》しくて、音する方を遥《はる》かに見遣《みや》りたれば、新田左兵衛佐義興、長《たけ》二丈ばかりなる鬼になりて、牛頭《ごづ》・馬頭《めづ》・阿放羅刹《あはうらせつ》ども十余人前後に随《したが》へ、火車《くわしや》を引きて左馬頭殿のおはする陳《ぢん》の中へ入ると覚えて、胸打ち騒ぎて夢さめぬ。禅門夙《ぜんもんつと》に起きて、「かかる不思議の夢をこそ見て候へ」と語り玉ひける言《ことば》いまだ終《は》てざるに、俄《にはか》に雷火《らいくわ》落ちかかり、入間川《いるまがは》の在家三百余宇《う》、堂舎・仏閣数十箇所、一時に灰燼《くわいじん》となりにけり。これのみならず、義興の討たれし矢口《やぐち》の渡《わたり》に、夜々光物《ひかりもの》出で来て、往来の人を悩ましける間、近隣の野人村老《やじんそんらう》集まつて、義興の亡霊を一社の神にあがめつつ、常盤堅盤《ときはかきは》の祭礼、今に絶えずと聞ゆるは、不思議なりし事なりけり。

四

# 怨霊《おんりよう》たちの画策

巻第三十四「諸軍勢退散の事」

尊氏《たかうじ》のあとを受けて、息子義詮《よしあきら》が将軍職に就く。延文《えんぶん》四年（一三五九）十月、畠山道誓《はたけやまどうせい》は大軍を率いて関東より上洛《じようらく》し、大規模な南朝掃討作戦を実行する。その頃《ころ》、南朝に伺《し》候《こう》していたある武士が、吉野《よしの》の後醍醐《ごだいご》天皇陵で見たものは……。

さて、二条の禅定《ぜんじよう》殿下（師基《もろもと》）に仕えていた上北面《じようほくめん》（院の側近として仕える四位・五位の諸大夫）の男が、味方の官軍がこのように戦いに敗れ城を落される有様を見て、敵軍が近づかないうちに妻子たちを京都の方へ送り出して、自分自身は髻《もとどり》を切り、どのような山野にでも出家遁世したいと思って、ともかく吉野あたりまで出てきたのであった。それにしても長年の勤めを捨てて主君から離れ、この吉野界隈《かいわい》を立ち去ることの悲しさよ、せめてもう一度先帝（後醍醐）のご廟所《びょうしょ》へ参詣《さんけい》して、出家するご挨拶《あいさつ》を申しあげようと思って、ただ一人でやって来たのであるが、最近では掃除する人もいないと思われ、茨《いばら》が茂って道をとざし、苔《こけ》が扉を覆い閉ざしていた。

いつの間にこれほど荒れてしまったのであろうと、あちこち見申しあげると、黄金の香炉に香は絶え、草むらには余煙が漂うのみで、美しいご廟所には灯火《ともしび》もなく、蛍《ほたる》が終夜照らしている。こちらが感懐を抱いて聞く時は、何の思いもなく鳴く鳥すら、哀れを催して鳴くのかと思われ、岩の間から漏れ流れる水すら悲しみを含む音に聞えるのであった。一晩中ご廟所の円い塚の前に畏《かしこま》って、つくづくとこの生きにくい世の中の将来を案じ続けて、「そもそも今の世はどのような時代なのでしょう。権威があっても道に則《のっと》っていない者は必ず滅ぶと言い残した古《いしにえ》の賢人の言葉にも背き、百王を守ろうとお誓いあそばした神の約束もみな真実ではありません。また、どんなに身分の低い者であっても、死後は霊となったり鬼となったりして、正しい者を守り、過った者を罰する道理は明確です。まして帝《みかど》は、十善戒を守った功徳によって、天下を治める尊い帝位におつきあそばされたのですから、ご遺骨はたとえ郊外の野原の土の中に朽ちたとしても、御霊《みたま》はきっと天地の間にとどまって、そのご子孫を守り、謀反の臣下の権勢を打ち砕きなされるであろうと存じておりました。それなのに、臣下が君主を犯しても天は罰することなく、子が父を殺しても神の怒りはいまだに現れません。これはどのようになっていく世の中なのでしょう」と、泣きながら天に訴えて、全身を地に投げ出して礼拝するのであった。そしてあまりにも疲れはてたので、頭をうなだれて少しうとうととした夢の中で、ご廟所がしばらくの間振動したのであった。

ややあってから、円い塚の中から、まことに品位のあるお声で、「誰《だれ》かおるか、誰かおるか」とお呼びになる。すると、東西の山の峰から、「日野右少弁俊基《ひのうしょうべんとしもと》と日野中納言《ちゅうなごん》資朝《すけとも》（ともに後醍醐天皇の討幕運動に与《くみ》して処刑された）が伺候しております」と答えて、参上した。この人たちの風貌《ふうぼう》を見ると、衣冠を正して、昔見た姿のままではあったが、顔は朱を塗ったようで、眼光鋭く、左右の牙《きば》は針を磨いたように、上下から食い違って生えていて、まさに怒れる形相であった。その後、塚の石の扉が開く音がしたので、遠くから見上げたところ、先帝が袞龍《こんりょう》のご礼服（龍の縫い取りがある天子の礼服）をお召しになり、宝剣を抜いて右手にお持ちになって、玉座にお座りになっていた。このお姿も昔のお顔とは違い、怒った御眸《まなじり》は逆さまに裂け、お鬚《ひげ》は左右に分れて、まるで夜《や》叉《しゃ》か羅《ら》刹《せつ》（仏教世界における鬼神・鬼類）のようであった。本当に苦しげなお息をつきなさるたびごとに、お口から炎がぱあっと出て、黒い煙が高く立ち昇った。

しばらくして、帝《みかど》は俊基・資朝をお近くに呼び寄せられて、「それにしても、主君を悩まし、世を乱す謀反の臣どもを、誰に命じて罰しようか」とお尋ねになった。俊基と資朝が、「このことはすでに摩《ま》醯修羅《けいしゅら》王《おう》（宇宙の大主宰神である大自在天《だいじざいてん》）の前で評議がなされて、討手《うつて》を決定なされております」と申しあげると、「さてどう定めたのか」とおっしゃったので、「まず現在、吉野の皇居を攻め襲っております五畿七道の朝敵どもについては、楠正成《くすのきまさしげ》に命令してございますので、今日・明日の間に追い返すでありましょう。仁木右京大夫義長《にきうきょうだいぶよしなが》は、菊池《きくち》入道寂阿《にゅうどうじゃくあ》に申しつけてございます。細川相模守清《ほそかわさがみのかみきよ》氏《うじ》は、土居《どい》・得能《とくのう》の者どもに命令していますので、四国で滅ぶでありましょう。東国の大将として上洛しております畠山入道道誓以下については、特に怒り憎む心の激しい大魔王、新田《にった》左兵衛佐義興《さひょうえのすけよしおき》が承って、平らげ罰する由を申しておりましたので、たやすいことでございましょう」と奏上なさった。

　すると、帝は心からご満足そうににっこりなさり、「では年号の変らぬうちに、さっさと彼らを退治せよ」とおっしゃって、再びご廟所の中へお入りになったと見申しあげた時、夢はたちまち覚めたのであった。


---

　ここに二条禅定殿下《にでうぜんぢやうてんが》の候人《こうにん》にてありける上北面《じやうほくめん》、御方《みかた》の官軍かやうに利を失ひ城を落さるる体《てい》を見て、敵のさのみ近づかぬ先に、妻子どもをも京の方へ送り遣《つか》はし、我が身も今は髻《もとどり》切つて、いかなる山林にも世を遁《のが》れ思ひて、まづ吉野《よしの》辺りまで出《い》でたりけるが、さるにても多年の奉公を捨てて主君を離れ、この境《さかひ》を立ち去る事の悲しさよ、せめては今一度先帝の御《ご》廟《べう》へ参つて、出家の暇《いとま》をも申さんと思ひて、ただ一人御廟へ参りたるに、近来《ちかごろ》は掃除する人もなかりけりと覚えて、荊棘《けいきよく》道を塞《ふさ》ぎ、苺苔《まいたい》扉《とぼそ》を閉ぢたり。

　何《いつ》の間にかくは荒れぬらんと、ここかしこを見奉《みたてまつ》るに、金炉《きんろ》に香絶えて、草一叢《いつそう》の烟《けふり》を残し、玉殿灯《ともしび》尽きて蛍《ほたる》五更《ごかう》の夜を照らす。思ひありて聞く時は、心なくして鳴く鳥もあはれを催すかと覚え、岩漏る水の流れまでも悲しみを呑《の》む音なれば、夜もすがら御廟《ごべう》の円丘《ゑんきう》の前に畏《かしこま》つて、つくづくとうき世の中のなりゆく様を案じつづくるに、「そもそも今の世いかなる時ぞや。威《ゐ》あつて道なき者は必ず亡《ほろ》ぶと云《い》ひをきし先賢の言《ことば》にも背き、百王を守らんと誓ひ玉ひし神約も皆まことならず。またいかなる卑しき者までも、死しては霊《りやう》となり鬼《き》となりて、かれを是《ぜ》とし、これを非《ひ》する理《ことわり》明らかなり。況《いはん》や君すでに十善の戒力《かいりき》によつて、四海の尊位に居《きよ》し給ひし御事なれば、玉骨はたとひ郊原《かうげん》の土に朽つるとも、神霊は定めて天地の間に留《とど》まつて、その苗裔《べうえい》をも守り、逆臣《げきしん》の威を亡ぼされんずらんとこそ存ずるに、臣君《きみ》を犯せども天の罰《ばつ》もなく、子父を殺せども神の怒りをもいまだ見ず。こはいかになり行く世の中ぞや」と、泣く泣く天に訴へて、五体を地に投げ礼をなす。余りに気くたびれければ、頭《かうべ》をうなだれて、ちとまどろみたる夢の中に、御廟の振動する事良《やや》久し。

暫《しばら》くあつて、円丘の中より、誠にけ高げなる御声にて、「人やある、人やある」と召されければ、東西の山の峰より、「右少弁俊基《うせうべんとしもと》・日野中納言《ひのちゆうなごん》資朝《すけとも》候ふ」とて、参られたり。この人の皃《かたち》を見れば、衣冠正しくして、昔見たりし体《てい》にてはありながら、面《おもて》には朱《しゆ》をさしたるが如《ごと》く、眼光り耀《かかや》き左右の牙針《きば》を磨ける様に上下におひ替《ちが》ひて、真に忿《いか》れる有様なり。その後円丘の石の扉《とぼそ》開く音しければ、遥《はる》かに見あげたるに、先帝は袞龍《こんりよう》の御衣《ぎよい》を召され、宝剣を抜いて右の御手に提《ささ》げ、玉扆《ぎよくい》の上に座し玉ひし。この御かたちも昔の龍顔《りようがん》には替つて、嗔《いか》る御眸《まなじり》逆《さかさま》にさけ、御ひげ左右へわかれて、ただ夜叉《やしや》・羅刹《らせつ》の如くなり。誠に苦しげなる御息をつかせ玉ふ度《たび》ごとに、御口より炎《ほのほ》ばつと出《い》でて、黒烟《くろけふり》天に立ち上がる。

暫くあつて、主上《しゆしやう》、俊基・資朝を御前近く召して、「さても君を悩まし、世を乱る逆臣《げきしん》どもをば、誰《たれ》に仰せ付けてか罰すべき」と勅問あれば、俊基・資朝、「この事はすでに摩醯修羅王《まけいしゆらわう》の前に議定《ぎぢやう》あつて、打手《うつて》を定められて候ふ」と申せば、「さて何《なに》と定めたるぞ」と仰せあれば、「まづ今南方の皇居を攻め襲ひ候ふ五畿七道《ごきしちだう》の朝敵どもをば、楠木正成《くすのきまさしげ》に申し付けて候へば、今一両日の間には追ひ返し候はんずらん。仁木右京大夫義長《にきうきやうだいぶよしなが》をば、菊池入道寂阿《きくちにふだうじやくあ》に申し付けて候ふ。細川相模守清氏《ほそかはさがみのかみきようぢ》をば土居《どゐ》・得能《とくのう》の物どもに申し付けて、四国にて亡《ほろ》び候ふべし。東国の大将にて罷《まか》り上つて候ふ畠《はたけ》山《やま》入道道誓已下《だうせいいげ》をば、事更《ことさら》に嗔恚《しんい》強盛《がうじやう》の大魔王、新田《につた》左兵衛佐《さひやうゑのすけ》義興《よしおき》申し請《う》けて、治罰《ちばつ》すべき由《よし》申し候ひつれば、容易《たやす》かるべきにて候ふ」と奏し申されければ、主上真《しゆしやうまこと》に御快気《こころよげ》に打ち笑《ゑ》ませ玉ひて、「さらば年号のかはらぬ先に、疾《と》く彼等を退治せよ」と仰せられて、また御廟《ごべう》の中へ入らせ玉ひぬと見《み》進《まゐ》らせて、夢は忽《たちま》ちに覚めにけり。

巻第三十六「志一上人吒祇尼天の法行ふ事」「新将軍不例細川相模守京都没落南方降参の事」

## 五　細川《ほそかわ》清氏《きようじ》の失脚

怨霊たちの謀略のとおり有力守護大名たちは抗争をはじめ、畠山道誓《はたけやまどうせい》・仁木義長《にきよしなが》らが相次いで失脚した。時の執事、細川清氏と佐々木道誉《ささきどうよ》との対立も深まり、道誉は絶えず清氏を排斥する口実を探していた。

この細川相模守《さがみのかみ》清氏は、気性がきわめて傲慢《ごうまん》で、ふるまいは尋常ではなかったけれども、ひたすら仏神を敬う心が深かった。そのため、神に帰依して子孫の将来の幸せを祈ろうと思ったのか、それとも、この世には我が子の烏帽子親《えぼしおや》（元服する男子に烏帽子を着せ、名を付ける人）に頼める人がいないと思ったのか、九歳と七歳になった二人の子を石清水八幡《いわしみずはちまん》で元服させ、八幡大菩薩《だいぼさつ》を烏帽子親にいただいて、兄を八幡六郎、弟を八幡八郎と名づけた。このことはじきに世間の口の端《は》にのぼったので、宰相中将殿《さいしょうちゅうじょうどの》（足利義詮《よしあきら》）がこれをお聞きになって、「この行いは、まさに我が家代々の先祖である伊予守頼義《いよのかみよりよし》が、三人の子を石清水八幡・賀茂社《かも》・新羅大明神《しんらだいみょうじん》にさしあげて、八幡太郎・賀茂次郎・新羅三郎と名づけたのに異ならない。心の中には、きっと私の天下を奪おうという企てがあるに違いない」と、不愉快にお思いになった。

佐渡判官入道《さどのほうがんにゅうどう》道誉はこれを聞いて、そら、つけ入りやすい過失を見つけたぞと、独り笑いをして、素知らぬふりをしていた。そこに、邪道の法に熟達している志一上人《しいちしょうにん》が鎌倉から上京して、道誉の所へいらっしゃって、いろいろな話をした。道誉は、「それにしても都へは戻り旅で、万事ご不便なことでございましょう。どなたか後援者におなりになって、祈禱《きとう》などのことを依頼なさいましたか」と問われたので、「まだ頼りとなる知り合いの後援者などもございませんで、早くも京にいることはむずかしい心地がしておりましたが、相模守から、この二、三日前に、『重大な所願があります。速やかに成就するように祈ってください』と、願書を一通封をして、供物《くもつ》の費用として一万疋《びき》の金を添えて送ってくださいました」とお話しなさった。道誉は、「どんな祈願でございましょう」と、しきりに知りたがりなさった。上人は、世にもまれな理不尽なことだとは思ったものの、なまじっか自分が話し出してしまったことでもあり、またあまりにも強く望まれたので、修法が終ってから、いたしかたなくこの願書を持参なさった。道誉はこの願書を奥の部屋へ持って入り、「たった今、なんとも急ぎの用事ができまして、他出することになりましたので、落ち着いて見ましてから、お返し申しあげようと思います。後日、こちらへお越しください」と言伝《ことづ》けて、北側の小門から入れ違いに外出してしまった。志一上人は重ねて申し入れる言葉もなく、宿坊へお帰りになった。

道誉はその翌日、この願書を伊勢《いせ》入道貞継《さだつぐ》のもとへ持っていって、「これをご覧ください。このような驚くべきことは、ほかにございません。自筆で自判の願書であることがはっきりしておりますからには、疑いの余地はございません。急いでこれを持参なさって、そっと将軍にお見せ申しあげてください」と、不愉快そうな表情をなさった。伊勢入道は、常識では考えられないことだと思って、その願書を開いて見ると、三か条の所願が書かれてあった。

「吒祇尼天《だきにてん》の宝前に、敬って申す

一　清氏が全国を支配して、子孫が永く繁栄しうる事
一　宰相中将義詮朝臣が速やかに病気となって死去なさる事
一　左馬頭基氏《さまのかみもとうじ》が威光を失い人望に背いて、我が軍門に降られる事
右三か条の所願がすべて成就するならば、永くこの神の檀徒《だんと》として、僧俗の繁栄を専《もっぱ》らにするであろう。祈願するところ、以上である。

康安《こうあん》元年（一三六一）九月三日　　　　　　　　相模守清氏」

と書いて、紙背《しはい》に花押《かおう》が書かれていた。伊勢入道は願書を読み終って、眉根《まゆね》を寄せて大きくため息をついて、しばらくの間そのままでいた。書かれている文字は誰《だれ》の手になるのかわからないけれども、花押は疑いのないところなので、将軍（義詮）のお目にかけましょうと言って受け取ったけれども、もしこの願書をご覧に入れたなら、相模守殿はたちまちに命を失われるであろう。そのうえ、こうしたことには策略や謀略などがつきものである。軽はずみに、どうして申しあげられようかと考慮して、箱の底深くに納めたのであった。

このような時に、将軍義詮は急病になった。効験のある高僧が加持祈禱《かじきとう》を行い申しあげたけれども治まらず、頭痛が日の経《た》つにつれてひどくなる由を聞いて、道誉は急いで

参上し、「先日伊勢入道を通して差しあげました願書を、ご覧いただけましたでしょうか」とお伺いすると、「まだ見ていない」とおっしゃる。「それでは、このご病気は、それが原因だと思われます」と言って、急ぎ伊勢入道を呼び寄せ、例の願書を取り出させて、将軍にお見せ申しあげ、すぐに権威ある修法で願書に呪禁《じゆごん》の作法をなさったところ、間もなく邪気は消え去って、病気はお治りになった。「道誉の申すところに偽りはなく、清氏の呪詛《じゆそ》は疑いなく事実だった」と、将軍はこのことをお信じになった。

---

この相模守《さがみのかみ》は気飽《あ》くまで侈《おご》りて、行跡尋常《かうせきよのつね》ならざりけれども、偏《ひとへ》に仏神を敬ふ心深かりければ、神に帰服して子孫の冥加《みやうが》を祈らんとや思ひけん、また世には我が子の烏帽子《えぼし》親《おや》に取るべき人なしとや思ひけん、九つと七つとに成りける二人の子を八幡《はちまん》にて元服《げんぷく》せさせ、大菩薩《だいぼさつ》の烏帽子子《えぼしご》に成して、兄をば八幡六郎、弟をば八幡八郎とぞなづけける。この事軈《やが》て天下の口《くち》遊《ずさみ》と成りければ、宰相中将殿《さいしやうちゆうじやうどの》これを聞き給《たま》ひて、「これはただ当家の累祖《るいそ》伊与守頼義《いよのかみよりよし》、三人の子を八幡・賀茂《かも》・新羅大明神《しんらだいみやうじん》に進《まゐ》らせて、八幡太郎・賀茂次郎・新羅三郎と名づけしに異ならず。心中に如何様《いかさま》我が天下を奪は

んと思ふ企《くはだ》てある物なり」と、所存に違ひてぞ思はれける。

佐渡判官入道道誉《さどのはうぐわんにふだうだうよ》これを聞きて、すはや、くせ事こそあれと、独《ひと》り笑《ゑ》みして、藪《やぶ》に目くはせし居たるところに、外法成就《げほふじやうじゆ》の志一上人《しいちしやうにん》鎌倉より上《のぼ》りて、判官入道の許《もと》へ御座《おは》し、様々《さまざま》の物語りして、「さても都はかへり旅にて、万便《よろづたより》なき御事にてこそ候ふらめ。誰《たれ》か檀那《だんな》に成り奉《たてまつ》つて、祈りなんどの事申し入れ候ふ」と問はれければ、「いまだ甲斐甲斐《かひがひ》しき知音《ちいん》の檀那等《など》も候はで、いつしか在京叶《かな》ひがたき心地して候ひつるに、相州《さうしう》よりこそ、この両三日が前《さき》に、『一大事の所願候ふ。頓《とみ》に成就あるやうに祈つてたび候へ』とて、願書《ぐわんじよ》を一通封《ふう》じて、供具《くぐ》の料足《れうそく》一万疋《びき》添へて、送られて候ひしか」と語り給ひければ、道誉、「何事の所願にて候ふらん」と、懇切《こんせつ》に所望《しよまう》せられける。希代《きたい》の曲事《くせごと》かなと思ひながら、なまじひに語りは出《い》だしつ、余りに堅く所望ありしかば、結願《けちぐわん》の後、力なくこの願書をぞ持参せられける。道誉この願書を内へ持つて入り、「只今《ただいま》さて急ぐ事候ひて、罷《まか》り出づる事候へば、閑《しづ》かに見候ひて、返し進《まゐ》らせ申すべく候ふ。後日これへ御渡り候へ」とて、北の小門より出でちがひければ、志一上人重ねて云《い》ひ入るに言《ことば》なくして、宿坊へぞ帰り給ひける。

道誉その翌《あけ》の日、この願書を伊勢《いせ》入道が許《もと》へ持つて行きて、「これ見給へ。かかるあさましき事こそ候はね。自筆自判の願書分明《ぶんみやう》に候ふ上は、疑ふところにて候はず。急ぎこれを持参候ひて、潜《ひそ》かに将軍に見せ進《まゐ》らせられ候へ」とて、つまはじきをぞせられける。伊勢入道、不思議の事かなと思ひて、披《ひら》きてこれを見るに、三箇条の所願を載せられたり。

「敬つて白《まう》す、吒祇尼天《だきにてん》の宝前

一　清氏《きようぢ》四海を管領し、子孫永く栄華に誇るべき事

一　宰相中将義詮朝臣《さいしやうちゆうじやうよしあきらあそん》、忽《たちま》ち病患を受けて死去せらるべき事

一　左馬頭基氏《さまのかみもとうぢ》武威《ぶゐ》を失ひ人望に背き、我が軍門に降《くだ》るべき事

右三箇条の所願、一々成就《じやうじゆ》せしめば、永くこの尊《そん》の檀度《だんと》として、真俗の繁昌《はんじやう》を専《もつぱ》らにすべし。よつて祈願の状件《くだん》の如《ごと》し。

康安《かうあん》元年九月三日　　相模守《さがみのかみ》清氏」

と書きて、裏判《うらはん》にこそせられたれ。伊勢入道願書を読み了《をは》つて、眉《まゆ》を嚬《ひそ》めて大息《おほいき》をつぐ事やや久し。手跡《しゆせき》は誰《たれ》とも知らねども、判形《はんぎやう》に於いては疑ひ

なければ、御所の見参《げんざん》にこそ入れんずらめと申して請《う》け取りながら、これを披露申しなば、相模殿忽《たちま》ちに身を失ひ給ふべし。その上かかることには、謀作《ぼうさく》・謀計《ぼうけい》なんどもあるぞかし。倉卒《そうそつ》にはいかが申し入るべきと斟酌《しんしゃく》して、深く箱の底に収めけり。

かかるところに、羽林《うりん》将軍俄《にはか》に邪気の事あつて、有験《うげん》の高僧加持《かぢ》し奉《たてまつ》れどもしづまらず、頭痛日を追うてまさる由《よし》聞きて、道誉急ぎ参りて、「前日伊勢入道して進上候ひし願書をば、御覧ぜられ候ひけるやらん」と問ひ奉るに、「いまだ披露なし」との給ふ。「さてはこの御いたはり、それ故《ゆゑ》と覚え候ふ」とて、急ぎ伊勢入道を呼びよせ、件《くだん》の願書を召し出《い》だして、将軍に見せ奉り、軈《やが》て大法を以《もつ》てこれを加持せられしかば、幾程なくして邪気立ち去りて、違《ゐ》例《れい》本《もと》に復し給ひければ、「道誉が申すところ偽《いつは》らで、清氏《うぢ》が呪詛《しゅそ》疑ひなかりけり」と、将軍これを信じ給ふ。

## 六 佐《さ》々《さ》木《き》道《どう》誉《よ》の退散

巻第三十六「細川相州京都を責め破り合戦し給ふ事」

佐々木道誉によって失脚させられた細川清氏は、領国若狭《わかさ》に下り、南朝方に投降した。十二月、軍勢を整えた清氏は都に攻め入り、将軍や佐々木道誉は一時的に都を逃れた。

佐々木佐渡判官《さどのほうがん》入道道誉は都を落ちるに際し「私の邸《やしき》へはきっと然《しか》るべき大将が替って入るであろう」と推量し、客殿の畳を仕上げさせたその上に虎皮《とらかわ》の敷物を敷き、張僧繇《ちようそうよう》（画龍点睛《がりようてんせい》の故事で有名な画家）の描いた観音《かんのん》像に王楊元《おうようげん》（未詳）の山水画を添え、紫檀《したん》の卓《しよく》の上に古代中国の銅製の三具足《みつぐそく》（仏具ひと揃い）を置き、真鍮《しんちゆう》製の茶釜《ちやがま》に銀製の水指《みずさし》、堆朱《ついしゆ》の盆の上に天目《てんもく》茶碗を調えて並べた。書院には、朝夕信じ尊んでいるらしく、兪法師《ゆほうし》（南宋の僧）の描いた阿弥陀仏《あみだぶつ》、門無関《もんむかん》（南宋末の禅林の画家か）の描いた布袋《ほてい》像、君台仁（未詳）の描いた楼閣、張漢宏（未詳）の山水画が掲げられ、床の間には王羲之《おうぎし》（東晋《とうしん》の書家）の草書体の偈《げ》を掲げ、張即之《ちようそくし》（南宋の書家）の写した金剛経《こんごうきよう》が置かれている。寝室には緞子《どんす》の夜着に沈《じん》の枕《まくら》が添えられ、十二間（間は柱間を数える単位）ある遠侍《とおさぶらい》（警固の詰め所）には鳥・兎《うさぎ》・雁《がん》・白鳥、琵琶《びわ》湖畔の堅田《かただ》で捕れた鮒《ふな》、淀川《よどがわ》の鯉《こい》が竿《さお》にずらりと並べて掛けられ、銀製の甕《もたい》を添えた大筒《おおづつ》に酒をたたえて運び据えて、遁世者《とんぜいじや》二、三人を邸にとどめておいて、「誰《だれ》であってもこの邸へ入ってきた人に、一献《いっこん》差し上げよ」とよく言い聞かせておいて邸を出られたのであった。

楠《くすのき》左馬頭正儀《さまのかみまさのり》（楠正成《まさしげ》の子）が一番で入ってきたので、道誉がとどめておいた二人の遁世者が出迎えて、「きっと、このあばら家へお入りなさるであろうから、一献お勧めせよと、道誉禅門《ぜんもん》が言い残しております」と挨拶《あいさつ》して、迎え入れた。道誉は細川相模守清氏の直接の敵だから、相模守はこの邸を破壊して焼くようにと怒りなさったけれども、楠は道誉のこうした風流心に感激して、相模守が主張するようなことを中止させたので、庭の木の一本すら損なうこともなかった。そして幾日も経たないうちに、楠が再び都を落ちた時も、六所の座敷飾り（釜《かま》、水差《みずさし》、火箸《ひばし》など、点茶用の棚を飾る道具類か）、遠侍の酒肴《しゅこう》を以前のそれらよりもすばらしいものにして、寝室には黒糸威《くろいとおどし》の鎧《よろい》に黒皮の腹巻《はらまき》を添え、正儀秘蔵の剣と思われる銀ごしらえの太刀を一振《ひとふり》置いて、家臣を二人残しおき、判官入道道誉と交替して河内《かわち》へ帰ったのであった。

---

佐々木《ささき》佐渡判官入道道誉《さどのはうぐわんにふだうだうよ》は、都を落ちざまに、「我が宿所へは、定めて然《さ》りぬべき大将ぞ入り替らんずらん」と推量して、会所《くわいしよ》の畳《たたみ》を刺し立てて、その上に氈虎《せんこ》の皮を布《し》き、張僧繇《ちやうそうえう》が観音《くわんおん》に、王楊元《わうやうげん》が山水《さんすい》、紫檀《したん》の卓《しよく》に古《こ》

銅《とう》の三具足《みつぐそく》、鍮石《ちうじやく》の鑵子《くわんす》に銀《しろがね》の水桶《すいとう》、堆紅《ついこう》の盆《ぼん》に建盞《けんざん》取り双《なら》べ、書院には朝夕信仰《しんがう》と思《おぼ》しくて、愈法師《ゆほふし》が阿弥陀《あみだ》、門無関《もんむくわん》が布袋《ほてい》、君台仁が楼閣に張漢宏が江山《かうざん》の絵、几板《おしいた》には王義之《わうぎし》が草書の偈《げ》、張即之《ちやうそくし》が金剛経《こんがうきやう》、眠床《めんしやう》には段子《どんす》の宿直物《とのゐもの》に沈《ぢん》の枕《まくら》をそへ、十二間の遠侍《とほざふらひ》には鳥・兎《うさぎ》・雁《がん》・白鳥、堅田《かたた》の鮒《ふな》、淀《よど》の鯉《こひ》、竿《さを》を双べて掛け連ね、銀《しろがね》の瓶《びやう》をそへたる大筒《おほづつ》に酒を湛《たた》へて舁《か》き居《す》ゑて、遁世物《とんぜいもの》両三人留《と》め置き、「誰《たれ》にてもこの宿所へ入り来たらん人に、一献《いつこん》進めよ」と云《い》ひ含めてぞ出《い》でられける。

楠《くすのき》一番に打ち入りたりければ、道誉が置きたりける二人の遁世物出で向ひて、「定めてこの弊屋《へいをく》へぞ御入り候はんずらん、一献進め申せと、道誉禅門《ぜんもん》申しおかれて候ふ」と色代《しきだい》してぞ入れたりける。道誉は相模守《さがみのかみ》が当《たう》敵《てき》なれば、この宿所を毀《こぼ》ちて焼くべしと憤《いきどほ》られけれども、楠この情けを感じて、その義を止《とど》めしかば、泉水《せんすい》の木の一本をも損ぜず、幾程《いくほど》なくして、楠また都を落ちし時も、六所の餝《かざ》り、遠侍《とほさぶらひ》の酒肴《しゆかう》、先のよりも結構《けつこう》して、眠床には黒糸の冑《よろひ》、黒皮の腹巻《はらまき》そへ、秘蔵の剣と思《おぼ》しける白太刀《しろたち》一振《ひとふり》おいて、郎等《らうどう》二人留《とど》め置き、判官入道道誉に挍替《けうたい》してぞ帰りける。

## 七 細川《ほそかわ》清氏《きようじ》の討死《うちじに》

巻第三十七「讃州白山合戦清氏討死の事」

その後、細川清氏は幕府軍に抗しきれず、讃岐《さぬき》国（香川県）に渡って活動を開始した。幕府は備中国に駐留していた細川頼之《よりゆき》（清氏の従弟）に清氏討伐を命じる。頼之は讃岐国に渡り、城を構えるが、清氏軍の勢力を前に幕府軍の戦意は高まらない。

貞治《じょうじ》元年（一三六二）七月二十三日の朝、右馬頭《うまのかみ》頼之は陣幕の中から出て、新開遠江守《しんがいとおとうみのかみ》真行《さねゆき》を呼んで、「当国の両陣営の様子を見ると、敵軍（南朝方）は日ごとに増え、味方は少しずつ減っている。このままさらに数日経《た》つと、合戦するのはむずかしくなると思う。そこで計画したのだが、宮方の大将で中院源少将《なかのいんげんしょうしょう》雅平という人が西長尾《にしながお》（香川県仲多度郡まんのう町）という所に城を構えていらっしゃる。ここへ軍勢を派遣して、攻撃する勢いを見せれば、細川相模守はきっと軍勢を分けて、城へ入るだろう。その時、味方の軍勢が西長尾城を攻撃するふりをして向い陣を造り、夜になったら篝火《かがりび》を多く焚《た》き、そのままそこを捨てて近道を通って引き返し、直ちに相模守の城（高屋城。香川県坂出市）へ押し寄せよ。頼之が搦手《からめて》に回って、最初は小勢を出し、敵を惑わすことができれば、相模守はたとえ一騎だけであっても城から駆け出てきて、必ず戦うに違いない。この方法が一挙に大軍勢の敵を滅ぼす謀《はかりごと》であろう」とおっしゃって、新開遠江守に四国・中国の兵五百余騎を添えて、途中の民家に火を放って、西長尾へとさし向けた。

頼之の考えどおり、清氏はこの様子を見て、「敵は西長尾の城を攻め落して、背後へ回ろうとしているぞ。中院殿に協力しなくては対抗できまい」と、弟の左馬助《さまのすけ》と従弟の掃部助《かもんのすけ》を大将に任じて千余騎の軍勢を西長尾の城へ差し向けた。新開はもともと城を攻撃するつもりはなかったので、わざと日暮まで時をかせごうと、足軽《あしがる》たちを少々差し向け、城の麓《ふもと》にある民家をあちらこちら焼き払い、向い陣を構えたのである。夜がすっかり更けると、新開は陣に多くの篝火を残し、山越えの近道を引き返して、清氏の城の前である白山《しろやま》の麓へ押し寄せた。

あらかじめ定めておいた合図どおり、同じ日の辰《たつ》の刻《こく》(午前八時ごろ)に、細川右馬頭頼之は五百余騎で搦手へ回り、二手に分れて鬨《とき》の声をあげた。この城はもともと鳥すらも飛ぶことができないほどにそびえ立って造られているので、どのような大軍勢であろうとも、十日や二十日で簡単に攻め落せるものではない。そのうえ、新開が西長尾城から引き返したとわかった時に、左馬助と掃部助がすぐさま馳《は》せ帰って寄せ手を追い払えば、かえって城方の有利になるはずであった。しかし、清氏は常に自分の武勇が人を超えていることに自信をもち、その戦い方があまりにも性急な人だったので、寄せ手の旗がしらを見ると同時に、二つの城門を開かせ、小具足《こぐそく》（略式の武装）すらも身に着けず、鎧下《よろいした》の裾《すそ》をからげ、鎧だけを取って肩に投げかけて、馬上で鎧の上帯《うわおび》を締めて、たった一騎で駆けだしなさった。清氏に付き従う三十余騎の兵たちも、ある者は頬当《ほおあて》をしただけで兜《かぶと》もつけず、またある者は籠手《こて》ははめたものの鎧を着ないうちに、城を包囲している千余騎の敵の中へ突入した。あっぱれ剛《ごう》の者とは見えるものの、向う見ずの猪武者で、愚劣な行為と思われた。

確かに清氏が敵を問題にもなさらなかったのも道理である。寄せ手の千余騎の兵たちは清氏一人に破られて、魚鱗《ぎょりん》の陣で進むこともせず、鶴翼《かくよく》の構えで包囲することもできず、こちらの塚《つか》の上、あちらの丘の上に上がって、馬・人ともに尻《しり》ごみをしていた。清氏は、鞍《くら》の前輪《まえわ》に引きつけて、首をねじ切った野本備前次郎・柿原孫四郎二人の首を、太刀の切っ先に貫いてかざし、「唐《から》・天竺《てんじく》・鬼界《きかい》ケ島《しま》・大元《たいげん》国のことは、国が遠いからまだ知らないが、我が国日本に生れて、清氏に一太刀でも打ちつけられる者がいるとは思えぬ」と大声で叫び、ただ一騎で再び大軍勢の中へ駆け入りなさる。ひたすら乗馬に秀でた刀の達人が、逃げる敵を次々に追いかけては斬《き》り落としなさったので、その切っ先に出会った者は、ある者は馬とともに打ちすえられて尻もちをつき、またある者は兜の鉢を鎧の胸板《むないた》まで切り裂かれて、泥の上に倒れた死骸《しがい》で地面は様相を変えてしまった。

---

七月二十三日の朝、右馬頭帷帳《うまのかみゐちやう》の中より出《い》でて、新開遠江守真行《しんがいとほたふみのかみさねゆき》を近づけての給《たま》ひける、「当国両陣の体《てい》を見るに、敵軍は日々にまさり、御方《みかた》は漸々《ぜんぜん》に減《げん》ず。かくてなほ数日《すじつ》を送らば、合戦難儀に及びぬと覚《おぼ》ゆる。これによつて事をはかるに、宮方《みやがた》の大将に中院源少将《なかのゐんげんせうしやう》と云《い》ふ人、西長尾《にしながを》と云ふ所に城を構へておはする。ここへ勢《せい》を差し向けて、攻むべき勢ひを見せば、相模守《さがみのかみ》定めて勢をさし分けて、城へ入るべし。その時御方の勢、城を攻めんずる体《てい》にて、向陣《むかひぢん》を取つて、夜に入らば篝《かがり》を多く焼き捨《た》てて、すぐ道より馳《は》せ帰り、やがて相模守が城へ押し寄せよ。頼之搦手《よりゆきからめて》に廻《まは》りて、まづ小勢《こぜい》を出《い》だし、敵を欺《あざむ》く程ならば、相模守たとひ一騎なりともかけ出でて、戦はずと云ふ事あるべからず。これ一挙に大敵を亡《ほろ》ぼす謀《はかりごと》なるべし」とて、新開遠江守に四国・中国の兵五百余騎を相そへ、路次《ろし》の在家《ざいけ》に火を

かけて、西長尾へぞ向けられける。

案の如《ごと》く、相模守これを見て、「敵は西長尾の城を攻め落して後《うしろ》へ廻らんと巧みけるぞ。中院殿《なかのゐんどの》に力を合はせでは叶《かな》ふまじ」とて、舎弟の左馬助《さまのすけ》、いとこの掃部助《かもんのすけ》を両大将として、千余騎の勢を西長尾の城へ差し向けらる。新開元来《もとより》城を攻めんずるためならねば、態《わざ》と日を暮さんと、足軽《あしがる》ども少々差し向けて、城の麓《ふもと》なる在家所々焼き払つて、向陣をぞ取つたりける。夜すでに深《ふ》ければ、新開向陣にかがりを多く焼《た》き残して、山を越ゆるすぐ道のありけるより引き帰して、相模守の城の前、白山《しろやま》の麓へ押し寄する。

兼《かね》て定めたる相図《あひづ》なれば、同日の辰《たつ》の尅《こく》に、細川右馬頭《ほそかはうまのかみ》五百余騎にて搦《から》め手《て》へ廻り、二手に分れて時の声をぞ挙げたりける。この城本《もと》より鳥も翔《かけ》りがたき程に拵《こしら》へたれば、寄手《よせて》たとひ如何《いか》なる大勢《おほぜい》なりとも、十日、二十日が中には輙《たやす》く攻め落すべき城ならず。その上新開、西長尾より引き帰しぬと見えば、左馬助・掃部助やがて馳《は》せ返りて、寄手《よせて》を追ひ払はん事却《かへ》つて城がたの利になるべかりけるを、相模守はいつも己《おのれ》が武勇《ぶよう》の人に越えたるを憑《たの》みて、軍《いくさ》だち余りに大早《おほはや》りなる人なりければ、寄手の旗の手を見ると均《ひと》しく、二の関《きど》を開かせ、小具足《こぐそく》をだにも堅めず、袷《あはせ》の小袖《こそで》引きせたをりて、鎧《よろひ》ばかりを取つて肩に投げかけ、馬上にて上帯《うはおび》をしめて、ただ一騎かけ出で玉へば、相順《あひしたが》ふ兵三十余騎も、あるいは頰当《ほほあて》をしていまだ冑《かぶと》をも着ず、あるいは小手《こて》をさしていまだ鎧《よろひ》を着ぬ先に、褁《つつ》み連れたる敵千余騎が中へ破《わ》つて入る。あはれ剛《かう》の物やと見えながら、片皮破《かたかはやぶ》りの猪武者《ゐのししむしや》、をこがましくぞ見えたりける。

げにも相模守、敵を物とも思はれざりけるも理《ことわり》かな。寄手《よせて》千余騎の兵ども、相模守一騎にやぶられて、魚鱗《ぎよりん》にも進まず、鶴翼《かくよく》にも囲み得ず、この塚の上、かの岡《をか》に打ちあがりて、馬・人ともに辟易《へきえき》せり。相模守は鞍《くら》の前輪《まへわ》に引き付けて、ねぢ頸《くび》にせられける野本備前《のもとびぜん》次郎・柿原孫四郎《かきはらまごしらう》二人が首を、太刀の鋒《きつさき》に貫いてさしかけ、「唐土《たうど》・天竺《てんぢく》・鬼海《きかい》・太元《たいげん》の事は国遠ければいまだ知らず、吾《わ》が朝秋津嶋《てうあきつしま》の中に生れて、清氏《きようぢ》に一太刀をも打ち付くべき物は覚えぬものを」と呼ばはりて、ただ一騎また大勢《たいぜい》の中へかけ入り玉ふ。飽くまで馬強《むまつよ》なる打物《うちもの》の達者が、北《に》ぐる敵を追つ立て追つ立て切つて落されければ、その鋒にまはる物、あるいは馬とともに尻居《しりゐ》に打ちすゑら一れ、あるいは冑の鉢《はち》を胸板《むないた》まで破《わ》り付けられて、深泥死骸《しんでいしがい》に地を易《か》へたり。

さて、備中国《びっちゅうのくに》の住人真壁《まかべ》孫四郎は、これこそ清氏殿だと判断したので、たとえ身を粉々に砕かれても敵の大将に出会ってから死にたいものだと思い、馬を駆って近寄り、すれ違いざまに長槍《ながやり》の柄《え》を伸ばして、清氏が乗っておられる鬼鹿毛《おにかげ》の胸先を放ち突きに突いたのであった。この馬は、あれほどの足の速い馬であったけれども、時の巡り合わせであったのか、一歩すらも動かずに、その場に立ちすくんでしまった。清氏は敵を自分に近づけ、馬を奪おうとして、傷を負ったふりをして馬の右側に下り立ち、太刀を逆さに突いて立っておられた。そこに、真壁はさらに馬を馳せて近寄り、一太刀馬上から浴びせて倒そうとしたのだが、清氏は走り寄って、真壁を馬から引きずり落した。首をねじって殺そうか、それとも人つぶてにして投げ捨てようかと、しばし考えあぐねた形で、真壁を宙に差し上げて立っていらっしゃった。

伊賀《いが》掃部助高光《かもんのすけたかみつ》は、馬を寄せ合わせて戦った敵二騎を斬り落し、切っ先に残る血を笠符《かさじるし》でぬぐって、清氏はどこにいらっしゃるのかと四方を見やったところ、真壁を宙に掲げたまま、その馬に乗ろうとしている敵がいた。「なんとすさまじい。凡夫とは見えない。これはきっと清氏殿に違いない。これこそ願っていた幸せだ」と思い、畑を斜めに横切って馬をまっしぐらに駆って、むんずと頭から組みついた。清氏は真壁を右の手でぐいとつかんで投げ捨て、伊賀を左の袖《そで》の下に押え込んで首をかき切ろうと自分の腰を探ると、腰刀《こしがたな》は上帯が伸びて後ろに回っていて、それを引き回しなさった。伊賀は勘のよい者だったので、組むと同時に抜いていた刀で、清氏の鎧の草摺《くさずり》をはねあげながら、三度刺した。刺されて弱ると、清氏の体をはね返して、押さえ込んで首を取った。あれほどの猛将であったけれども、運が尽きて討たれたことを知る人はまったくいなかった。木村次郎左衛門が泣きながら討死《うちじに》したほかには、続いて引き返す兵はいなかった。

相模守の身体は泥深い田の土にまみれ、また頭は敵の太刀の切っ先に曝《さら》された。その様子は、元暦《げんりやく》の昔、木曾左馬頭義仲《きそさまのかみよしなか》が粟津《あわづ》の浜で討たれ、暦応《りやくおう》の初秋に新田《につた》左中将義貞《よしさだ》が、足羽《あすわ》の畦道《あぜみち》で討たれた（一六六頁参照）が、まさにこの二人の最期と同じであった。

---

ここに備中国《びつちゆうのくに》の住人、真壁《まかべ》孫四郎、これこそ相模殿《さがみどの》よと見たりければ、たとひ身を千々《ちぢ》に砕かるとも、敵の大将によせ合ひてこそ死なめと思ひけ

れば、馳《は》せよせ、蒐《か》け違へざまに長鑓《ながやり》の柄《え》を取りのべて、放《はな》ち突《づ》きに、相《さが》模守《みのかみ》の乗り玉へる鬼鹿毛《おにかげ》が草脇《くさわき》をぞ突きたりける。この馬さしもの駿足《しゅんそく》なりけれども、時の運にや引かれけん、一足《ひとあし》もさらにはたらかず、すくみて地にぞ立つたりける。相模守は近づけて、敵の馬を奪はんと、手負ひたる体《てい》にて馬手《めて》におりたち、太刀を倒《さかさま》に突きて立たれたりけるを、真壁また馳せ寄せ、一太刀打つて当て、たふさんとするところに、相模守走り寄つて、真壁を馬より引き落し、ねぢ頸《くび》にやする、人つぶてにや打つと、且《しばら》く案じたる有様にて、中《ちゅう》にさしあげてぞ立たれたる。

　伊賀掃部助高光《いがかもんのすけたかみつ》はかけ合はする敵二騎切つて落し、鋒《きつさき》に余る血を笠璽《かさじるし》にて押しのごひ、いづくにか相模守はおはすらんと東西に目を賦《くば》るところに、真壁の四郎を中《ちゅう》に提《さ》げながら、その馬に乗らんとする敵あり。「あなおびたたし、凡夫《ぼんぷ》とは見えず。これはいかさま相模殿にてぞおはすらん。これこそ願ふところの幸ひよ」と思ひければ、伊賀掃部助畠《はたけ》をすぢかひに、馬をましぐらに馳《は》せかけて、むずと組みて引つかづく。相模守、真壁をば右の手にかい摑《つか》んでなげすて、掃部助を射向《いむけ》の袖《そで》の下におさへて頸《くび》をかかんと、己《おのれ》をさぐれば、上帯《うはおび》のびて後《うしろ》にまはされける腰刀《こしがたな》を引きまはされけるところを、掃部助心はやき物なりければ、組むと均《ひと》しく抜きたりける刀、相模守の鎧《よろひ》の草摺《くさずり》はねあげざまに三刀《みかたな》さす。さされて弱ればはね返して、押へて頸をぞ取つたりける。さしもの猛将・勇士《ようじ》なりしかども、運尽きて打たるるを知る人更になかりけり。木村次郎左衛門が泣く泣く打死《うちじに》をしける外《ほか》は、続いて返す兵もなし。

その身は深田《ふかた》の泥土にまみれて、頭は敵の太刀鋒《きつさき》にあり。ただ元暦《げんりやく》の古《いにしへ》、木曾左馬頭義仲《きそさまのかみよしなか》粟津浜《あはづのはま》にて打たれ、暦応《りやくおう》の秋の初め、新田《につた》左中将義貞《よしさだ》の足羽縄手《あすはのなはて》に打たれたりし、二人の体《てい》に異ならず。

---

## 八 北《きた》野《の》通《つ》夜《や》物《もの》語《がたり》

巻第三十八「三人聖廟にて物語の事」「青砥左衛門賢政の事」「瑠璃太子釈種を亡ぼす事」「梨軍支因由の事」

細川清氏《きようじ》が討死《うちじに》し、南朝の脅威は大きく後退した。その頃《ころ》、南朝に伺候《しこう》していた日野僧《ひののそう》正頼意《じようらいい》が北野天満宮に参詣《さんけい》すると、三人の人物が争乱の世を批判し、理想の政道について語っているのを目にする。頼意は共感を覚え、しばし彼らの語りに耳を傾ける。

先ごろ日野僧正頼意は、こっそりと吉野《よしの》の山中を出て、かねてからの願い事が少々あったので、霊験のあらたかなことを期待申しあげて、北野の聖廟《せいびょう》（京都市上京区の北野天満宮）に終夜参籠《さんろう》なさった。秋も半ば過ぎて、杉の梢《こずえ》を吹き鳴らす風の音も寒々としてきたので、それに下旬の月は聖廟の庭の松よりも西に傾いていて、人気のない霜の降りた庭に映った月の光が常日ごろよりも神々《こうごう》しく、しみじみと感ぜられた。僧正が巻き残した御経を手にしたまま、灯火《ともしび》をかきたてて明るくして壁に寄りかかって、季節に合う古歌などを口ずさんでいると、そこに同じように秋の情趣に誘われ、月に心をひかれている人と思われて、南向きの神殿の高欄《こうらん》に寄りかかり、並んでいる三人の人がいた。どのような人であろうかと見てみると、一人は昔、鎌倉幕府の引付頭人《ひきつけとうにん》（訴訟審理にあたった役職）か評定衆《ひょうじょうしゅう》（鎌倉幕府の議決機関の最高職）かの席に連なって、執権の時代の平和を懐かしんでいるのであろうと思われる、坂東《ばんどう》なまりで、年齢はおよそ六十ほどの遁世者《とんぜいじゃ》である。一人は現在朝廷に仕えてはいるものの、家が貧乏で自身も余裕がなく、勤めにも出ず、ぶらぶらとして何となく窓の雪に向いながら儒教の書物を読んで心を慰めているのであろうと思われる、なよなよとしていて色の青白い殿上人《てんじょうびと》である。もう一人は、何とかの律師《りっし》・僧都《そうず》などと呼ばれて、門跡《もんぜき》あたりにお仕えして、顕教《けんきょう》の仏法を盛んにしようと、部屋の扉をとざし、天台宗の教えを真摯《しんし》に学んでいると思われる人で、身体は細く疲れている法師である。

三人は、始めは「天満天神《てんまてんじん》」の文字を各句の頭につけて連歌《れんが》をしていたが、その後は外国や我が国の話になって、聞いているとなるほどと思われる事柄も多かったのである。

---

近曾日野僧正頼意《さいつころひののそうじやうらいい》、偸《ひそ》かに吉野《よしの》の山中を出《い》でて、聊《いささ》か宿願の事ありければ、霊験の新たなる事を憑《たの》み奉《たてまつ》り、北野《きたの》の聖廟に通夜《つや》し侍《はべ》りしに、秋も半ば過ぎて、椙《すぎ》の梢《こずゑ》の風の音も冷《すさま》じく成りぬれば、在明《ありあけ》の月の松より西に傾《かたぶ》きて、閑庭《かんてい》の霜に映ぜる影常《つね》よりも神恋《かんさ》びて物哀《ものあは》れなるに、巻き残せる御経を手に持ちながら、灯《ともしび》を挑《かか》げ壁に寄り添ひて、節《をり》に触れたる古き歌なんど詠じつつ、嘯《うそぶ》き居たるところに、これも秋の哀れにさそはれて、月に心のあくがれたる人よと覚しくて、南殿《なんでん》の高欄《かうらん》に寄り懸かりて、三人双《なら》び居たる人あり。如何《いか》なる人やらんと見れば、一人は古《いにしへ》関東の頭人《とうにん》・評《ひやう》定衆《ぢやうしゅ》かに烈《つら》なつて、武家の世の治まりたる事どもをもさぞ忍《しの》ぶらんと覚えて、坂東声《ばんどうごゑ》なるが、年の程六十ばかりなる遁世者《とんぜいじや》なり。一人は今朝庭《てうてい》に

仕へながら、家貧しく身豊《ゆた》かならず、出仕なんどをもせず、徒《いたづ》らなる侭《まま》に何となく学窓の雪に向ひて、外典《げてん》の書に心をぞ慰《なぐさ》むらんと覚えて、体《てい》なびやかに色青ざめたる雲客《うんかく》なり。今一人は、某《なにがし》の律師《りっし》・僧都《そうづ》なんど云《い》はれて、門跡辺《もんぜきあた》りに祗候《しこう》し、顕宗《けんしゅう》の法灯《ほっとう》を挑《かか》げんと稽古《けいこ》の枢《とぼそ》を閉ぢて、玉泉《ぎょくせん》の流れに心を澄ますらんと覚えたるが、細く疲れたる法師なり。

初めは天満天神《てんまてんじん》の文字を句ごとの首《かしら》に置きて、連歌《れんが》をしけるが、後には異国・本朝《ほんてう》の物語に成りて、現《げ》にもと覚ゆる事ども多かりけり。（略）

まず遁世者《とんぜいじゃ》が、北条時頼《ほうじようときより》・貞時《さだとき》の善政について語り、つづいて北条時宗《ときむね》・貞時に仕えた青砥左衛門《あおとさえもん》の廉直について語り始める。

「また、法光寺《ほうこうじ》（北条時宗）・最勝恩寺《さいしょうおんじ》（北条貞時）の二代の相模守《さがみのかみ》（ここは北条氏当主である得宗《とくそう》をさす）に仕えて、引付衆《ひきつけしゅう》の人数に入っていた青砥左衛門某《なにがし》という者がいた。数十か所の所領を治めていて、財貨も不足してはいなかったけれども、衣装は麻の粗末な直垂《ひたたれ》を着、絹ではない織物の大口袴《おおぐちばかま》（裾口《すそぐち》が広い袴）をはき、飯のおかずには焼塩と乾し魚一匹のほかにはつけなかった。出仕する時は塗りのない腰刀《こしがたな》をさし、白木の鞘《さや》の太刀《たち》を下人に持たせていたが、五位に昇進してからは、この太刀に弦袋《つるぶくろ》（弓弦《ゆづる》を巻き束ねて収めた袋。衛門尉《えもんのじょう》などが太刀に下げた）をつけたのであった。このように自分自身のためには少しも贅沢《ぜいたく》はしないが、公務には千金も万玉も惜しまなかった。また飢えた乞食や、疲れはてた訴訟人などを見るたびに、その身分に従い位に応じて、米や銭、絹布の類を与えないということはなかったのである。

ある時、得宗領《とくそうりょう》に訴訟事件が起って、在地の荘官《しょうかん》と相模守が裁判で争うことになった。道理と非理がはっきりしていて、荘官の申すところは道理にかなっていたけれども、評《ひょう》定奉行《じょうぶぎょう》・引付頭人《ひきつけとうにん》・評定衆《ひょうじょうしゅう》はみな得宗領ということで遠慮して、荘官を負けにした。しかし、青砥左衛門ただ一人は、得宗にも恐れず、道理にかなったところを詳しく申し立てて、とうとう相模守を敗訴にしたのであった。荘官は予想外の利を得て、所領を安《あん》堵《ど》できたので、その恩に報いようと思ったのか、銭三百貫を俵に包んで邸《やしき》の後ろの山からこっそり青砥左衛門の庭に落し入れた。青砥左衛門はこの銭を見てたいそう怒って、『訴訟の道理・非理を申したのは、相模守殿をお思い申しあげるからである。けっして在地の荘官の肩をもつのではない。もしも贈り物をもらうというのならば、お上《かみ》への悪い評判をお止めしたのだから、相模殿こそお礼をなさるべきだろう。訴訟に勝った荘官が贈り物をするいわれはない』と言って、とうとう一銭も受け取らず、はるかに遠い田舎《いなか》まで持たせて送り返したのであった。

またある時、この青砥左衛門が夜になって出仕したことがあった。いつも火打袋《ひうちぶくろ》（火打道具を入れる小袋）に入れて持っていた銭を十文取り出しそこねて、滑川《なめりがわ》（鎌倉市内を流れる川）へ落としてしまった。わずかな物であるから、そのままにしてもよいだろうと通り過ぎるのが普通であるが、青砥左衛門は非常にあわてて、近くの町屋へ従僕を走らせ、銭五十文で松明《たいまつ》を十把《ぱ》買って、これに火をつけて、とうとう十文の銭を捜し出した。後で人がこの話を聞いて、『十文の銭を捜そうと、五十文で松明を買う。小利大損ではないか』と笑ったので、青砥左衛門は顔をしかめて、『だからこそあなたがたは愚かで、世の中の損失も考えず、庶民を思いやる心のない人なのだ。十文の銭はその時に捜さなければ、滑川の底に沈んで、永久に手にすることはなかろう。松明を買った五十文の銭は商人の家にとどまって、なくなりはしない。私の損は商人の利益なのだ。商人と私とに何の違いがあろう。合わせて六十文の銭の一文も失わなかったのだから、どうして利益でないことがあろうか』と、非難して申したので、悪口を言って笑った周りの人々は、驚き感じ入ったことであった。

このように青砥左衛門に私心のないことが神意に叶《かな》ったのであろうか、ある時相模守が鶴岡八幡宮《つるがおかはちまんぐう》（鎌倉市内）で終夜の参詣《さんけい》をなさった未明の夢に、衣冠を正しく着た一人の老翁が枕《まくら》もとに立って、『政道を正しくして、天下を永く維持しようと思うならば、私心をもたず道理に明るい青砥左衛門を重用《ちょうよう》すべし』と、たしかに示されたかと思うと、夢からすぐに覚めた。相模守はさっそく八幡宮から帰って、近国の大きな荘園八か所の地頭の補任状《ぶにんじょう》（辞令書）を自筆で認《したた》めて、青砥左衛門に与えたのであった。青砥左衛門は補任状を開いて見てたいそう驚き、『これは今どうして三万貫にも達する大きな荘園を頂戴《ちょうだい》するのでしょうか』とお尋ねすると、『夢の中の示現によって、ともかく当分の間あてがうのである』とお答えになった。青砥左衛門は首を横に振って、『そういうことなら一か所でもいただくわけにはまいりません。それに加えて、お考えの筋道も嘆かわしう存じます。物に永久不変の形がないというたとえとして、夢幻《ゆめまぼろし》のごとし、と仏説にも説かれてございます。もしも私の首を刎《は》ねよという夢をご覧になられたならば、過ちがなくとも夢のとおりになされるのでしょうか。国に報いる忠義が薄くて身分不相応の褒美を頂戴するなど、これ以上の国賊がございましょうか』と、涙を流しながら怒って、すぐさま補任状をお返ししたのであった。他の奉行《ぶぎよう》たちはこうしたいきさつを聞いて、自分の行為を恥ずかしく思ったので、青砥左衛門ほどのすぐれた才能の人はいなかったけれども、少しでも道理にはずれた行為をしたり、賄賂《わいろ》に溺《おぼ》れたりすることはなかった。こういうことがあって、鎌倉の相模守は九代まで天下を維持したのである」。

---

「また報光寺《ほうくわうじ》・最勝恩寺《さいしようをんじ》二代の相模守《さがみのかみ》に仕へて、引付《ひきつけ》の人数《にんじゆ》に列《つら》なりける青砥《あをと》左衛《さゑ》門《もん》云々《うんぬん》と云《い》ふ者あり。数十箇所の所領を知行して、財宝もさすが乏《とも》しからざりけれども、衣裳《いしやう》には貲《さいみ》の直垂《ひたたれ》、布の大口《おほくち》、飯《いひ》の菜《さい》には焼きたる塩、干したる魚一つより外《ほか》はせざりけり。出仕の時は木左右巻《きさうまき》の刀を差し、木太刀《きだち》を持たせけるが、叙爵《じよしやく》の後は、この太刀に弦袋《つるぶくろ》をぞ付けたりける。かやうに我が身のためには聊《いささ》かも過差《くわさ》なる事をせずして、公方《くばう》の事には千金万玉《まんぎよく》をも惜しまず。また飢ゑたる乞骸人《こつがいにん》、疲れたる訴詔人《そしようにん》などを見ては、分《ぶん》に随《したが》ひ程《しな》によりて、米銭《べいせん》・絹布《けんぷ》の類《たぐひ》を与へぬ事はなかりけり。

ある時徳宗領《とくそうりやう》に沙汰《さた》出《い》で来て、地下《ぢげ》の公文《くもん》と相模守と訴陳《そちん》に番《つが》ふ事あり。理非懸隔《けんかく》して、公文が申すところ道理なりけれども、奉行《ぶぎやう》・頭人《とうにん》・評定《ひやうぢやう》衆《しゅ》、皆徳宗領《とくそうりやう》に憚《はばか》つて、公文を負かしけるを、青砥左衛門ただ一人、権門にも恐れず、理《ことわり》の当るところを具《つぶさ》に申し立てて、つひに相模守をぞ負かしける。公文不慮《ふりよ》に得利《とくり》して、所帯に安堵《あんど》したりけるが、その恩を報ぜんとや思ひけん、銭《ぜに》を三百貫俵に裹《つつ》みて、後《うしろ》の山より窃《ひそ》かに青砥左衛門が坪《つぼ》の内へぞ入れたりける。青砥左衛門これを見て大いに忿《いか》り、『沙汰《さた》の理非を申しつるは、相模殿を思ひ奉《たてまつ》る故《ゆゑ》なり。全く地下《ぢげ》の公文《くもん》を引くに非《あら》ず。もし引出物《ひきでもの》を取るべくは、上の御悪名《あくみやう》を申し留《とど》めぬれば、相模殿こそ悦《よろ》びをばし玉ふべけれ。沙汰に勝ちたる公文が引出物をすべき様《やう》なし』とて、一銭をもつひに受用せず、遥《はる》かに遠き田舎《ゐなか》まで持ち送らせてぞ返しける。

　またある時、この青砥左衛門夜に入つて出仕をしける。いつも燧袋《ひうちぶくろ》に入れて持ちける銭《ぜに》を十文《もん》取りはづして、滑川《なめりがは》へぞ落し入れたり。少事の物なれば、よしさてもあれかしとて行き過ぐべかりしが、以《もつ》ての外《ほか》に周章《あわ》て、その辺《あた》りの町屋《まちや》へ下人《げにん》を走らかし、銭五十を以て続松《たいまつ》を十把《ぱ》買ひて、これを燃《とぼ》してつひに十文の銭をぞ求め得たりける。後に人これを聞きて、『十文の銭を求めんとて、五十にて続松を買ふ。小利大損にて非ずや』と笑ひければ、青砥左衛門眉《まゆ》を嚬《ひそ》めて、『さればこそ御辺《ごへん》達は愚かにて、世の費《つひえ》をも知らず、民を恵む心なき人なれ。十文の銭はその時求めずは、滑川の底にして永く失ふべし。続松を買ひつる五十の銭は商人の家に留《とど》まつて失《う》すべからず。我が損は商人の利なり。彼《かれ》と我《われ》と何の差別《しやべつ》かある。かれこれ六十の銭一つも失はざるは、あに所得《しようとく》に非ずや』と、爪弾《つまはじ》きをして申しければ、難じて笑ひつる傍《かたへ》の人々、舌を打つてぞ感じける。

かやうに私《わたくし》なきところ、神慮にや通じけん、ある時相模守鶴岡《つるがをか》の八幡宮《はちまんぐう》に通夜《つや》し玉ひける暁《あかつき》の夢に、衣冠《いくわん》正しくしたる老翁《らうをう》一人枕《まくら》に立つて、『政道を直《ただ》しくして、世を久しく保たんと思はば、心に私なく理《ことわり》に暗からざる青砥左衛門を賞翫《しやうくわん》すべし』と、慥《たし》かに示さるると覚えて、夢想忽《たちま》ちに覚《さ》めにけり。相模守夙《つと》に帰りて、近国の大庄《たいしやう》八箇所自筆に補任《ぶにん》を書きて、青砥左衛門にぞたうだりける。青砥左衛門補任を啓《ひら》き見て大いに驚き、『これは今何事《なにごと》に三万貫に及ぶ大庄を玉はり候やらん』と問ひ奉《たてまつ》りければ、『夢想によりて、まづ且《しばら》く充行《あておこな》ふなり』と答へ玉ふ。青砥左衛門顔を振つて、『さては一所をもえこそ賜《たまは》り候ふまじけれ。且《かつう》は御意《ぎよい》の通りも歎《なげ》き入つて存じ候ふ。物の定相《ぢやうさう》なき喩《たとへ》にも、夢幻《むげん》の如《ごと》し、とこそ仏説にも宣《のたま》へられて候へ。もし某《それがし》が首を刎《は》ねよと云《い》ふ夢を御覧ぜられて候はば、咎《とが》なくとも夢の如く行はれ候はんずるか。報国の忠薄くして、超涯《てうがい》の賞を蒙《かうむ》らん事、これに過ぎたる国賊や候ふべき』と、涙の中に忿《いか》つて、すなはち補任《ぶにん》をぞ返し進《まゐ》らせける。自余《じよ》の奉行《ぶぎやう》ども、かやうの事を聞きて、己《おのれ》を恥ぢし間、これまで賢才なかりしかども、聊《いささ》かも理《ことわり》に背き賄賂《わいろ》に躭《ふけ》る事をせず。これを以て関東の相州《さうしう》は九代まで天下を持《たも》ちし者なり」。（略）

つづく雲客《うんかく》（殿上人《てんじようびと》）は、周の大王の仁徳と、玄宗《げんそう》皇帝に仕えた史官の正義について語る。このように遁世者《とんぜいじや》と雲客はそれぞれ日本・中国の物語を引き、君主と臣下のあるべき姿を説いたのであるが、三人目の法師の語りはやや異色の内容であった。

頼意《らいい》が二人（遁世者と雲客）の語る話をなるほどと聞いていて、耳をすましていると、今度は仏典に精通している人であろうと見えた法師が、今の話を熱心に聞いて、帽子をはずし、菩提子《ぼだいじ》で作った数珠《じゆず》を指先で繰りながら申したことには——。

「天下の乱れをつくづく考えてみると、朝廷の御過ちとも幕府の誤りだとも申しにくい。ただ因果の現れるところだと思います。その理由は、仏には嘘《うそ》はないと申しますから、尊び敬って、信用しないわけにはゆきますまい。仏説にいうところを見ると、昔、天竺《てんじく》に波斯匿王《はしのくおう》（紀元前五〇〇年ころの古代中インドの舎衛国王《しゃえ》）と申す小国の王が、浄飯王《じょうぼんおう》（中インドのヒマラヤ山麓の迦毘羅国王《かびら》。釈迦の父）の婿になろうと願った。浄飯王はお心では不快に思われたけれども、断る言葉が見つからなかったのか、召し使われていた妃《きさき》の中から容姿の特に比類なく美しい人を選んで、これを第三の姫宮《ひめみや》と名づけなさって、波斯匿王の后《きさき》になさったのである。この后から一人の皇子が生れなされた。これを瑠璃太子《るりたいし》と申しあげた。瑠璃太子が七歳におなりの年に、浄飯王の城へいらっしゃって遊んでおられたが、浄飯王と同じ床《ゆか》にお座りになっていた。釈氏《しゃくし》の諸王・大臣がこの様子を見て、『瑠璃太子は浄飯王の本当の御孫ではない。どうして大王と同じ場に座っていてよいことがあろう』と言って、直ちに玉の床から追い下ろし申しあげた。瑠璃太子は子供心にも不快に思われたので、『自分が成人したら、必ず釈氏を滅ぼして、この恥をすすごう』と、強く悪心を起されたのであった。

さて、二十数年を経て、瑠璃太子は成人し、浄飯王はお亡くなりになった。瑠璃太子は三百万騎の軍勢を率い、摩訶陀国《まかだこく》（迦毘羅国とあるべきところ）の城へ攻め寄せられた。摩訶陀国は大国とはいえ急なことであったので、兵が諸国からすぐに到着せず、王宮は今にも攻め落されそうに見えたが、釈氏の刹帝利族《せっていり》（王族・士族階級の姓）に強弓を引く者たちが数百人いて、十町（約一〇八〇メートル）・二十町の先まで射てきたので、寄せ手はまったく近づくことができない。山に上がり川を隔てて、なすすべもなく日を送っていた。こうした時に、釈氏の中から現職の大臣だった一人の男が寄せ手の側に寝返って申したことには、『釈氏の刹帝利族はすべての者が五戒を保っているゆえ、今まで人を殺したことがない。たとえ強弓を用いて遠矢《とおや》を射るとしても、人を射当てることはありえない。ひたすら攻め寄せよ』と教えたのである。寄せ手はたいそう喜んで、もはや楯《たて》も使わず鎧《よろい》も着ず、鬨《とき》の声をあげて攻撃したところ、本当に釈氏たちの射る矢はまったく人に当らない。鉾《ほこ》を使い剣を抜いても人を斬《き》ることはなかったので、摩訶陀国の王宮はたちまちに攻め落されて、釈氏の刹帝利族はことごとく一日のうちに滅びそうになった。

この時、仏弟子の目連尊者《もくれんそんじゃ》は、釈氏が残らず討たれてしまうのを悲しんで、釈尊《しゃくそん》の御前に参上して、『釈氏は完全に瑠璃王のために滅ぼされて、わずかに五百人が残っていますす。釈尊、何ゆえ、大神通力《だいじんづうりき》を用いて、五百人の刹帝利族をお助けにならないのですか』と申しあげたところ、釈尊は、『やめよ、やめよ、因果の結果するところは、仏力でも変えられないのだ』とおっしゃった。目連尊者はそれでも悲しみに堪えられず、『たとえ定められた寿命であっても、神通力で彼らを隠したら、どうして助けられないことがあろうか』とお考えになって、鉄鉢《てつばち》の中にこの五百人を隠し入れて、忉利天《とうりてん》（須《しゅ》弥《み》山《せん》の頂にあり、帝釈天が住む）に移し置いた。

摩訶陀国の合戦が終って、瑠璃王の兵たちはみな本国へ帰ったので、もはや問題はあるまいと、目連は神通力の御手を伸ばして、忉利天にお置きになった鉢をあおむけてご覧になると、神通力で隠された五百人の刹帝利族は一人残らず死んでしまっていた。

目連は悲しんで、その理由をお聞きすると、釈尊はこうお答えになった。『これはみな過去の因果なのだ。どうして助かることができよう。その理由は、過ぎし昔、世の中が三年間干魃《かんばつ》で、無《む》熱《ねっ》池《ち》（ヒマラヤ山脈の北にあるという、清涼水を湛《たた》える池）の水が干上がった。この池に摩《ま》羯《かつ》魚《ぎょ》（空想上の巨大な魚）といって長さ五十丈（約一五〇メートル《メートル》）の魚がいる。また多《た》舌《ぜつ》魚《ぎょ》といって人のように話す魚がいる。この池に数万人の漁師たちが集まって、水をすっかりかき出して池を干し、魚を捕ろうとしたけれども、まったくいない。漁師たちは探しようがなくて帰ろうとしたところ、多舌魚が穴の中からはい出してきて、漁師たちに向って言うことには、「摩羯魚はこの池の東北の隅に大きな岩穴を掘って水をため、数えきれないほどの小魚どもと一緒に隠れている。早くその岩を取り除いて、隠れている摩羯魚を殺すがよい。このように知らせた褒美として、お前たちは私の命を助けよ」と、詳しくこう話して、多舌魚は岩穴の中に入っていった。漁師たちはたいそう喜んで、例の岩を掘り起して見てみると、摩羯魚をはじめとして、五丈・六丈ある大きな魚が数知れず集まっていた。少ない水で苦しそうに呼吸している魚たちなので、どこへも逃げ去ることができるはずもないから、残らず漁師に殺されて、多舌魚だけが生き残ったのである。そうして、この漁師と魚はともに後世《ごせ》に生れ変って、摩羯魚は瑠璃太子の兵たちとなり、漁師は釈氏の刹帝利族となり、多舌魚は寝返りをした大臣となって、摩訶陀国を滅ぼしたのである』。

---

両人の物語誠《げ》にもと聞き居て、耳を清《すま》すところに、またこれは内典《ないでん》の学《がく》生《しやう》にてぞあるらんと見えつる法師、熟々《つくづく》と聞きて、帽子おしのけ、菩提子《ぼだいじ》の念珠爪繰《ねんじゆつまぐ》り申しけるは、「天下の乱を倩《つくづく》案ずるに、公家の御過《とが》とも、武家の僻事《ひがこと》とも申しがたし。ただ因果の感ずるところとこそ存じ候へ。その

故《ゆゑ》は仏に妄語《まうご》なしと申せば、仰《あふ》いで誰《たれ》か信をとらで候ふべき。仏説の述ぶるところを見るに、昔天竺《てんぢく》に波斯匿王《はしのくわう》と申して小国の王、浄飯王《じやうぼんわう》の聟《むこ》に成らむと請ふ。浄飯王、御心には嫌《いと》はしく思《おぼ》し食《め》しながら、辞する言《ことば》やなかりけん、召し仕《つか》はれける夫人《ぶにん》の中に皃形《かほかたち》殊に類《たぐひ》なく勝《すぐ》れたるを撰《えら》びて、これを第三の姫宮《ひめみや》と名付け玉ひて、波斯匿王の后《きさき》にぞ成されける。この后の御腹に一人の皇子出《い》で来させ玉ふ。これを瑠璃太子《るりたいし》とぞ申しける。瑠璃太子七才に成らせ玉ひける年、浄飯王の城へおはして遊ばれけるが、浄飯王の同じ床《ゆか》にぞ座し玉ひたりける。釈氏《しやくし》の諸王・大臣これを見て、『瑠璃太子はこれ実《まこと》の浄飯王の御孫には非《あら》ず。何故にか大王と同じ位に座すべき』とて、すなはち玉の床の上より追ひ下ろし奉《たてまつ》る。瑠璃太子少心《をさなごころ》にも安からぬ事に思はれければ、『我が年長《としちやう》ぜば、必ず釈氏を滅ぼして、この恥を濯《すす》ぐべし』と、深く悪念をぞ起されける。

さて二十余年を歴《へ》て後、瑠璃太子長《ひと》と成りて、浄飯王は崩御《ほうぎよ》成りしかば、瑠璃太子三百万騎の勢《せい》を率して、摩竭陀国《まかだこく》の城へ寄せ玉ふ。摩訶陀国大国《たいこく》たりと云《い》へども、俄《にはか》の事なれば兵いまだ国々より馳《は》せ参らで、王宮すでに攻め落されぬべく見えけるところに、釈氏《しやくし》の刹利《せつり》種《しゆ》に強弓《つよゆみ》ども数百人ありて、十町・二十町を射越しける間、寄手《よせて》曾《かつ》て近付き得ず。山に上《のぼ》り河を隔てて、徒《いたづ》らに日をぞ送りける。かかるところに、釈氏の中より、時の大臣なりける人一人、寄手の方へ返忠《かへりちゆう》をして申しけるは、『釈氏の刹利種は悉《ことごと》く五戒《ごかい》を持《たも》ちたる故《ゆゑ》に、曾て人を殺さず。たとひ弓強くして遠矢《とほや》を射るとも、人に射あつる事はあるべからず。ただ寄せよ』とぞ教へける。寄手大いに悦《よろこ》んで、今は楯《たて》をもつかず鎧《よろひ》をも着ず、時の声を作りかけて寄せけるに、げにも釈氏どもの射る矢さらに人に中《あた》らず。鉾《ほこ》をつかひ剣《けん》を抜いても人を斬《き》る事なかりければ、摩訶陀国の王宮忽《たちま》ちに責め落されて、釈氏の刹利種は悉く一日の中に滅びんとす。

この時仏弟子目連尊者《もくれんそんじや》、釈氏は残る所なく討たれなんとするを悲しみて、釈尊《しやくそん》の御もとに参りて、『釈氏すでに瑠璃王《るりわう》のために亡《ほろ》ぼされて、僅《わづ》かに五百人残れり。世尊《せそん》何ぞ大神通《だいじんづう》の力を以《もつ》て、五百人の刹利種を助け玉はざるや』と申されければ、釈尊、『止《や》みね止みね、因果の勘《かん》ずるところをば、仏力も転じがたし』とぞ宣《のたま》ひける。目連尊者なほも悲しみに堪《た》へず、『たとひ定業《ぢやうごふ》なりとも、通力を以てこれをかくさんに、なにとか助けざらん』と思《おぼ》し食《め》して、鉄鉢《てつばち》の中にこの五百人を隠し入れて、忉利天《たうりてん》にぞ置かれける。摩訶陀国の軍《いくさ》はてて、瑠璃王の兵ども皆本国に帰りければ、今は子細《しさい》あらじとて、目連神力の御手を伸べて、忉利天に置かれたる鉢を仰《あふ》のけて御覧ずるに、神通を以て隠されし五百人の刹利種一人も残らず死ににけり。

目連《もくれん》悲しみてその故《ゆゑ》を問ひ奉《たてまつ》るに、仏答へて宣《のたま》はく、『皆これ過去の因果なり。何《なん》ぞ助かる事を得ん。その故は、往昔《わうせき》に天下三年旱《ひでり》して、無熱池《むねつち》の水乾きけり。この池に摩《ま》竭魚《かつぎよ》とて首尾《しゆび》五十丈の魚《うを》あり。また多舌魚とて人の如《ごと》くに言ふ魚あり。ここに数万人の漁夫ども集まりて、水をかへ尽くし、池を旱《ほ》して魚を捕らんとするに、さらになし。漁夫ども求むるに力なくして、帰らんとしけるところに、多舌魚岩穴の中よりはひ出《い》でて、漁夫どもに向ひて申しけるは、「摩竭魚はこの池の艮《うしとら》の角《すみ》に大いなる岩穴を掘《ほ》りて水をため、無量《むりやう》の小魚どもを伴ひて隠れ居たり。早くその岩を引きのけて、かくれ居たる摩竭魚を殺すべし。かやうに告げ知らせたる報謝《ほうしや》には、汝等《なんぢら》我が命を助けよ」と、委《くは》しくこれを語つて、多舌魚は岩穴の中へぞ入りにける。漁夫ども大いに悦《よろこ》びて、件《くだん》の岩を掘り起して見るに、摩羯魚を始めとして、五丈・六丈ある大魚ども、その数を知らず集まり居たり。小水《せうすい》に吻《いきづ》く魚どもなれば、何所《いづく》へか逃げ去るべきなれば、残らず漁夫に殺されて、多舌魚ばかりぞ生《い》けたりける。さればこの漁夫と魚ともろともに生《しやう》をかへて後、摩羯魚は瑠璃太子《るりたいし》の兵どもとなり、漁夫は釈氏《しやくし》の刹利種《せつりしゆ》となり、多舌魚は今返忠《かへりちゆう》の大臣となり、摩訶陀国《まかだこく》をぞ滅ぼしける』。（略）

このような釈尊の説かれたところから考えると、臣下が君主をないがしろにし、子がその父を殺すのも、今生一世《こんじよう》だけの悪によるのではない。また武士は衣食に飽き満ちて、公家《くげ》が餓死するとしても、みな過去の因果によるのでありましょう」と、法師が仏典に述べるところを明らかに語ると、三人はそろってからからと笑った。時刻は早くも進んで暁方《あかつきがた》になっていて、夜もすっかり明け、三人は天満宮《てんまんぐう》の朱塗りの垣を離れて、それぞれ別の方向に帰ったのである。この通夜の物語から考えると、こうした乱世も、再び治まることもあるのかと、将来に期待を寄せるだけで、頼意《らいい》はお帰りになったのである。

かやうの仏説を以《もっ》て思ふに、臣君《きみ》を弑し、子父を殺すも、今生《こんじやう》一世の悪にあらず。武士は衣食に飽き満ちて、公家《くげ》は餓死に及ぶとも、皆過去の因果にてこそ候ふらめ」と、典籍《てんじやく》の所述明らかに語りければ、三人ともにからからと笑ひけるが、漏箭頻《ろうせんしき》りに遷《うつ》って晨朝《じんてう》なれば、夜もすでに朱《あけ》の珠籬《たまがき》を立ちいでて、己《おの》が様々《さまざま》に帰りけり。これを以て案ずるに、かかる乱れの世《よ》の間《なか》も、また静かなる事もやと、憑《たの》みを残すばかりにて、頼意《らいい》は帰り玉ひけり。

---

## 九 光《こう》厳《ごん》院《いん》崩御

巻第三十九「光厳院法皇山国に於いて崩御の事」

光厳院は正平《しようへい》の一統《いっとう》（観応《かんのう》の擾乱《じようらん》の最中に一時的に南北朝が統一されたこと）の時、南朝に捕われ、出家を遂げていた。都に帰還後は嵯峨《さが》に隠遁《いんとん》し、禅の修行に励んでいたが、やがて院は諸国行脚を思い立つ。住吉《すみよし》・高野山《こうやさん》などを廻《めぐ》り、さらに吉野《よしの》を訪ねて後村上《ごむらかみ》天皇と対面をする。

最近、三、四年前までは、皇室の両統が南北に分れて、ここで戦いあちらで敵対する有様だったので、呉《ご》・越《えつ》の両国が会稽山《かいけいざん》で謀《はかりごと》を巡らしたように、また漢《かん》・楚《そ》両国が覇《は》水《すい》のほとりで合戦した以上に、両者は争っていたが、法皇（光厳院）は現在、世を捨てた修行者となられて、玉体に麻の衣を着、草鞋《わらじ》を履き、鸞輿《らんよ》の代りに裸足《はだし》で歩き、はるばると吉野の山中までもいらっしゃったのである。伝奏《てんそう》の者は法皇ご訪問を奏上し終えないうちに涙で直衣《のうし》の袖《そで》をぬらし、吉野の主上《しゅじょう》（後村上天皇）はご対面なさる前から御涙をお流しになった。法皇はこの日一日ご逗留《とうりゅう》なさって、さまざまなお話があったが、吉野の主上が、「それにしても、ただ今のご到来は、目覚めた後に見る夢のように、信じがたいことでございます。たとえ仙洞御所《せんとうごしょ》での生活を捨てて釈迦の真実門《しんじつもん》にお入りになったとしても、寛平《かんぴょう》の法皇（宇多《うだ》院）のご出家にならい、花山《かざん》法皇の先例に従われるのが普通でございましょうに、お体を水の上の浮草のように住居を定めず漂わせ、お心を無心を求める禅の修行に注がれましたことは、どのようなご発心《ほっしん》からでありましょう。おうらやましく思われます」とおっしゃると、法皇は御涙にむせばれて、しばらくは何もお言葉を発せられない。少し間があって、「聡明文思《そうめいぶんし》（よく見え、よく聞え、よく治め、思慮深い）の四つの徳を備えられて、主上は思慮深くいらっしゃいますので、一語もまだ述べないうちに、すべてをお察しなさったのでしょう。私はもともと永遠に煩悩に迷う身で、虚空《こくう》に漂う塵《ちり》のような存在であることを不本意に思っておりましたが、前世の業《ごう》とつながる所で古い縁《えにし》を断つことができず、出家をしたいという気持はありながら、近くに迫った老いの訪れをとどめることもできずに年月を送っておりました間は、天下が乱れて一日とて平穏な日はありませんでした。元弘《げんこう》の初めには近江国番馬《おうみのくにばんば》まで逃れていって、四百人の兵たちが思い思いに自害した中にあって、なまぐさい血に心を失わせ（九九頁参照）、正平《しょうへい》の末年にはこの吉野山に幽閉されて、二年間は刑罰に苦しめられて、世の中はこれほどまでにつらいものだったのだなあと、初めて驚くほど感じたことでした。ですから、再び位につくことなど望むことすらなく、天下の政《まつりごと》にも興味はなかったのですが、人々は私を無理やり京都の主としたので、逃れ出る暇もなく、ああ、いつか奥山の住居で雲を友とし松を隣人として、心安らかに暮したいものだと、心からこれを念願しておりました。そのようなとき、天地が一変して譲位の問題が起りましたから、積年の不満は一時に解消して、この姿になったのでございます」と、御涙を流しながら、すべてお話しなされたので、主上も諸卿もともに涙するのであった。

「それでは」と、お帰りなさろうとするので、馬寮《めりょう》の御馬を差し上げなさったけれども、法皇は固くご辞退なされて、お乗りにならない。かつてとは違い、やつれなさってはいたけれども、なおも雪のように白い御足に、粗末な草鞋をお履きになってご出立になったので、主上は武者所《むしやどころ》までお出になり、御簾《みす》を巻き上げさせられると、公卿《くぎょう》・殿上人《てんじょうびと》たちは庭の外までお見送り申しあげ、みな涙を流しながら立っていた。本当にしみじみとした出来事で、まったく例のないことであった。こうして法皇はご出立になり、途中で深山の宿、野中のあばら家をご覧になると、先年囚われの身となられて、一日たりとも過しがたいと悲しく思われた粗末な門のある草ぶき小屋があった。これをご覧になり、ああこの吉野山が戦場でないならば、こうした所に住みたいものだと、つらかったかつての住居を願わしくお思いなさるのは、悲しいことであった。

やがて、諸国行脚の後、法皇は光厳院（京都市伏見区）へお帰りになって、しばらくの間おられたけれども、勅使がしきりに訪ねて松風に親しむ風雅な生活を破り、旧臣が常に参上して月の光が蔦《つた》の葉の間からもれる静かな生活をさまたげ申しあげたので、ここも今では住みにくいとお考えになり、丹波国《たんばのくに》の山国《やまぐに》（京都市右京区京北）という所に隠棲《いんせい》なされた。この場所はひっそりとしていて、釣りをしたり畑を耕したりするのに適した土地であるだけでなく、秋風に山の木の実が庭に落ちてそれを朝の食事とし、柴《しば》を炉にくべて、薄い夜着の寒さを防ぐという、つつましい生活であった。肩の骨はやせていて、汲《く》んだ水を荷うのもつらい。けれども、ある時は陶製の茶器で雪をとかし、三碗《わん》の茶を喫してすがすがしい気分となり、またある時はゆっくりと険しい山を歩いて、蕨《わらび》を折り取るのに飽きた時には、岩のはざまに生い出た梅花を嚙《か》んで一首の詩歌を作り、閑寂を楽しんでおられた。体と心の安らかさとは、共にあるものである。庵《いおり》の外には川や湖の景観があり、内には山を描いた画布があるように、一天地を超越して気の向くままに遊び歩き、破れ布団を用いて日々を送られたけれども、翌年の夏のころからご病気になられて、七月七日（貞治三年〈一三六四〉）についに崩御なされた。

---

この三、四季《ねん》が先までは、両統南北に分ち、ここに戦ひかしこに寇《あた》せしかば、呉越《ごゑつ》の会稽《くわいけい》に謀《はか》りしが如《ごと》く、漢楚《かんそ》の覇上《はじやう》に軍《いくさ》せしにも過ぎたりしに、今散聖《さんしやう》の道人《だうにん》と成らせ玉ひて、玉体を麻衣《まえ》・草鞋《さうあい》に破《やつ》し、鑾輿《らんよ》を跣行徒歩《せんかうとほ》に易《か》へて、遥々《はるばる》とこの山中まで分け入らせ玉ひたれば、伝奏《てんそう》いまだ事の由《よし》を奏せざる先に、直衣《なほし》の袖《そで》を濡《ぬ》らし、主上《しゆしやう》いまだ御相看《しやうかん》なき先に、御涙をぞ流させ玉ひける。この所に一日一夜御逗留《とうりう》あつて、様々《さまざま》の御物語ありしに、主上、「さても只今《ただいま》の光儀《くわうぎ》、寤《さ》めて後の夢の中の迷ひかとぞ覚えて候へ。たとひ仙院《せんゐん》の故宮《こきゆう》を捨てて、釈氏《しやくし》の真門《しんもん》に入らせ玉ふとも、寛平《くわんぺい》の昔

にも准《なづら》へ、花山《くわざん》の旧《ふる》きをこそ追はれ候ふべきに、尊体を浮萍《ふへい》の水上に寄せ、叡心《えいしん》を枯木禅余《こぼくぜんよ》に付けられぬる事、何《いか》なる御発心《ほつしん》にて候ひけるぞや。御うらやましくこそ」と申させ玉ひければ、法皇御泪《なみだ》に咽《むせ》ばせ玉ひて、且《しばら》くは御詞《ことば》をも出《い》だされず。ややあつて、「聡明文思《そうめいぶんし》の四徳《しとく》を集めて、叡旨《えいし》に懸けられ候へば、一言《いちごん》をいまだ挙げざる先に、三隅《さんぐう》の高察《かうさつ》も候はんか。予《われ》元来万劫煩悩《まんごふぼんなう》の身を以《もつ》て、一種虚空《こくう》の塵《ちり》にあるを本意とは存ぜざりしかども、前業《ぜんごふ》の嬰《かか》る所に旧縁を離れ兼ねて、住むべきあらましの山は心にありながら、遠く待たれぬ老《おい》の来る道をば留《とど》むる関守《せきもり》もなくて歳月を送りし程に、天下乱れて一日も休む時なかりしかば、元弘《げんこう》の初めは江州番馬《がうしうばんば》まで落ち行きて、四百人の兵《つはもの》どもが思ひ思ひに自害せし中に交はりて、腥羶《せいせん》の血に心を酔はしめ、正平《しやうへい》の末には当山の幽閑《いうかん》に逢《あ》ひて、両季《ねん》を過ぐるまで秋刑《しうけい》の罪に胆《きも》を嘗《な》めて、これ程にされば世はうき物にてありけるよと、初めて驚くばかりに覚え候ひしかば、重祚《ちようそ》の位に望みをも掛けず、万機《ばんき》の政《まつりごと》に心をも止《とど》めざりしかども、我を強《あなが》ちに本主とせしかば、遁《のが》れ出《い》づべき隙《ひま》なくて、哀れ早晩《いつか》山深き栖《すみか》に雲を伴ひ松を隣《となり》として、心安く生涯をも暮すべきと、心に懸けてこれを念じこれを思ひしところに、天地命《めい》を革《あらた》め、譲位《じやうゐ》の儀出で来たりしかば、蟄懐《ちつくわい》一時に啓《ひら》けて、この姿に成りてこそ候へ」と、御涙の中に語り尽くさせ玉へば、一人《いちじん》・諸卿《しよきやう》もろともに、袂《たもと》も絞るばかりなり。

「今は」とて還御《くわんぎよ》ならんとするに、寮《れう》の御馬を進《まゐ》らせられけれども、堅く御辞退あつて召されず。引き替へて、破《やつ》れさせ玉ひぬれども、なほ雪の如くなる御足に、荒々《あらあら》としたる草鞋《さうあい》を召して御出《い》であれば、主上《しゆしやう》は武者所《むしやどころ》まで出御《しゆつぎよ》なつて、御簾《みす》を挑《かか》げさせ玉へば、月卿雲客《げつけいうんかく》は庭の外まで送り進らせて、皆涙に立ち濡《ぬ》れければ、誠に哀れなりし御事、類《たぐひ》も更になかりけり。

かくて御出でありける道すがら、山館野亭《さんくわんやてい》を御覧ずれば、先季羑里《せんねんいうり》の囚《とらはれ》に逢《あ》はせ玉ひて、一日片時《へんし》も過ぐしがたしと御心を傷《いた》ましめ玉ひし松門《しようもん》の茅《ばう》屋《をく》あり。これを御覧ぜられ、哀れ諸国の戦図《せんと》に入る山中ならずは、かかる処《ところ》にや住みなましと、今は昔の憂かりし栖《すみか》を御願ひありけるこそ悲しけれ。

さて諸国斗藪《とそう》の後、光厳院《くわうごんゐん》へ御帰りあつて、且《しばら》く御座《ござ》ありけるが、中《ちゆう》使《し》頻《しき》りに到りて松風《しようふう》の夢を破り、旧臣常に参りて蘿月《らげつ》の閑《しづ》かなるを妨《さまた》げ奉《たてまつ》りければ、ここをも今は住みうしと思《おぼ》し食《め》して、丹波国山国《たんばのくにやまぐに》と云《い》ふ所へ、跡《あと》を隠して遷《うつ》り住ませ玉ひけり。この所、寂《じやく》に釣《てう》し閑《かん》に耕す勝地《しやうち》のみならず、山菓《さんくわ》庭に落ちて朝三《てうさん》の飡《ざん》秋風に飽きて、柴火炉《さいくわろ》に宿して、夜《や》薄《はく》の衣寒気《かんき》を防ぐ。吟肩《ぎんけん》骨痩《や》せて泉を担《にな》ふに懶《もの》うし。ある時は石鼎《せきてい》に雪を湘《に》て三碗《わん》の茶に清風を領《りやう》し、ある時は仄歩《そくほ》山嶮《けは》しうして蕨《わらび》を採るに倦《う》める時は、岩窓《がんさう》に梅を嚼《か》んで一聯《いちれん》の句に閑味《かんみ》を甘《あま》んじ御座《まします》。身の安きを得る処、すなはち心安し。出づるに江湖《かうこ》あり、入るに山あり。一乾坤《けんこん》の外に逍遥《せふえう》して、破蒲団《はふとん》の上に光陰を送らせ玉ひけるが、翌年の夏の比《ころ》より御不予《ふよ》の事渡らせ玉ひしが、同じき七月七日つひに隠れさせ玉ひにけり。

---

## 一〇 中夏無為《ちゆうかぶい》の代《よ》

巻第四十「細川右馬頭頼之新将軍を補佐する事」

貞治《じようじ》六年（一三六七）は、鎌倉の足利基氏《あしかがもとうじ》の死、園城寺《おんじようじ》と南禅寺《なんぜんじ》の闘争、最勝講《さいしようこう》の違乱など、不吉な事件が続いた。さらにその年の十二月、将軍義詮《よしあきら》が三十八歳で死去する。この難局を乗り切るために細川頼之《ほそかわよりゆき》が管領《かんれい》に迎えられ、『太平記』は終る。

さて、細川右馬頭《うまのかみ》頼之は、最近西国《さいこく》の治政を管轄して、敵を滅ぼし人を慣れ従わせ、諸事を取り扱う方法が、北条《ほうじょう》氏の時代の貞永《じょうえい》・貞応《じょうおう》の古い例に似ているという評判があった。よって、すぐさま天下の管領職に据え、御幼稚の若君（足利義満《よしみつ》）をお助け申しあげよと、幕府内の衆議が趣旨を同じくして決定したので、右馬頭頼之は武蔵守《むさしのかみ》に任じられて、執事《しつじ》の職についた。表にあらわれるところも内面の徳も、まさに人々の噂《うわさ》どおりだったので、足利氏一族もこの人物を尊重し、また外様《とざま》の人々も彼の命令に背くことをせず、日本が平和な時代（中夏無為の代）になって、喜ばしいかぎりであった。

---

ここに細川《ほそかは》右馬頭《うまのかみ》頼之《よりゆき》、この比《ごろ》西国《さいこく》の成敗《せいばい》を司《つかさど》つて、敵を亡《ほろ》ぼし人をなつけ、諸事の沙汰《さた》の途轍《とてつ》、少し先代の時、貞永《ぢやうえい》・貞応《ぢやうおう》の旧規《きうき》に相似《あひに》たりと云《い》ふ聞えありける間、すなはち天下の管領職《くわんれいしよく》に居《きよ》せしめ、御幼稚の若君を補佐《ふさ》し奉《たてまつ》るべしとて、群儀《ぐんぎ》同趣に定まりしかば、右馬頭頼之は、武蔵守《むさしのかみ》に輔任《ぶにん》して、執事《しつじ》の職を司《つかさど》る。外相《げさう》・内徳《ないとく》げにも人の言《ことば》に違《たが》はざりしかば、氏族もこれを重んじ、外様《とざま》もかの命を背かずして、中夏無為《ちゆうかぶゐ》の代《よ》に成りて、目出《めでた》かりし事どもなり。

# 解説

## 『太平記』の成立

多くの古典作品がそうであるように、『太平記』もまた成立時期・作者を詳らかにしない。だが、成立事情を窺《うかが》うことのできる文献はわずかながら存在しており、その中でも『洞院公定日記《とういんきんさだにっき》』応安《おうあん》七年（一三七四）五月三日条と、今川了俊《いまがわりょうしゅん》の『難《なん》太平記』は代表的なものである。まず、『洞院公定日記』には「太平記作者」として世評の高かった「小嶋《こじま》法師」なる人物の死が記されている。小嶋法師の伝は未詳で、しかも、彼が『太平記』全体の作者であったと見なすことはできない。というのも、『太平記』の成立事情は相当に複雑なものであったからだ。

『難太平記』によれば、『太平記』は当初、法勝寺《ほっしょうじ》の恵鎮《えちん》上人によって三十余巻分が足利《あしかが》直義《ただよし》のもとにもたらされた。直義はこれを玄恵《げんえ》法印に読ませると、多くの誤りがあったため、改訂を命じた。ところが、その作業は中絶し、近代にいたって書き継ぎがなされたという。恵鎮は法勝寺大勧進職《だいかんじんしき》を務めた律僧《りっそう》の重鎮で、南北両朝の信任を得ていた人物。玄恵は漢学に秀でた天台の学僧で、足利直義のブレーンとして活躍していた。直義の統括下、こうした人々が関与する中で当初の『太平記』＝原太平記は作られたものと目される。そして、『難太平記』にいう改訂作業の中絶とは、貞和五年（一三四九）八月の高師直《こうのもろなお》のクーデターによる直義失脚事件に起因するものであろう。その後の書き継ぎの経緯はほとんどわからない。しかし、永和《えいわ》三年（一三七七）以前に書写された伝本（永和本。巻三十二相当部のみ存す）があることから、完結は応安（一三六八～七五）末年から永和（一三七五～七九）初年にかけての頃《ころ》と考えられる。『洞院公定日記』に名前のあがった小嶋法師も、この段階に関与した作者の一人だったのだろう。

## 三部構成説

『太平記』は全四十巻におよぶ大部な作品である。そのためストーリー展開に即して、三部に区分して読まれてきた。これを「『太平記』三部構成説」という。まず第一部は巻一から巻十一までで、後醍醐《ごだいご》天皇の即位から鎌倉幕府の滅亡までを描く部分である。第二部は巻十二からで、建武新政《けんむのしんせい》の開始から後醍醐天皇と足利尊氏《たかうじ》の抗争の過程を描く。その終局部には諸説があって、新田義貞《にったよしさだ》の討死などを記す巻二十まで、巻二十一の後醍醐天皇崩御の記事まで、天龍寺《てんりゅうじ》の落慶供養を描く巻二十四までとする説などが唱えられている。そして、それ以後が第三部にあたり、ここでは足利氏内部の権力抗争が延々と綴《つづ》られる。

先に紹介した『難太平記』によれば、原太平記は足利直義のもとで、彼の全盛期に誕生したらしい。直義と師直の確執、そして直義の失脚を描く物語は、現存の『太平記』では巻二十五からはじまっており、だとすると原太平記は巻二十四までを範囲としていたことが、一つの可能性として考えられる。巻二十四には幕府が後醍醐天皇の冥福を祈るため天龍寺を創建する記事が収められていて、ここにはこれまでの抗争史をまとめる意識が込められていたのではないか。そう考えると、原太平記の輪郭は理解しやすい。

## 儒教思想の投影

『太平記』の「序」は、作者の思想を知る上で重要である。ここでは君主は「天の徳」に、臣下は「地の道」に則ることが国家安泰の要諦だと述べている。そして、徳を失った君主や、道に外れた臣下は滅亡を余儀なくされるという歴史の法則が披瀝《ひれき》される。

今ここで君主論に注目するならば、徳を失った君主の滅亡に言及している点が、序の思想的特徴といえるのではないか。これは儒教思想の中のいわゆる「革命思想」である。中国では古代より王朝の交代が繰り返されており、新王朝は天命が旧王朝から自らに革《あらた》まったと称して、自己の正統性を宣伝した。これは本来、皇統が永続する日本では経験外の発想である。ところが、承久《じょうきゅう》の乱により、鎌倉幕府が後鳥羽院らを隠岐《おき》に流したり、後嵯峨《ごさが》天皇以後の皇統が大覚寺《だいかくじ》統と持明院《じみょういん》統に分裂して、両統が皇位を争う事態にいたり、公家・武家の間にも織り込まれつつある思想でもあった。

「序」で言外に指摘される徳を失った君主とは、いうまでもなく後醍醐天皇をさす。巻一冒頭の記事で後醍醐の治世は称讃されるものの、所詮《しょせん》、武力によって倒幕を志し、国を支配しようとした後醍醐は、天の徳に則《のっと》った帝《みかど》とは認識されていない。後醍醐の滅亡は巻頭より定められていたわけだ。

ところで、序に革命思想を忍ばせる作者の周到さには注目してよいだろう。後醍醐天皇を吉野に追いやって政権を樹立した足利氏にとって、これは自らを正統化する上で恰好《かっこう》の論理であったに違いない。このことと思い合わせられるのは、巻十四の尊氏が後醍醐に反旗を翻す段で、尊氏は直義らの作った偽綸旨《にせりんじ》に謀《はか》られて挙兵したと記されるのである。尊氏の反逆性を極力抑える配慮が施されているといえよう。

## 故事の引用

南北朝の混迷の歴史を描くにあたり、『太平記』には様々な叙述の方法が採り入れられている。まず、中国の故事や日本の物語を下敷きにしたり、引用することにより、眼前の事件を叙述する方法があげられよう。特にこの時代、中国故事の引用は最も説得力ある叙述法とされていた。『太平記』の場合、中国の故事としては『史記』所収のものが圧倒的に多く、『史記』を直接の典拠としていなくても、『史記』から派生した日本独特の中国説話なども多く含まれている。例えば、巻四で児嶋高徳《こじまたかのり》は、隠岐へ流される後醍醐天皇の宿の柳に「天勾践《てんこうせん》を空しくすること莫《なか》れ」の詩を書きつけ、救出を誓っている（五九頁参照）が、これは呉との合戦で敗れて、捕えられた越《えつ》王勾践《こうせん》の恨みを、忠臣范蠡《はんれい》が呉を破って晴らした故事を利用したものだ（『史記』越世家ほか）。本書では割愛したが、巻四ではこのあと、故事を解説するために呉越合戦の記事が長文で引かれている。

日本の故事としては、『平家物語』所収のものが好まれた。巻二の日野《ひの》俊基《としもと》が鎌倉へ護送される際の道行き文（二六頁参照）は、『平家物語』巻十「海道下《かいどうくだり》」における平重衡《たいらのしげひら》の道行きを模し、巻十四の大渡《おおわたり》合戦の記事（一四〇頁参照）は文中にも明示されるように、『平家物語』巻四「橋合戦《はしがっせん》」を踏まえている。和歌に「本歌取り」の伝統があるように、物語にも先行する物語の名場面を踏まえる技法（「本説取り」と呼ばれる）があった。読者にとっても『平家物語』の内容は自らの血肉になっており、『平家物語』を想起させる場面を読むことは「読書の快楽」にすらつながったのである。

このほか、巻二十の新田義貞討死《うちじに》の記事（一六六頁参照）は、『平家物語』巻九「木曾《きその》最期《さいご》」を意識したものだろう。ただし、『平家物語』では木曾義仲《よしなか》の流れ矢による討死が哀調を込めて語られるのに対し、『太平記』では無防備なまま前線に出て敵の矢先に倒れた義貞を非難する口吻《こうふん》が見られる。眼前の事態を採り上げて批評せずにはおられない、『太平記』の「談義精神」の現れである。また、巻九の近江国番場《おうみのくにばんば》での北条仲時《なかとき》以下の自刃《じじん》の記事（一〇一頁参照）では、おびただしい数の自害者の名があがる。『平家物語』にもこうした場面はあるものの、『太平記』のそれとは比較にならない。番場での自害者交名《きょうみょう》としては「陸波羅《ろくはら》南北過去帳」なる同時代資料があって（一〇八頁参照）、『太平記』はこれに類する資料を利用したものと思われる。記録性を重んじるとともに、記録に徹することによって凄惨《せいさん》な場面を描き得た、特色あるくだりといってよい。

## 天狗・怨霊の跳梁

『太平記』に特徴的に現れる文学的趣向として、天狗《てんぐ》・怨霊《おんりょう》の類《たぐい》がストーリー展開に積極的に関わってくる点があげられる。巻五には北条高時《たかとき》の宴席に天狗が出現し、近い将来、天王寺《てんのうじ》より国家の異変が生じることを予兆する記事（六二頁参照）がある。楠正成《くすのきまさしげ》が天王寺の「聖徳太子未来記《しょうとくたいしみらいき》」を披見する巻六の記事（六七頁参照）は、これに対応したものだ。巻二十五では護良《もりよし》親王ら南朝方の人々が天狗の姿となり、幕府転覆の謀議を凝らす話（一八二頁参照）がある。天狗たちが幕府要人に取り憑《つ》き、互いに政敵を排斥《はいせき》しあおうとする心を生じさせ、天下を傾ける計略であった。やがて足利直義と高師直の対立は激化し、観《かん》応《のう》の擾乱《じょうらん》にいたったと描かれる。

天狗は日本固有の妖怪で、仏教にいう「慢心《まんしん》」を持った人間に乗り移り、さらにその心を狂奔させるものと考えられていた。『平家物語』でも人々の欲心にもとづく浅ましい行動を「天魔《てんま》の所為《しょい》」と称するくだりがあるが、『太平記』ではそれをさらに推し進め、天狗の画策を具体的に物語化する。巻二十六で山伏雲景《うんけい》は愛宕山《あたごやま》の天狗《てんぐ》より未来予測を聞いている（一九七頁参照）。天狗は鎌倉時代まで遡《さかのぼ》って政治の混迷の由縁を解説して、今後の争乱の見通しを示唆する。過去と未来を見通し、世の混乱の根本が「驕《おご》り」「欲心」にあると指摘できたのは、天狗なればこそだ。

争乱の物語を領導する存在にもう一つ、怨霊があげられる。巻三十三で畠山道誓《はたけやまどうせい》らの手で謀殺された新田義興《よしおき》は、その後、怨霊となって道誓に祟《たた》る（二四九頁参照）。巻三十四では吉野の後醍醐天皇陵に通夜した上北面《じょうほくめん》が、後醍醐・日野資朝《すけとも》・俊基らが怨霊となって、世上を混乱に陥れる手だてを議しているさまを夢に見る（二五二頁参照）。以後の物語はその画策どおり進展し、有力大名たちは次々と失脚していく。こうした天狗・怨霊を軸とした物語展開の手法は、『太平記』においては第三部に顕著に現れる。混迷する歴史の流れを説得力をもって語るにあたり、作者が獲得した一つの手法といえるだろう。

## 『太平記』の終末

本書が底本とする天正本《てんしょう》『太平記』では、「北野通夜物語《きたのつやものがたり》」と通称される説話群が巻三十八に収められている（二七九頁参照）。南朝に仕える日野僧正頼意《らいい》が京都の北野天満宮《きたのてんまんぐう》に通夜参詣《さんけい》すると、遁世者《とんぜいじゃ》・雲客《うんかく》・法師の三人が世上の動乱の理由を語りあっている場に出会う。遁世者は北条時頼《ときより》・貞時《さだとき》の善政、青砥左衛門《あおとさえもん》の廉直の故事を引き、政道を補佐する賢臣の重要性を主張する。雲客は周大王と玄宗皇帝の故事を引き、君主の器を論じる。いずれも「序」に述べられた政治論の再来ともいえる内容であるが、作者が力点を置いているのは三人目の法師が語る因果論であろう。法師は瑠璃太子《るりたいし》が釈迦《しゃか》族を滅ぼした話と、梨軍支《りぐんし》が終生飢渇《きかつ》した話を引き、現世に生じる様々な事態はすべて過去の因果によっているのだと解説する。これを受けて三人は「からから」と笑って退場し、頼意も今の乱世もまた鎮まることがあるのだろうとわずかな期待を寄せ、帰っていく。

この部分、天正本では「これを以て案ずるに、かかる乱れの世の間も、また静かなる事もやと、憑《たの》みを残すばかりにて、頼意は帰り玉《たま》ひけり」とあるが、天正本より古い多くの伝本では「是ヲ以テ案スルニ、係ル乱ル、世モ又鎮マル事モヤト、憑モ敷コソ覚ヘケレ」

（西源院本）となっている。未来に寄せる期待が、格段に大きく記されているのがわかるだろう。しかし、ここに示されたのは、理想的な政治による太平の到来への期待ではない。世の中の流れは、まるで因果に支配されているかのように、現実での働きかけとは無縁に進んでいく。その結果、今が乱世となっているのなら、その逆に、いつかはまた平穏な時期が来るかもしれない。そんな消極的な発想による期待なのである。

『太平記』は細川頼之《よりゆき》の管領就任を以て、「中夏無為《ちゆうかぶい》の代《よ》」が訪れたとして擱筆《かくひつ》される（三〇五頁参照）。ここで「北野通夜物語」の結論を重ね合わせると、頼之によってもたらされた「太平」を作者がどう考えていたのかが浮かび上がってくる。すなわち、今の太平は政権の努力とはかかわりなく訪れたものに過ぎず、過去の因果という理屈を持ち出さなければ理解できないほど、偶然に到来したものなのである、と。こう読むと、『太平記』は実に周到な手をもって現政権を批判していることがわかる。だが、表には決してそれをあらわさない。したたかな筆法が息づいているのである。『太平記』は元々足利直義の管理下で編纂《へんさん》されたとはいえ、当初より現状に対する批判精神を多分に持っていた。そして、それを引き継いだ作者たちも、表面では政権を祝寿するようでいて、内には鋭い批判・諷《ふう》刺《し》の精神を隠し持っている。混迷する時代を生きた作者の強靱《きようじん》さというべきであろう。

（小秋元 段）

# 新田氏・足利氏系図

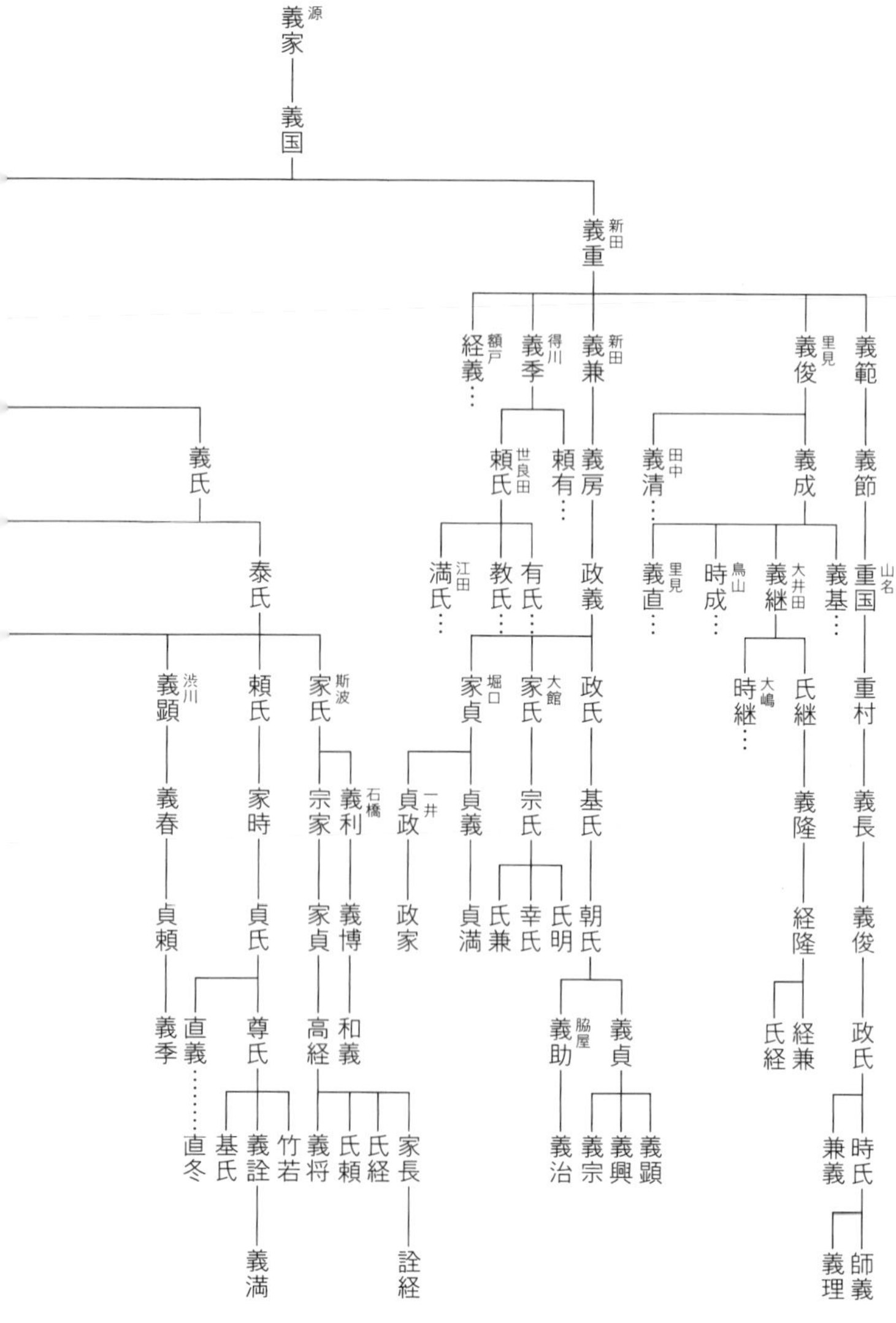

源
義家
義国
新田
義重
義範
義節
山名
重国
重村
義長
義俊
政氏
時氏
兼義
師義
義理
里見
義俊
義成
義基…
大井田
義継
氏継
義隆
経隆
経兼
氏経
大嶋
時継…
鳥山
時成…
里見
義直…
田中
義清…
新田
義兼
義房
政義
政氏
基氏
朝氏
義貞
義顕
義興
義宗
脇屋
義助
義治
大館
家氏
宗氏
氏明
幸氏
氏兼
堀口
家貞
貞義
貞満
一井
貞政
政家
得川
義季
頼有…
世良田
頼氏
有氏…
教氏…
江田
満氏…
額戸
経義…
義氏
泰氏
斯波
家氏
石橋
義利
義博
和義
宗家
家貞
高経
家長
詮経
氏経
氏頼
義将
頼氏
家時
貞氏
尊氏
竹若
義詮
義満
基氏
直義
直冬
渋川
義顕
義春
貞頼
義季

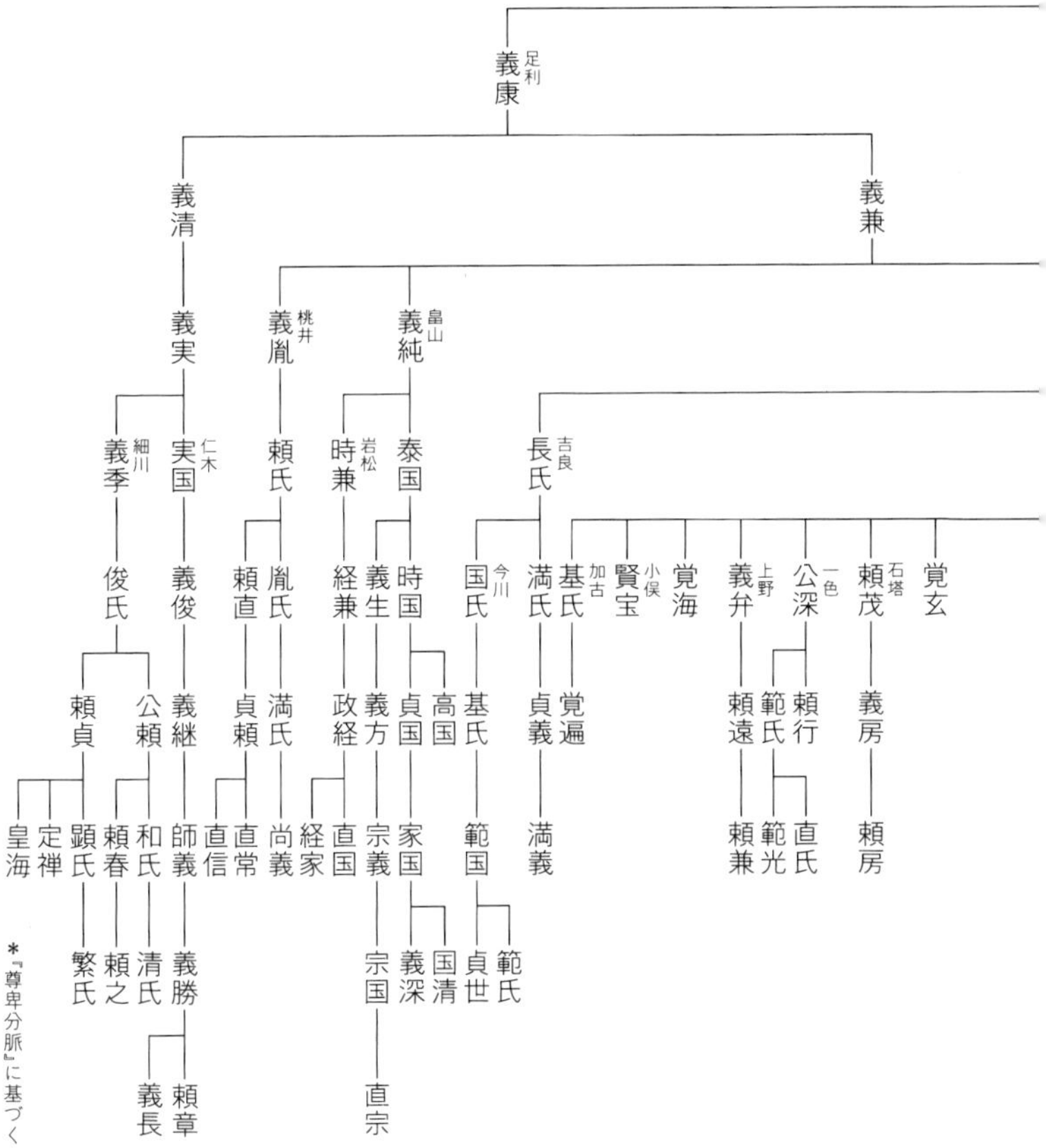
足利
義康
義清
義兼
義実
桃井
義胤
畠山
義純
細川
義季
仁木
実国
頼氏
岩松
時兼
泰国
吉良
長氏
俊氏
義俊
頼直
胤氏
経兼
義生
時国
今川
国氏
満氏
加古
基氏
小俣
賢宝
覚海
上野
義弁
一色
公深
石塔
頼茂
覚玄
頼貞
公頼
義継
貞頼
満氏
政経
義方
貞国
高国
基氏
貞義
覚遍
頼遠
範氏
頼行
義房
皇海
定禅
顕氏
頼春
和氏
師義
直信
直常
尚義
経家
直国
宗義
家国
範国
満義
頼兼
範光
直氏
頼房
繁氏
頼之
清氏
義勝
宗国
義深
国清
貞世
範氏
義長
頼章
直宗

*『尊卑分脈』に基づく

# 皇室系図

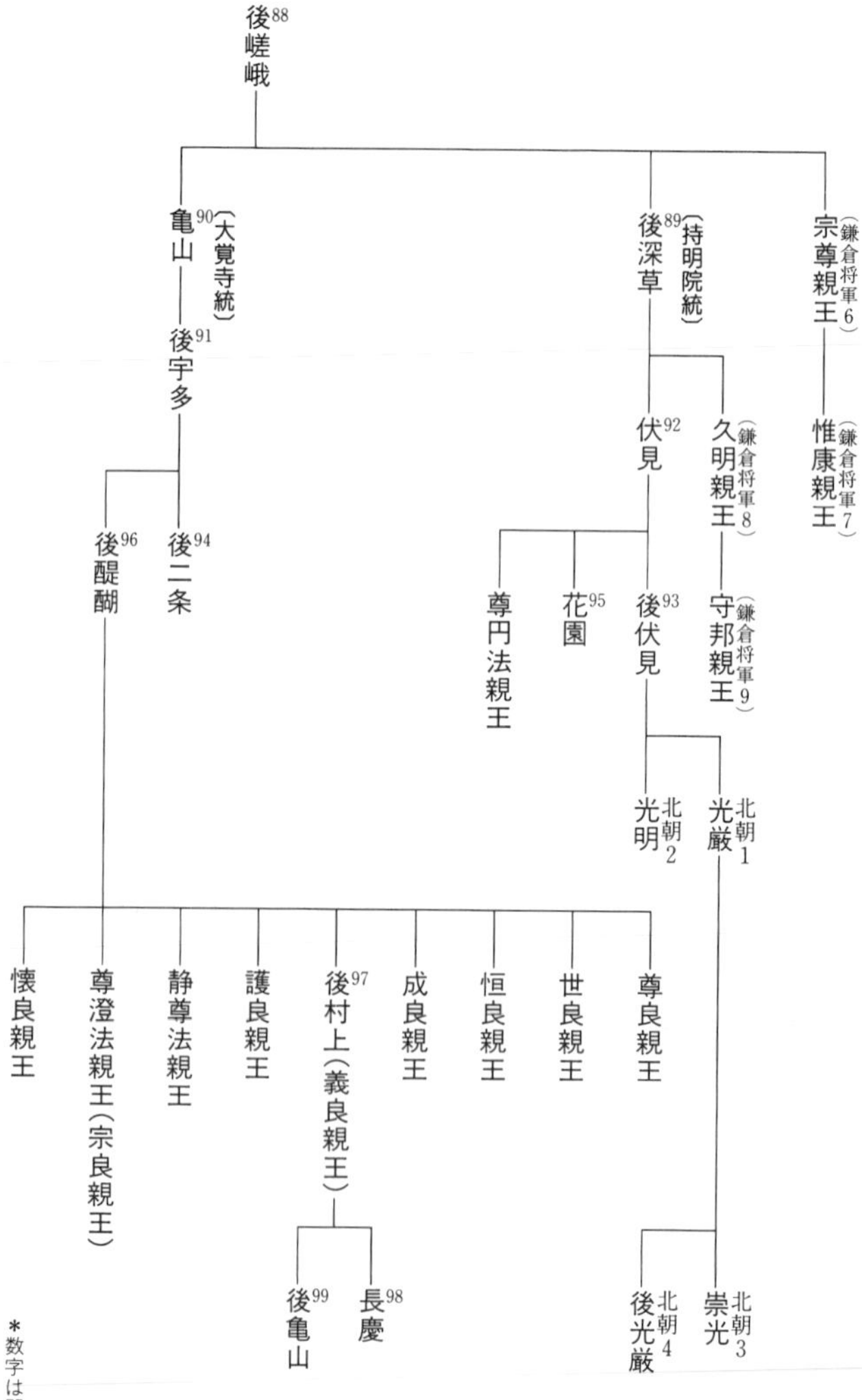

後嵯峨 88
宗尊親王（鎌倉将軍6）
後深草 89（持明院統）
亀山 90（大覚寺統）
惟康親王（鎌倉将軍7）
久明親王（鎌倉将軍8）
伏見 92
後宇多 91
守邦親王（鎌倉将軍9）
後伏見 93
花園 95
尊円法親王
後二条 94
後醍醐 96
光厳 北朝1
光明 北朝2
尊良親王
世良親王
恒良親王
成良親王
後村上 97（義良親王）
護良親王
静尊法親王
尊澄法親王（宗良親王）
懐良親王
崇光 北朝3
後光厳 北朝4
長慶 98
後亀山 99


＊数字は即位順

校訂・訳者紹介

長谷川 端——はせがわ・ただし

一九三四年、群馬県生れ。慶應義塾大学卒。中世文学専攻。中京大学名誉教授。主書『太平記の研究』『太平記 創造と成長』「The Early Stages of the Heikemonogatari」（CMLC44, Gale Group, 2001）ほか。

日本の古典をよむ⑯

# 太平記

二〇〇八年三月三〇日 第一版第一刷発行

校訂・訳者 長谷川 端

発行者 八巻孝夫

発行所 株式会社 小学館

〒一〇一-八〇〇一

東京都千代田区一ツ橋二-三-一

電話 編集 〇三-三二三〇-五一一八

販売 〇三-五二八一-三五五五

印刷所 大日本印刷株式会社

製本所 牧製本印刷株式会社

 ISBN978-4-09-362186-1